作者简介

高和,著名实力派作家,原籍陕西,出生兰州,现居厦门。

曾创作长篇小说

《接待处处长》《中国式饭局》

《官方车祸》《越轨诉讼》

《我和我的土匪奶奶》《流行性婚变》

《国家投资》《浮世风尘》

《局长》《后院》《妻祸》

《花姑娘》《夜生活》等。

　　另有中短篇小说、散文散见于报章刊物。其《接待处处长》创出百万销量,成为著名畅销书。

失

高和 著

重庆出版集团 重庆出版社

1

水桶家居鹭门市最西边的西山村。村里最主要的经济作物是茶树,漫山遍野的铁观音好看,好喝,也好卖。鹭门市著名的夏作家,写了一本比砖头还厚、比砖头还重的大书《铁观音》,给铁观音虚构了悠久的历史和优良的血统,铁观音因而畅销,走出鹭门,奔向全国,全国人民都开始以喝铁观音为荣,以不喝铁观音为耻了。

水桶姓庄,全称是庄水桶。鹭门市很多有文化和没文化的人起名字,向来追求振聋发聩。据鹭门历史学家兼文学评论家邵博士说,这种振聋发聩的名字用鹭门话读、听就不占怪了,比方说曾地球、林猪食之类的名字,普通话听着看着都挺怪,用鹭门话读出来,却就铿锵有力,意义非凡。

庄水桶的乡亲们按照鹭门习惯都称他为"水桶",再进一步表达亲昵,就在"水桶"后面缀上一个语气助词如"嗳"、"咿"、"啊"之类。

"水桶嗳……"水桶阿妈就这么叫他。水桶他爸爸早年间贩茶叶的时候从山崖上滚下去摔死了,水桶由他阿妈一手拉大。

现如今,村村通工程把水泥路一直铺到了村里,运输不成问题,又搭了《铁观音》推动的销售热潮,水桶家里的茶园子连续两年暴发,赚了不少钱。赚了钱就越加珍惜茶园子,水桶把每一棵茶树都当成了亲儿子、老病号,百倍呵护。化肥可劲儿给茶树喂,就像独生子女的爹妈喂孩子，不怕花钱多，就怕孩子吃不好。农药可劲儿给茶树喷，似乎他们家是开医院的，用药越多医院效益越好。可惜，茶树既不是独生子女也不是挨宰的病人，化肥、农药那东西用得过量，茶叶变了味道，茶商拿去化验，说是化肥、农药残留过多，大大超标，于是他们家的茶园子被打入另册，再也没有茶商光顾。

靠茶叶赚了钱本来也足够水桶过上小康日子，他却把钱花错了地方，结果闹了个囊空如洗，后面还有人追债，只好逃到鹭门市韬光养晦，等待时机。

事情的经过是这样的：庄水桶他爸爸叫庄镇反，庄镇反他爸爸叫庄民国，再往上追，叫什么名字他们家人自己都弄不清楚。隔了好几代没名没姓，再往上却又能知道他们家的祖宗叫什么了，这是厦门文物局著名历史学家兼文学评论家邵博士根据水桶家居住的那座大厝考证出来的。水桶家的大厝可以证明庄水桶的祖上叫庄强，字章郎，是清代乾隆年间的举子，官至福建泉州知府的书办。那会儿，鹭门还归泉州府的同安县管，不像现在，鹭门比泉州高级。

知府书办相当于现在的市府秘书长，官不大，有实权。乾隆时期虽是太平盛世，却也有贪污腐化。庄强是个不大不小的贪官，贪污了钱就四处盖房子，谁也说不清他为什么选择在鹭门市的西北角西山村盖了一幢大厝。这座大厝就是庄水桶家的老房子。

"你看看这房柱的基石上，刻着'章郎'的字样是不是？你看这屋檐的造型，跟闽南其他的古厝也有所不同，上面塑的不是一般的飞禽走兽，而是一青一白两条蛇，庄强属蛇，他在别处盖的厝屋,一青一白两条蛇就是标志。庄强留下的这座老房子很有文史价值,应该很好地保护起来。"邵博士引经据典,旁征博引,给《地理杂志》杂志社特约撰稿人、《鹭门日报》记者雷雷介绍。

雷雷有一项兼职:到处找这种老房子拍了照片,然后配上很文学、很历史的文字,卖给《地理杂志》。听到邵博士这么介绍,雷雷点头认可:"嗯,庄强虽然很贪,盖的房子却很有特色,我给《地理杂志》报个选题,把《地理杂志》的专业摄影师请过来拍照片,然后我亲自撰稿,这座古民居既有观赏价值,也有史料价值。"

雷雷的文笔极佳,据说,雷雷在鹭门三大才子中排行老三,排名老大老二的是什么人谁也不知道,大家只知道三大才子之三的雷雷。雷雷写的文章,交给《地理杂志》发表,《地理杂志》一般都会照登不误,稿酬给得很高。所以,现在雷雷一般不干别的事,专门给《地理杂志》写文章,写得太多了,连雷雷长相都变了,人们说他长得像地理。

邵博士说:"这座古厝保护得不错。"

雷雷说:"是啊,保护得确实不错,看来乡亲们懂得古民居就是固体历史啊。"

邵博士和雷雷坐在老厝的天井里谈论这座老厝的时候,水桶谦恭恭热情地给他们泡茶,在一旁听着他们对话,心里暗骂:干你老,保护个卵窖呢,老子没钱,老子有了钱,马上把这座破房子装修得跟鹭门城里的房子一样。

"干你老"是骂人话"干你老母"的简称,也是鹭门市骂,现如今更是发展成了口头语,既可用来骂人,也可用来打招呼,表达亲热、感叹、惊讶等等情感色彩。"卵窖"也是鹭门骂人的粗话,特指男人的祸根,用人体的特定器官骂人,是中国文化的特色,也应归于"国骂",当年鲁迅论述国骂的时候,遗漏了这个民族特色。

"我回去要报个古民居保护申请,看能不能拨些款用于这幢古民居的修缮保养。"

邵博士这句话听在水桶耳中,水桶顿时双眼发亮,连忙给邵博士和雷雷的茶杯里沏满了热茶。

2

铁观音大卖,邵博士也落实了古民居保护专项资金五万块,交给了水桶:"这笔钱不多,但是希望真正用于这幢古宅的保护,如果你们要修缮,修缮方案必须经过市文管部门批准啊。"邵博士谆谆告诫,水桶连连点头,心里却想,干你老,房子是老子的,咋装修是老子自家的事情,凭啥要让你们批准。他并没有弄明白,"装修"和"修缮"的区别。

水桶有了钱,便开始实现自己的理想,要把自己家里这座又大又破的祖厝装修成不比鹭门城里房子逊色的、现代化的别墅。他专门从鹭门城里雇了装修队,又专门从鹭门城里买了装修建筑材料,用了整整半年的时间,把这座老厝改造得像模像样了。

大厝原来是石头砌就的,他在石头上刷了灰,贴上了丝绸一样的墙纸,把原来没办法装玻璃的石条窗户改成了铝合金的。原来的青砖地面敲掉,铺上了高强度的聚合木地板,本来想铺实木的,实木的太贵,水桶阿妈出面干预,说地板就是脚底下踩的东西,铺那么贵的木板等于把人民币放在脚底下踩,实在是作孽。

庄水桶难得听从了阿妈的意见,临时决定,把实木地板降格成了聚合木地板。

接下来,装修外墙。古厝的外墙原来是石头砌的,看上去庄重、结实。然而,庄水桶看到鹭门城里的高楼大厦外墙都贴着瓷砖,觉得很时尚、很光亮、很好看,自家的古厝外墙灰暗粗糙如泥,一点儿也不亮眼、不好看,简直寒酸。他决心把自家的古厝外墙也贴上瓷砖,专门跑到鹭门选择了一款墙砖,规格是六十厘米乘六十厘米,乳白色上面还烧着三角梅的图案,三角梅是鹭门市的市花。店里的老板告诉水桶,这种瓷砖专贴外墙,贴上了几百年都不带变色的,而且上面烧上了市花,贴到墙上又时尚又豪华又有文明城市的品位。

"老板,你要是看中了,我可以送货上门,按照实际交货数量算账,途中的损耗全部归我。"

店老板的条件很优惠,又昧着良心把水桶叫老板,刹那间就俘虏了水桶的心,水桶既没咬牙也没跺脚,当场拍板,买了这款外墙瓷砖。

贴这种瓷砖对混凝土的要求很高,因为这种瓷砖规格大,水泥质量不过关,就贴不结实。负责贴瓷砖的工人是东山村人何光荣,何光荣又是西山村的女婿,不然水桶也不会雇他,人熟好办事,光荣知根知底,如果偷工减料,水桶不怕抓不到他。

光荣告诉水桶,他亲自负责采买高质量的水泥沙石,专门用来贴这种大规格瓷砖,保证贴上去的瓷砖一百年不会坏。

水桶一口拒绝了,理由是签订的装修合同就是材料自备,不好麻烦光荣。真正的原因是,水桶怕光荣假借代购水泥沙石的机会,从中过一手,多赚他的钱。

水桶亲自采购来了据说是质量最好的水泥沙石，雇了一辆农用车，从鹭门拉到了西山村。卸车的时候，光荣过去抓了一把水泥，吐了口唾液在掌心搅和一下，然后报告给水桶一个最不幸的消息：水泥是假货，牌子是假的，标号更是假的，用来贴外墙的瓷砖，根本不合格。

水桶骂他："干你老，老子买来的就是假货，标号就不合格，你去买就是真货，标号就合格？你贴不了就明说，老子另雇人。"

光荣反骂："干你老，把工钱结了，你爱雇谁雇谁去。"

水桶不给他工钱："干你老，凭甚给你工钱？活没干完谁给你工钱？四乡八村你打听一下，有没有这个规矩。"

光荣明白，如果自己真的不贴瓷砖了，那么已经干过的活也就白干了，别想拿到工钱。想到这里，便只好忍气吞声地接着给水桶贴瓷砖。水桶其实知道他买的水泥有问题，当时图了那家建材商店的水泥便宜，别家这种牌号这个标号的水泥，整整比这家店贵了百分之三十以上。

明知假货他也买，他有他的主意，装水泥沙石的时候，他趁着建材店老板没注意，把人家的两桶玻璃胶塞到水泥沙石堆里，一路兴高采烈地拉了回来。

"光荣嗳，和水泥的时候，把玻璃胶掺进去，老子就不相信粘不结实。"

光荣笑骂："干你老的，难怪人家说，西山村里都是贼，剩下一个没偷还后悔。"

水桶嘻嘻哈哈："干你老母，偷你老婆了，不信回家问一下去。"

矛盾解决了，两个人便嘻嘻哈哈骂着仗开始干活。为了省钱，水桶不准光荣雇小工，和水泥、递工具、往墙上喷水之类的下手活，由他和他阿妈负责。

有了玻璃胶，质次价廉的水泥沙石果然很好用，一块块瓷砖顺利地贴到了墙面上，那座石崖一样的大厝果然变得光鲜、好看、时尚了。

乡亲们纷纷赞叹："水桶果然有出息，硬是把村里的土丫头变成了城里的洋小姐。"

活干完了，光荣却拿不到工钱，水桶推三阻四，今天拖明天，明天拖后天，倒不是他没钱，而是他的本能，好像多拖一天自己就能占多大便宜，早付一天自己就吃了多大亏似的。买材料的时候没法拖，不给现钱人家不让提货，装修完了，再马上给钱，那就是早上连晚上的饭都吃了，最好的办法是早上中午的饭拖到晚上一起吃，那样才能省。

干完活拿不到钱，在村里已经是屡见不鲜，光荣心里有数，钱最终还是要付的，关键是农村人总觉得轻易就付钱就是吃亏，所以催了几次之后，就又跑到别处揽工程赚钱，把收钱的任务交给了老婆。

3

何光荣的老婆是西山村嫁出去的女儿，代表老公来讨工钱，不愁吃住，娘家就是大本营，便索性把儿子也带了来。为自家讨钱，光荣妻非常认真负责，每天一大早就到水桶家上班，中午也不回家，水桶家吃什么她和儿子也吃什么，晚上天黑了回娘家睡觉,第二天照例,就如在水桶家上班一样。水桶的阿妈觉得不过意,催着水桶把钱给人家,水桶也有道理,说装修工程有一年的质量保证期,要过了一年,确认装修质量没有问题,再把欠光荣的工钱给他。

光荣其间也回过西山村找老婆过夫妻生活,顺便到水桶家泡茶催款。水桶嬉皮赖脸地劝光荣把老婆收回去:"干你老,赶紧把你老婆领回去,再到我们家里过日子,我就把你老婆流氓了。"

光荣不太在乎老婆被流氓:"你有本事就流氓,只要给钱就成,流氓一次三百块。"

水桶生气了:"干你老,老子到鹭门城里流氓一次才花五十块,你老婆凭啥那么贵?"

水桶年近三十,还没有成婚,高不成低不就,好姑娘嫌他长得难看,孬姑娘他又嫌人家长得难看,所以终身大事就一直拖了下来。他的要求不高,只要不是太老,只要不是太恶心,女的就成,在这个条件下,越便宜越好。

光荣走了以后,光荣妻依然带了孩子到水桶家催款,天天如此,竟然成了习惯,哪天不来反倒觉得没着没落,心里空惶惶的。来了之后,还帮着水桶阿妈喂鸡喂鸭喂母猪,捎带着给自家带孩子。水桶阿妈有点儿不忍心,也有点儿烦,就给水桶算账:"水桶嗳,光荣妻天天到我们家吃饭,要是吃上一年,你再给他付工钱,我们就亏大了。"

水桶早就算计好了:"阿妈你放心好了,随她吃,她不吃剩下的我们也得喂鸡喂狗沤泔水,到时候我给何家付工钱的时候,把他老婆吃的扣下来,亏不着。"

他阿妈叮嘱他:"那你可一定要记着,结账的时候别忘了扣他媳妇的饭钱。"

时间就这样一天天拖了过去,拖到三个月的时候,终于发生了一场血案。

4

水桶的外墙瓷砖因为水泥是假牌子,标号也不够,为了顺利地把瓷砖贴上去,水桶偷了建材商店两桶玻璃胶水,混在水泥里用来贴瓷砖。玻璃胶那东西倒是好用,可是性格随和,当胶用的时候就是胶,经水一泡马上就又变成了水。如果当初干脆不用玻璃胶,也不至于发生后面的事情,用了玻璃胶,经水一泡,玻璃胶不但不再发挥黏合作用,反而发生了膨胀解析现象,水泥不管标号好不好,在玻璃胶融水的膨化作用下,都会失去黏合作用。鹭门每年春天就是雨季,整天湿漉漉地下个不停,慢慢地,雨水就泡化了用来粘瓷砖的水泥,墙上的瓷砖就开始往下掉。

那天,光荣妻带着儿子照例过来催账,雨淅淅沥沥地下一会儿歇一会儿,她坐在屋檐下面帮着水桶阿妈摘茶梗。采摘茶叶的时候,往往会连茶叶梗一起摘下来,在炮制之前,就要手工把茶梗拣出来,然后再经过翻炒、发酵等等一些程序,茶叶就成了。茶叶成了以后,还要再摘一次茶梗,因为经过炮制、翻炒,有一些茶梗也会支棱出来,影响茶叶的外观。

雨歇了,光荣的儿子在厝前的坝子里骑狗,狗不是用来骑的,所以不听从使唤,每当何光荣的儿子跨上去的时候,狗就挣扎出来,却又不跑,呆呆地盯着何光荣的儿子琢磨:这个孩子要干吗。光荣的儿子看到狗没有跑远,就又过去揪住狗的脖子,按住狗的脑袋,抬着腿想跨到狗的后背上把狗当马骑。如果这个时候老天爷不飘过来那一阵急雨也许一切事情的结果都会不一样。老天爷歇够了,就又飘过来一阵急雨,狗从光荣儿子胯下钻出来,一溜烟地跑回厝屋房檐下避雨。光荣的儿子也跟着跑回了檐下,看到他阿妈正在跟水桶阿妈摘茶叶梗,就闹着要泡茶。

鹭门人喝茶是从小就养成的生活习性,而且只喝铁观音。许多人每天一大早起床的第一件事情,就是烧水泡茶,喝够了,再吃早饭。光荣的儿子虽然还小,却也养成了一大早喝茶的习惯,在自己家里,跟着阿公阿爸泡,在外公家里,跟着外公舅舅泡。泡茶还必须有茶点,这一点鹭门人很有英国贵族风,不同的是英国贵族喝的是红茶,鹭门人喝的是铁观音,英国贵族的茶点心是小饼干、小蛋糕,鹭门人的茶点心是芝麻糕、贡糖、话梅等等,比英国贵族的茶点品种更加繁多。

光荣妻在水桶家基本上等于过日子,他们家里的茶具锅碗瓢盆放在什么地方,比水桶自己还清楚。儿子要喝茶,刚好天又下起了雨,光荣妻想到,下雨天,坐在新装修的大厝屋檐下,喝热茶,吃茶点,观雨景,是神仙才能过到的好日子。于是光荣妻自己也想喝茶了,便搬出茶具,摆放一些茶点,就地将刚刚摘好的茶叶塞进茶壶,然后企图把电暖壶的插头插进墙壁上的插座里烧新鲜开水。

鹭门农村人现在也越活越讲究,喝茶都要用电暖壶现烧水,而且家里家外随时随地都要泡茶,所以水桶跟村里绝大多数乡亲一样,在装修老厝的时候,外墙上也装了插座,在屋外泡茶的时候,用电方便。电插座装在一人高的位置,水桶买电插座的时候照例首看价钱,什么便宜买什么。便宜没好货,插座质量低劣,光荣妻插了好几遍,摇来晃去的插头也没插进去。恰好装插座的位置上方那块瓷砖已经松动了,如果插座质量好,插头一下就插进去,没有摇晃振动,也许那块瓷砖还能在墙上挂许久;如果没有天降急雨儿子和狗跑进屋檐下面,即使那块瓷砖掉下来也无关紧要。

然而,那天那一刻,一切偶然凑足了必然。就在何光荣老婆把插头插进插座的时候,光荣儿子从茶盘上拣了一块芝麻糕舔食,仰着脑袋看他阿妈插电源的那一刻,那块瓷砖从墙上掉了下来,正正砸在何光荣儿子的额头上,儿子顿时血流如注,哭嚎起来。光荣妻看到儿子被砸伤了,一慌,手指头不知道怎么就按到了刚刚和插座里边的电源线接上的插杆上,下雨天空气潮湿,鹭门乡下人又习惯打赤脚,人体导电良好,砰的一声,光荣妻被电击倒在地,浑身抽搐,人事不省。

这一下可把水桶阿妈吓傻了,杀猪一样地嚎叫起来:"水桶嗳,水桶嗳……快来人啊,救人啊。"

5

水桶阿妈平常嗓门不大,此时一急,就像村里拉响了警笛,惊动了整个村落。山村里的人们本来就活得无聊寂寞,任何一点儿小事都能成为他们关注的热闹,于是乎,从村长到刚刚学会跑的娃子,从四面八方纷纷朝发出杀猪一样凄厉、警笛一样撼人声音的水桶家跑了过来。

那个场面真够惊人的,何光荣的儿子,满面血污,坐在地上痛哭,泪水在脸上的血迹中划出了淡红色的沟渠。光荣妻躺在地上蜷缩成一团,已经没了气息。水桶阿妈坐倒在地上,扯直了嗓子嚎叫,脖颈上、太阳穴上的青筋暴起活像肥壮的蚯蚓。

还是村长冷静:"庄医生,干你老,傻站着看戏呢?赶紧抢救啊。"

所谓的"庄医生"其实就是个卫生员,村里人厚道,称呼上高抬他,都把他叫医生,他的医疗水平也就是打个针、量量血压、治治感冒拉肚子,还比不上城里医院的护理员。

庄医生从来没有见过死人,此时看到何光荣老婆瘫在地上缩成一团,认定已经死亡,根本不敢动,抱起何光荣的儿子说:"还是先救活的,光荣妻已经死了。"

村长现在都要靠村民选,尽管选举的时候也难免要花钱给村民一些小恩小惠争取选票,但此时关键时候处置失措造成损失,下次选村长,每人发五百块红包怕也选不上。当下村长顾不上骂庄卫生员不服从命令,捋胳膊卷袖子,亲自动手,把何光荣老婆掰直溜了,然后跪在脑袋边上开始做人工呼吸、胸外按压,进行急救。

村长有驾驶执照,过去鹭门市的驾驶员考驾照、换驾照都要经过急救训练科目考试,交了钱考试合格才能拿到驾驶执照。这是交警队和红十字会联合起来搞的创收项目,老百姓不满意,后来就取消了这个科目。科目取消了,鹭门市的一些老驾驶员经过这种强迫培训,却也真的具备了急救常识和急救技能,所以,任何事情都不应该绝对否定,也不应该绝对肯定。

村长依仗着自己过去在驾驶员培训班练就的急救技能忙乎了一阵,累了个大汗淋漓,何光荣的老婆却仍然毫无生机,旁边就有人开始嘀咕:"人家都死了,村长还吃豆腐。"

说这话的是村长当初竞选对手的老婆,自家老公没选上,选上的就成了敌人,就跟台湾的绿党蓝党一样。

此话一出,围观的村民变换了想法,刚刚还觉得村长真不错,不怕死人,不嫌脏也不嫌累,拼了老命救死扶伤。现在却觉得村长确实不是东西,人家都死了,他还解开人家的外衣,在人家女人的胸脯上又按又压又揉的,还嘴对嘴接吻,太不像样子了。顿时议论纷纷,还有出声劝阻的:"村长,歇歇吧,人都没了,你就别折腾人家了。"

光荣老丈人也气恼了,开始埋怨村长,好像他女儿是村长给害的:"算了算了,有那个工夫都送到医院了,就你这个样子,耽误了抢救时间我跟你要人。"

村长一心想把何光荣老婆救活,心里一点儿歹念没有,现在受到围观群众的攻讦,既委屈又生气,啪的一巴掌拍到了光荣妻胸脯上。村长有个毛病,一生气,一着急就拍桌子,此时没有桌子,就误把何光荣老婆的胸脯当了桌子,拍了一掌之后,回过身来破口大骂:"干你们老,老子辛辛苦苦救人,你们鸭群里出猪嘴,人在做,天在看,说话拍胸口读良心……"

尽管村长是民选的,要拜托村民的选票,可是在任上的时候,村长手里毕竟还掌握着村里的公积金、公益金、村企业红利分配、宅基地审报等等一些实权,如果村长在任的时候得罪了他,眼前亏总会免不了。村长真的发火,多嘴多舌的人大都不敢正面对抗,村长起身拍手,明摆着不愿意再管这摊烂事了:"何家的,你等一等,我去开车过来,赶紧把大的小的拉到镇上医院去,省得到时候你埋怨我没把你女儿救活过来,看看镇上的医院能不能把你女儿救活过来……"

村长正要离去开车,光荣的老丈人却惊叫起来:"好咧,活了,我女儿活过来了!"

众人注目于地上的女人,光荣妻胸脯开始上下扇乎,人也有了气息,村长看到自己的一巴掌拍出了成效,积极性恢复,也不多啰唆,跑到旁边的井口上,从井口旁边的木桶里舀了一瓢冰水,吞进嘴里,就呼噜噜漱了漱口,然后回到女人身边,扑的一声,把嘴里漱过口的冰水全都喷到何光荣老婆脸上,光荣妻被冰水一激,嘤咛一声呻唤,活转过来。

"娃儿呢?我的娃儿啊……"母性伟大,光荣妻刚刚醒过来,第一件事就想起了满脸血污的儿子。

她这一提醒,大家才想起了刚刚被庄医生抱走的孩子,村长大声叫喊:"干你老庄医生,娃儿咋样了?"

庄医生抱着何光荣儿子从屋里出来,大家一看心就都沉了下去,孩子的脑袋被层层叠叠的白纱布包得活像一颗粽子,只有鼻孔和眼睛的位置留出来两道缝隙,纱布外边还有渗出来的血渍,看样子娃儿伤得不轻。

村长追问:"庄医生,娃儿能不能活?"

庄医生说:"没球事,就是额上开了个口子,送到医院缝几针就好了,我给狗日的打了消炎针、止血针,吃了消炎药、止痛药,赶紧送医院缝针去。"

村长骂:"干你老,娃儿让你包得像个僵尸,我还当活不成了呢。"

光荣妻和儿都没有了生命危险,村里人也都松了一口气,有了说话逗笑的心情,便七嘴八舌地议论开来。

不着调的后生嘻嘻哈哈笑着说村长救人是不错,可是方法太流氓,明摆着吃人家豆腐,这种抢救方法今后大家都去学。

老成一些的说,该把水桶叫回来,承担责任,医药费、误工费、交通费都先要有个交代才对。

水桶阿妈也从慌乱中清醒过来,连忙跑进屋里给水桶挂电话,水桶也吓了一跳:"人死了没?"

"没有,刚刚死了,又救活了。"阿妈回答。

"没死管球他娘,谁叫她到我们家里来了?不要管她。"

"你赶紧回来,我不知道该咋办呢。"阿妈央求。

"我忙着呢,咋办也不咋办,是她跑到我们家里来,墙上的瓷砖砸破了她,又不是我请她来的,更不是我动手打了她,怪不到我们。"

接电话的时候,水桶正在鹭门市的茗香茶楼泡茶,他想说服茶叶店老板直接从他那里进货。

村长看到水桶阿妈还抱着电话唠唠叨叨,骂了一声:"干你老,我们先送人去镇上医院,叫水桶赶紧回来,把钱送到医院来。"

村长开了他那台二手北京切诺基,载着光荣妻和光荣儿下山去了,后面跟着光荣岳父岳母乘坐的桑塔纳。

6

　　水桶没有到医院送钱去，不是没钱，而是不愿意花那笔钱，他认为，光荣妻、光荣儿受伤跟他没关系："干你老，老子走路让石头绊了一跤，摔破了脑壳，我还朝石头要医药费吗？"水桶振振有词。

　　光荣儿额上缝了三针，镇上医院的医生手艺差，留下了重重的疤痕。最可怜的是光荣妻，患上了严重的后遗症：走路不会拐弯，失语还流哈喇子。后续治疗需要大笔的费用。

　　由于水桶拒绝支付医疗费，何光荣便把他告上了法院。收到传票那天，水桶不在家，他到鹭门的茗香茶楼给人家送茶叶样品。水桶阿妈不会写字，送传票的法警让她在传票上按了一个红堂堂的手印，告诉她，这就算传票送到了，开庭的时间如果他们家水桶不到庭，就会缺席审判，败诉了别怪旁人。

　　水桶回到家里，迎头劈面碰到的就是阿妈递过来的那张法院的传票。看到何光荣把他告了，起诉状上让他赔偿医药费、误工费、精神补偿费加起来有五六万，水桶这才慌了手脚，急匆匆找村长想办法，村长骂他："干你老，早干啥去了？"

　　水桶争执："他老婆娃儿伤了，不错，是在我们家伤的，可是谁请她到我们家去了？再说了，又不是我打的，村长你说，凭啥叫我们赔偿呢？"

　　村长也弄不清楚他到底该不该承担责任："你有道理到法院

去说,跟我说没用,早些说我还能从中调解调解,现在说晚了。"

水桶从村长家里出来,越想越气,狠下心来要跟何光荣打这一场官司。接下来就是请律师、写答辩,种种事情都要花钱,官司还没开庭,钱就花了个一塌糊涂。

开庭那天,光荣把老婆儿子都带到了庭上。光荣妻进门不会拐弯,直愣愣地走到了法官面前,如果没有审判台挡着,她能一直从法官身上走过去,嘴角还流哈喇子,样子很是凄惨。光荣连忙抢过去,站在老婆身后,骑电动车一样一路给他老婆调整方向,他老婆才步履蹒跚地坐到了旁听席上。儿子头上的纱布已经拿掉了,额上斜斜一道沟渠,边沿麻麻梭梭就像拉链,看上去可怜兮兮。法官和律师还有水桶自己,看到光荣妻和光荣儿,脸都绷得紧紧的,神态很是不忍,官司胜负在那一刻就已经定下来了。

果然很快判决就下来了,何光荣胜诉,法院让水桶赔偿光荣家医疗费、误工费、精神损失赔偿费合计六万八千八百块,另外还要立即支付何光荣的工钱三千五百块及利息五十三块。判决理由是,水桶拖欠光荣的工钱,逼使光荣妻上门去讨工钱,如果水桶不欠工钱,光荣妻就不会去讨工钱,也就不会受伤。

"干你老,光听说老板拖欠农民工薪水,还头一次听说农民拖欠农民薪水。"法官看到水桶气鼓鼓地在判决书上签字,要上诉,嘟嚷着骂了一声。

上诉状上,水桶加了一条理由:墙面的瓷砖是何光荣贴的,他施工质量太差,墙砖掉下来责任在他,不但水桶不给他赔偿,他反而要给水桶赔瓷砖钱,因为,瓷砖掉下来都摔碎了,不能用了。这条上诉理由是律师给他支的招数。

二审开庭,光荣妻、光荣儿又一次到法庭上展览,结果很快宣判下来,驳回水桶上诉,维持一审原判。二审驳回水桶上诉的理由是:瓷砖剥落的根本原因在于上诉人采购的水泥沙石质量低劣,而不是被上诉人贴瓷砖的质量不好。

水桶回到村里蔫了,官司打了个一塌糊涂,早知道光是打官司就要花这么多钱,还不如当初把医药费和工钱给了光荣算球。后悔药没处买,律师告诉他,如果家里有能力,还是老老实实地遵守法院判决,把钱给了原告算了,不然,原告申请强制执行,法院就能封他家刚刚装修好的大房子。

"干你娘,你的买卖好,只赚不赔。"水桶骂律师,律师夹着皮包气哼哼地钻进汽车,汽车一溜烟拐过山道消失了。

水桶把家里的存款卷空了,还不够赔偿,又跑到阿妈娘家找舅舅借了一万多,总算把法院那摊事情给了结了。

不久,从何光荣家东山村传来了消息:拿到钱,光荣妻的后遗症马上好了,走路也会拐弯了,上山爬坡比猴子还敏捷。说话利索得很,讲起到水桶家讨薪受伤打官司等等情节,滔滔不绝,可以派到鹭门卫视上说打嘴鼓。打嘴鼓是鹭门特有的曲艺形式,就是用鹭门话说单口相声。

听到这个消息,水桶气坏了,却无可奈何,诅咒道:"干你老何光荣,讹诈了老子的钱给你一家人买药吃。"

过八月十五,光荣妻回娘家送月饼,水桶阿妈亲眼看到她活蹦乱跳,一点儿后遗症都没有。水桶阿妈厚道,自己安慰自己:不管赔了多少钱,只要人家的人没事就好。

7

八月十五,就在光荣妻回娘家送月饼的同一天,邵博士和雷雷终于带着《地理杂志》社的专业摄影师,乘坐了一台吉普车莅临西山村,要拍摄水桶的老祖宗庄强贪污受贿盖的古民居。

三个人兴致勃勃下了车,却马上晕头转向,小小一个山村,硬是找不到那座古厝了。

雷雷摸着后脑勺纳闷:"不对啊,就是这个村子啊。"

邵博士推推夹在鼻梁上的眼镜,满脸茫然:"是啊,不会错啊。"

刚好水桶阿妈听说光荣妻回娘家来了,在门口探头探脑地张望、侦察,雷雷眼尖,一眼看到了她,马上趋过去:"阿嬷,你们家在哪呢?"

水桶阿妈还认得眼前这个人,嘿嘿笑着反讽他:"你看你多好的记性,这就是我家啊。"

邵博士趋前追问:"那你们家的大厝呢?"

水桶阿妈嘿嘿笑:"这就是啊,我儿子装修过了。"

邵博士痛心疾首,连连摇头,眼镜差点掉到地上:"愚昧啊,太愚昧了。"

雷雷差点昏倒,瞠目结舌,站在那儿喃喃自语:"怎么会这样?怎么能这样?"

摄影师把已经掏出来的相机又装回了包里:"雷雷,这就是你说的古民居啊?我看着明明是北京王府井大街新修的高档厕所啊。"

大厝外墙贴上了那种画着三角梅的乳黄色瓷砖，真跟城市里高级公共厕所的长相一样。

邵博士扶正了眼镜，摇头叹息："好好一座古厝就这样糟蹋了。"

雷雷喃喃自语："干你老，太干你老了。"

雷雷一向儒雅敦厚，从来跟污言秽语绝缘，此时也忍不住学着鹭门人的口头语骂了一句粗话，钻进汽车再也不好意思下车。邵博士愤怒已极，义正词严地告诉水桶阿妈："你们这种行为是破坏古建筑，回头我们文物局要追讨拨付给你们的修缮保护费用，还要依据文物保护法追究你们的法律责任。"

邵博士怒气冲冲地钻进汽车，没小心脑袋还在车门框子上狠狠地碰了一下，邵博士疼得眼冒金星，更加生气，回头大声对水桶阿妈重申："你们一定要把钱退回来，不然我们就到法院告你们。"然后摔上车门，汽车一溜烟地开走了。

水桶阿妈慌了手脚，她看得出来，这几个人很有身份，对他们家把老厝装修了非常生气，人家要追讨那五万块钱，钱却早就花光了，而且人家还说要到法院告她们，刚刚输了一场官司，接着又是一场官司，水桶阿妈悲剧了，连忙给跑到鹭门城里推销茶叶的水桶挂电话。

水桶听完阿妈的通报，安慰阿妈，口气中对邵博士和雷雷充满了不屑："卵窖，他们是呷罢白米笑地瓜。""呷罢白米笑地瓜"是闽南俗语，意为吃饱了白米饭笑话别人啃地瓜，意思跟饱汉不知饿汉饥差不多。"自己住在亮堂堂冬暖夏凉，坐着屙屎屙尿的洋房里，凭啥老子就得住四面透风黑黢黢的破房子？房子是老子的,老子爱怎么装就怎么装。阿妈你等着,我赚了钱,房子里还要装冷暖空调,冬暖夏凉,还要装抽水马桶,屙屎屙尿再也不用半夜三更往外跑。"

回城的路上,气恼和惋惜把公路两旁的美景冲淡,邵博士和雷雷谈及此事,邵博士摇头叹息:"能把一座具有历史文化价值的古厝装修成现代化的大厕所,这个烂人真牛。"

雷雷问:"钱真的能追回来?"

邵博士叹息:"追个屁,多亏那五万块不是我家的,认倒霉吧。"

8

黄昏时分,水桶坐在靠窗的桌旁,装模作样地捧着一杯咖啡啜吸。这是鹭门海边的一家巴星克咖啡馆,不注意看,会把这家咖啡馆和国际知名的咖啡连锁店星巴克闹混了,这也正是这家咖啡店老板想要的效果。就连店徽,也模仿星巴克那显眼的绿油油的圆图标。可惜,在夕阳和海水的映照下,那圆圆的绿色店徽变成了混浊的青紫色,就像挨过老拳的眼窝。

水桶只爱喝铁观音,不爱喝咖啡,放糖喝胃酸,不放糖喝就跟喝中药一样苦。他今天之所以产生了泡巴星克咖啡馆的冲动,是因为曾老板答应他每天可以有十块钱的伙食补贴,他傻乎乎每天按照十块钱标准吃饭,等到找曾老板要伙食补贴的时候,曾老板却让他用发票来报销。他早上在摊上喝稀饭,中午在摊上吃盒饭,晚上自己烧面线糊,哪里有发票给曾老板报销?他现在急于找发票,发票只能在店里开,于是他谨慎地选择了这里。

水桶是明白人,大多数饮食店开的发票都是假的,上面的兑奖号码,根本刮不出奖。这种比较正规的外国店,一般不会开假发票,他也把这里误当成了星巴克咖啡馆。水桶知道著名的星巴克,村村通工程不但让他们村通了汽车可以及时把茶叶运出去,还让他们在山上也能看到电视节目,电视机可以让他足不出户接受最新鲜的知识。他前不久曾经看到过有一家叫星巴克的外国咖啡馆,在北京皇帝住的故宫里开了分店,招惹得很多中国人不爽,没想到鹭门也有了。

"干你老,星巴克就像猪流感,传染速度飞快,没有你去不了的地方。"水桶四顾这家咖啡店,心里暗暗嘀咕。他也反对外国人把咖啡馆开到皇帝住的故宫里,如果故宫开一家专卖铁观音的茶楼,他就会支持。骂归骂,水桶却相信,这种外国店,肯定不会开假发票,他的目的是,一会儿开发票的时候,数额开大一点儿,把曾老板拖欠的伙食费报回来。

水桶的外表看上去和他拥有的智商很不相配。他长得土,因而显得厚道老实:暗黑色娃娃脸,嘴唇有点儿外翻,颧骨有点儿高,相貌特征证明他们家有南洋马来人的血统。可惜的是,他遗传了马来人的肤色和颧骨,却没有遗传马来人微凹明亮的双眼皮大眼睛。他的眼睛是汉族的,不大,缝眼,有利聚光,不利观赏。

长得土,穿什么都洋气不起来,到了鹭门城里,他千方百计装"酷"学时髦,可惜天生一副土长相,越装越滑稽,就如中国女人染黄毛,外国女人穿旗袍,古厝墙上贴瓷砖,秃子戴上假发套,不打扮还好,越打扮越别扭。

水桶这种貌似忠厚、土气，实则聪慧狡黠的人很占便宜，如果凭水桶的长相和扮相来定义他的智商，那就大错特错。仅凭水桶的长相和扮相来跟他比拼狡猾，城里人八成会吃亏。中国农民式的狡猾和初中文化的支撑，还有对这个世界电视文化视角、电视文化的农民式解构，让水桶拥有足以应付这个复杂都市充足的心理承受力和智慧积累。

　　此刻，坐在巴星克咖啡馆里，水桶摸摸屁股后面的钱包，拿不准该不该再加点儿什么。咖啡店里还有糕点和套餐，可惜，他的肚子不饿，也舍不得为了一张发票增加开销成本。水桶从村里跑到城里是为了躲债，现如今，是他们家最为艰难的时期，茶叶没人要，家底全都付给了何光荣，现如今那个邵博士又要追讨五万块，按照他的思维模式，应付债务负担的最直接方式就是一跑了之，这种农民式的智慧，从杨白劳时代一直流传至今。

　　按照总资产算，他并不贫穷。家里有装修好的大厝屋，山上还有两亩好茶园，他缺的是现钱："干你老的何光荣，硬是把老子给敲诈了。"一提到钱，他就肉疼，就恨何光荣，如果不是何光荣，邵博士追讨那五万块也不用怕，实在拖不过去大不了还给他。可是，现在手里没了钱，只能跑到外面躲债了。

　　一想起这件事情他就越发恼恨何光荣，连带着恨鹭门市里的大医院："干你老的医院，治一个死一个。"打官司的时候，水桶的律师提出要对光荣妻所谓的"后遗症"进行医学鉴定，何光荣的律师马上拿出了一家大医院的诊断书，上面明明白白写着"电击导致的行为障碍"，人家早就有备而来。结果，法院和水桶还有水桶的律师都被何光荣跟光荣妻伙同大医院骗了。

　　"阿妈，我不在的时候，你要把茶园子照看好，自己也要吃好,不要节省,我在鹭门城里挣大钱呢。"他一到鹭门,就更换了手机卡,怕市文物局和邵博士追踪他,用新手机卡给老阿妈打电话的时候这样说,心里有点儿酸酸的,同时却又想起了离开西山村的时候,他阿妈跟在他屁股后面骂:"干你老,你惹下一堆烂账一拍屁股走了,谁给你当卫生巾呢。"

他明白他阿妈的意思是,他屁股上的屎扔给了他阿妈,只是不知道他阿妈为什么要提卫生巾。其实他还是没有明白他阿妈的意思,他阿妈想说的是,他这个叫水桶的儿子跑了,把她扔下当擦屁股的卫生纸,却错把卫生纸说成了卫生巾。

水桶到了鹭门以后,并没有觉得工作有多难找,只要不嫌工钱少,不嫌苦和累,工作到处都等着人去干。水桶虽然出来的时候也揣了一些钱,可是他懂得不能坐吃山空,得马上找活赚钱养活自己。农民出身的水桶,优势就是不怕累、不怕苦,刚好曾老板要招人替他沿街派发小广告,说好干一天二十块,包吃包住,于是水桶就应聘当了小广告派发员。

他的工作就是白天沿街到处溜达,看见人就把曾老板印制的小广告发给人家。曾老板做什么生意,水桶不关心,也不去管,反正让他发什么就发什么。曾老板的小广告内容丰富,卖两折飞机票,推介经济型连锁酒店,卖二手进口高档汽车,卖晚上陪孤寂男人的应召女郎,卖大专、本科、硕士、博士文凭,卖……水桶暗笑,这位曾老板,除了毒品和军火不卖,什么都卖。

干这种活最苦的不是体力的支出,而是日晒雨淋、路人轻蔑的眼光和厌烦的拒绝,偶尔还要在城管的驱赶和追逐下像狼撵兔子一样奔逃。这一切对水桶都不是问题,在老家照看茶园子,日晒雨淋属于正常生活形态。路人的轻蔑和厌烦,水桶更不会当做一回事儿,对别人的态度,水桶天生具有免疫力,因为别人怎么看他和他怎么看别人,都没有什么价值,在鹭门这座大都市里,谁认得谁啊？他的注意力集中在曾老板每天结算的二十块钱,还有十块钱的免费饭钱上。晚上,睡在曾老板提供的住所里,一间房住十二个人,房子在城乡结合部的一座农民的破屋里。

白天站大街,跟交警一样,晚上睡地铺,跟流浪汉一样,这一切在水桶心里都不算什么,这都不过是一个过程。他跟所有农民一样,淡化过程,看重结果,就如过去在田里劳动,栉风沐雨辛苦一年,有了秋季的收获,一年的辛苦就无所谓了。所以,他对于过程不很在意,所以,他才能在需要的时候走进巴星克咖啡馆假模假式喝咖啡。

9

水桶点了一杯最便宜的咖啡,好像叫"南山"还是"蓝山",水桶没有听清楚,也没好意思问。其实,哪有什么南山、蓝山,咖啡馆既舍不得花那个本钱,也懒得费那个工夫现磨,就是用雀巢速溶冲了冒充。如果有客人要泡沫咖啡,服务员就给里边加点儿起泡剂,甚至有的时候图省事,直接吐几口唾沫就有了泡沫,有时一个人的唾沫不够还会招集大家一起吐,众人拾柴火焰高,众人口水泡沫多。

服务员小姐把咖啡端上来,轻飘飘地放在他的面前。他尝了尝,比铁观音苦,却没有铁观音的那股香气,活像熬焦了的中药,没有在超市里买的速溶咖啡好喝。他看到在咖啡杯旁边的小瓷罐子里,塞了一些小纸袋,抽出一袋看看,上面标着"糖"的字样。他撕开一袋,把里边的糖洒进了咖啡,看到服务员没有反应,估计应该是免费的,就又给杯里加了两袋。

星巴克的服务员瞥见庄水桶往咖啡里加糖,连忙过来请示:"先生,要不要奶?"

庄水桶愣了,眼睛烁烁地朝人家的胸脯上盯。他在老家的路边店吃饭的时候,曾经碰到过服务员问他要不要"做",还掀起上衣衣襟给他展示,当时他怕在家门口被熟人碰到,没敢"做"。没想到现在咖啡店里的小姐也兼职干这个。

"摸一下多少……"他刚想问摸一下多少钱,服务员却已经解释明白了:"我是问你咖啡里要不要加点儿牛奶。"

他也连忙改口:"没有就不要,有就要。"

他还想追问一句,如果加奶,要多少钱,却没好意思问,怕人家笑话他土。他喝过速溶雀巢,冲好了,都是灰白色,喝起来甜甜的还有乳香,肯定是加过糖和奶的。

服务员端来了一个小盅盅,里面是奶,摆放在水桶面前,水桶全都倒进咖啡里,然后用小勺慢慢搅动,还学了在电视上看到的明星样儿,翘起了小指头,他不知道,这种手势叫兰花指,只适合女人,不适合男人,尤其不适合他这种装束的男人和这种男人粗壮的手指头。

巴星克咖啡馆的服务员身份虽然和水桶一样,都是进城务工的农民孩子。然而,面对水桶这位满身土气的农民工,还是忍不住产生出了优越感,因为她们觉得自己已经没了水桶身上那股土腥气。这种优越感就如刚刚富裕了的中国人看不起仍然贫穷的中国人、上海人看不起江北人、开汽车的看不起骑自行车的。有优越感的服务员看到水桶翘起兰花指搅咖啡，触动了笑点，忍不住咯咯咯笑了起来。

顺便介绍一下，这位服务员姓林叫林韭菜，应该属于水桶的老乡，来自茶乡北山村，被茶楼的老板征招到鹭门城里的茶楼当茶花女，茶楼老板教了她们一些扭捏作态的姿势，给客人沏茶时候装模作样地表演，冒充中国茶艺骗游客。韭菜干了几天有了几个闲钱，便在闲暇时候伙着姐妹学城里人泡咖啡馆，看到咖啡馆的气氛时尚，而且在这里当招待比在茶楼当茶花女赚钱多，便动了跳槽的心思。前来喝茶的游客大都俗气得很，尤其是一帮游客聚在一起吸溜吸溜喝茶的声音就像春雷一样震耳欲聋，韭菜实在厌烦。有的男客人还把沏茶的茶花女当成了歌厅里坐台小姐，动手动脚，韭菜想起咖啡馆里的客人，文明礼貌，最多是一男一女躲到包厢深处卿卿我我、搂搂抱抱，不会对服务员动歹念，便下了决心，从茶楼里的茶花女摇身变成了咖啡女郎。

韭菜咯咯一笑，水桶就知道人家在笑话自己，有点儿不好意思，也有点儿生气，便招手召唤韭菜过来，韭菜过来强忍住笑意，按照店里的服务规范问他："先生，有什么需要吗？"

其实水桶并没有什么需要，他看见韭菜笑话他，就想给她找点儿事情做，省得她待在那儿没事干。水桶自己是干活出身，最看不得的就是别人闲着。韭菜问他，他一时语塞，便随手指了指单子上挺好看的巧克力造型图片："我要一份那个。"

韭菜愕然，有喝咖啡吃蛋糕的，还没见过喝咖啡吃巧克力的。

"去啊，怕我付不起钱吗？"水桶以为韭菜慢待他，有点儿不高兴，话头也硬了起来。

韭菜连忙跑回去，用小碟子装了一条巧克力，送给了水桶。水桶拎起巧克力咬了一口，太甜，连忙喝咖啡，而咖啡里他又加过大量的糖。他忘了，面前的是咖啡不是铁观音，喝铁观音就甜食合适，喝咖啡就巧克力，甜上加甜，就腻了。

别人是有苦说不出，水桶此时是有甜说不出。韭菜看到水桶嚼着巧克力喝咖啡，再一次触动笑点，咯咯咯笑了起来。

10

巴星克老板是一个文化人，在他的巴星克咖啡店摆放了一些图书供人阅读，平时也喜欢招揽一些鹭门的文化人到咖啡馆里瞎掰，提升咖啡馆的人气和品位。此时，他正在陪鹭门一个美女作家和鹭门大学著名的老教授品咖啡。

美女并不美，因为是市作协会员、省作协会员、国家作协会员，又是女人，别人便惯性地称之为美女作家，听多了，便也自己觉得自己美了。教授倒是货真价实，人称啃鲁族，就是靠研究鲁迅喜欢吃什么，跟弟媳妇吵过几次架这些"学问"评职称、挣工资。鲁迅抽什么牌子的烟、脚后跟上有没有老茧等等都可以作为教授的选题立项，获得项目资金。有了项目资金，教授的日子就好过，泡歌厅、混搭按摩都有报销的去处了。

这位教授真丑，恍若一只进化了一半的老猴，好处是他从来不觉得自己丑，到处堂而皇之地登台露脸胡说八道。有一次到幼儿园给孩子们讲《弟子规》，把男孩吓得哇哇乱叫，女孩吓得哇哇乱哭,有的孩子晚上回家还做噩梦,家长们到幼儿园大闹一通。从那以后,市里为了维护安定保持和谐,口头通知,不准各学校、幼儿园再邀请他去吓唬孩子们。

教授的专长是啃鲁,特长是写读后感,由于有了教授这个头衔,他写的读后感便不再叫读后感,改叫文学评论了。教授尤其热衷、擅长于捧文学女青年,犹如达官贵人捧戏子、明星。捧红了,教授和美女双方名利双收,捧不红也不会有什么损失。

尽管所有明白人都心里有数,他的读后感水平还比不上语文好的高中生。然而,美女作家用的是他的身份而不是他的水平,所以便求了巴星克咖啡店老板约了教授在这里会面,完成一笔互利共赢的交易。老猴儿这些年凭着教授的头衔,还真泡到不少傻乎乎的文学女青年,可惜他的分量毕竟不如达官贵人,其中也有一两个被他捧得半青半红就像树上半熟的果子,上不着天下不着地,自我感觉还绝对良好。

听到美女作家邀请他"一晤、讨教",教授便吞服了一颗前不久他的学生孝敬的伟哥,兴致勃勃前来应约。他知道,现今社会,超级开放,跟那种用下半身写作的美女做点儿不三不四的勾当,实在正常,不做才不正常。

美女的要求很简单,教授出面帮她的新作《肉色》写一篇读后感捧一下,推一下,为获市里、省里还有国家的鲁迅、茅盾之类的文学奖积累资本。这是一篇写得既像散文又像随笔唯独不像小说的小说,据说作品使用了最时尚的碎片结构,绝对符合文学圈里流行的后现代文学趣味。这篇小说发表在一个没人看的纯文学杂志上。

教授涎皮赖脸嘻嘻笑着问她有什么回报,美女作家搔首弄姿涎皮赖脸地发嗲："随便大教授啦。"

教授嘻嘻嘿嘿地笑，老脸皱得活像一坨陈年老屎："那我就不客气啦。"

巴星克老板把话往正道上拉："说是说，该表示的还是要表示一下。"

美女作家说："我请大教授吃饭啦。"

教授半真半假："一顿饭就把我打发了？"

美女作家再次发嗲："人家已经说了么，随便大教授啦。"

教授瞥了一眼老板，老板察觉自己在这儿有点儿碍眼，便告退："我到柜台上照应一下，两位老师要什么尽管吱声。"

老板一走，教授就握住了美女作家的手，美女作家微微一怔，没想到这老头儿如此猴急。随即也就不以为怪了，约人家的目的是什么？不就是交换么，用什么交换才能做到成本最低呢？不就是用自己嘛。

给教授送伟哥的学生家庭条件不好，能考上教授的硕士研究生已经倾家荡产，急着毕业以后马上赚钱养家。要想顺利毕业，自然要把教授孝敬好。请客送礼是最基本的功夫，然而，现如今的不少教授早就已经不是传统概念中满腹经纶口袋干瘪的文化人，他们有的住洋楼、养汽车、包小蜜、收贿赂，待遇一点儿也不比官员差。学生知道教授啥也不缺，送什么就成了天大的难题。偶然看到一本著名的国企黑幕小说《国家投资》，上面介绍国有企业开董事会的时候，总经理为了顺利获得任命，给董事发伟哥，学生茅塞顿开，想到鹭门大学旁边的巷道里有成人用品商店，门口竖的牌子上大咧咧地声明"本店原装伟哥低价发售"的字样，便钻进去打听价格。

价格没有想象的那么贵，老板介绍，四粒装的一板一百块，平均每粒二十五块。学生钱袋瘪，花这种钱非常谨慎，要过实物看了又看，包装精美，说明书都是外国字。学生觉得应该是真的，老板也赌咒发誓说是真的，学生便开始讲价钱，讲了两个多小时，把老板耗得实在没有精神了，就一粒十块钱卖给学生一盒，一盒十二粒。

学生买到了低价伟哥，非常兴奋，想起《国家投资》那本书上写着送伟哥的方法是装进会议资料袋里，学生照猫画虎学样儿，把伟哥混在自己的毕业论文资料夹里塞给了教授。教授翻阅学生论文的时候，看到伟哥，深为学生的孝心感动，不动声色地把伟哥藏进了自己的柜子里。年纪大了，经常在跟文学女青年亲密的时候，裤裆里的家伙就跟特立独行的八零后一样不听话。过去，他也曾经想过备一些伟哥，却又舍不得那笔开销。有福之人不用忙，无福之人忙断肠，教授属于有福之人，不然也当不上教授，这不，想到什么就有什么，穷学生送来了伟哥。

今天，教授就存了拿这个美女作家试伟哥的歹念，约会之前吞服了一颗。勾引文学女青年的成功实践，让老教授懂得时刻准备着的重要意义。

殊不知，迄今为止中国并没有发给伟哥进口许可证，国内出售的伟哥大都是山寨版。按照功效来判断，学生送给教授的伟哥算是山寨版，而不能说是假货。这种山寨版伟哥使用兽药"公猪诱情荷尔蒙"加上淀粉还有大剂量的雄甾烯酮压制成菱形片状，然后涂上一层浅蓝色，再用模仿的伟哥包装封起来，就成了正宗进口伟哥。兽药"公猪诱情荷尔蒙"的疗效说明上讲，这种药可以改善公猪的工作效率，增强公猪性欲能力，提高公猪精液产量。人服用了,效果比伟哥更加强大,药效发作,膨胀起来,不实实在在发泄一通坚决不消散,如果不及时消散,会造成祸根充血坏死。

教授被好心的学生当成了种猪,误食了公猪诱情荷尔蒙,此刻握着美女的手,歹念一起,裤裆里的祸根就有了反应,热烘烘的不太安稳。美女作家跟他的念头并不一致,此时眼睛四处睃,防备遇到熟人,心里暗暗有点儿后悔,不该到这种没有包厢的咖啡厅里来,如果碰见熟人怪不好意思。

美女作家蓦然看到了窗边的怪人:"老师,你看看那个人。"

教授扭过头,于是便看到了水桶:"那个农民工在吃什么?"

"好像在吃巧克力。"

教授摇头叹息:"人心不古,世风日下,什么人都知道泡咖啡馆了,简直是对咖啡文化的嘲弄践踏。"

美女作家嘿嘿笑:"确实太搞笑了,他怎么边喝咖啡边吃巧克力?"

教授仍然握着美女作家的手,并且开始在美女作家的手背上抚摩,眼睛却也被坐在窗边此刻正在跟服务员嘀咕什么的庄水桶吸引了过去。

11

水桶问韭菜:"在你们这里消费,能不能开发票?"

韭菜回答:"当然能了,我们店是合法经营的模范呢。"说着,指指点点地让水桶看墙上挂的铜牌、铁牌还有纸牌。

那些东西都是鹭门市某某局、鹭门市某某协会之类的单位颁发的证书、证明，有的是证明巴星克咖啡店是旅游优秀企业的，有的是证明巴星克咖啡店是鹭门餐饮行业推荐品牌的，有的是证明巴星克咖啡店文明卫生达标的，反正都是说巴星克好的，不好的巴星克老板也不会花钱买，人家硬给也不会朝外面挂。

水桶扭着脑袋看了一圈，放心了："那好，你给我算账。"

韭菜最爱听这两个字："算账"，算了账，客人就走了，她可以轻松。算了账，老板心里也会爽一些，对她们的态度就会好一些。

韭菜连忙跑回柜台，让柜台管账的小姐算账开单，连咖啡带巧克力，一共是七十八块钱，咖啡四十，巧克力三十八。韭菜拿着账单回去交给水桶："先生，您一共消费七十八块钱。"

033

水桶愣了，他原先的计划是花二十来块钱，要张一百来块钱的发票，而现在他大大地超过预算了。

"怎么会这么多？"水桶震惊了，要过账单仔细看。

账单上面清清楚楚写着"蓝山咖啡四十，威尔士巧克力三十八"。

水桶又拽过桌上的价格单仔细一看，这才发现，刚才他错把蓝山咖啡四十块一杯看成了四块一杯。把威尔士巧克力三十八块错看成了三块八，价格标在品种后面，都是用阿拉伯数字标的，夹在零中间的分隔点不仔细看会把数目看错。喝过速溶咖啡的水桶，万万想不到同样是咖啡，价格竟然会差别这么大，脑子里的价格预期导致他把每项价格都看低了一个位数。当然，如果经常出入咖啡馆，他也就不会出现如此错误了。

韭菜站在一旁看着水桶发呆，根据经验她知道这个客人对价格有了疑虑，每当遇到这种情况，埋单就会有麻烦。有的客人会挑毛病说难听话,还有的客人埋了单却会骂骂咧咧,有的客人甚至会找各种理由拒绝埋单。当然,不管哪种表现,发生这种情况的客人肯定都是基本上没有进过咖啡馆的人。眼前这位客人,肯定就是没有进过咖啡馆的人,只是不知道他会以哪种方式发作。想到这些,韭菜有些忐忑不安。

"你再给我的杯子里添一杯开水。"水桶提出了要求。

韭菜没有明白过来:"先生,您是说给咖啡杯里添开水,还是另外要一杯开水?"

水桶口气硬硬的:"你没看见杯子里还有底子吗?再冲一泡。"

韭菜明白了,咖啡杯里还有一些咖啡的残渣,他要再冲一杯开水涮杯子,是要把杯子里的残渣涮干净喝下去。

韭菜差点儿喷了,连忙跑回柜台拿开水,却站在柜台那里笑得直不起腰来。柜台里管账的小姐问她怎么回事,她笑呛了,话都没法说。

那边水桶却大声嚷嚷起来:"水呢?干你老,现烧吗?"鹭门人喝铁观音,从来不泡,是一冲一喝,水干了再加水已经成了习惯,所以水桶提出给咖啡杯加水自己并没有觉得有什么不妥。

根据经验,这个客人明摆着要找碴闹事,韭菜连忙提着开水过去给水桶加在咖啡杯里,实在忍不住,还是提醒了一句:"先生,这是咖啡,不是茶水。"

水桶不理她,又从桌上的糖罐里抽出两袋白糖,加进了充满开水的咖啡杯里,用小勺搅拌着。

韭菜想起他刚刚说过要埋单的,小心翼翼地问他:"先生,您是现在就埋单,还是过一会儿?"

水桶说:"要开发票,发票要多开一百块。"

多开发票的事情韭菜屡见不鲜，凡是要求多开发票的客人，肯定都是能报销的，比方说政府官员、国企老板等等。韭菜凭着在鹭门市闯荡数年，磨炼出来的看人下菜碟的小经验，怎么看眼前这位客人也不会是政府官员或者国企老板，可是也不好多问什么，便按照店里的规定应付他："这我做不了主，要请示一下老板。"

水桶的目的就是要发票，多开数额的发票，便说："你去请示吧，要是能多开，今后我就经常来，要是不能开，我今后就不来了。"这是他的经验，任何一家店，都渴望回头客。

韭菜假装过去请示，其实不用请示，这也不过就是巴星克的经营小策略：给客人一点儿虚拟的安慰，觉得店里给了他特殊优待，留个好印象。因为，他们的发票都是假的，开多少都无所谓。

就在这个时候，教授和美女作家过来了。如果教授不冒充文明高雅，如果美女作家的脚丫子长得不缺德，如果水桶喝完咖啡不要求加开水，也就不会发生血案。

12

教授跟美女作家相约，绝对不是为了喝一杯咖啡，在这家冒充星巴克的巴星克里玩浪漫。他的年龄早已不适合浪漫，六十多岁的老猴儿玩浪漫，别说他人怎么看，就是自己都会觉得像耍猴、像变态，唯独不像浪漫。

教授作痛心疾首状："文化的悲哀，悲哀啊，高雅的东西到了中国为什么都会蜕变，都会恶质化、劣质化呢？"教授站了起来，美女作家连忙跟着起身挽住了他的臂弯，教授接着发表口头评论："斯诺克台球，到了中国就变成了街边的赌局；交谊舞到了中国，就变成了男女滥交的皮条场；咖啡文化到了中国，你看看。"教授指了指水桶："就成了洗茶杯文化了。"

美女作家咯咯一笑凑个趣，心里却还在琢磨她那点事儿："老师，回头我把我的那篇小说送给您批评。"

教授连连摇头："不用了，不用了，我心里有数。"

教授心想，这年头哪还有看了书再写评论的？耗不起那个时间，也浪费不起那个精神："回头你把故事大意给我讲讲就成了。"

美女作家觉着教授不够热心，心里就有些不爽，教授又急着拽她走，她心里清楚教授要拽她到哪去，干什么，暗想，不见兔子不撒鹰，不见现金不交货，这是原则，便拖了教授的手不跟他走："老师，你还是要看看么，不然你怎么评论啊？"

教授呵呵笑着安慰她："别急别急，不就写个评论文章吗？你要什么档次我就推到什么档次，这总该成了吧？"

美女作家还是觉得不靠谱："你没看你怎么写？"

"我不是让你一会儿把故事给我说说吗？"看到美女作家脸板了起来，教授只好屈服，"好啦好啦，你给我，我认真拜读还不行吗？"

美女作家心里爽了，面上却还装不惬意："拜读不敢当，就请老师指教吧。"说着，从小背包里掏出那份杂志，递给了教授。教授接过来，揣进了裤兜。

男人的裤兜塞进了卷成一卷的杂志，杂志的顶端就摩擦到了祸根，如果教授没吃兽药，按他的年纪再摩擦也不会有不良反应，可是他偏偏已经服用了兽药做成的山寨伟哥，一经摩擦，就有些承受不住，祸根怦然崛起，静悄悄地在教授的裤裆那儿撑起了一座小帐篷。

两个人边说边走，来到了水桶的桌边，刚好韭菜请示好了，过来告诉水桶："行，老板说了，发票就按你说的开。给，一百七十八，够不够？"

水桶拿到餐饮发票找曾老板报销伙食费目的达到了，他伸出手去接发票，随手把咖啡杯放到了桌边上。

美女作家刚好经过水桶的桌边，教授虽然接受了登载她小说的杂志，可是态度很勉强，这让她很受伤，认为以她在文学界的名气，教授对她不够重视。如果不是为了给到省里、国家评奖积累资本，她恨不得扔下教授一走了之。心情不爽，看什么都不顺眼，尤其是看到水桶土腥腥地纠缠服务员要发票，就地迁怒于水桶，认定他的存在搅了教授的兴致，认定他的存在污染了咖啡馆的情调，认定就是因为他自己才没了好心情，于是仗着跟咖啡馆老板相熟，对韭菜说了一声："你们不能这么虚开发票，这是违法的，什么人么，吃不起喝不起就别来，真拿自己当人了。"

光是说还不够，美女作家还用极为轻蔑、厌恶的眼神瞪了水桶一眼，那一眼如果能够物质化，水桶肯定会当场死亡。美女作家这么一说，韭菜就有点儿害怕，连忙把正要递给水桶的发票又收了回来。她知道美女作家是老板的熟朋友，她也清楚，自己刚才并没有请示老板，仅仅是按照店里的潜规则做了个姿态而已，如果自己对这位老板朋友的警告置若罔闻，她找老板告状，说不准自己得挨老板一通臭训。

水桶正要伸手接发票，旁边一个不相干的女人插嘴多事，而且用那种谁都看得懂的眼神鄙视自己，水桶非常气恼，尤其是看到韭菜把刚刚递过来的发票又收了回去，水桶更加按捺不住，如果拿不到发票，他到这里消费七八十块就白扔了，而且伙食费也没办法从曾老板那里报销回来。

"干你老，哪来的烂女人？鸭群里出猪嘴，干你屁事。"

水桶并非老一代进城务工的农民，如果此事放在老一代进城务工的农民身上，看到美女作家那身时尚装扮和高高在上颐指气使的做派，也许会抱着息事宁人的态度低头忍了。可是水桶早已经不太把城里人当回事儿，他对城里人一没有敬意二没有惧意，电视上看的，书上念的，亲身实践的，都告诉他：干你老，城里人并不比农村人多个卵窖，更不比农村人多个脑壳。

美女作家让水桶一通臭骂有点儿懵："干什么你，凭什么骂人？"

水桶说："凭什么你不让她给我开发票？你是老板，还是税务局的？"

教授看到美女受辱，躲在一旁一言不发当然是不可能的，估摸眼前这位农民工再凶，也不至于敢动手打人，便做出英雄护美的架势凑过来帮腔："你这个人怎么张口就骂人？太没有教养了。"

水桶对老年人比较尊敬，这是农村孩子从小就习惯了的，连忙对教授解释："干你老，我也没骂人啊，我骂什么了？"

鹭门人口头语就是"干你老"，就如普通话中"他妈的"、"他娘的"一样，既可以当成骂人话，也可以当成感叹词、语气助词，看用在哪儿而已。诸如整天把这三个字挂在嘴上的水桶，早就已经没有了这三个字属于脏字、骂人话的概念，这三个字对于他来说，就如放屁前肚子里用的那一股劲儿，没那股劲儿屁放不出来，即使放出来了，也不叫放屁，叫撒气。

不过,水桶这个时候否认自己骂人,确实有点儿强词夺理,他的本意确实是在骂人,而不是在感叹或者抒情。

教授想再说两句,然后找个台阶走人算了,一看就明白,眼前这个人虽然行为举止有点儿农村,可是大脑观念却一点儿也不农村,纠缠起来还真不好对付。于是教授放缓了语气说:"年轻人,出门在外,应该遵守社会公德,我们国家现在正在建设和谐社会,消费了多少就是多少,你虚开发票,不但是不道德的,而且是违法的……"

水桶的目的就是要虚开发票,不然跑到这儿花七八十块钱干吗?听到教授这么讲,反唇相讥:"我虚开发票不道德,违法。你老人家这么大岁数,带着小姐泡咖啡馆,就道德,就不违法了?"水桶一眼就看出,教授和美女绝对不是亲人,也不是同事,他根据美女作家的打扮把美女作家当成了鸡婆小姐。

美女作家袒胸露背,还学着电影《满城尽带黄金甲》里宫女的样子,不顾自己的前胸本来就是停机坪,硬在前胸挤出来一道深深的乳沟亮给人看,让水桶错认她是干那种买卖的,这也是他敢于对美女作家大声嚷嚷"干你老"的下意识。

教授看到眼前这个不农不工不商不学实在看不出名堂的家伙是个滚刀肉,如果再跟他纠缠,弄不好还会说出什么更加让人下不来台的丑话,连忙转过头劝美女作家:"算了,走吧,跟这种人说那么多干什么? 我们有我们的事情要做。"

教授忽略了一个问题,咖啡桌的边沿高度正好跟他的祸根等高,凑过来给美女作家帮腔的时候,祸根正好摩擦到桌沿,如果他没有吃兽药做成的山寨版伟哥,啥事没有,可是他吃了,摩擦强烈刺激他的祸根,祸根立刻像我国的房价暴涨起来。暴涨的祸根顶到了水桶的咖啡杯上,咖啡杯装满水,有点儿头重脚轻,顿时骨碌碌滚到桌下,摔成了碎片,杯里的咖啡,准确地说应该是涮咖啡的白开水,溅到了美女作家的脚上。

美女作家长了两片极丑的大脚丫子,说丑还是奉承,应该说是长了两只缺德的大脚丫子。她那两只脚在大拇指和脚板骨接壤的地方,突出来两个大骨节,就像瘦男人的喉结长到了她的脚丫子上,结果她的脚丫子就整个扭曲成了一个平行四边形。而且,鹭门女人特别爱穿拖鞋,很多女人一年四季都是赤脚拖鞋满街跑,美女作家也是这个样儿,她自我感觉良好,从来没有觉得自己的脚丫子长得缺德。

咖啡杯里的水已经不烫,可是却吓了美女作家一跳,她本能地跳脚起来躲避泼到脚上的水,拖鞋却甩了出去,脚落地的时候,突出来的那块大骨节接触到碎瓷片上,大骨节被划开了一道口子,顿时鲜血汨汨而出。美女作家惊叫起来,别人看到她脚上地上到处都是红颜色,都吓住了。

牛人
NIU REN

13

人们常说,失之毫厘,谬以千里。教授的祸根在不该崛起的时候崛起,就不仅仅是失之毫厘的问题,起码失了十来个厘米,结果捅翻了水桶的咖啡杯。美女作家的缺德脚丫子两个大骨节横空出世,失之也不仅仅是毫厘的问题,起码失之两三厘米,结果被碎瓷片割了个鲜血淋漓。

听到这边稀里哗啦一阵脆响，紧接着鬼哭狼嚎，其他服务员和老板一呼隆地都跑了过来。老板呵斥驱赶服务员都滚回去干活，然后抓了纸巾压在美女作家的脚丫子上止血，看到美女作家的脚丫子长成了那副德行，老板心头掠过一个歹念：索性把这块大骨节切了可能对视觉还更好一些。心里转着歹念，老板让韭菜打电话叫120。韭菜吓傻了，水桶也惊呆了，教授的祸根此时发力，涨得老头儿担心自己爆炸，可是看到美女作家血流满地，痛苦不堪，也不敢轻易离开。

老板见眼前这几个人没一个顶用的，只好自己给120挂了电话，然后开始查问："林韭菜，怎么回事？把客人伤成这个样儿，看你们怎么交代。"

韭菜连忙为自己开脱："不是我，我也不清楚怎么回事就闹成这个样子了。"

美女作家咬牙切齿，指着水桶嚷嚷："就是他，别让他走了，让他赔。"

别说水桶真的没有干什么，就算水桶真的把人家的脚丫子割破了，他也不会承认。听到美女作家咬上了自己，水桶又惊又惧："干你老，我也没碰你，是这个老头把咖啡杯碰到地上摔碎的，你自己把自己的脚丫子割破了，赖我干什么。"

韭菜和水桶尽管都没有看清楚，咖啡杯突然滚落到地上是教授的祸根做的祸，但是他们却都知道，咖啡杯是教授给碰到地上的，至于到底是什么部位碰的，他们都没有注意到细节。

美女作家却认准了就是他："就是你，不信你问她。"

美女作家指的是韭菜，韭菜为难了，她也弄不清楚责任到底该由谁承担。

这一会儿，水桶忽然想起了何光荣和光荣妻那件倒霉事情，看着美女作家脚边的污血，冷汗顿时瀑布一样朝下流，如果美女作家真的要让他承担责任，他不知道这一次又要赔多少钱。有了前车之鉴，他立刻决定赶紧离开这个是非之地，于是起身要走。

老板却拽住了他："你不能走，人伤成这样了，总得有个说法，你走了我们找谁去？"

水桶只能继续辩解："我没动她，是这个老人家把我的咖啡杯碰到地上的，我咖啡杯里还有咖啡呢，要负责任，老人家还得赔我咖啡呢。"

他用白开水涮杯子里的咖啡残渣，整个过程教授都看到了，马上反驳："你的咖啡早就喝完了，让人家服务员给你倒的白水，你说是不是？"后面这句话仍然是问韭菜。

韭菜实话实说："就是，咖啡是喝完了，我给他倒了白水。"

美女作家马上说："你看看，这个服务员都证明了，就是你的责任。"

韭菜证明的是咖啡杯里不是咖啡，美女作家却偷换概念，说韭菜证明的是水桶要为这桩血案承担责任。

水桶急了："干你老，你们都是一伙的，跟你们说不清。"

韭菜看到自己的意思被人曲解，也急了："不是，我说的不是那个意思。"

教授马上接茬："你听，人家服务员都说了，她说的不是你说的那个意思，你不能走，打110报警。"

老板就又拨打了110，要求警察马上到巴星克咖啡馆来："我们这里发生了血案，一个女作家的脚负伤了。"

老板跟女作家相熟，自然知道她的身份，水桶这也才知道，人家不是小姐，而是作家。

片刻，120驾到，120急救中心的出诊医生和护士现场诊断伤势，发现美女作家伤得并不严重，大骨节划了一道口子，血虽然流了不少，却只能算皮外伤，连忙包扎止血，又打了一针破伤风血清，然后请教美女作家用不用到急救中心去做进一步的检查。

"要去，做一个全面检查，不然万一有什么后遗症怎么办？"美女作家很珍惜自己，马上要求去医院。

如果急救对象并没有拉去急救，急救车就是免费的，现场诊治的医疗费却是要钱的，看到她没有生命危险，医生护士便请她付医疗费。美女作家当然不愿意付钱，就追着水桶要钱，水桶当然更不愿意付钱，两个人当着120的面争执起来。

120一看没人付钱，暗暗庆幸，多亏没有稀里糊涂把人拉回去，拉回去了还真的就成了亏本生意，主事的大夫便说："这位女士的伤势不要紧，我们做了包扎，也不用到医院急诊抢救，过后自己到医院外科换换药，开点儿消炎药就行了。"

美女作家估计当场也没人会替她出急诊费，就坡下驴："那好，我就不去了，你们回去吧。"

护士小姐却要医药费："请哪位结一下医药费，包扎材料费、药费、诊断费一共一百三十二块钱。"

美女作家仍然拒绝付钱："这个单我不能埋，他把我弄伤了，还让我自己掏钱，天下哪有这个道理？"

水桶也是振振有词："谁把你弄伤了？我碰都没有碰到你，你说我怎么把你弄伤了？拿出证据来。看着人模人样的，连一百块钱都出不起。"

医护人员为难了，出诊拿不到医药费，回去没法交代："各位，你们谁的责任我们管不了，那是你们自己的事情，刚才是哪位打电话叫我们？"

这个责任咖啡店老板没法推脱："是我叫的，怎么了？"

随车护士负责收出车费："那你就把医药费交了，你们自己的事情自己解决好不好？"

老板反问护士："哪条法律规定，谁给120打电话谁就得交钱？"

护士被问住了，张嘴结舌："那、那……总得有人交钱啊，不然我们回去怎么办？"

老板当然不会交这种钱，认识不等于责任，他自忖跟美女作家还没有那种可以替她埋单的交情。把美女作家和教授弄到一起送个人情是一回事，真的帮她花钱埋单就是另一回事。喝两杯冒充的蓝山咖啡成本不过两三块钱，占个地方坐坐也没问题，他们不过来坐闲着也是闲着，现在真的要掏钱出血了，老板便不再负责。

拿不到钱120没法撤退，在场的又谁都不拿钱，场面僵在那里。

110的警察赶到了，看到地上的斑斑血迹，还有120医护人员加司机和脚丫子上打着包装的美女作家，咖啡店老板和教授，再加上水桶和韭菜，一帮乱哄哄的人剑拔弩张地在现场闹腾，警察都有点儿发晕："怎么回事？怎么了？"

看到了警察，在场的所有人都像看到亲妈的委屈孩子，一拥而上，争着抢着向警察陈述事实、分析道理。

美女作家强调她的脚丫子被水桶伤了，教授在一旁给美女作家积极作证，证明就是水桶的咖啡杯把美女作家的脚丫子给割伤了，水桶矢口否认指天画地赌咒发誓如果是他干的他就让汽车撞死，120的司机和护士医生申述当事人打电话让他们出车抢救，他们车也出了救也抢了，结果却谁都不肯付钱……

警察在混乱中大概听明白了，现场没有发生刑事案件，连治安案件都够不上，而且说话的大都是本地人，本地人最难缠，就连本地农民也说不清谁背后有什么势力支撑，便急着要打退堂鼓："你们不属于我们管辖，如果有消费纠纷，应该去找工商局，如果是经济纠纷应该到法院起诉。"

美女作家不干了："我的脚都伤了，你们还说不属于案件，地上的血脚上的伤难道都是我自己弄的？纳税人掏钱养活你们就是这种不负责任的态度吗？我要投诉你们。"

来应付差事的警察是这一片区派出所的副所长带着一个协警，受110联动指挥派过来处置问题的。受到美女作家的指责警察心里也不爽，看到她长相打扮花里胡哨既像明星又像站街女，就反过来盘查她："你是干什么的？有证件吗？"

美女作家气势汹汹地从包里掏出一摞证件摔给警察："自己看。"

警察约莫看了看，还真了不得，有身份证、驾驶证、市作协会员证、省作协会员证、国家作协会会员证、鹭门日报特约记者证……

警察连忙把证件都还给她："你没事干出门带这么多证干什么？"

美女作家昂然："我愿意，你管得着吗？快说，该怎么处理，你们要是处理不了，我就投诉你们。"

警察心里不屑，暗想我们天天都有人投诉，再多你一个也死不了人,嘴上当然不能这么说,还是抱了息事宁人的态度说话:"我听明白了,这位女士的脚被桌上掉下来的咖啡杯割破了,打电话叫来了120,120出诊不是免费的,可是你们又没人付钱,对不对?"

大家又开始了新一轮争执,美女作家强调她的脚丫子被水桶伤了,教授在一旁给美女作家积极作证,证明就是水桶的咖啡杯把美女作家的脚丫子给割伤了,水桶矢口否认指天画地赌咒发誓如果是他干的他就让汽车撞死,120的司机、护士、医生申述当事人打电话让他们出车抢救,他们车也出了救也抢了,结果却谁都不肯付钱……

警察连忙制止:"各位,说过的话就不要再说了,我已经听清楚了,不就是谁给120付钱吗?"

美女作家连忙强调:"不光付钱,还有我的医疗费、精神补偿费。"

警察对这个难缠的女人也有些惧怕,如果此时弄不清爽,可以断定她说不准跑到哪个部门去投诉,便耐下心来解释:"我们只能现场处置突发的刑事、治安或者交通案件,你们这应该属于民事纠纷,不过我们也可以做一些调解工作,如果大家接受调解,算我们没有白跑一趟,如果不接受调解,那就只好通过法院了。"

咖啡馆老板连忙说:"接受调解,接受调解,不过我们能不能到你们派出所去慢慢说,大家都聚在这里影响实在不好。"

警察、急救车堵在咖啡店门口,警察、医生、护士挤在咖啡馆里闹闹哄哄,没人敢进来消费。

120司机、护士、医生一起急了:"我们跑派出所干吗去?在你们这耽误这么长时间,万一再有急救耽误了谁负责?现在废话少说,赶紧把钱付了。"

警察开始做和事老:"这样吧,不管怎么说,人家120收费是正当的,谁叫的120谁先把钱付了,然后该谁的责任再慢慢讨论好不好?"

老板不干:"我叫的120不假,可是伤员不是我啊。"

美女作家又把问题拉回了水桶身上:"是他的责任,应该他来付费。"

水桶继续否认:"干你老,有我什么责任?是他把杯子碰翻了,怎么就成了我的责任?"水桶说的"他",自然就是教授了。

警察也没办法了,可是又走不脱,问题的关键是:谁碰翻了咖啡杯,谁就应该出面给120埋单。

警察追问:"到底谁碰翻咖啡杯的?"

教授和水桶连连否认,都说不是自己。警察有警察的办法,就地来了个现场还原:"当时你坐哪呢?咖啡杯在哪放着呢?"

水桶坐回自己的位置,用手比画着:"咖啡杯就在这儿,他过来碰了桌子,咖啡杯就掉地上了。"

警察推了推桌子,桌子稳稳当当纹丝不动,又用手比了比水桶比画的咖啡杯位置,对水桶质疑:"他这么大岁数了,就那么碰了一下桌子,咖啡杯就能掉地上?老板,你拿个咖啡杯过来,放到这儿。"

老板让服务员拿了一个咖啡杯放到了水桶比画的位置上,警察又挤靠了两下桌子,咖啡杯稳稳当当,纹丝不动。

警察追问水桶:"咖啡杯怎么没掉下来?"

细节决定成败,水桶没有注意到细节,看样子真的应了那句话,没有注意细节水桶看来得败了。

美女作家有精神了:"看看,我说的么,就是他的责任,还有这个服务员也能证明。"她一把将韭菜推到了警察前面。

警察问韭菜:"你说,到底咖啡杯是怎么掉地上的?"

四周的目光都集中到了韭菜身上,韭菜看了看老板的脸色,老板的脸板着,看不出倾向来,韭菜咬咬牙,下了决心要说实话,她相信老家里人常说的那句话,"人在做,天在看",尽管她觉得水桶这人也不怎么样,可是让她说假话害人她可是不干的,她定定心,然后指着教授坚定不移地说:"咖啡杯子就是他碰翻的,我看到的。"

14

韭菜证言一出,场面顿时翻盘,大家面面相觑,水桶感激不尽,他一直担心,如果对方硬让韭菜证明,韭菜肯定会向着对方,因为对方是老板的朋友。

刚才连警察也开始相信是水桶要赖了,韭菜出面证明,警察还怀疑他们是一伙的:"你们认识?"

韭菜连忙声明:"不认识,谁认识他了。"

水桶不高兴了:"你问这话什么意思?"

警察解释:"我听你们说话口音一样,以为你们认识。"

水桶说:"鹭门人说话口音都一样,就都认识了?"

警察自己也是本地人,让水桶这么一质问,眨巴眨巴眼睛,才明白眼前这个土里土气的小子也不是省油的灯，便不再多说什么，叫教授过来："老人家，你过来。"又对韭菜说："他刚才怎么碰的桌子，你做个样子。"

韭菜就过来，用下腹部在桌子边上推挤了两下："欸，就这样子啦。"韭菜推挤桌子，桌子纹丝不动。

警察让教授也同样推挤一下桌子，教授拒绝："我不做那种事情，你们当警察的不能侵犯我的人权。"

警察劝他："这怎么成了侵犯人权了？好，你不做我们也没办法管了，你们直接上法院吧。"

教授迟疑了，旁边一直沉默的协警说了一句话："谁不敢试就是谁的责任，没责任有什么不敢试的。"

教授只好勉为其难，来到了桌旁。教授方才用祸根顶翻咖啡杯的时候，还能感觉到祸根胀痛，现在却麻酥酥的好像注射了麻药，没了什么感觉。他来到桌前，按照刚才的样子用下腹部抵在桌边，所有人的目光集中到了他的下腹部，所有人几乎同时瞠目结舌，他那儿撑起来的物件抵住了咖啡杯，咖啡杯滑到一边，只是这一次没有滚到地上。

警察冲口而出："老人家，你多大年纪了？"

教授这个时候也才察觉，他的祸根仍然雄起着。

水桶一心想着摆脱责任赶紧逃脱，连忙说："看吧，我说不是我就不是我么。"

120司机、护士、医生异口同声提醒教授："老人家，既然是你干的，你就把钱付了吧。"

人越老越爱钱，教授就更加爱钱，他刚开始对自己祸根的异常反应也有些惊诧，由于没了感觉，加之注意力集中在推卸责任逃脱赔款上,他并没有注意自己的祸根状态,谁知道它却并没有退缩。这让他有些紧张,没有感觉的肿胀应该比有痛感的肿胀更加危险,这个基本常识教授还懂,可是,120的要求转移了他的注意力,他打死也不会出这笔钱:"凭什么我付钱?我叫你们来了吗?"

120护士无辜地看着警察:"警察同志,你评评理,刚才大家不都说了吗,谁把咖啡杯碰到地上谁付钱,现在证明是他碰的,他又不付钱了,你们看该怎么办?"

警察也无可奈何:"这样吧,你们还是通过法律解决吧,算我们调解失败。"

说完,警察带着协警钻进亮着110红灯的汽车跑了。

水桶见状也连忙脱身:"好了吧?证明跟我没关系,我还忙着呢。"

老板还要说什么,水桶瞪了眼睛:"干你老,你再不让老子走,老子告你非法拘禁。"老板还没反应过来,水桶已经夺门而出,片刻就消失到了薄暮的夜色中。

牛人
NIU REN

120司机把救护车顶到了巴星克咖啡馆的门口:"就是你们三个人,不交钱我就不走了。"

老板见状,只能自认倒霉,从钱包里掏出钱,把120的钱交了。

事情了结,120护士接了钱,还给老板开了收款收据,正要离开,教授却捂着裤裆哀哀嚎叫起来,成了名副其实的"叫兽":"不好了,我疼,我疼,快送我去医院。"

教授吃下的壮阳兽药终于上演了最后一幕,祸根崛起如铁却麻木不仁,而那两颗早就如干核桃一般的"卵窖"此时却刺痛起来,就像锥子在狠命地反复地往里边扎。

120有了教训,不敢轻易拉他,一定要先交费再送人,教授这一次很痛快,从后屁股兜里掏出钱包,递给120的司机:"快,快去医院,我疼得受不了了,需要多少钱你们自己拿。"

巴星克老板看到教授把钱包都交了出来,连忙扯住司机:"有人付钱了,刚才我给的钱还我。"

司机犹豫片刻,护士点点头示意可以,便把刚才从老板那儿收的钱又退给了老板:"收据还我。"

医生看到这位老人家真的不成了,倒也不敢耽搁,跟护士相帮着把他搀扶到救护车上,回头问美女作家和老板:"你们谁跟着?"

美女作家和咖啡店老板一起摇头,异口同声地回答:"我们还有事,去不了。"

120救护车一路啸叫,把教授送到了医院,医生根据病人自述打开他那里检查,震惊了,他的祸根成了一根蒸过以后又冻硬了的紫茄子。

医生请示教授:"海绵体长期充血坏死,你看是做切除还是做引流?"

教授哎哟哟呻唤着还是舍不得那根男性的标志物:"怎么引流?会不会有后遗症?"

医生苦笑:"引流就是切开海绵体,把淤积在里边的血液放出来,不管是切除还是引流,今后它都没用了。"

看到教授如丧考妣的痛惜表情,医生安慰他:"想开点儿,人老了,无所谓了。"

15

水桶自从咖啡馆那件事情以后，心情一直郁闷，他那天光顾跑了，忘了要发票。没拿到发票，耽误了一下午时间不说，还白白花了七十八块钱。这种亏吃了很难消化，一直梗在他心里，让他茶饭不香、夜不能寐。

"干你老，今天无论如何要把发票要回来。"水桶下定决心要彻底解决这个问题。

水桶一大早起来，从曾老板那里领了当日要发送的小广告，然后到街上转悠了一阵，四处观望一阵，没有发现同行的影子，便把小广告抽出一大半扔进了排水沟。同行之间相互都有一项任务：监督别的人，除了要认真派发小广告，还要看别的人是不是也在认真地派发，如果发现别人没有认真干活，或者把小广告随便乱扔，回去要向曾老板报告，曾老板会严厉处置，痛骂一顿，或者索性赶走，欠的工钱一分也别想要回来。

水桶扔了一大半小广告，剩下一小半留着晚上回去交差，如果小广告一份也不剩，曾老板肯定会起疑心，不用别人检举揭发，也会痛骂或者赶走。

走到天桥上，一个残疾妇女抱着一个牙牙学语的孩子，趴在地上讨钱。水桶走过去了，却又不忍心，回过身来，摸索出自己的零碎钱，挑出来一块，扔进了妇女头前边放着的小铁罐里，妇女催教孩子："说谢谢叔叔，谢谢叔叔。"孩子居然咿咿呀呀地朝他笑,还说了两声:射射石石……

　　孩子口齿不清,水桶心里突然挺难过的,想起自家小时候,阿妈背着他下地,他饿了,阿妈却没办法回家专门给他做饭,别的乡亲就把自家带的红薯干给他吃,阿妈在一旁催着他对别人说谢谢。

　　水桶又掏了十块钱,扔进了妇女的钱罐里。下天桥的时候,一个保安嘲笑水桶:"你傻啊?那都是骗人的,她根本不残废,孩子可能都是她专门借来骗钱的。"

　　水桶骂了保安:"干你老,我愿意,你管得着?"

　　保安摇头:"碰上傻瓜了,有钱难买愿意,我是管不着。"

　　水桶嘟囔:"你也装个残废让我看看,你也借个娃儿来要钱。"

　　水桶扔下保安走了。他也明白那个保安是好心提醒他,可是,他有他的想法,人都活到装残废、借孩子趴地上讨钱的地步了,就算让她骗十块钱,又能怎么样?

　　街上有摆摊卖水果的,水桶想到那天那个服务员证明他没有碰翻咖啡杯,帮他从困境中解脱出来,算是对他有点儿小恩情,况且今天找上门要发票,还要求人家,多少应该带点儿东西表示一下,便蹲在地摊旁挑拣水果。

　　水果品种很丰富,脐橙、米蕉、柑橘等等堆满了箩筐。水桶是个很要面子的人,送人的东西一定要拿得出手,像个样儿。他没问价钱,挑选了最好的米蕉和脐橙,称了两大坨,小贩给水桶把水果装进塑料袋,然后算账,一共要三十五块钱。

　　水桶掏钱包数钱,心里暗暗叫苦。他早就知道,鹭门市根本就没有他们西山村和谐,小偷多,骗子多,还有抢包的、劫道的,所以出门的时候从来不带超过一百块钱的现金。刚才出来的时候带了五十来块钱,给了乞丐十一块钱,现在剩下三四十块钱,买了水果就没钱吃午饭了。水桶正想减少品种或者数量，以降低资金压力，小贩却捞起箩筐一溜烟跑了。水桶看着手里的塑料袋，不知道水果小摊贩犯了什么病。

片刻之后，一辆城管的客货车载着几个头盔、制服、棍棒装备齐全的城管队员停在路边，城管队员跳下车来，追赶落荒而逃的小贩，水桶这才明白，刚才那个小贩眼疾脚快，抢先一步发现了城管逃窜了。

最近鹭门市正在迎接国家和省上联合进行的文明城市复检，过关保持文明城市的称号，不过关就要摘掉这个让市领导脸上光堂堂的称号，所以，城管、警察、工商、税务、街道办、居委会等等单位和组织倾巢而出，清理整顿市容市貌，跟小摊贩们展开了游击战，跟小广告展开了拉锯战，跟一切影响城市文明形象的行为展开了运动战。

小摊贩跑了，城管去追了，水桶暗暗庆幸，想起了阿妈经常教导他的话：好心有好报。今天就应验了，他给了那个乞丐十一块钱，马上就白白得到了三十五块钱的水果。

"干你老，此刻不走，更待何时。"他赶紧拎着水果，跳上公共汽车，去巴星克咖啡馆找韭菜了。

16

上午，巴星克咖啡馆刚刚开张，水桶拎着水果推门进去，柜台的服务员还记得他，看到他又上门来，忧患他这一次不知道又要制造什么麻烦,愣愣地忘了按照规矩招呼客人。

水桶主动问她:"那天给我开发票的服务员呢?"

柜台服务员小心翼翼地问他:"请问先生找她有什么事吗?"

水桶扬了扬手里的水果袋:"我过来感谢一下她,给她送水果。"这是水桶在路上就想好了的策略,不能一张口就要发票,万一遭到拒绝,转圜就比较难。还是要先谋感情,取得好感,然后再谈正事。

柜台服务员连忙朝里边喊:"韭菜,韭菜,有人来看你了。"

水桶这才知道,那个服务员叫韭菜:"什么?韭菜?"

柜台服务员乜斜他一眼:"韭菜就韭菜,没吃过韭菜馅饺子啊?"得知他不是来消费的客人,服务员也就用不着对他毕恭毕敬地装客气了。

韭菜急匆匆从里边出来,边走还边扣着衣襟上的扣子,显然她也是刚刚上班:"谁啊?谁会找我。"一扭脸看到了水桶,脸就绷紧了:"你?你怎么来了?"

水桶挤出笑脸说:"感谢你那天晚上帮我说话,也没什么好东西,买了点儿水果给你送过来。"

韭菜见水桶这么客气,紧绷的脸这才松弛下来,并且挤出了一丝微笑:"干吗这么客气?我也不是专门帮你,就是实话实说么。"

水桶感叹:"这世道,实话实说也不容易,真的很谢谢你。"说着,就把水果袋子递给了韭菜。

韭菜打开塑料袋口看看,欣喜地嚷嚷:"米蕉,我最爱吃了。"然后对水桶说:"好了,谢谢了,你还喝不喝咖啡?"

水桶连忙推辞:"今天不了,我还有事,马上就要走。"

韭菜也没心情陪他:"哦,那你就忙吧,我不耽误你的时间了,有时间过来喝咖啡啊。"

别的服务员在一旁嘻嘻笑,水桶有点儿尴尬:"我还有点儿事想麻烦你。"

"什么事?"

水桶说:"那天我要的发票,走得急忘了拿。"

韭菜说:"哦,你不是来感谢我,给我送水果,是为了要发票啊?"

水桶掉文:"那倒也不是,一箭双雕,一箭双雕么。"

韭菜生气:"胡说什么,谁是雕?你才是雕呢。"说完,却忍不住哈哈笑起来。

水桶嘿嘿赔笑:"我是形容,形容一下么。"

韭菜忽然想起来:"你是国家干部还是国企高管?怎么喝咖啡还要发票,谁给你报销啊?"

韭菜在服务行业干得久,看人有几分能耐,她怎么看水桶也不像国家干部或者国企高管。据她所知,只有那两种人才能干了什么都报销。

"我不是国家干部,也不是国企高管,我属于⋯⋯"水桶蓦然醒觉,不能实话实说,如果说自己仅仅是在街头散发小广告的,跑到这里消费喝咖啡,肯定更要招惹这帮女服务员看不起,就编了个话头:"我是业务经理,业务经理有些费用也能报销。"

旁边一个服务员叫着韭菜的名字说:"朋友这么远来给你送水果,也不让人家坐下喝口水。"

韭菜才说:"你坐下歇歇,喝点儿水吧。"

水桶连忙坐到了靠近柜台的桌边。上午刚刚开始营业,几乎没有客人。

韭菜给他倒了一杯凉白开送过来:"我听你的口音应该是西山村那边的。"

水桶说:"我听你说话是北山村的。"

西山村和北山村距离有十里山路,两村亦有通婚论嫁的,也有不少来往。

"我过去怎么从来没有见过你?"这句话是两个人同时问出来的。

水桶和韭菜可以说是地地道道的乡亲,再往深里聊了聊,水桶的一个远房舅舅娶的竟然是韭菜一个叔叔的表妹。两个人还有点儿拐了山道十八弯的亲戚关系。

"你有没有名片? 给我一张,都是从农村来的,有什么事情也好相互照应一下。"韭菜提出了要求。

水桶一个散发小广告的哪有什么名片,他随机应变:"真不好意思,我今天没有会见客户的安排,就是想过来找你道谢,顺便看看能不能补张发票。"看到韭菜不高兴,马上又说:"这样吧,我们相互留个电话号码,你有重活我来做,我有饭局请你吃。"

韭菜扑哧一声笑了,水桶连忙从兜里掏出一张小广告,在上面写上了自己的手机号码。又拿出一张让韭菜留了她的手机和工作单位电话号码。

韭菜从兜里掏出发票:"给,这是那天的发票。"说着朝四周偷觑一眼低声告诉他:"假的,我们这里没有真发票。"

水桶听到发票是假的,微微失望,转念又想,既然他们能拿假发票开给别的客人,自己拿假发票找曾老板报销,曾老板也不见得都能认得出真假。水桶把发票小心翼翼地装进了兜里,不由联想到了那天晚上的事情："后来呢？那天晚上谁给120出钱了？"

那天晚上韭菜一证明美女作家脚丫子割破跟水桶没有关系，水桶慌忙跑路，后来发生的事情他不知道。

韭菜告诉水桶，后来那个教授不知道犯了什么急病，小肚子疼得厉害，让120拉走了，120的费用自然也就教授自己出了。

"教授？什么教授？"

"就是跟那个女的在一起的老人家啊，他是鹭门大学的教授。"

"我靠，一个作家，一个教授，那样的劣质烂人也能当教授。"水桶一路走一路在心里念叨。那天晚上美女作家和那个老头教授的所作所为，让他开始彻头彻尾地鄙视起戴眼镜的文化人了。

"干你老，老子买副眼镜戴上肯定比你们更像作家教授。"水桶心里刚刚转过这个念头，就被城管队员扭住了。当时，他从巴星克咖啡馆告别韭菜之后，正在卖力气地发广告，也说不清怎么回事，自从和韭菜认了老乡之后，他干啥都格外起劲。

17

沿街散发小广告是这次整顿市容市貌的重点。按照水桶的机灵劲儿，应该不至于被城管队员抓个正着，跑他也能现跑掉。他吃亏就吃在脑子在韭菜和那个女作家、老教授身上转得发晕，一走神，就被城管扭住了。

尽管已经被城管扭住，水桶还是挣扎着把手里和兜里的小广告都扔进了身后的月仔湖。月仔湖黑黝黝、臭烘烘，小广告漂浮在湖面上，就像中毒翻了肚皮的死鱼。水桶心里清楚，他散发的那些小广告里，有一些广告的内容违法，性质远远超过了散发小广告的行为本身。

　　看到他在自己的眼皮底下把小广告扔进了湖水里，城管队员很生气，这是一种明目张胆的挑衅，也是一种明目张胆的抗法。即使现在把那些小广告从湖水里捞出来，相信水桶这种人也会矢口否认那些小广告跟他有任何关系。

　　能够及时在城管队员的眼皮底下，将小广告成功扔进湖水消灭罪证，让水桶在城管队员的眼里成了一个长期混这行的油条。城管队员也不是等闲之辈，猜想水桶不可能把所有小广告一把全扔光，伸手在水桶的上衣口袋里一掏，果然掏出来一张小广告。

　　这张小广告其实是水桶临时用来当名片用，上面记的是韭菜的电话号码。城管队员却不知道这张小广告的功能已经发生了变化，以为总算抓住了水桶的把柄，正要对水桶进行现场教育，却不料水桶眼疾手快，一把又从城管队员的手里把那张小广告抓了回去。城管队员本能地动手来抢，水桶紧紧握着小广告扭动身躯挥动胳膊躲闪抗拒，忙乱中，不知道胳膊肘怎么就碰到了城管队员的鼻子。

　　鼻子是脸部最为突出的部位，最容易碰到。也是最不结实的零件，稍微一碰，就会流血。水桶的胳膊肘子一碰，城管队员的鼻子立刻血流如注。城管队员觉得鼻子火辣辣的，本能用手一抹，手上脸上到处都是鲜红的血，不知道的人看到肯定会以为他让水桶砍了几刀。果然，有旁观者大声惊呼起来："杀人啦、杀人啦！快打110啊……"

其他几个城管队员看到同伴被弄得血流满面，惊怒交加，一齐拥过来把水桶扭了个结实，其中还有两个城管队员趁乱在水桶腿上踢了几脚，疼得水桶嗷嗷叫唤，却没有人管他。水桶百忙中仍然没忘手中记着电话号码的小广告，偷着抢着把那张珍贵的小广告塞进了裤裆。他的裤衩上有暗兜，他阿妈给他每个裤衩上都要缝这么一个暗兜，为的是他进城办事打工的时候，好藏钱。

警车呼啸而至，110将城管队员擒获的暴力抗法分子庄水桶塞进警车，然后警车一路亮着庆祝的红灯，欢唱着胜利的凯歌朝辖区派出所驶去。

18

派出所的过道和院子里蹲满了人，都是这次城市文明整顿过程中，从街上抓来的违法摊贩。水桶看到这么多人陪自己，倒也安下心来。警力有限，对这些人要一一询问然后处置，非常忙碌。大部分人做了笔录，被批评教育一通之后放掉了，也有少数的因为触犯了治安管理条例被转到了拘留所。

水桶老老实实蹲在人丛中，按照他的法律知识，他知道自己这回麻烦了，把人家城管队员的鼻子给整出血了，尽管不是他有意暴力抗法，可是客观事实摆在那里，拘留十天半个月应该是逃不掉的惩罚。此外，经济上可能也会有损失，起码城管队员的医疗费得由他负担。

"老板,办证不?"旁边的人撞撞他的胳膊,悄声问。

水桶扭过头看看对方,这是一个戴着眼镜的斯文小伙,怎么看也不像办假证的:"干你老,这是什么地方? 还想着办证呢。"

小伙子满不在乎:"没事,反正也没什么证据,再说我是大学生,警察骂一顿肯定就放了。"

水桶愣怔:"什么? 你是大学生? 大学生也办假证?"

大学生瞥他一眼:"你是火星人啊? 大学生也要吃饭交学费。"

水桶听到人家是大学生,态度马上缓和成了带有些微谦恭的客气:"你都能办什么证? 过后我去找你。"

大学生显然很有敬业精神,提起他的业务立刻滔滔不绝:"身份证、驾照、专科、本科、硕士、博士文凭,还有各种专业技能证书,结婚证、户口本、房屋产权证,反正你想要的都能做。我们也算难友了,你找我做,我给你打五折,记住我的联系电话……"

"不准说话,保持肃静!"不远处,一个警察经过,听到这边嗡嗡嘤嘤的话语,大声呵斥。

大学生连忙噤声。水桶也不敢再跟他讨论办证业务,埋下头假装老实,心里却暗暗盘算,如果单纯被拘留,十天半个月也就算了,如果要给城管出医疗费、误工费,可能还有精神损失费等等,那就成了无底洞,无论如何要想办法逃过去。要做舍命不舍财的小人,不做舍财不舍命的君子,没了财,不管是做小人还是做君子,都做不舒畅。

"咳,你知不知道你自己犯了什么事?"水桶胳膊肘捅捅大学生,悄声问他。

大学生不以为然："办证。"

"亏了你还是大学生,一点儿法律意识都没有,我是律师行的,你懂不懂? 办证属于伪造国家证件罪,是可以判刑的。"

大学生扭过头,打量着水桶："你是律师?"

水桶知道如果吹牛说自己是律师,人家绝对不会相信,就改口说:"我在律师行干过,给律师当助理,我懂,像你这种伪造国家证件的,最轻也要判行政拘留,并处高额罚款,不信你就等着人家处理你吧。"

水桶跟何光荣打了两场官司,一审二审虽然都败诉了,可是整天跟着律师商量对付何光荣,对付何光荣的律师,对付法院的法官,野路子学来的法律知识比国家普法教育大纲确定的指标还要高。起码,大批的法律术语说起来就跟喷"干你老"一样顺溜。

大学生让他唬住了:"大哥,那你说我怎么办?"

水桶作出犹豫不决的样子:"我倒是有办法, 就怕你连累我也走不了。"

大学生信誓旦旦表态:"大哥,只要你能帮我脱身,我一定听你的,还有,你记着我的电话号码,过后你找我,不论做什么证件,我都免费。"

大学生把他的小灵通电话号码告诉了水桶,水桶记性好,在肚子里打了个滚也就忘不掉了,心说,老子肯定要办个证去,至于办什么证,他还没想好。

水桶告诉大学生:"你还是大学生,别说让人家判刑,就是拘留你十天半个月,你这大学也就别上了。算了,人在做,天在看,多行善,有钱赚,算我做好事吧。我告诉你啊,这个派出所我来过好多次了，情况熟得很。我掩护你，我假装肚子疼，然后你就从那边……"水桶抬抬下巴颏，指着东边的围墙："看到没有？那堵墙不高，你就从墙上翻出去，一翻出去就没事了，警察即使抓到你，你死不承认，说他们认错人了，闹着要投诉他们，他们就没办法，肯定要把你放了。"

那天晚上在巴星克咖啡馆，他目睹女作家动不动就要投诉警察，警察一听到人家要投诉他，态度就好了许多，这会儿，把现场知识运用起来了。

大学生感激不尽："谢谢大哥了，你出去以后找我，我给你办几个有用的证件。"

水桶便开始哎哟哎哟地呻唤，呻唤声还越来越大，终于引起了协警的注意，一个协警跑过来问："你怎么了？怎么了？"

水桶气喘吁吁装模作样："我不行了，让城管打坏了，疼死了，我要死在你们这儿，干你老，我们村里人饶不了你们。"

这段话他用鹭门话说，协警开始紧张，他听出来，水桶是本地人，而且是本地农民，如果真的出个三长两短，本地村民闹到派出所来，恐怕连市委市政府都要惊动。想到这些，协警连忙招呼别的警察："你们快过来看看，这个人可能不行了。"

呼呼啦啦过来两三个警察，察看水桶，水桶呻吟得更响亮了，警察有些慌神，有的说先把他扶进屋里躺下，有的说赶紧打120送医院抢救，水桶说："我躺躺就好了，肚子疼得厉害，可能是让城管打的。"

警察听他这么说，心里对他都有点儿同情了，把他送来的时候，罪名就是暴力抗法，把城管的鼻子打出血了，既然把城管的鼻子都打出血了，反过来城管揍他也是人之常情。现在的问题是,城管把人打坏了,人却坏在派出所里,这个责任警察是无论如何不愿意承担的。片刻,连所长都惊动了,所长让几个警察先把水桶搀扶到值班室躺下,然后通知城管过来处理:"干你老,他们把人打坏了,送来我们处理,我们怎么处理?"

几个警察搀扶起水桶,水桶趁空踹了大学生一脚,大学生愣愣地看他,还不知道他什么意思,水桶被警察搀扶着朝屋里走,快到门口的时候,大声嚷嚷:"我要回家,我要回家。"

大学生明白了,起身朝东边的墙跑了过去,攀上墙头马上就要翻越过去,被警察发现了,一个协警大声嚷嚷:"快,有人跑了。"

警察扔下水桶转身去抓大学生,水桶趁乱大摇大摆地从派出所的大门走了,出门的时候,门卫问水桶:"你是干吗的? 里边怎么了?"

水桶坦然回答:"一个小贩让城管打了,快死了,他们抢救呢,所长让你赶紧打 120。"

门卫抓起电话狂拨,水桶大摇大摆出了派出所,背后,传来警察的嚷嚷声:"快追,快追……"

水桶有点儿心惊,以为人家明白了他的伎俩,追出来了,回头看看,一个人也没有,这才放心了,他们是追那个大学生去了。

19

水桶决定不再干散发小广告的营生了,他拿了韭菜给的发票,找曾老板报销,曾老板说发票写得不对,喝咖啡怎么能报销?

又说发票是假的,假发票不能报销。

水桶明白了,所谓的每天报十块钱伙食费,是曾老板骗人的。就他这种烂生意,连个会计账目都没有,报销要发票本身就是笑话。如果他真的管饭,没有发票也能管,不想管饭,有发票也不会管。

想通了这一点,水桶啥话没说,从曾老板那领了卡片,跑到月仔湖边,看到有两个同行眸子瞪瞪地盯着他看,他抬胳膊把曾老板的小广告都撒进了湖里,小广告在空中翻飞飘荡,活像湖面上飘然过来一群白蝴蝶,水桶朝那两个同行骂了声:"干你老。"然后,扬长而去。

水桶决心不干这个行当了,挣不了几个钱,万一让那个被他弄出鼻血的城管认出来,又是一场麻烦。

水桶跑到劳务市场去找工作。劳务市场招工的倒不少,可是都要文凭,就连鹭门市下属的一个区政府机关要个清洁工也要大学本科。水桶这样没有文凭的人,只能到工厂流水线上去操作。那种活水桶干过,人就像钉子被钉在固定的位置,一天八个小时,有时候加班要钉十几个小时,重复同一个动作,拧螺丝、刷颜色……不管干吗,定在同一个位置做同一个动作,水桶认为那是遭受酷刑。干了两个月,挣了四千多块,刨去租房子、吃饭穿衣,只剩下了几百块。水桶是会算账的人,遭两个月酷刑,赚了几百块钱,他认为是地球上最不值当的买卖,还比不上散发小广告。

从劳务市场出来,水桶就给在派出所认识的大学生拨电话,利用大学生吸引警察的注意力,然后自己一走了之,那件事情水桶耿耿于怀,总觉得做得太不地道,心里一直挂念着那个大学生。本来一直想给他挂电话看看那天他到底跑掉没有，却又有些怯，如果那个大学生那天也跑了，他还能安心一些，如果没有跑，电话接不通，或者接电话的是警察，水桶怕自己心里落下毛病。今天，他有事情要求那个大学生，便狠下心来给他挂电话，也算了结自己一桩心事。

电话很快就接听了，从话筒里一听到那个大学生的声音，水桶一直悬着的心顿时落了地，从过去的歉疚，转变成了帮助人脱困的沾沾自喜："兄弟，还记得我吗？"

"大哥，是你啊，那天真谢谢你了，我翻过墙头，警察也没太追，喊了几声，骂了几声，就没事了。"

"我就说没问题么，怎么样？最近在忙什么？"

"还能忙什么，勤工俭学，还是干老本行。"

"那你给我做个证怎么样？"

大学生马上答应："没问题，大哥你说，要什么证我就给你做什么证。"

"我要一个本科……不，硕士证，能不能做？"

大学生呵呵笑："没问题，大哥你倒不吃亏，做硕士证得配套，必须还要有一个本科证、学士证，大哥你倒真不吃亏啊。"

水桶长了见识，暗想，世事处处皆学问这句话真不假，过去还真不懂得，要做硕士证书，还得这么一整套："那好，就做一整套，多少钱按实算，大哥不亏你。"说完了，水桶又有点儿担心，大学生别太实在，拿着故意作出的姿态当真，真问他要钱。

大学生还不错，能听出来这是客气，而不是真的要付钱："大哥，谢谢你了，我给你做，钱么，好说，你给个工本费就行了。"

水桶应约跟大学生见了面，把自己的身份证复印件和照片给了他，两天后就拿到了鹭门大学的本科毕业证和学士证、硕士毕业证和硕士学位证，专业是"行政管理"。

水桶问行政管理是干什么的，大学生告诉他："就是管人的，在政府部门、企事业单位都能用得上，这个专业最好混，也最好找工作。"

水桶很满意，他就想管人，老让别人管着，如果能有机会管管别人，那一定是非常享受的事情。

这一套证，大学生只收了他五十块钱工本费，水桶很感动，他向办假证的打听过，做这一整套证，没有六百块下不来，大学生言而有信。

"大哥，我再说一句话你别不高兴啊。"

水桶宽宏地说："我跟你不是客户关系，是朋友哥们儿，有什么你尽管说。"

"跟这套证件配套，你还得包装一下自己，不然，别说证件是假的，就是真的，别人也不会相信你是硕士。"

大学生一说，水桶就明白了，人家这是看他土，整个一副农民相。水桶是个谦虚好学的人，马上请教："哥们儿，你说我怎么包装才能像硕士？"

大学生告诉他，先要配一副眼镜，头发最好留长一点儿，还有，穿衣服要正规一点儿。

"你是说要穿西装扎领带？"

大学生摇头："那倒不一定，关键是不能乱穿，就像你现在，上身穿这种白衬衫，下身就不能穿这种沙滩裤，尤其脚上不能穿这种旅游鞋……算了，干脆我陪你去包装一下。"

那天，大学生舍命陪君子，指点水桶配了眼镜，从头到脚买了一身行头,然后又到理发店换了发型,水桶自己都有了脱胎换骨、焕然一新的感觉。

晚饭是他请的,他很感激大学生,大学生也很感激他的这顿晚餐。两个人刚刚分手,他便忍不住站在朝街边商店的橱窗外,一个劲儿朝里边张望。他不是看橱窗里的商品,而是看橱窗里的他自己。橱窗清晰映出了他如今的样子:戴着一副流行的窄边方框眼镜,梳着三七开的分头。T恤衫的前胸印着鳄鱼标志,当然,这不是真正的鳄鱼牌,而是在摊上买的假货。裤子是浅磨砂牛仔,衬着脚上蹬的那一双棕色休旅皮鞋,水桶自己都不认识自己了。

街上,一群城管正在清理小摊贩,水桶看到了那个被自己弄得满脸鼻血的城管队员,那个城管队员却一点儿也认不出他,水桶壮着胆从他身边经过,城管队员还主动给他让道,水桶内心狂喜,大摇大摆跟城管队员擦身而过。

牛人
NIU REN

20

不但水桶不认识自己了,不但被他搞得鼻血横流的城管队员不认识他了,就连韭菜都不认识他了。水桶走进巴星克咖啡馆的时候,韭菜毕恭毕敬地迎接他:"先生,请坐,喝咖啡还是点餐?"

水桶得意极了,不动声色坐到了窗边的位置上,这里可以望见大海。

"给我一杯拿铁碳烤,加糖。给你自己要一杯蓝山香草,我埋单。"

他一说话，才露了底细，韭菜惊呼："怎么是你啊？你怎么变成这个样子了？"

水桶递给韭菜一张名片："今天我请你喝咖啡。"

韭菜低头看看名片，上面印着：鹭华集团总经理助理，行政管理学硕士，庄水桶。中文旁边还都印着英文。

韭菜彻底晕菜，茫然问他："现在的你是真的，还是那天晚上的你是真的？"

水桶说了一句颇有哲学味道的话："过去的我是真的，现在的我也是真的，真亦假来假亦真，真真假假，人生不就是这样吗？"

水桶是初中毕业生，上初中的时候老师让他们读《红楼梦》，水桶跑到镇上的租书铺租了一本。租书的时候，书铺老板鬼鬼祟祟告诉他，还有一本《金瓶梅》更好，比《红楼梦》好看得多。果然，《红楼梦》水桶看了一点儿，烦得要命，尤其受不了贾宝玉那婆娘腔，就不看了。转头去看《金瓶梅》，果然写得好，把水桶看得雄性激素像喷泉一样在体内喷薄欲出。

水桶记性好，《红楼梦》虽然没看下去，看过的一点儿里边，就能记住不少好词儿。今天顺口就掉了一句，把韭菜佩服得一屁股坐到了对面的椅子上："以前真不知道你这么有学问。"

听到这话，水桶暗叫惭愧，转念又想起了那个教授和女作家，心里就又有了底气，嘟囔了一句："干你老，那么劣质的烂人都能当教授作家，老子凭什么就不能当硕士、当总经理助理？"

韭菜没听清他说什么，又追问了一遍，水桶就又说了一遍，韭菜也赞成他的观点："就是，到现在我一想起那个教授和那个女作家，心里就作呕。"

韭菜真不拿自己当服务员，坐下了，就招手："来两杯咖啡，一杯拿铁碳烤，一杯蓝山香草。"

其他服务员愣怔在那儿，不知道该怎么办，是听韭菜吆喝给她提供服务，还是就地反唇相讥一番，让她自己伺候自己。

水桶发话了："怎么了？没听见啊？干……赶紧点儿。"

自从成了硕士，成了鹭华公司总经理助理，水桶就暗下决心，一定要彻底戒掉口头语"干你老"，当一个名副其实的文明人。于是刚刚脱口而出的"干你老"被他硬生生地憋了回去，改成了"赶紧"。

服务员连忙跑到柜台后便开始做咖啡，韭菜招呼水桶："你稍等，我去看看。"

韭菜深知巴星克咖啡馆服务员的猫腻，她怕给她也来那么一下，不但冲速溶咖啡冒充现磨咖啡，还朝咖啡里吐唾液冒充泡沫。

柜台里边的服务员驱赶韭菜："好了好了，我们自己人不会亏自己人了，哎，那个人是谁啊？气派挺大，跟你是什么关系？"

韭菜有几分得意，故作神秘："没什么啦，同乡啦。"

说着话，韭菜坚持不走，一直盯着服务员真的研磨现煮了咖啡，这才亲自端到了桌上，跟水桶两个人分享。

"你现在当了鹭华公司的总经理助理？"

韭菜听说过这家公司，这家公司好像很有钱，经常在电视上、报纸上、大街小巷和高速公路边上做广告，画面是一只印象派风格的脑袋冲上的大鸟，他们自己说是一飞冲天的白鹭，别人都说是北京全聚德炉子里的烤鸭。这家公司好像什么都不用干，又好像什么都干，反正给外界的印象就是两个字：有钱。

水桶点点头,说出来连他自己都有点儿觉得像做梦,他万万想不到的是,就凭着一身行头,外加假文凭,他竟然顺顺当当地成了鹭华集团公司的总经理助理。

那天是鹭门市人才交流中心每个月一次的交流日,每到那天,人才交流中心就要动员市里所有企事业单位集中到人才交流中心摆摊招人,不管招没招到人,起码热闹到了,用这种方式给领导展示他们的工作成绩。水桶偶然得知了这个消息,他到人才交易中心去瞎逛碰机会。

水桶来到人才交流中心,发现今天的交流格外热闹,往常冷冷清清的交流广场上,挤满了摊位,而且挂着照相机、扛着摄像机的记者一群群一坨坨争来抢去,活像这里正在召开联合国大会。

这个世界上大多数事情都靠偶然成就结果,那天就纯属偶然。水桶偶然来到了鹭华集团公司的摊位跟前,市长也偶然来到了鹭华集团的摊位跟前,媒体们紧随市长屁股后面,深怕漏掉市长的一个镜头、一句指示,过后挨骂。

水桶西装革履来到鹭华集团的摊位前,市长刚好也西装革履来到了鹭华集团的摊位前,鹭华集团本来并没有真想招人,到这里是给人才交流中心捧场,在市长面前装洋蒜的。水桶到了摊位跟前,看到这家企业招收的职位最低工资也有三千多块,最高的可以拿到一万块,就抱了撞大运的心思,拿了一张表格趴在桌旁填写。

就在这个时候,市长来到了他的身边。

“同志,你对目前我市的就业条件感觉怎么样啊?有没有什么好的建议和意见啊?”市长看到水桶的长相,觉得可能是一个厚道老实人，不会当众说出令他无法接受却又无法反驳的话来，就临时充当起了媒体人，对水桶采访了这么一句。真正的媒体人立刻把镜头集中到了市长和水桶身上，等着水桶回应。

水桶正在聚精会神地填写应聘表格，刚刚在"文化程度"一栏填上了"行政管理学硕士"几个字，让市长突然打断，心中不耐，抬头就要骂"干你老"，多亏这个时候摄像记者打开了摄影灯，晃了水桶的眼睛，水桶的注意力猛然转移，才忘了骂"干你老"。

水桶定了定神，克服了强光照射的晕眩，才看清楚，眼前的人居然是市长。连忙起身问候："市长好，市长吃了吗？市长也来应聘啊？"

水桶慌神了，本能地用跟同类人见面打招呼的思维方式跟市长打招呼。市长哈哈大笑，四周的陪客也都陪着哈哈大笑，水桶懵懵的，不知道自己说了什么话这么幽默，让这些烂人乐不可支。

"对，我也是来应聘的，作为市长，我天天都在应聘，我的考官就是全市人民，作为人民的公仆，我们随时随地都应该接受人民的考核。"市长笑过了，然后拿起水桶还没有填写完成的表格看了看，惊讶："这位同志还是我们鹭门大学的硕士啊，好好好，说起来我们还是校友呢。"

水桶又一次想到了那位教授和女作家，觉得自己哪一点儿也不比他们差，心里就有了优势，学着市长说适合和谐社会说的话："还是自主择业好，我是鹭门人，鹭门就业环境很好，只要不怕吃苦不怕累，就能养活人。"

市长热烈鼓励："是啊，我们鹭门人就是要立足本土，为我们家乡金戈铁马、狂飙探进,实现新一轮跨越式发展贡献自己的力量。"发完感慨,市长又对鹭华集团的招聘人员作动员:"这位硕士,愿意加盟你们企业,既是对你们企业的肯定,也是对你们企业的支持,民营企业,在新一轮跨越式发展中,既面临着挑战,也面临着重大的机遇,人才就是你们取得成功的最重要的因素,我很高兴,鹭门市的硕士也开始把就业的眼光投向了你们这样的民营企业。"

演出结束,市长跟水桶热烈握手,跟鹭华集团的招聘人员热烈握手,然后到别的场地去了。市长又有了新话题,新话题是水桶给他提供的:鹭门的人才,比方说鹭门大学培养的硕士,现在已经开始把就业眼光投向了民营企业,民营企业应该抓住机遇,大力吸纳人才,壮大自己的知识积累和人才储备,为新一轮跨越式发展增加充足的动力。

市长在随从和媒体记者的簇拥下离开后,水桶还在发呆,能跟市长近距离接触,而且聊天,居然还跟市长成了"校友",他就像在做梦。那一会儿,他居然忘了自己到这里干吗来了。

鹭华集团的招聘人员提醒他:"先生,您的表还没填完呢。"

水桶这才从跟市长亲密接触的眩晕中回过神来,正要趴在桌上继续填那张破表格,一个黑粗胖子气喘吁吁地跑了过来骂招聘人员:"干你老,还填什么?这位先生我们聘任,就当总经理助理吧。"

这位黑粗胖子是鹭华集团的董事长陈木桶,听到人才交流中心说今天市长要过来现场视察,他原定第二天一早就过来迎候,哪想晚上夜生活过得太晚,放走那个从娱乐城带回来的小姐,已经到了凌晨三点,结果早上睡过头了,爬起来紧赶慢赶市长却已经走了。

陈木桶董事长作为民营企业家,深知在中国,要想发,找官家。所以,他不放过任何一个与领导交会的机会。今天本来是个和市长面对面接触的好机会,可惜因为昨晚夜生活太晚,迟到了。

木桶董事长赶到现场以后,听到部属汇报了市长刚才的指示,便马上落实,就地招收了水桶让他做了总经理助理,总经理是董事长的小舅子。然后,董事长陈木桶又让公关部主任马上找媒体作报道,在市长的亲自关怀下,鹭门市著名民营企业鹭华集团公司聘任鹭门大学硕士生担任总经理助理。

陈木桶算定,市长见到这篇报道,肯定会高兴。果然,当天晚上的电视,第二天的报纸,向全市人民报告市长亲临人才交流中心关怀市民就业问题的时候,顺便也把鹭门大学硕士生在市长关怀下,受聘于鹭华集团担任总经理助理的消息配发了出去。鹭华集团没花钱,就在新闻媒体上作了一把大广告。

牛人
NIU REN

水桶品着咖啡,把自己成为鹭华集团总经理助理的经历过程,添油加醋给韭菜吹嘘了一番,韭菜听得直眨巴眼睛。正说间,水桶的手机唱起了爱拼才能赢,水桶连忙接听,一个劲儿"嗷嗷嗷"、"是是是"地答应着。接完电话,急匆匆告诉韭菜:"总经理叫我赶紧去,我得走了。"

说完嚷嚷着埋单,埋过单,夹着皮包慌慌张张地朝外边走。韭菜把他送到门外,看到他招手打了一辆出租,临上车前,水桶冲韭菜嚷嚷了一声:"有事打电话,没事我过来找你喝咖啡。"

韭菜挥别:"好的,欢迎常来啊。"

21

　　水桶打了出租急匆匆跑回了鹭华集团。鹭华集团有一幢独立的办公大楼,坐落在风水极佳的仙鹭山南坡,整幢大楼绿幽幽的活像邮政局。

　　这幢大楼原来不是这个颜色。过去的大楼墙面上贴满了朱红色的瓷砖,楼顶还镶了一圈金黄色的琉璃瓦,红墙金瓦,是鹭门土财主的审美情趣。后来出了震惊全国的特大走私案,走私犯首脑用来对官员性贿赂的红楼名扬天下,很多游客把那座红楼当做鹭门必游之处,又不清楚那座红楼的具体位置,看到鹭华集团的红楼上也带了一个"华"字,便误以为这就是传说中的那座红楼,以讹传讹,最后连鹭门的导游都一窝蜂地把游客朝这里带。

　　普通游客以为鹭华集团的这座楼就是红楼,蜂拥而来参观腐败,来了就要拍照,拿回去给亲朋好友证明自己来过大名鼎鼎的红楼了。刚开始鹭华集团还挺高兴,觉得这是替自己的公司做免费广告,再后来不胜其扰,公司成了集市谁也受不了,连忙彻底重新装修了外墙,把红色的瓷砖统一改成了绿色。

　　"干你老,红变绿,看你们还参观什么红楼。"重新装修好了之后,董事长陈木桶站在楼前观赏一阵之后,长长舒了一口气。

　　水桶到了鹭华集团以后,才知道像他这样的"总经理"助理有好几个,有男有女,集团里真正干活的正是这些助理。有的助理负责项目,有的助理负责生产,有的助理负责陪吃陪喝,有的助理负责内务管理,有的助理负责联络黑白两道。而总经理、董事长那些首脑,整天的业务就是请客送礼,应酬接待,还有的就是忙着一些水桶看不懂的怪事儿。比方说,身为总经理的助理,董事长陈水桶到哪去都爱带着他,而且到哪都要专门给人介绍一下,他是鹭门大学的硕士生,是市长指名举荐到集团帮助工作的。

董事长觉得"举荐"这个词儿很文化,很时尚,所以特别喜欢用这个词儿。水桶怎么也想不明白,董事长拿了他做招牌,目的是什么?水桶想不明白的事情也就懒得想,董事长叫他干吗就干吗,叫他上哪就上哪,到哪都给董事长提着包,下车开车门,上车关车门,毕恭毕敬,什么好听说什么,这份工作对于水桶而言,并不困难。除了这些事情,鹭华集团好像还真没有什么用得上硕士生干的活儿。其实这里边的道理很简单:董事长土财主一个,大字识不了一斗,签名都要满把攥着笔画,而不是签,现在带了他这个硕士生到处招摇,到处介绍是市长亲自介绍"举荐"的硕士生,其实就是拿水桶提升自己的身份而已,就如穷小子穿了假名牌到处炫耀、富家子开了宝马四处招摇。

土财主的第一桶金来路没有几个能摆得上台面, 有的是走私贩水货赚来的,有的是造假烟假酒假药骗来的,还有的是贿赂官员拿工程挣来的。现如今有了资本,就想漂白资产、镀金身份,提升社会身份,成为正儿八经的企业家,如果能混进人大政协有个不怕警察的身份那就基本上修成正果了。

在镀金身份、漂白资产、提高社会地位的共同需求下,鱼找鱼虾找虾、乌龟生来爱王八的俗话应验了。这帮土财主就纷纷办起了各种各样的企业,从穷乡僻壤、犄角旮旯、城乡结合的隐秘处进入鹭门，买房、注册公司，然后再把资产以投资、合股种种合法名义转移过来。于是鹭门市就有了很多如鹭华集团这样的民营企业，也有了很多民营企业家。

这类企业的一个基本特征就是家族性质，就如鹭华集团，总经理是董事长的小舅子，财务总监是董事长的大老婆。董事长照例还有一些二老婆三老婆四老婆之类的女人，却都没有合法继承权，在任就能享受待遇，比方说住房、专车、吃喝玩乐等等，不在任，就不能享受了。

再下来还有董事、股东之类的人物，那些人都是招牌，实用价值就是应付工商税务等等，没有他们，最低限度董事长就不能叫董事长，仅凭这一点，也有必要让他们存在于公司的工商注册登记表上。这些人平常不到集团来，谁也不知道这些董事、股东是人是鬼。

水桶回到集团，连忙拜见叫他回来的总经理，总经理告诉他，是董事长找他。水桶转身又去拜见董事长，心里暗暗高兴，因为董事长叫他一般都是带着他出去应酬，而且应酬的一般都是官员。如果是应酬同行商户，董事长就不会带他，一般会带专门负责公关的女助理，或者索性带他那几个小老婆中的某一个。

水桶非常愿意陪着董事长出去应酬，应酬不但可以省饭钱，还可以吃山珍海味，喝茅台品洋酒，那些都是过去水桶天天向往而天天舍不得花钱消费的好东西。然而，今天董事长叫他却不是去应酬，而是真的有事："庄硕士，你到集团也不少日子了，今天我亲自委托你办件事情。"

水桶毕恭毕敬地站在董事长大吧台的对面，下级面对上级的种种规矩他懂，中国人现在虽然进步了，见到上司不再下跪请安，可是基本的礼数还在血液中遗传，不能在上司，尤其是给你发工钱的上司面前坐着说话，即使上司让你坐，也不能坐，只有站着上司心里才会舒坦，这是谁都懂的道理。

"董事长有什么事情你尽管说，我全力以赴。"

董事长嘿嘿笑着说："你没觉得我们集团大门口缺点儿什么吗？"

水桶想了想说："门前空了一片地，如果在农村，就会种一棵大树，树是木，木生火，火生金，屋前有木，三代都富么。不过，那是在农村，放在城里……"水桶就势把他在村里听讲古的时候，得到的那点儿八卦常识在董事长面前卖弄了一番。

董事长打断了他："什么农村城里，道理都是一样的，我已经联系好了，北山村深山里有一棵千年桫椤木，长得健旺得很，我买下来了，已经付了十万块钱，你带着人去把树移回来。"

水桶马上想到，这不是一桩好差事。那种古树，如果活在城市里，早就是重点保护对象，谁也别想买卖，更别想偷。能买卖的古树，肯定是生在深山老林里边的野树，要从深山老林里搬那么一棵树回来，而且要能够移栽成活，以他的想象力，基本上属于无法完成的任务。最让他为难的是，按照自小在农村灌输的观念，别说上千年的老树，就是上百年、几十年的大树，都是有灵气有仙骨不敢蔑视、必须崇敬的。上了千年，就更是神木，村里如果有那么一棵树，全村人都会摆了香案定期顶礼膜拜，现在董事长却花钱买了那么一棵神木，还让他出头给移到集团门前来，他犯难了，胆怯了，却又不敢拒绝："好的，董事长，可是……"

董事长嘿嘿一笑："我知道这件事情不容易，我也知道那是神木，正因为是神木我们才要请它过来保佑我们，你去找总经理,就说我说的,需要什么条件,让他给你提供。好了,去吧。"

到现在水桶也没弄明白,为什么董事长非要让他这么一个硕士去干那种差事。著名的戈培尔常说,谎言重复千遍就是真理,水桶成了硕士的谎言重复了已经不止千遍,现在连他自己都相信自己就是硕士了。

"好吧,我马上去。"

水桶告辞出来,小心翼翼地给董事长关好门,然后开始犯愁了:"干你老,董事长也太牛了,居然想把人家的千年古杪椤木搬回自己家里当盆栽。"想到这一点,水桶不由对董事长又开始佩服起来,人活着,就该像董事长那么牛才有意思,有味道。

22

水桶有了愁事或者好事,都喜欢坐在门槛上思量,这是从小坐他们家那座古厝的门槛养成的习惯。门槛的高低宽窄刚好能卡住屁股,硬度也适合从小坐惯了板凳的屁股。

总经理的奔驰轿车停在了门前,总经理从车里钻出来,看到水桶坐在门槛上闷闷的,便问他:"庄硕士,你知道屁股底下的门槛值多少钱吗?"

水桶连忙站起来:"不知道。"

"是董事长花了二十多万块从缅甸进的五百年树龄的缅甸柚木,包括这门框还有门扇,你嗅嗅,味道多好。"

水桶不懂缅甸柚木,他光懂茶树,知道茶树太老了出产的茶叶味道就不行，就跟人老了生的孩子质量不行一样。但是他懂得，领导让你嗅树，你就嗅一下，那样领导才能高兴。于是按照总经理的提示把鼻子凑到门扇跟前嗅了嗅："嗯，好味道。"

总经理四处看了看，然后悄声告诉水桶："你不懂，董事长特别喜欢古木，就这扇门板，过去的皇上皇宫的大门都用不到，我们董事长用到了，懂得董事长为什么特别喜欢古木吗？"

水桶摇头："不懂。"懂与不懂，是鹭门话的特殊表达方式，其含义是"知道"或者"不知道"，并非现代普通话里"懂"字表达的那层意思。

"你懂得四柱五行八字吗？"

水桶点头："不就是金木水火土，子丑寅卯辰巳午未申酉戌亥、甲乙丙丁戊己庚辛壬癸那些东西吗？"这些东西是水桶幼年间跟她阿妈背会的，这一套在鹭门乡间都是孩童代代相传的顺口溜，就跟过去的蒙馆要学童背诵三字经、百家姓差不多一个意思。

总经理真佩服了："真不愧是硕士，就是有学问，对对，就是这些东西。据林大师推算，董事长命中缺木，董事长的名字叫陈木桶，你的名字叫庄水桶，水生木，懂了吧？"

水桶懂了一半："哦，董事长需要身边有水名的人给他添水。"

"光这还不够，林大师说，还要在董事长的身边多栽树，尤其是古木最好。"

水桶又懂了一半："哦，董事长所以才要移栽那棵古椤椤？"

总经理点头："董事长的命好了，我们集团的命就好了，我们集团的命好了，我们大家的命就都好了。"

水桶才不会关心集团的命好不好，也轮不着他关心，他关心的就是自己每个月拿多少钱，年底有几个月的尾牙。眼下，最关心的就是董事长为什么偏偏派他去干那种让人心里怕怕的事情:强迫神木搬家。

他把心里的疑惑问了出来，总经理告诉他:"这也是林大师说的，只有董事长身边名字中沾水的人去办这件事情，才能妥当,移栽树木也才能成活,水生木么。"

林大师名气很大,水桶也听说过,是一个上通五百年、下知五百年,大知人类存亡,小懂个人祸福的预测大师。水桶却不信他,因为每找他测算一次要花上百块,如果他说你有灾祸,要破解,花的钱就更没底数了,所以水桶认定这家伙跟自己这个硕士一样是个假货。

他信不信没用,董事长信,吃人家饭,跟人家转,董事长信了,就得按照董事长的意思办,这一点水桶没有异议,有异议也没用,谁让他碰上了一个牛人当董事长呢,除非他不想拿那每个月五千多块的人民币了。

总经理站在那儿跟他聊了一会儿,然后叫他:"走,上楼去,把这件事情仔细商量一下。"

23

水桶又跑到巴星克咖啡馆会见韭菜。在巴星克的服务人员看来,他三番五次往这儿跑,目的就是要泡韭菜而不是泡咖啡,所以他一来,立刻有服务人员通知韭菜,由韭菜出面专陪。

水桶这一次找韭菜,还真的不是泡妹妹那么简单,他有正经事情跟韭菜商谈。他记得跟韭菜聊天的时候，韭菜曾经告诉过他，她是北山村人，那棵千年古梣椤木就在北山村的山林里，如果要去移栽那棵树，尽管董事长已经给了村委会十万块钱，可是还需要村里人的理解、帮助，如果村里人不理解不帮助，十万块就等于白扔了。至少，如果没有村里人带路，他们连那棵千年梣椤木都找不到。

水桶刚开始接受这个差事，心里还多少有些忐忑甚至抵触，他坐在那道价值二十万的门槛上，脑子里一直在转圈子，怎么样动用自己的小聪明把这桩差事搪塞过去，或者推给别人做，自己不去做。按照农村人的讲究，冒犯了老树神木，就是作孽，要遭报应的。可是到了总经理办公室，拿到了那两万块的活动经费之后，水桶意识中的罪恶感就被两万块彻底赶跑了。

总经理话说得很明确：这两万块，就是活动经费，看就看庄硕士的本事，如果水桶能一分钱不花就把那棵树移回来，钱就全都是水桶的。"要是不够，再给我说，我到董事长那再给你申请，前提是，不计工本，不计代价，一定要把那棵梣椤木种到我们集团门前来。"

水桶具备"知己知彼"、"只有认识人才好走后门"的常识，接受了这个任务之后，就来找北山村出来的韭菜打探北山村的情报。

韭菜告诉他，北山村跟水桶家所在的西山村一样，都是靠茶树吃饭，靠茶叶赚钱。村里人大多数都姓林，比方她就叫林韭菜。也有少部分姓庄、姓陈、姓蔡的杂姓。村长是她出了五服的远房叔伯，却说不上话，一者她们家跟村长家早就出了五服，这种远房亲戚在村里不会有任何亲情关系。二者她自己辈分低，说话人

牛人
NIU REN

家村长根本就不当话听。三者她们家穷,除了手里有几张选票,别的什么也没有,那几张选票也只有在选村长的时候有点儿作用,能在村长偷偷摸摸拉票的时候领几百块钱的红包,其他什么作用也没有。

"告诉你,我们家一共有三口有选举权的大人,每次选举能赚三千块呢。"

"怎么会那么多?你们村长有钱啊。"

"你傻啊?又不是村长自己跟自己选,还有对手啊,两头都给钱。"

水桶听到这些,心里暗暗气恼,他们村里选举的时候,他和他妈两票,他却从来没有赚过那么多钱,他们老实,收了谁家的钱,就投谁家的票,另外的对手送钱就不敢收了。今后看来要学韭菜家,谁给钱都照收不误,到时候看谁家给的多就投谁家的票。那样一来,收入起码能翻一番。

气恼归气恼,还是办正经事重要,水桶到这里来是摸北山村底细,为移栽那棵躲在北山村深山老林里的桫椤木作准备的,不是跟韭菜研讨村民民主选举的, 便把话头拉回来:"你听说过没有,你们村山林里有一棵千年古桫椤木?"

韭菜茫然摇头:"没听说过啊。"

水桶看了看韭菜,表情的确是说实话的那种,估计她那样一个常年在外边打工的妹子, 也不可能知道那种跟她没什么关系的事情,便转了话头打听村长的情况:"你们村长人怎么样?"

韭菜告诉他,他们村村长人还不错,就是有点儿老奸巨猾,人家都叫他林老鬼,鬼得很,一般人算计不过他:"不过话说回来了,不鬼一点儿,也当不成村长。"

"爱钱不爱钱？"

"钱谁不爱？你不爱钱吗？"

水桶的意思是打听村长贪不贪财，如果贪财就好办，不贪财事情反而不好办。韭菜的回答倒也让水桶恍然，是啊，现在这个世道，谁不贪财呢？就连那些国家干部，一个月拿的钱比大多数农民工一年拿的钱还多，坐着高级专车去山吃海喝，还都能报销。

想通了这一点，水桶心里就有了底，接下来就动员韭菜随他回一趟老家："你帮我带个路，我找你们村长谈。"

水桶邀请韭菜跟他去，当然有熟人带路好张口的目的，但是也不能排除制造和韭菜亲密接触机会的企图。

韭菜不跟他去："我去也没什么用，再说，我这边还得请假，请假误工就没有工资。"

水桶掏出事先备好的两千块钱甩在韭菜眼前："我出钱，工资算什么。"

韭菜连忙把钱塞进口袋，嘴上却埋怨他："你干吗你，让人家看见还以为怎么回事呢。"

水桶知道这就意味着韭菜已经答应陪他去北山村了，暗暗得意，心说还是钱好。

24

北山村如果放在北方，或者让城里人过来看，肯定会觉得这是世外桃源一样美丽的乡村。对于水桶和韭菜来说，不过就是老家而已。看惯了的茶山,看惯了的蜿蜒山道,看惯了的翠绿,并没有城里年轻人到了这种地方会产生的浪漫和美好感觉。

水桶韭菜两个人坐了长途公交车到了梅花镇。梅花镇就像一张蛛网的中心,以这个中心为起点朝西走,就能走到水桶的老家西山村。以这个中心为起点朝东走,就能走到何光荣的老家东山村。以这个中心为起点朝北走,就能走到韭菜的老家北山村。以这个中心朝南走,就会走回鹭门市,再朝南走就走进了大海里。

梅花镇再往村里去,就没有公共交通工具了。一个村子几十户、百来口人,村民们守着田亩房屋,没事不会山里山外的跑。即使有什么事情需要出山,现在农村物质条件也好了,一般家里也都能有农用车、摩托车,好一些的还会有小轿车,出来进去的都用自家的车,不会花钱坐公交车,尽管公交车票价肯定比坐自家车成本低得多,可是乡里人从心理上总觉得能不花的钱就不花,家里的车放着也是放着,用了就省得花钱买车票了。

公交车营运了几年,干赔不赚,赔钱的买卖自然没人做,于是也就停了,村村通工程只通了路,没通了车。水桶和韭菜到了梅花镇,如果找不上便车,就得自己走路上山。几十里山路真要走,他们俩虽然都是山里出来的孩子,可现在在城里养娇嫩了的小身板还真受不了。花钱打出租太贵,要一百块钱。临来前总经理没说路费报不报销,水桶就舍不得。还好,镇头窝了一帮摩托车骑手,都是农闲时候没事干,骑了摩托车载客赚外快的。水桶于是雇摩托车,讲好价钱,从梅花镇到北山村,三十里路,车费十块钱。

车雇好了, 水桶请韭菜坐在驾驶员后面, 他再坐到韭菜后边，平心而论，水桶这个决策决然没有歹念，纯属一片好心。坐摩托车跑几十里山路，本来就比较危险，韭菜是一个女孩子，前边有驾驶员挡着，后边有他水桶垫着，当然安全系数就高了很多。韭菜却坚决不坐中间，她没说什么理由，不过却可以充分理解：一个女孩子，让两个男人夹在中间，滋味肯定很不好受，一路肯定非常尴尬。

于是水桶坐到了驾驶员后边，韭菜坐到了他后边，三个人一台摩托车，噼里啪啦地起程朝韭菜的家乡北山村驶去。

山区公路狭窄蜿蜒，摩托车骑手在这种地方跑熟了，速度一点儿也不比在平路上慢。一忽儿像导弹发射直冲云霄，一忽儿又像龙潜水底俯冲谷底，水桶刚开始还挺紧张，紧紧抱着骑手的腰，活像下定决心跟骑手共存亡。逐渐适应了，不太紧张了，注意力就分散到了后背上。韭菜跟他一样，也是紧紧抱着前人的腰，前人，自然就是水桶了。两团软软、弹弹的隆起抵在水桶的后背上，把水桶搞得热血沸腾、肾上腺素潮起潮落。那位骑手似乎很善解人意，对水桶的需求配合极佳，一会儿加速，弄得水桶后仰，后背紧贴在韭菜的前胸上，一会儿刹车减速，弄得韭菜前扑，前胸紧贴在水桶的后背上。一路上，水桶亢奋不已，软玉温香贴后背，前面，则苦了那位驾驶员，一下车就抱怨："你啥东西一路上顶得我腰疼。"

水桶天生有急智，知道自己的祸根闯了祸，连忙解释："干你老，裤兜里装了根手电筒，要不要老子掏出来给你照一下？"也说不清怎么回事，一到了熟悉的乡间，水桶便故态复萌，忍不住就要喷一声"干你老"，全然忘了自己此时已经是硕士了。

驾驶员嘟囔了一句："干你老，大白天揣根手电筒干什么。"

然后让水桶结账他好回城。

水桶掏了十块钱给他,人家不干:"干你老,跑了这么远的山路才十块钱,你当是坐公共汽车呢。"

水桶提醒他:"干你老,我们来的时候说好的,十块钱是哪个说的?"

驾驶员说十块钱是一个人,你们两个人当然要二十块。

水桶说你当时也没说清楚,一个人两个人你跑的路都是同样远,凭啥要给你二十块?

驾驶员说一个人烧一个人的油,两个人烧两个人的油,情况不同,收费当然就不同。再说了,你坐公交车,人家也是按人数收费,你怎么不跟公交车说买一张票坐两个人呢?

水桶和驾驶员在这边计较,韭菜在旁边劝解:"算了,十五块,再多就不给,你愿意怎么就怎么。"

驾驶员看看韭菜,韭菜告诉他自己就是这村里的人,非要二十块就到家里去拿钱。

驾驶员明白韭菜的意思,如果真的到了人家家里,可能连一块钱都拿不到,还得挨顿揍。山野乡民,民风淳朴,却也彪悍难驯,关键要看你是不是惹着他了。

驾驶员没办法了,只好乖乖地接过了水桶递过来的二十块钱,水桶还等着他找钱,骑士朝水桶身后瞄个不停,水桶下意识地回头看看有什么值得骑士瞄的东西,骑士却趁他分神骑上摩托车一溜烟儿地跑了。恨得水桶在后面扯着嗓子骂:"干你老……"

韭菜连忙制止水桶:"喊啥呢,把村里人都喊出来了。"然后问水桶:"直接去找村长,还是先到我们家歇歇?"

水桶说:"还是先到你们家歇歇吧,喝口水,跟伯父伯母认识一下。"

然后两个人就朝韭菜家里走,村口遇到的村民都热情跟韭菜打招呼,对着水桶指指画画,议论纷纷,韭菜知道乡亲们可能误会水桶是她的男朋友,却也没办法一一解释,心里暗暗后悔,不该为了两千块钱陪他来。现在可好,闹了个有嘴说不清,今后大家都会认为她是已经有了下家的姑娘,提亲的自然就不会再上门了。失去了选择权,自然不是一件值得高兴的事情。

25

到了韭菜家里,韭菜家人晕头转向,不知道该以什么规格接待水桶。

韭菜说:"他是我们同事。"

水桶却掏出一千块钱双手捧给了韭菜的爸爸:"伯父,第一次登门,没有准备,一点儿心意,请你收下。"这几句话说得非常地道,而且没有用鹭门话,用的是普通话,台湾人叫国语的那种腔调,像极了一个硕士。

韭菜的老爸更加晕了,拿着一千块钱愣在那儿,一个劲儿看韭菜。老爸的意思很明确,如果收了,无疑意味着接受了这个"同事",关系性质也就更加密切。如果不收,毕竟是一千块钱,说多不多,说少也不少,而且退回去也羞了水桶的手。

韭菜说:"给你就拿着,鹭门市都这么讲究,同事看望同事的长辈,都要带礼物,他没带,你就拿这钱自己去买。"

对于韭菜爸爸来说,这无疑于暗示,暧昧的暗示,也就是说,如果接受了,这个人今后有可能成为半个儿子,鹭门人和中国其他地方人一样,讲究一个女婿半个儿。接受了这个暗示,韭菜爸爸连忙叫韭菜阿妈出来泡茶。

水桶见韭菜爸爸接受了一千块钱,心里暗暗惬意,借找村长办公事的时候顺手牵羊走私,小小阴谋得逞,一切都在他的计划当中。水桶身上农民式的狡猾和农民式的现实都告诉他,要想把韭菜变成自己的老婆,现在仅仅是走出了第一步:让韭菜的家人认可自己。接受了一千元钱,邀请他一起泡茶,就是认可,虽然认可的性质还没有达到做女婿那个程度,然而起码证明即使真的做了女婿,这家人也不至于发动抗日战争。

现在的问题关键在韭菜自己,水桶的敌手现在集中到了韭菜身上,他的家人已经可以忽略不计了。

和韭菜家人围坐在一起泡茶,水桶种茶是内行,喝茶自然也是内行,言谈吐语中跟韭菜爸妈聊起了茶经,头头是道,倒也把韭菜爸妈唬得一愣一愣。

韭菜爸妈心中,觉得自家韭菜既然能把这个人带回家里,即使眼下还不是正式的男朋友身份,起码也已经把他列入了考察范围,就如后备干部、候补委员之类的,便开始转弯抹角考察他的身份来历。水桶大言不惭地告诉韭菜爸妈,他是鹭门大学毕业的行政管理硕士,现任鹭华集团的总经理助理,这次专程陪韭菜回家探望伯父伯母,顺便跟村长洽谈点儿业务。

听到水桶如此身份,韭菜爸妈喜出望外,顿时对水桶肃然起敬。韭菜爸吩咐韭菜妈赶紧煮饭烹鸭,准备招待客人,自己则找出一些芝麻酥、花生糕之类的茶点供水桶享用。

到了韭菜家，水桶感觉良好，本乡本土，回到这儿就像回到了自己的老家西山村。他四下打量，就连房屋的格局都跟自家差不多，同样的高脊大厝，同样的瓷砖铺墙，同样的天井地坪。经过一路奔波，坐在这山乡的院落里，品着芳香的功夫茶，心里怀着一丝对美好未来的希冀，享受着清凉山风的吹拂，水桶觉得自己这会儿就是活神仙了。

韭菜却站起身催促水桶："你不是要找村长么？"

韭菜爸连忙问："找村长有什么公事？用不用我带路？"

水桶心想，让一个老头子陪着满村转悠有什么意思，跟村长谈买卖也不方便，连忙谢绝："伯父就不麻烦你了，事先我已经跟村长联络过，让韭菜带个路就行了。"

韭菜瞪了他一眼，他送给韭菜一个谄媚的笑，韭菜无奈跟他出了家门。

村长家照例是这个村中最为醒目的一座建筑，坐落在村子南边的山坡上，坐南朝北，红墙金瓦，恍若北京天安门的微缩版。韭菜远远指给水桶看，水桶暗叫惭愧，相比自家那个刚刚装修完不久的大厝，村长家的房子简直就是宫殿。

望山跑死马，看着村长家的房子就在跟前，可是真要到跟前，却还要下一道沟，再爬一道坡，整整走了十多分钟。

路上韭菜质问水桶，给她爸爸一千块钱是什么意思。

水桶说没什么意思，晚辈第一次上门没买东西，就当见面礼啊。

韭菜给水桶打预防针："我虽然还没有男朋友，可是现在也没想着嫁人，要嫁也不会嫁给农村人。"

水桶说："我虽然还没有女朋友，可是也没想着现在就结婚。还有，我要娶就一定要娶农村人，农村人怎么了？毛主席就是农村人，当了全国人民的领袖，谁敢不听他的？"

韭菜说："毛主席虽然是农村人，可人家是城市户口。"

水桶说："城市户口有什么了不起，有钱啥都有。"

韭菜说："那你就好好赚钱，等有了钱娶一个农村人吧。"

水桶说："我有了钱，娶一个农村人，再给她买一个城市户口。"

韭菜说："谁稀罕，我自己也能买。"

水桶说："我也没说你，我是说我要娶的那个农村人。"

两个人唠唠叨叨就像说打嘴鼓，气喘吁吁来到了村长家。一条大狗出来迎接，汪汪叫着冲他们俩发威。水桶和韭菜都是农村长大的，都不怕狗，韭菜"去去去"地轰赶着狗，水桶昂然朝里边走，狗扑上来吓唬他，他抬腿踢了狗一脚，正踢在狗嘴上，狗夹着尾巴吱吱叫痛，里边出来一个半截子骂骂咧咧："干你老，谁踢我们家狗呢？"

半截子是鹭门人对矮个人的蔑称，这个半截子名副其实，用巴掌量，高不过十拃。

水桶不知道此人身份，不敢造次，试探着问："你就是村长？"

半截子仰头看看水桶："干你老，你才是村长，你们一家子都是村长。"骂完，趔过去抱住狗察看："干你老，怎么往人嘴上踢呢？"

韭菜连忙扯了水桶一把："别跟他缠。"然后冲屋里喊："村长，村长，鹭门来客人了。"

水桶这才知道，抱着狗骂人的半截子不是村长。他问韭菜那人是谁,韭菜说:"村长的傻子弟弟。"

水桶又悄声问村长的弟弟是傻子,村长是不是傻子?

韭菜还没来得及回答,从屋里冲出来一个汉子,看脸有六十岁,看身形走势却又好像才四十来岁。

"这就是村长。"韭菜连忙介绍,又向村长介绍,"这是鹭门鹭华集团的庄助理。"

水桶连忙掏出名片递给村长,村长却不看名片,盯着韭菜,问水桶:"我们韭菜给你当向导还是媳妇?"

水桶嘻嘻一笑,不回答,却让人误以为村长猜对了。把韭菜气得说了声:"我回家还有事情,路带到了我的任务完成了。"说完,扭身走了。

村长把水桶让到屋里,甩掉脚上的拖鞋,盘起黑黢黢的大脚丫子,按照习惯先开始泡茶。水桶四下打量,进了村长家里,他的心却又平衡了许多。村长家外面看着气派,里面也不怎么样,土里土气的瓷砖铺地,墙上也是带花纹的瓷砖,并不比他们家装修得高级到哪儿。

回头,有了钱,也应该把自家的大厝外面重新搞一下,砌上村长家那种朱红颜色的瓷砖,然后把屋脊也铺上金黄色的瓦片,远远看去跟天安门一样。水桶在心里作着打算,村长已经冲了头道茶,洗好茶杯,把二道茶斟到了茶杯里。鹭门人喝铁观音,头道茶是不喝的,倒掉,那叫洗茶。

"款带来了么?"村长开门见山,一句话就把水桶问懵了,水桶问:"什么款?"

"你不是来移树的么?"

水桶点头:"对啊,我专门来跟你商量这事情的。"

"全款不到不能移。"

总经理说过的,那棵桫椤树董事长已经付了十万块,现在怎么又出来个"全款"问题?

水桶便问村长:"我们董事长不是已经给你十万块了吗?"

村长端起一杯茶递给水桶:"尝尝,我们北山村的铁观音怎么样。"然后站起身一转眼从不知道什么地方掏出来一摞子钱扔给了水桶:"给,这是你的提成。"

水桶更懵了,那一摞钱不用数,一看就知道是一万块。水桶和所有人一样,最爱钱,先把钱揣进口袋,然后才问:"我们董事长没有说别的钱,就说用十万块买了那棵树啊。"

村长哼了一声:"你也是有文化的人,有拿十万块钱就买一棵千年古桫椤树的事情吗?"

以水桶初中生的文化底蕴,当然不知道桫椤树的价值,尤其是一棵千年桫椤树的价值,他连忙问:"那你们要多少钱?当初你跟董事长是怎么谈的?"

村长不跟他多说:"这些事情都是你清我明的肚子账,拿不到台面上,也不能签合同,总之,你给木桶说啦,少了五十万不卖。"董事长在水桶心目中是了不得的大人物,可是村长却把他叫"木桶",表达的是一种熟络、亲昵,当然,也隐含了并不把鹭华集团董事长当回事儿的意味。

总经理给水桶说的价钱是十万,到了村长这儿就变成了五十万。

"其实,五十万块都不算多,我们村里有六十三户人家,干你老,这种事情每家都得发封口费,不然村民吵吵嚷嚷麻烦大得很。不多算,一家给上两千块,就得十二三万,再加上修路……"

水桶惊愕:"修什么路?"

村长不屑地乜斜水桶一眼:"干你老,树在深山老林里头,运出来不得修一条路?"

水桶连忙问:"修路得多少钱?"

村长说:"不多,又不是修大马路,主要还是人工,大概也得五万块。村提留也不能不保,做了这笔生意,村里人都知道,村提留没有提今后人家就有话把了,按照百分之三十,村提留也得小十万,算下来你说五十万多不多?我忙了一场,白忙倒也没什么,就算给木桶帮忙了,可是村支书不能不答对吧?虽然我是村长,可是还有村委会,集体领导,村委会的成员也不能不答对。"村长是俗称,正经的称呼应该是村委会主任,村委会实行的是集体领导,村委会主任,也就是村长,在集体表决的时候,也就只有一票权。

水桶却很明白,村长这是在要好处,而且好处很大。这种事情他做不了主,估计总经理都做不了主,得董事长亲自拍板。

村长见他为难,呵呵笑着说:"你是出来办事的,事情不好办,这样吧,你回去给木桶说,就说我说的,要六十万,五十万有条子,另外十万块没有条子。"

水桶懵了:"你刚刚不是说五十万么?怎么又变成六十万了?"

村长骂他:"干你老,你不要回扣?我没有落头白忙乎啥呢?另外十万块我们俩三七开,你三我七。"

他拿了那一万块,村长也就把他看透了,就地要跟他结成同盟。水桶也明白了,便跟村长讲价钱:"我有风险,董事长知道了饭碗就打了,五五开。"

村长骂开了:"干你老,成就成,不成拉倒,最多四六开,老子费力说服村民同意了, 到时候还要组织人工往外运,你啥也不干,跑两趟就拿钱,还不满足。"

水桶见状也就只好答应四六开,回头想想,终究还是占了便宜,这一趟活跑下来,如果弄成了,加上总经理给的活动经费,六七万块钱赚到手没问题。

水桶说要回去向董事长汇报,然后从村长家出来,到韭菜家找韭菜一起回鹭门,韭菜说她要在家里住两天再回去,水桶看看天,太阳已经坐到了西边的山坡上,喃喃自语:"天太晚了,不然我也明天再回去?"

韭菜连忙拒绝:"那你就住村长家吧。"

韭菜爸妈在一旁听着,也没有出面挽留水桶住在他们家,如果今晚水桶住到了他们家,即使今后真的跟韭菜成了,也会让韭菜爸妈"捧屎抹面",村里人都会说她们家"先揩屁股后厕屎",在农村,那是非常没有面子、丢脸的事儿。

韭菜家不收留他,水桶只好返回头找村长,请村长想办法送他到镇上,到了镇上,就有到鹭门城里的交通车了。

村长派他弟弟半截子开了一台长城皮卡送他。车大人小,半截子坐在方向盘后边,脑袋跟方向盘上缘并齐,从方向盘的空隙处朝外窥视观察路面掌握方向,从外边看,好像车没人开自己在跑。水桶看到半截子那种开车方式,暗暗咋舌,偏偏半截子车又开得飞快,崎岖山路,左弯右拐,上下盘旋,到了镇里,水桶身上已经被冷汗浸透,下了车就像死里逃生,长吁一口气喃喃骂了一声:"干你老,小驴拉大车,亏你不怕死。"

半截子也不回应他,掉转车头,风驰电掣地跑了。

26

鹭门话说：呷面呷到银簪子，意为意料之外发了小财。水桶万万没想到，碰到点上，赚钱竟然会那么容易。回到集团，给董事长汇报的时候，心里不知道哪根灵弦动了一动，张口就把村长要的六十万说成了七十万："那棵树我看了，可能没有一千年，最多五百年，村主任说要七十万，包含原来付过的十万块，三十万不能开收据，要现金。"

水桶根本没有去现场看货，他估摸到底是千年老树还是百年老树，谁也说不清楚，除非锯开数年轮，谁也不会去锯，一锯树就死了，所以才敢张口胡吹，说他去看过那棵老树了，而且装出内行的样子擅自给老树定了年龄。

董事长破口大骂："干你老林家的，说好的事情咋就变了？"

水桶不敢吱声，保持沉默，心却往下一沉，估计自己的如意算盘打空了。

骂完了，董事长却嘿嘿笑了："干你老，七十万就七十万，老子早就料到他要来这一手，不过也没啥，我原来也没打算就花十万块买他的古树，你给他说，我答应了，可是一定要保证古树给我活活地栽到门口来。"

水桶连忙答应着，扭头就跑，董事长叫住他："你干吗？"

水桶说肚子胀，要撒尿。

董事长摆摆手："懒驴上阵屎尿多，快去快回，我还没说完呢。"

水桶跑到厕所里，掏出手机连忙给村长挂电话，告诉村长，他好不容易才做通了董事长的工作，董事长基本答应了，但是他要七十万，其中二十万不用开收款收据。

村长也明白："谁用了你这种下属，谁他妈的就用了家贼。"

水桶反驳他："村民选你当村长，还不照样选了个家贼。我不是光考虑我，我们俩，我多要的十万，我们俩三七开，你三我七。"

村长咯咯笑："干你老，你倒学得快，凭啥你就跟我三七开，我非得跟你四六开？照老规矩，四六开，这一笔我四你六。"

水桶连忙答应了，四六开本身就是他心里的底数。

水桶回到董事长办公室，董事长却变了主意："算了，这件事情还是我亲自给林家的打电话，你过来过去中间传话反而麻烦，我说好了你去办。"

水桶惊出了一身冷汗，如果刚才不及时和村长沟通，订立攻守同盟，肯定穿帮，后果不堪设想。尽管事先已经跟村长勾结好了，他仍然惴惴不安，担心村长跟董事长透了他的底，毕竟村长跟董事长是熟人。水桶低估了金钱的力量，有了他和村长的四六开和六四开的双保险，两个人可以私分二十万，有了这合谋赚来的二十万，别说董事长跟村长是熟人，就是董事长是村长的亲爹，村长也不会出卖水桶。

接下来的事情也并不好办，二十万现金董事长派了专车专人专送，不经水桶的手。好在村长非常讲信誉，说好了跟水桶平分这二十万，钱一到手，送钱的人一走，二话没说就数了十沓一万块连银行封条都没拆的票子扔给了水桶。

水桶很感激，吹捧村长"真够意思，讲信用"。

村长骂他："干你老，啥信用不信用，我是担心你给我惹麻烦。"

人逢钞票精神旺,钱一到手,村长就来了精神,封口费一发下去,全村都来了精神。村里现在没有几个年轻人,年轻人都跑到城里混社会抓钱去了,村长就亲自带领十几个半大老头半大小子,还专门带了两个半大老婆子负责做饭泡茶,然后大家背着锅碗瓢盆被褥铺盖,带着水桶去移那棵千年古桫椤树。

水桶是个有心人,抽空到网上查了查桫椤树的资料,免得自己到时候啥都不懂,不像个硕士。不查不知道,一查吓一跳,原来桫椤树号称植物的活化石,当年曾经是素食恐龙菜单上的佳肴。属于国家一级保护植物,按照资料上的说法,董事长和村长私下移栽移种都是违法的。看过资料之后,水桶倒对桫椤树有了一份好奇,一心想看看网上说得那么玄乎的桫椤树到底是个什么样子。

村长组织起来的那支移树队伍,长短不齐、长幼混杂,背着锅碗瓢盆被褥铺盖,看上去就像一群逃难的。沿途没有路,队伍在野草野坡野树中下沟上坡,七拐八绕,遇水架桥,逢山开路,碰到碍事挡道的树就毫不留情地砍掉。当然,他们架的都是小木桥,能供一两个人通行就成。开的也都是小路,能让大家走过去就好。这样边走边修路,非常缓慢,走了整整两天,才来到了一个峡谷中间。峡谷中溪水蜿蜒,草木葱茏,怪鸟长啸,村长遥指对面的山坡:"喏,那就是,我们知道那是珍稀植物,已经保护起来了。"

水桶睁大双眼眺望对面的山坡,终于看到了传说中的桫椤树,而且是据说活了一千多年的桫椤树。

27

如果不是村长提示他们已经采取了保护措施，水桶在那绿色婆娑的山坡上，还真看不出哪一棵树是传说中的桫椤树。有了村长的提示，水桶才看到，在一圈篱笆里边，一棵高大挺拔的树木鹤立鸡群地站在野荔枝、小叶榕中间。直溜溜的树冠活像人的两手相对朝天张开，每根手指上又分出枝干，枝干上的树叶形似手掌分成七个叶片，枝干树叶疏落有致，上面开满了淡白色的小花，活像树冠之上笼罩着薄雾轻纱。

看着不远，真正走起来，还要下一道沟再上一道坡，费了竟然也有一个多钟头。走到近处细观，方看清楚这棵树并没有多么粗大，水桶试了试，他一个人就能环抱过来，更加确认这棵树无论如何不会有千岁高龄。树皮粗糙如麻，仔细看竟然像细密的蜂窝组织，让人心里发麻。树冠上的花朵却非常美艳，花如塔状，又似烛台，一片片如手掌般的叶子衬着花蕾就似托起宝塔，又像人手捧着烛台。每朵花有四片淡白色的花瓣，花芯内七个橘红色的花蕊向外吐露着芬芳，花瓣上泛起的黄色，使得小花更显俏丽，真是绝妙至极。

村长吩咐村民们开始挖掘："干你老，挖的时候小心些，不要伤了树根，谁伤了树根，不但要把村委会发的劳务费收回来，还要赔上二十万。"

水桶这才知道，要移这棵树，还真不是省心的事儿，暗暗担心,凭着他们来的时候顺手修的那条勉强能称之为路的路,能不能顺利地把这棵老树抬下山去。村长看出了他的担心,安慰他:"干你老,没事啦,比这难做的事情我们都做过,这算不得什么。"

不管这棵老树是不是真的千年古木,仅仅凭那粗壮庞大的身躯,要连根刨出来,然后再运到山外村里,在水桶看来简直就是无法完成的任务。好在这个任务由村长和村民承担,用不着他亲自动手,他只要陪在一旁监督就行,甚至他不来监督都可以。水桶在一旁待着没事,就地泡茶,农村进步很大,这支逃难似的队伍,进山挖树,不但带了锅碗瓢盆被褥铺盖,还带了泡茶的茶具,烧水的瓦斯炉和罐装瓦斯。茶叶则更是茶农自己保存的、城里人花多少钱也喝不到的无公害明前铁观音。

坐在一旁喝着铁观音,看着村民们辛勤劳动,想到自己几乎没有做什么就赚了十多万,水桶心满意足,对这些村民有了心理上的超级优势,享受到了高高在上俯视众生的精神愉悦。喝够茶水,水桶背着手在挖树根的村民外围转悠,忍不住呵斥大家:"快点儿,小心点儿,干你老,谁弄断一根树根就扣他二十万。"喊出了这一句,水桶觉得非常痛快。

晚上,两个老婆子就烧了米饭,煮了就地采摘的野山菇和带来的腊猪肉,一帮人吃得嘻嘻哈哈,老少男爷们都拿两个老婆子取乐要笑,纷纷争着抢着要给两个老婆子暖被窝,老婆子笑骂,话说得过分了就动手打,挨打的人嘻嘻嘿嘿地笑,最后不知道话题怎么引到了村长头上,大家都逼问村长在村里留了多少种,村长倒不是适应这种玩笑话的人,急赤白脸地张嘴骂人,说村里人很多都是没出五服的血亲,拿这话开心就是逆伦欺祖。

"干你老,卵窖……"村长破口大骂,骂个不停,也不知道他骂谁，或者说所有的人都被他骂了。

到了野外，似乎村长就不是村长了，他臭骂大家，大家也开始作践他。不知道是谁从背后扑将过来，用被子把村长连头带脑裹了个严实，然后就把他的裤子扒了，其他人乱哄哄地朝村长裤裆里塞茅草、塞烂树枝树叶，还有不知道谁抓到了一只蛤蟆，也一并塞进了村长的裤裆，然后拉起裤子，裤腰和裤腿都扎紧绑好，又把村长的两手绑了，大家轰然四散，悄悄各自钻进了被窝里。

村长在地上打滚，号叫詈骂，却又没法解放自己。水桶看村长实在太苦，不忍心，过去解开了村长的两手，村长忙不迭地脱光裤子，把裤衩、裤子抖个不停，自己也蹦来蹦去地拨拉粘到身体上的茅草和虫子。水桶看到村长胯间那根祸根随着村长的动作摇来晃去，觉得那东西似乎变成了活物，忍不住哈哈大笑起来。

第二天正午，老树的根终于全部刨了出来。这棵树即便不够千岁，年岁也绝对少不了百年，刨出它的树根，就如在地上挖掘了一个一座房子那么大的深坑。村长指挥大家用带来的被褥把树根包裹得严严实实，又用锯子把树冠上的枝干切割下来，切割的伤口用泥土糊起来，说是保持水分。那棵老树没了树冠上的枝干，看上去就像剃了秃瓢的和尚。接下来大家就用绳子捆了老树，哼哼嗨嗨地吼着号子，把老树朝山外边拖，就像一伙强盗抢掠了女人要拉去做压寨夫人。

下山的过程仍然是老一套，能拖过去的就拖，拖不过去的地段就地开山架桥修路，现在修路就不是给人修了，主要是给老树修，只要能把老树拖过去就成，人就简单多了，只要能有落脚的地方使上力气就好。十几个人要把这样一棵老树拖下山，绝非易事，大家一步一停，一步一顿，水桶暗暗犯愁，如果按照这个速度没有十天半个月别想下山。水桶着急，就开始拼命催促："干你老,加紧啊,想在山上过年吗?"两个做饭的老婆子本来没有加入抬树的队伍,肩着做饭泡茶的锅灶和茶具跟着走,水桶一急,抢过人家的锅灶和茶具扔到山沟里头："干你老,那些破家伙还要它干啥,赶紧跟着抬树去。"老婆子吓坏了,二话不敢说,连忙挤进抬树的人丛中,跟着喊起了号子。

水桶扔了大家伙的吃饭泡茶家具,谁也不敢表达不满,这让水桶暗暗得意,更有了当家做主的感觉,在一旁扯着嗓门骂人、催活。多亏第二天来了援兵,村支书又带了十几个杂七杂八能动弹的人上来接应。原来,他们早就安排计划好了,刨树根的时候,场地有限,人多了也用不上,所以村长只带十多个人上山。按照他们事先的估计,树根刨好该往山下运的时候,支书再带人上山支援。因为拖树需要人多,而且也能排得开,排不开起码也要换着拖,不然就真会如水桶担心的那样,在山上耗上个十天半个月,等运到了鹭华集团,说不准树早就死了。

三天以后,大功告成了一半,老树终于平安运到了北山村。村里,早已经备好了拖车,就等时机一到马上起运。

28

树到了村里,村长告诉水桶现在还不能往外运,要等天黑以后才敢动,怕路上有林业局或者政府的其他部门抓。

"庄助理,你是到我们家歇着,还是到韭菜家里去?"

水桶这一次到北山村，没有顾得上去韭菜家看看，韭菜爸妈也没有跟着上山移树。此刻村长提及，他才想起来，说不准韭菜还没有回城里，还在娘家待着呢，便说："我到韭菜家看看老人去。"

　　村长脸上就露了坏人之间心照不宣的怪笑："干你老，记住我们祖宗的老规矩，在人娘家不准同房啊。"

　　水桶嘿嘿笑："没有啦，不会啦。"

　　水桶跟村长分手，就跑到韭菜家不拿自己当外人，洗澡换衣服泡茶吃喝。韭菜爸妈对水桶非常热情客气，让水桶颇为受用，遗憾的是，韭菜已经回城里上班去了。

　　人有了钱，不知不觉间就气壮如牛起来，水桶掏出一千块拍到了韭菜爸妈面前："伯父伯母，真对不起，两次到你们家来都没有时间买礼物，这点钱就当我的心意，你们自己想买什么就买点儿什么。"

　　韭菜爸爸嘴里客气着："这怎么好，不要啦，不要啦。"手一伸却已经把钱揣进了兜里。

　　韭菜妈妈客气道："水桶啊，已经够感谢你了，要不是看在你的面子上，不论我还是韭菜爸，肯定要有一个跟你们进山吃苦受累去，村长还不是看在你的面子上，免我们的义务工。"

　　义务工是农村特有的劳务方式，过去搞农村基本建设，或者公益性劳动，组织农村劳动力参与，没有任何报酬，美其名曰义务工。现在这种务工形式基本上绝迹了，水桶以为那些上山干活的村民都是有报酬的，现在才知道，村长和支书竟然又跟农民玩起了绝迹许久的义务工，不由得暗叹村长支书厉害，每家两三千块钱的封口费就让村民无偿提供劳务。

在韭菜家不明不白地洗了澡,吃了姜母鸭,喝了面线糊,泡茶的时候就已经上眼皮和下眼皮恋恋不舍了。韭菜爸妈看他困倦,连忙铺了新被褥,请他就寝,水桶便在人家床上倒头睡去。

刚刚睡着不久,村长就派他弟弟半截子过来喊水桶。水桶还没有脱离贪睡的年龄段,觉得刚刚躺下,还想赖一会儿,半截子端起脸盆里不知道用来做什么的凉水,兜头泼到水桶脑袋上。

水桶跳起来骂:"干你老,半截子,老子杀了你。"

半截子告诉他:"干你老,拉树去。"

听到开始拉树了,水桶不敢再耽误,爬起来跟着半截子到了村中的场子上。村里人正在闹哄哄地把那棵备受折磨的老桫椤树往车上装。车厢短,装不下,后半截就担在一台手扶拖拉机拖挂用的那种车厢上。然后,又用粗绳五花大绑一样,把树固定在车厢上。

村长吆喝一声,出发了,水桶受邀跟村长坐在前边开道的长城皮卡上,最前边还有一个村民骑摩托探路。如果路上遇到查车的,前面探路的村民就会手机告知,后边的运树车就能及时躲避。最后还有一台大卡车,拉了一车村民,水桶以为是到了地方帮助栽树的,后来才知道那些村民的作用远远不止栽树那种事情。

"干你老,今后再也不惹这种活路,麻烦死人,提心吊胆。"村长在车上喃喃咒骂。这一次没用半截子开车,开车的是村长自己。

水桶忽然想到该给董事长通知一声,以便集团作好接树的准备,起码也应该事先挖个树坑,可是看看表,才夜里两点多钟,怕打扰了董事长美梦,没敢给董事长挂电话,就挂给了总经理。

总经理还没睡,听电话里传出来的动静,正在哪个娱乐场所过夜生活,水桶告诉他树已经从村里运了出来,总经理"好好好"地答应着,也没说什么就挂了电话。

前有探路的尖兵,后有保驾的村民,一路顺利,快进鹭门的时候大家的警惕性也都松懈下来。这时候一辆警车响着警笛从后面追了上来,村长喃喃咒骂:"干你老,追魂的来了。"

警察追上来堵在大车前头,逼着大车停下来,然后三个警察跳下车让司机拿出准伐证、运输证等等各种证明来查验。

司机没法,就让警察找前边车上的领导,村长没办法只好下车:"怎么了? 怎么了? "

水桶想了想没跟着下车,躲在车上由村长去对付警察。

村长到了警察跟前二话不说先掏烟点头哈腰说好话。警察不接他的烟, 坚持让他拿采伐证:"干你老, 趁天黑偷了木材跑呢。"

警察刚刚说了这么一句粗话,村长马上翻脸:"干你老母! "干你老还可以不理解成骂人话,因为按照鹭门的习惯,熟人之间也完全可以用这句话打招呼、显亲近。而"干你老母"却就是确定无疑的骂人话,"老子村里的山,老子村里山上的树,凭什么办采伐证? 老子就是啥证没有,干你老,你咬老子的卵窖呢。"

警察被村长劈头盖脸一通臭骂弄得瞠目结舌, 还没有反应过来,后边的大卡车到了,从车上跳下来一帮村民,一哄而上,扭住了那几个警察,村长也不再管,拉开车门上了皮卡,挥手下令:"走! "

水桶有点儿紧张:"村长,敢欺负警察,到时候人家说你暴力抗法,抓你怎么办呢? "

他那点儿法律意识在村长那里却成了屁话:"干你老,懂不懂法不治众?他们敢抓我,我们村民就敢到市委市政府游行示威去,要求市委市政府处理暴力执法的警察,看看谁怕谁。"

水桶想一想倒也真是那么回事儿,他断定,如果村长真的发动群众带领群众到市委市政府集体上访,这摊烂账肯定没有人能算清楚。

警察被村民缠住,狼狈逃窜,村长的皮卡和拉着大树的拖车轰隆隆启动,在满载村民的大卡车护卫下,一路开进了鹭门市,直接到了华鹭集团的大门口,才把车停下。

水桶事先给总经理挂了电话,估计树到了树坑也就挖好了,却万万没有想到,华鹭集团大门外边冷冷清清,一如往常,只有门卫听到大门外边几台汽车一起轰鸣,睡眼惺忪地从大门里边出来愕然问:"你们干啥的?"

水桶气呼呼地骂门卫:"干你老,董事长的宝贝送回来了,你们怎么也不知道做做准备工作?"

门卫认得水桶是总经理助理,不敢回嘴,无辜地辩解:"我们也不知道啊,事先要是有人安排,谁敢不干。"

村长也不高兴,掏出手机给董事长挂电话,董事长中午晚上睡觉,怕来电话影响睡眠,一律关机,村长自然拨不通,一气之下招呼村民:"走啊,送到了,我们的事情就算做完了。"

话一说完,钻进了皮卡车,开着车一溜烟跑了。摩托车、大拖挂、大卡车跟着村长轰隆隆地扬长而去。水桶和门卫守着那棵桫椤树,活像一具庞大尸体的守灵人。

天大亮了,员工们陆续上班,看到集团门口这株倒卧的大树无不惊诧,却也没人过问,这种企业里的普通员工都遵循一个潜规则:跟自己无关的事情最好别管。

　　总经理的座车停到跟前,水桶连忙上前汇报。总经理便给董事长打电话,董事长说他马上就到。总经理和水桶不敢离开,守在现场等待董事长。

　　董事长到了以后,看到那棵他心目中的宝贝千年古梾椤树被人随随便便扔在地上,暴跳如雷,臭骂水桶不该这么慢待这棵树:"干你老,懂不懂得?这是神树,我们把神请来就这么扔到地上吗?干你老,神要是降灾你就去死。"

　　水桶明明事先已经给总经理报告了,总经理当时不知道在哪家娱乐场所娱乐,没拿这棵树当回事儿,此刻董事长发火,盯住了水桶臭骂,总经理站在董事长身后,一个劲儿给水桶挤眉弄眼,活像正在拉客的站街女。

　　其实总经理即使不使眼色水桶也不敢当面把责任推给他,水桶一个劲儿给董事长道歉认错,倒好像他跑到北山村辛辛苦苦一个多星期,不是去办事,而是去闯祸了。董事长骂了一通,吩咐总经理马上安排人把树栽好:"干你老,树要是活不成,我就把你们都给种到地里去。"

　　董事长骂人倒还好忍耐,翻过来倒过去也就是干你老、卵窖那种老套子,难受的是他的唾沫星子就像喷泉,喷出来的力道还特别大,砸到脸上不但又湿又臭,还挺疼。水桶就如枪林弹雨中的勇士,站在前沿替总经理遮挡着董事长制造出来的瓢泼大雨。

　　董事长走了,总经理连忙挂电话安排人过来挖坑栽树,还请教水桶应该挖多深多大个坑。也许刚才水桶没有当着董事长的面把他给推出去,硬是替他挡了一阵暴风骤雨,总经理跟水桶说话的时候和颜悦色,暂时收起了高高在上的那副派头。水桶急着去洗脸,也弄不清楚该挖多大个坑,用种茶树的经验主义随便回应了一声:"按根的大小挖就行了。"说完,急匆匆跑进集团找卫生间去洗脸,董事长的唾沫喷在脸上,活像被谁给抹了一整脸的稀屎,不马上洗气都喘不过来。

29

树坑挖好了,树也放进了坑里,正式落土的那天,头天晚上下了瓢泼大雨,地面湿漉漉的,空气却格外清新宜人。华鹭集团要举行隆重的请神树、敬神明仪式。树的枝干上面挂满了花布条,树下面摆放了香案,集团还花钱雇来了高甲戏班子准备唱几出喜庆戏文给老树欣赏。

香案摆放好了之后,由董事长带队,集团的领导班子和董事长的家族成员上香跪拜。董事长毕恭毕敬地跪到了地上,双手捧着香烛高高举起,嘴里喃喃有词,却谁也听不清楚他在祈祝什么。这个时候不知道从哪里飞过来两只乌鸦落在了树顶,叽里呱啦地在上边聊天,其中一只还恬不知耻地拉下一泡乌鸦屎,不偏不斜正正落在了董事长陈木桶捧着香烛的手上。

众人大惊,总经理挥手顿足吓唬乌鸦,要把乌鸦赶走,却不敢出声咋呼,怕干扰了董事长为核心的集团董事会和家族成员敬神祈福。一转眼看到了水桶,水桶正在跪拜队伍中最后边趴在地上,却扬起脑壳东张西望。谁也不知道他在看什么,如果当时他不抬起脑袋东张西望,而是埋头跪拜,后面的事情肯定就不会发生，即便发生了责任也不会落在他的头上。

　　总经理回头看到了庄水桶，立马挥手作势，让他把树上的乌鸦驱赶开。水桶看到总经理朝他一个劲儿挥手，又一个劲儿指树顶上，抬头看看，才知道总经理让他去把树上的两只乌鸦赶开。水桶对自己亲自搬运过来的这棵传说中的千年古桫椤树心存敬畏，总觉得把人家一棵老树从原籍硬迁到鹭门市当市民，有点儿像绑架，现在又看到乌鸦竟然也落到人家脑袋上耀武扬威，尤其在这个庄严肃穆、焚香敬神的时刻，就尤其嚣张、冒犯。

　　水桶从队伍里爬起来，拍拂一下膝上的尘土，来到了大树的另一边，挥手跺脚，轻声轰赶乌鸦。乌鸦似乎知道他的分量更差，理都不理他，两只畜生管自聊天聊得热闹。水桶动怒了，满地找竹竿或者其他长度够尺寸的物件，想动用武力把两只可恶的畜牲赶走。可惜，不要说今天集团举行重大仪式，就是平日里，集团外边这块空场也一定会清扫得洁净如洗，稍有不洁之处，董事长就会亲自给分管后勤的副总经理脸上喷满唾沫星子。董事长最看重脸面："干你老，集团的院子就是集团的脸面。"这是董事长的口头禅。

　　水桶趸摸一圈，没有找到合适的武器，而乌鸦仍然肆无忌惮、恬不知耻地赖在树梢上聒噪。水桶愤愤然了，董事长亲自参加如此隆重的典礼，怎能容得两只乌鸦干扰破坏？水桶攀上了老树，他要履行自己的责任义务，亲自赶跑那两只可恶的乌鸦，维护集团敬神仪式的庄重和严肃氛围。

　　爬树是他的老本行，过去在农村从小到大，被他爬过的树远比被他读过的书多。水桶爬到树的中间，距离那两只乌鸦还有一米多远的时候，那两只乌鸦颇为不耐地朝他呱呱呱叫了几声，奇怪的是,乌鸦似乎也学会了鹭门人的骂口,叫出来的声音像绝了董事长破口大骂"干你老"。乌鸦骂过了,朝树梢上又挪了挪,拉开了跟庄水桶的距离,两个畜生又开始热聊起来,简直没有拿水桶当人看。

水桶不敢大声骂娘,小声嘀咕着"干你老,老子抓住你炖沙茶面吃",然后接着朝上面攀爬。就在这个时候,发生了惨剧,这棵树本来就是新移植的,根浮土浅,又下了一整夜的大雨,土壤被雨水浸泡成了松软的蛋糕,高达八九米的大树原本就头重脚轻,树梢上又压了水桶那么一个大活人还有两只乌鸦,立刻失去平衡,轰然倒塌下来。倒塌的瞬间,两只乌鸦呼哨一声悠然飞去,水桶没有飞翔能力,本能地紧紧抱住树干,倒下来的树干砸到了刚刚上完香正要站起来的董事长陈木桶脑袋上,董事长立刻头破血流翻身倒地。

现场乱成一团,惊叫的,哭喊的,扑过去救人的,急惶惶打电话叫急救车的,人们的注意力都集中在董事长陈木桶身上,谁也顾不上和大树一起摔倒的庄水桶。水桶摔得并不严重,有董事长陈木桶衬了一衬,大大缓冲了大树倒地时水桶落地的速度,而且水桶又是屁股着地,虽然屁股摔得比小时候挨他妈的擀面杖还痛,可是,屁股那东西据说天生就是老天爷安在人身上承受打击用的,所以水桶并没有受重伤。

他翻身起来,揉揉屁股,凑过去一看,董事长已经人事不省,满头满脸的污血,看上去挺吓人的。水桶胆战心惊,吃一堑长一智,一朝被蛇咬十年怕井绳,水桶让光荣两口子的民事赔偿给整怕了,脑子里闪电般想到打那场官司学会的"民事责任"四个字。眼下这桩事情,如果华鹭集团把董事长被大树砸伤的责任定到他身上，够不够判刑先不说，光是那笔民事赔偿金就能让他一辈子快活不起来。想到这些，水桶趁人群混乱之际，拔腿就跑，一溜烟从那个是非之地消失了。

水桶跑了，急救车也到了，众人手忙脚乱地把董事长陈木桶搬上车，急救车拉着董事长奏响了叽里哇啦听着很欢快的笛声朝鹭门市有名的794医院奔去。

一个月以后，关于华鹭公司董事长陈木桶的事迹在鹭门市广为传说：陈木桶被那棵老树砸了个头破血流，然后就植物了，成了名副其实的木桶，只能盛食物盛水，没了别的用途。林业部门开始追究华鹭集团和北山村村委会盗卖倒买千年古桫椤木的案件，经过专家鉴定，这棵所谓的千年古桫椤木树龄不过几十年。而且桫椤树移栽失败，彻底枯萎死亡，据此，林业管理部门向华鹭集团征收罚金五万元，林业部门本来也要向北山村征收和华鹭集团等额的罚金五万块，送罚单的工作人员被村民围困三天三夜，狼狈逃回鹭门之后，村民跟进到鹭门市委市政府上访，市委市政府担心这件事情被上级知道，大事化小小事化了，命令林业管理部门象征性地罚了北山村委会五百块钱。

30

著名的华鹭集团董事长被桫椤树和水桶联手做成了植物人，成了鹭门市街头巷尾热议的热门话题。有人说这是老天报应，不该把好好的树给祸害了。也有人说是人祸，有人在现场故意把树给压倒，导致了这场惨祸。还有人信誓旦旦地说，在董事长陈木桶出事的当时，那棵老桫椤树的枝干上渗出了很多汁液，就像人在淌眼泪。

这些传言如同芝麻糕成了人们茶余饭后的点心，而亲历这场事变的水桶却跑回西山村躲事去了。即使是回老家躲事，水桶也躲了个风光。他现在有钱了，于是兑现了对老妈的承诺，买了冷暖两用的空调机，装在了家里。接着又在屋后面挖了化粪池，在屋里装上了和城里人一样的抽水马桶，今后刮风下雨晚上起夜，他和他老妈就都用不着往外面跑了。乡亲们都夸赞水桶妈有福气，水桶有孝心。水桶妈也让水桶从此留在村里，告诉水桶说，市里那个邵博士再也没有露面，也没人过来讨要那五万块钱，好像那件事情过去了，让水桶今后别老往外跑，老老实实在家里专心务养茶园子，茶叶种好了，照样赚钱。

水桶却心野了，无论如何也不能再像过去那样守着茶园在西山村当茶农了。如果说当初他跑到鹭门城里是为了躲债赖账，谋个吃食，现在，成为一个城里人，买一套城里房，再娶韭菜当老婆，已经成了他的人生目标。有了这个目标，尽管西山村风景秀丽空气清新，可是他却一天也待不住，总觉得心里空落落的，干什么事情都没精神，生活变得百无聊赖。

给老妈装好了抽水马桶和冷暖空调以后，水桶在村里待了不到半个月，就再也窝不住了，给华鹭集团的同仁挂电话，打听董事长家里人和集团有没有什么动静。同仁说没什么动静，董事长睡在床上啥也不知道，成了地地道道的木桶，他老婆孩子整天围着伺候他，谁还顾得上管水桶的事情。集团现在的事情都由总经理说了算，总经理一天到晚吃喝玩乐，也不太管集团的事情。

听到同仁的消息，水桶估摸着华鹭集团可能并没有想到把责任推到他头上，也并没有想把他怎么样的意思，紧张都是自己吓唬自己造成的。估计这场血案栽不到自己头上，水桶就再也蹲不住了，告辞了老娘又回到了鹭门。

水桶有了硕士身份，又有了在华鹭集团当总经理助理的从业资质，再次进城，找工作就容易了很多，轻轻松松就当上了一家快递公司的业务经理。同时，泡咖啡馆对水桶而言也不再是新鲜事儿，巴星克咖啡馆成了水桶常来常往的地方，不管是他自己还是别人，都弄不清楚他是泡咖啡，还是泡韭菜，他则自诩为既泡咖啡也泡韭菜，这就叫"一箭双雕"、"一举两得"。用上了"一箭双雕"、"一举两得"这两个句子，水桶越发觉得自己真的就是鹭门大学的硕士了。

韭菜介绍老板跟他正式认识，老板让他预存两千块钱，给了他一张贵宾卡，可以五折就餐饮咖啡。预存两千块，水桶很不愿意，按照水桶的习惯，都是先消费，后交钱，还没吃没喝就先交两千块，不符合他的消费习性。然而，当他看到韭菜眸瞪瞪地看着他，就没了拒绝巴星克老板的勇气，老老实实掏出两千块，还故作轻松地拍给了老板："放这儿，慢慢花。"

付出那两千块钱的时候，水桶嘴上轻松，心里却多少有点儿肉痛。他本来是准备买一台电动车的，有了电动车，行动就方便，起码用不着到哪都要挤公交车，否则就要长征。红军长征两万五千里可以载入史册，他庄水桶哪怕长征十万八千里，也没人会答理他。

水桶暗暗肉痛，可是转眼看到韭菜欣欣然的表情，就又不痛了,能用两千块钱买来韭菜的青睐,能在韭菜心目中树立起自己的高大形象,水桶觉得值。现如今,买一辆电动车对于水桶而言并非难事,可以先交百分之三十的预付款,剩下的慢慢还,关键还是有没有勇气学美国人,负债消费。水桶的消费习惯还是一手钱一手货。干上了快递公司的业务经理,负责起了那一片快递服务点的工作,水桶还骑一辆从二手市场买来的自行车,就难免显得寒酸,也比别人累得多。

此事水桶跟他的助理老巴聊起过,老巴笑话他:"干你老,你还是硕士呢,这点儿事情都看不透,现在谁还花自己的钱消费?能贷款就贷款,先享受着再说啦。"

水桶回骂他:"干你老,贷款就是借钱,借钱是要还的,朝银行借钱还要付利息,你以为银行那么傻,白让你享受啊?"

老巴说:"能还就还,还不上去他娘,东西拿回去好了,就说买房子吧,你以为那些炒房的都那么有钱,大笔大笔的钱拿去变成水泥啊?都是用银行的钱。先享受吧,说不准哪天就死了,死了就更干净,欠银行的钱,谁愿意还谁还去。"

两个人正说着,电视上播放了一段新闻,一家四口,坐车自驾游,结果出了车祸,无一生还。

"看看,这就是人,比一棵树都不如,说不准什么时候就完蛋了,趁活着赶紧享受,死了也不亏。告诉你吧,在我们这里跑快递的那些王八蛋,骑的电动车,没有一辆是现货交易,都是贷款买的。"老巴指点着电视教育水桶。

水桶接受了老巴的意见,虽然他如今的资金实力买一辆电动车就跟放个屁一样简单,他也没有再搞那种"一手钱一手货"的现货交易,而是学着别人的样儿,交了五百块钱首付,用银行卡贷款,用车子的发票作抵押,买了一部最好最贵的电动车。

有了电动车,第一件事情就是骑着崭新的车子跑去找韭菜显摆。还没有到巴星克咖啡馆,一辆轿车堵在了他的前头,水桶连忙急刹车,险些撞到轿车的门上。

"干你老,会不会开车?"水桶愤怒了,摆出了要打架的架势,支好电动车,冲到轿车跟前就骂。

轿车门开了,一看到下来的人,水桶立马蔫了,下车的是鹭华集团的总经理。

总经理绕着水桶的电动自行车转了一圈,嘿嘿冷笑:"干你老,整天坐个流动马桶满大街跑,也不去看看董事长啊。"

水桶驾驶电动车到巴星克看望韭菜的好心情,被总经理一句话破坏得就像过完冬摊到阳光下晾晒的烂棉絮。他买的电动车是那种行驶中人的双脚可以放在脚踏板上的,座位下面还有一个行囊箱,不说还好,让总经理一说,水桶恍然,坐在这种电动车上,姿势活生生地就像坐马桶。

水桶喃喃地讪笑:"总经理啊,董事长还好吧?"

总经理嘿嘿笑着说:"好得很,现在可清静了,用不着费心思赚钱,也用不着担心自己命里五行缺木了,一天到晚吃了睡睡了吃,比猪还舒服。"总经理跨在了水桶的电动车上:"干你老,坐这上面就想拉屎,话说回来,董事长对你不错,放着手让你赚钱,现在落难了,你也不过去看一眼,真不是个好东西。"

水桶有了惭愧的感觉,定了定神又有些胆怯:"我也想去看看董事长,怕挨骂。"

总经理呵呵笑了:"董事长骂你?他现在谁也骂不成了,只能挨骂。对了,那天你跑了干吗?"

水桶当然不能说是怕他们追究他的责任,搪塞道:"没跑啊,我就在,你们可能当时太忙乱了,没看见我。"

总经理咧咧嘴:"干你老,后来为什么不辞而别了?你放心,董事长植物了,我才不会管谁把他弄成植物的呢。"

水桶心头豁然亮了,是啊,董事长植物了,就算有他的责任,对董事长说是责任,对总经理说那不反而是好事吗?况且,那天命令他上树的就是这位总经理啊,如果真的追究责任,总经理也逃不脱。

想通了这一点,马上就顺竿往上爬:"现在董事长不管事了,总经理说了算,我干脆再回去跟着总经理干吧。"

总经理连连摆手:"算了,我命中不缺木,用不着水生木那一套。"

水桶厚颜道:"别忘了,我好赖也是个硕士啊。"

总经理骂了起来:"干你老,别说你是个假硕士,就是真硕士,现在满大街找工作的有的是。你真拿我们当棒槌啊?办假证起码也办个外地的,鹭门大学硕士,蒙谁?屁股都不用动,在办公室用电脑一查就知道你是假的了。"

水桶脸又涨又烧,嘻嘻嘿嘿哂笑着说:"什么叫真假?真亦假来假亦真嘛。"

总经理说:"我早就知道你是假硕士,董事长喜欢你,我有什么办法?谁叫你爹妈给你起了个能生木的名字呢?忘了,上一次我给你说过,水生木,董事长命中缺木,身边需要水性人发旺。谁知道你这股水太猛,董事长承受不了,让你给冲到床上再也起不来了。"

水桶还想再说说,看能不能再回到鹭华集团混饭吃。一旦被追究责任赔钱的可能性消失之后，鹭华集团丰厚的收入就又开始强烈地诱惑水桶。可是听到总经理已经识破了他的假硕士身份，也不能不脸红，就没好意思再提回鹭华集团上班的事儿。他估摸着，即便提了，总经理也不会答应，需要水生木的董事长植物了，掌事的总经理就不需要他这个水桶生木。

水桶没了到巴星克咖啡馆泡咖啡、泡韭菜的心情，甚至没了骑电动车的好心情。现在，跨在电动车上，怎么想也觉着自己是坐在马桶上满大街跑。谁朝他看一眼，他都觉得人家是在嘲笑他。由不得心里暗暗懊悔，当初不应该听从那个推销员的忽悠，放着那么多款式没买，偏偏买了这么一款像马桶的。

手机响，水桶接听，是快递公司总经理来的，告诉他他负责的那个快递点出事了，让他赶紧回去处理。水桶问出了什么事，对方不耐烦地骂他："干你老，我知道怎么回事还用得着找你吗？上班时间不在岗位待着，跑哪去了？是不是又去找那个咖啡妹了？"

水桶连忙否认，说他正在外边联系客户，总经理嘟囔了一句："快点儿回去处理一下。"就扔了电话。

水桶连忙启动电动车往回赶，一着急，倒也顾不上在意别人会不会笑话他坐在流动马桶上满大街跑了。赶得急，抄近道，水桶快马加鞭，把"流动马桶"骑上了高架桥。

鹭门市为了缓解交通拥堵，在很多十字路口都修建了高架桥，上面是快车道，没有红绿灯，下面是慢车道，有红绿灯，上面只准走汽车，下面可以走各种车。这一点经过电视报纸各种新闻媒体的广泛宣传，经过交警实实在在的处罚，鹭门市民包括水桶这种进城赚钱的鹭门农民，都心知肚明。然而，懂得是一回事，遵守是另一回事儿。就如庄水桶此时此刻，一着急，就把交通管理

117

部门的规定扔到了脑后，坐着流动马桶风驰电掣地冲上了高架桥。

"干你老，我就不信那么歹运，别人没碰上，偏偏我碰上马路橛子。"马路橛子是老百姓对交警的昵称，走到了高架桥之前的一瞬间，水桶脑子里还闪过了这个念头。然而，事情偏偏不如人愿，还没有下坡，水桶就看到一辆交警用的摩托车，闪动着烁烁狼眼一样的警灯，停在高架桥的护栏旁瞅着他。这个时候水桶又大意了，有交警摩托车，附近肯定就有交警，他却抱了侥幸心理，期盼这辆车又是交警摆在那里吓唬人的。鹭门警力不足，有的交警就把自己的摩托车摆放在交通密集路段，亮着警灯，震慑那些蔑视交通法规的人，自己则到附近去履行职责，这样做有好处，一个交警能当两个人用，另一个就是警用摩托车。

水桶犹豫片刻，此时他正在高架桥的顶端，身旁的汽车看到电动车也上了高架桥，纷纷鸣笛，"嘀嘀嘀"地骂他，鸣笛三下，含义就是"干你老"。水桶有心掉头逃跑，可是高架桥上的钢铁猛兽洪流滚滚，各种汽车从他身边飞驰而过，在这种地方掉头，一要有那个本事，即使有那个本事掉过来了也得逆行，如果被车撞了，只有两个字："活该。"脑子里的侥幸和现实的危机，逼迫水桶只能硬着头皮闯，其实，水桶这样的茶农进城，本身就是闯，闯好了，过上好日子，闯不好，大不了回家再务农去。

水桶咬着牙，憋着劲儿，一溜烟儿地从高架桥上溜了下来，为了省电，他挂了空挡，没有给电门，流动马桶却仍然像从高处掉落一样飞快地从高架桥上冲下来。还没有到高架桥的坡地，水桶就知道今天不好办了，那辆警用摩托的主人交警从栏杆后面闪了出来，给水桶打手势，让他靠边停车。

水桶脑子飞转,他知道交警对他这种情况的处罚办法,肯定是先扣车,再罚款,罚款据说一次一千块。这一千块是无论如何不能让他罚的,赚这一千块实在不容易。水桶蹬住了刹车,流动马桶慢了下来,并且靠向路边,警察以为水桶要停车,放松了警惕,转身也朝路边走,同时开始从屁股后面的兜里往外掏罚款单。说时迟那时快,水桶趁交警转身的机会,猛然加电,电动车就像脱缰的野马,扬鬃奋蹄狂奔而去,途经那辆警用摩托的时候,水桶脑中灵光电闪,一脚蹬翻了警用摩托,他是怕警察骑上摩托车追他。

警察万万想不到水桶会来这一招,等到反应过来,转身扶起摩托车准备驾车追击时,水桶却已经把车把一扭,流动马桶顺利地驶上了人行道,混入了茫茫人流之中。这个时候水桶才松了一口气,他放心了,此刻即便警察追上了他,他也可以耍赖,矢口否认自己刚才上了高架桥。在鹭门就有这么一个好处,电动车没有牌照,没有车号,即便被电子眼拍摄下来,给他来个死不认账,谁也没办法。

31

水桶的快递点设在居民区的车库里,每天三次由上面公司派车把分发下来的邮件卸到他们的点上,然后再由他们的快递员分送到客户手里。

现在的快递公司多如牛毛,只要跟某个网络快递挂靠上,随便找个地场就能开快递公司。快递公司的快递员都是临时招收的,每人骑辆电动车,在居民小区里风驰电掣穿梭往来。每到快件送过来分发的时候,一堆人吵吵嚷嚷乱七八糟在人家居民小区里闹腾,尤其是分发拆装的时候,撕那种透明胶带的声音活像一群人用铁锹在铲水泥地面,声音刺耳很招人烦,居民忍受不了这种骚扰,不时有人出面抗议。水桶估计肯定又是哪家居民嫌吵了,跟他们快递公司送快递的杠上了。遇到这种情况,水桶已经有了处理经验,俗话说有理不打笑脸人,人家是居民,现在时髦的称呼叫业主,住家过日子,图的就是个清静安宁,有了他们这一帮人整天在人家门口闹腾,换了谁也得烦。

水桶不是个不明理的人,知道居民厌烦他们,每当有居民找上门来,他都笑脸相迎,认真检讨,就是不改。只要脸皮厚点儿,居民们倒也拿他们没办法。

水桶赶回快递点,果然有很多人围拢在他们的车库门前,简直跟老百姓集体上访一样。水桶吓了一跳,他万万没想到会有这么多人来找他们的麻烦,连忙跑上前去查看究竟。到了跟前,他倒放心了,吵架的只有一个人,其他人都是看热闹的。水桶立即上前去负责任地对那个吵架的人介绍自己:"先生,有什么问题跟我说,我是这的经理。"

那个人挺横,二话不说先揪住他的脖领子:"找的就是你,还记得我不?"

水桶认真看了看他,先摆脱了那双揪住他的手,然后说:"对不起,我好像不认识你。"

那人气恼地说:"你不认识我,我认识你,你说说,我寄的东西呢?"

水桶一时半会还真的想不起来他寄过什么东西："什么东西？"

那人以为水桶骂他"什么东西"，马上骂了回来："你他妈的才是什么东西，我问你，我让你们寄的东西，已经半个多月了，还没有收到，怎么回事？"

水桶明白了，原来是查货的，他们经常会遇到这种情况。特快专递远不像人们表面上看到的那么简单，把邮件交给他们，付了款，过几天邮件就飞到了收件人手里。这其中要经历一个非常复杂的传递过程，飞机、货车、汽车、电动车、自行车等等，到了收件地以后，再由当地的连锁经营或者联合经营者分派给投递员，再由投递员送到收件人手上。由于投递环节很多，再加上这种快递公司没有什么严格的章程和规矩，那些投递员为了赚钱，都是身兼多家快递公司，谁家有件就替谁家跑，所以发生错递、拖延甚至丢失都是家常便饭。

邮件按期准时送到了，自然无话，发生了错递、拖延或者丢失，水桶也不怕，大不了赔对方十几二十块的邮费，投递合同书上就是这么规定的。如果要按照邮寄物品的实际价格赔偿，对不起，得额外缴纳保险，保多少由客户自己决定，保得多，赔得多，保得少，赔得少，赔多赔少都由保险公司支付，跟他们的快递公司没有关系。所以，听到那人嚷嚷找他的邮件，水桶放心了，大不了就是邮件丢了，有个屁事。这种屁事远比安抚居民的抗议容易得多。

"先生，你别急么，我给你查查。"水桶挤出笑脸，有理不打笑脸人，这是他从小就从阿妈那里得来的人生经验。阿妈是寡妇，弱势，只能用这种方式来应对外界的强势。

那人松开了揪住水桶领子的手，水桶连忙朝他要收据："老板，你的发件收据带了没有？"

那人把收据塞给他，水桶便扯了那人进了车库。围观看热闹的闲人见没什么热闹可看了也就散去了。

车库很狭窄，只能停放一辆轿车，他们在里边摆了一张办公桌，办公桌上连接了一台电脑，那是要用来跟他们公司的快递网络连接的。剩下的地方摆了几张破椅子，还有一些堆积的邮件。正常情况下，来去的邮件都扔在车库外面，反正有那些投递员过来接货，只有本经营点接受的邮件，才会放在车库里。每天邮件到的时候，小区的院子里就堆满了大箱小裹，居民走路都绊脚，汽车来回都得绕道。

邮递的包裹扔在院子里，投递员们就开始疯抢，谁抢得多，谁就挣得多。水桶的工作就是拿着一张纸，让那些抢到邮件包裹的投递员在上面签字。至于到底这些邮件是不是快捷平安地送到了收件人手里，收件人或者发件人不主动来找，谁也弄不清楚。就像眼前这位哥们，如果他不来找，水桶和他的公司永远也不会关心他的邮件对方是否收到。

小小的车库开快递公司，除了庄水桶和他的手下，还有赖在这儿等下一茬货的快递员，再进去个外人，连坐的地方都没有。那人跟着庄水桶进了车库，水桶就假模假式地开始给他在电脑上查邮件。其实，像庄水桶他们这样的快递公司，都是跟外地公司联手经营的，相互利用对方设置的经营点，在各大城市之间形成极不可靠的邮寄网络，你的东西到了我这由我送，我的东西到了你那儿由你送，然后相互根据邮件收费总额互相提成。这种松散的联合体，谁也控制不了谁，再加上投递员的雇佣心理，找这种公司寄快递,理性的人肯定事先就有寄丢了的心理准备,不理性的人肯定就是为了图个便宜,通过正规的邮局寄送特快专递,价格比水桶他们这样的快递公司高百分之三十。

客户就站在身后,水桶也不敢过于应付差事,在电脑上查了一通,没查出什么结果,就先用话蒙他:"先生,你的快递我们的确已经送到北京了,不信你来看投递追踪记录。"从方才对方提供的寄送凭证上,水桶看到他的邮件是寄给北京的。

客户根本不看:"我的特快专递不是寄给北京的,是寄给住在北京的具体的人,就是你把我寄到北京也没用,我的朋友没有收到,你说该怎么办?"

水桶连忙拨打公司的客服电话:"先生,你稍等,我让公司总部追踪一下,到底是怎么回事。"

总部客服还在追踪,水桶心里就已经忐忑不安了,他心里明白,这种追踪纯粹是瞎掰,根据多次丢失邮件的经验,水桶清楚得很,特快专递过了半个多月还没到收件人手上,八成已经丢了。最大的可能就是北京某快递公司的投递员出了问题,即便查到了哪个投递员出了问题,也没有办法,这些靠送快递挣钱的人,都是临时工,犹如随风飘荡的柳絮、随波荡漾的浮萍,没根没底,找都没处找去。

水桶偷觑了客户一眼,这家伙长得五大三粗,一嘴东北腔恶狠狠的,如果真告诉他邮件丢了,他们只能按照邮资赔偿十几二十块钱,水桶断定这家伙肯定要对自己施暴。虽然这是在自己的地盘上,四周布满了自己的人,可是对那些所谓的自己人水桶心里有数,真的碰上事了,没有一个会出头帮他抵挡。这也不奇怪,中国人历来就讲究事不关己,高高挂起,各人自扫门前雪,莫管他人瓦上霜。

为了公司的事情,自家挨揍,水桶绝对不会做那种傻事儿。水桶挂了电话,告诉那个客户:"公司正在追踪邮件的下落,已经找到了具体的投递员,正在核对,明天你过来,如果邮件没有收到,我们保证赔偿您的损失。"

对方不让分毫:"赔偿什么损失?耽误的事情你们赔偿得起吗?"

水桶知道这次碰上的是一个难缠货色,便一个劲儿堆了笑脸说好话:"先生,你别急,邮件正在查对,查对清楚了,该负什么责任我们一定负什么责任,该赔多少钱我们一定赔多少钱⋯⋯"

那人说:"我那个邮件寄的是调料配方,配方值一百多万,你们赔得起吗?"

水桶安慰他:"赔得起,你放心,明天早上你过来,我一定给你个回话。"

"这可是你说的,明天早上我过来,你要是没有个交代,别怪我不客气。"那人走了,送邮件的车来了,一辆破旧不堪的小面包,塞满了各种各样的邮件,到了车库门前,就开始往地上扔,然后投递员们就开始蜂拥抢夺起来。

水桶看到投递员基本上都到了,连忙查问那人的邮件当初是谁接受的。当然,没有一个人承认是自己接受的,水桶没法,只好回到车库耐下心来找出记录本和承接邮件的原始凭据,助理打发走了那些投递员,进来问水桶还有什么事没有,水桶连忙捂住正在查看的资料:"干你老,没事就走,一个劲儿问什么?"

助理走了,水桶把车库门拉上一半,就开始犯愁,经过他亲自查证,受理人正是他自己。其实这也不奇怪,谁收的件,谁提成,水桶一般不会把这种送上门的机会给别人。如果是别人收的件,水桶还有机会把责任推给人家,现在是自己收的件,那就只能由自己出面解决。水桶为难的是他自己根本就没法解决,因为他又核对了一遍,那个件有收件记录,却没有发出记录。

"干你老,弄哪去了?"水桶怎么也想不起来他把那人的邮件弄到哪去了。冷静下来想一想,水桶恍然,现在即使找到了邮件,又能怎么样?敢给那个东北暴汉说实话吗?现在只有一个办法,就是赔偿他的邮费。可是,那个家伙能接受吗?

天已黑透,水桶看看表,不知不觉已经八点多钟了,不看表还好,一看表肚子就觉得饿,咕噜咕噜叫唤着提抗议。水桶拉下卷闸门,脑子还被那封邮件搅得乱哄哄的,旁边过来一个老大妈,是对面那座楼的楼长,气汹汹地吼他:"送快递的,你们搞什么搞?怎么在我们楼下尿尿呢?臭烘烘的,你们是人还是猪啊?"

车库里没有厕所,居民区里也没有公共厕所,快递员等邮件或者来领邮件的时候,如果憋尿,就会随便找个楼的拐角放水。对面的楼直线距离最近,楼后面的拐角处就成了快递员们的小便处。这位楼长是水桶最惧的人,一惧她事多,任何一件小事,比如快件扔得离她们楼口太近了、快递员鸣电动车喇叭了、他们往门口泼水了等等,都会招惹这位大妈上门讨伐。二惧她唠叨,一件小事,如果有人跟她搭茬,她能废寝忘食守着你数叨一整天,用她那老年妇女特有的尖利却又嘶哑的声音磨砺你的神经。

水桶心里正烦,更惧这位大妈没完没了,假装有急事,跨上流动马桶一溜烟跑了,跑的时候,心里在想:干你老,把你的楼冲塌了了关我屁事,老子还要去填肚子呢。水桶急着逃离,又有东北人丢失的邮件烦扰,走的时候光拉下了卷闸门,却忘了上锁。

水桶回他租住的房子途中,在大排档随便吃了一碗沙茶面,然后就去钻自己的窝。回到屋里就开始到处翻腾,他还存了一份痴心,希望自己不小心,哪天回家的时候把邮件带回来,落到家里了。然而,痴心毕竟是痴心,狗窝一样狭小的屋子从里到外翻了个遍,哪里也没有邮件的影儿。找不着,水桶也才再次想到,即使找着了, 又能怎么样? 还能告诉那家伙说他的邮件自己落家里,刚刚找着吗? 那样还不如硬挺,一口咬定查不到下落,赔他二十块邮费。

　　水桶坐在床上,百无聊赖,刚想打开电视解闷,敲门声和喊话声响了,听声音是红毛女。红毛女叫洪水妹,水桶也不知道这是不是她的真名字, 水桶就把她叫红毛女, 因为她染了一头红毛。这女人长相实在一般,年龄也弄不清楚,说她三十岁也可以,说她四十岁也可以, 好在水桶并没有跟她结婚成家过日子的打算,年龄长相都可以忽略,水桶看中的就是她那一身白肉,那一身白肉可以让水桶沸腾的雄性激素找到排泄的出口。然而,今天水桶却没有心情跟她纠缠,那封特快专递,还有特快专递主人那凶彪彪的样子, 在水桶胸腔里撒了一把芒刺, 让他坐立不安,神不守舍,明天怎么才能混过去,似乎成了他无法解答的人生大命题。

　　门被敲得嗵嗵嗵响,水桶屏住呼吸,假装屋里没人。其实,他明明知道, 那个丢了邮件的东北人不可能追到他的窝里来找麻烦。然而,做了亏心事,自然惧怕半夜鬼敲门,水桶不敢吱声,这个时候,这个狗窝一样的屋子,就成了他肉体和灵魂的庇护所。

　　"水桶,水桶,我知道你在里面,开门,是不是又在做坏事情?"

水桶租住的是鹭门城市化进程中，原来的农民现在的市民违章搭建的简易房。搭建这种简易房，目的很简单：发财，政府拆迁，要支付拆迁费，不支付拆迁费，就可以出租赚租金。简易房每间大约有八平方米，里面有一张床，一张小桌，一台电视是水桶自己从二手市场花了两百块买的。这种出租房格局就如一个放大了的鸽子笼，大笼子再用超薄预制板分割成一个个小间，这个房间的人躺在床上放个屁，用劲儿大点儿，隔壁房间的人就会以为地震了。所以，水桶从来不在自己租住的房间"办事"，自然也就从来没有把红毛女带回过自己的房间，听到外面嚷嚷的是红毛女，水桶诧异，实在想不通她怎么会知道自己的住处。

"你怎么找来的?!"拉开门，水桶第一句话就是问题，而且是带了惊叹号的问题。

红毛女皮肤白，脸上又搽了厚厚的增白密粉，那张脸就像从来没有见过阳光的屁股，也许正因为白，染成红色的头发看上去也就不那么怪异了。

"嘻嘻。"红毛女没答话，先挤进了屋，然后才说，"我也住这儿呀。"

水桶跟她的那种交易都是在路边的小旅馆里做，现今很多小旅馆有按小时收费的业务，美其名曰"钟点房"，钟点房是适应市场需求的产物，小旅馆的市场定位就是水桶、红毛女这样的露水男女，所以，水桶并不知道红毛女住什么地方，以为红毛女也不会知道他住什么地方。

"我也租这里的房子。"红毛女告诉他，"我经常能看见你出门进门。"

租住在这种简易房的人鱼龙混杂，街边摆摊的、到处转悠捡破烂的、洗头洗脚的、小偷小摸的、站街揽客的……凡是在社会底层挣扎活命的行当，在这里都能找到。红毛女也租住在这里，水桶并不奇怪，行当不同，作息时间不同，即便是住在同一间房子里都可能不照面，别说还没住在一座屋子里。心情不好，水桶没心思跟她瞎扯，也怕别人发现他们之间的隐私，便拿话往外推她："你找我干啥？今天没情绪，做不成了。"

红毛女手一伸："掏钱。"

"凭啥掏钱？在这里放个屁别人都能听见响闻见臭，做也不能在这里。"

红毛女扭身就走："不给钱算了，东西你也别想要。"

"干你老，就你那东西，满大街都有，凭什么非要你的？冬鸭没呷呷嫩鸡，还当天下没肉呷了。"水桶以为红毛女说的"东西"是指她自己身上长的东西，便这样反讥，意思是满大街都是做你那种皮肉生意的女人，离了你我可以找别人。开放社会对水桶这样单身在外谋生的男人来说，最大的实惠之一就是释放自然欲望的渠道广阔、方便，不至于再像早年间的单身男人，运气好的早早找个女人结婚，运气不好的憋成强奸犯进监狱。

红毛女骂了一声："王八蛋，老娘再也不鸟你。"然后愤愤然地摔上门走了。

水桶打发了红毛女，躺在床上看电视，电视上市长正在一处工地看望劳工。每天保证市领导露脸，这是中国所有地方台的必修课。市长在讲话，背景上有一个人在接听手机，看到这个画面，水桶蓦然想起了自己的手机，抬起身朝床头上看，平常挂挎包的床头上空空荡荡，水桶顿时惊出一头冷汗：完了，挎包丢了。

按照目前水桶的经济实力，他绝对不会在意丢一个挎包，他在意的是挎包里装的东西,有手机,手机上储存的通讯簿是他赖以生存发展的重要资料。还有今天他亲手接收的邮件,那是明天一大早就要发出去的,丢了就没法继续混了。更重要的是还有他的账户卡,账户卡上存放着他的业务款,业务款是他一周的业务成果,按照百分之十五的比例提成。

"干你老,死定了。"这一句"干你老"是水桶自己骂自己,同时也具有哀叹的味道。

水桶跳身起来,跑到外边找他的挎包,尽管这是一个不可能的任务,他也要抱着侥幸心理去实践一下,祈望自己能遇到一个拾金不昧的活雷锋,或者自己能有好运,那个宝贵的挎包没有被人发现,此刻还留在原处。

第一个可能就是电动车的工具箱,水桶上车习惯把包扔到工具箱里,工具箱在他座位的后面,上面有锁,如果挎包落到了工具箱里,如果工具箱没有忘记锁,找到挎包的几率应该能达到百分之八十。第二个可能就是用来当做特快专递营业所的车库,有可能自己出门的时候走得心不在焉,把挎包落在了车库里,如果那样,找到挎包的几率能达到百分之九十。最可怕的就是自己把挎包放到了电动车的工具箱里,却忘了锁工具箱,如果那样,找到挎包的几率就降到了百分之……零。

水桶从出门到下楼,短短的几分钟里脑子就像炒茶的滚筒,失望、希望、侥幸、不幸……各种念头纷至沓来,滚成了一团乱麻。到了楼下,来到了锁车的棚子,水桶终于彻底凉了,不要说挎包,就连他那心爱的流动马桶都没影了。适应贼多的社会环境,看到了自行车、电动车、摩托车需要安全的市场需求,这座简易楼的房东在楼下空场又违章搭盖了一座棚子,四周用围栏围起来,然后就开始收停车费,一辆自行车一天收两块钱,一辆电动车一天收五块钱,如果常租可以优惠,自行车一个月三十块钱,电动车一个月五十块。刚开始大家都骂房东抢钱,房东也不反驳,不交钱不让停车。

不让停大家就不停,把自行车或者电动车停到停车场外边,结果车子不是被偷就是被砸。叫来警察也破不了案,僵持了几天之后,租住一楼的索性把车子停到了房间里。像水桶那样租住楼上的,又是电动车,没办法只好向房东屈服,乖乖地交钱停车。好在交了钱还能买个平安心静,自行车和电动车历来是小偷最爱光顾的物品,五十块钱交了,车放在棚子里,还有专人看守,起码能睡个安生觉。现在,水桶却发现自己那个心爱的流动马桶无影无踪了,第一反应就是去找看车棚的麻烦。

看车棚的是一个大伯,斑白脑袋活像刚刚弹完棉花,水桶气哼哼地追问他自己的电动车怎么没了,大伯问他:"你锁了没有?"

水桶这才又想起,尽管车放在车棚里,可是为了保险,他每次都要用三把钢丝锁把车子牢牢锁在车棚的柱子上,如果小偷偷了他的车子,剪断的锁肯定不会带走,现场没有任何痕迹,证明自己刚才走神,下车的时候忘了锁车。

"我锁车干吗?干你老,我交了钱,老板雇了你,不就是叫你给我们看车的吗?"

老伯原来是鹭门啤酒厂的宣传股长,后来啤酒厂卖给外国人了,外国人用不着宣传干部,就把他们都给辞退了。宣传干部的嘴自然不弱,写稿子的脑子自然更不弱,当下反驳:"干你老,老子是派来看车棚的,不是看你车的,你交那几个停车费,够雇保安给你看车吗？”

水桶词穷，只能不讲理：“不管怎么说，我的车花钱放到你的棚里，丢了你就得赔。”

老伯不屑于答理他：“赔你个卵窖，报警去吧，警察破不了案，看看能不能赔给你。”说完，点上一根烟，缩进了门房。

水桶也清楚，想找看车的老家伙赔钱那是痴心妄想，想找警察破案也同样是痴心妄想，遇上这种事情，只能是自认倒霉。如果仅仅是一辆电动车，损失水桶还能承受，让他难以承受的是车子工具箱里装的挎包和挎包里的手机、业务卡。手机丢了，今后就连给韭菜打电话都没办法，业务卡丢了，不要说拿提成，大约估算一下，光是给公司赔业务费，就得好几千块。水桶越想越窝火，越窝火就越需要找个目标发火，眼前最顺手的发火对象就是看车棚的老家伙，水桶冲进门房，揪住看车老伯：“干你老，你赔不赔？不赔老子就跟你水火一场。”

老伯拨拉开他的手：“干你老，你这人讲不讲理？你的车不锁，丢了，怪谁？我再给你说，赶紧报警，我是看车棚的，不是给你看车的。”

水桶紧紧抓住一件事情说：“老子是交了钱的，你就得负责任。”

老伯也有道理：“你交的钱是存车费，不是看车费，只准许你把车停到棚子里，不是说保证你不丢。”

两个人拉拉扯扯争执不休，便有听到吵架过来看热闹的人过来围观。听明白了他们吵架的原因，一个旁观者提醒水桶：“刚才我看到一个红头发女人从车棚里骑了一辆电动车出去，会不会是你的车？”

水桶连忙问："什么颜色的？"

那人摇头："天黑了,看不清,反正就是那种腿脚平放在踏板上的。"

水桶恍然明白,方才红毛女找他,让他掏钱,问他要不要东西,他把红毛女的意思弄拧了,人家是问他要不要他的东西,他理解成人家问他要不要她的东西,结果那个女人就把他的车给偷跑了。

看车棚的老伯这个时候也说："干你老,我也看到那个女人到车棚里骑车,人家用钥匙开的,我以为是人家自己的车,你车丢了活该,谁让你不锁车呢。"

水桶已经顾不上跟他计较了,他明白,自己刚才停车上楼,因为心里惦记着第二天应付那个东北人的麻烦事,结果忘了锁车。水桶急匆匆朝外面跑,后面看车棚的老伯骂他："干你老,王八蛋。"水桶听到了,却顾不上回骂,现在最要紧的就是赶紧从红毛女那里把车要回来。

32

红毛女是外地人,到鹭门来混社会赚钱,打工嫌累,做生意没本钱,又没有什么手艺,最简捷的出路就是站街。站街仅仅是谋生的手段而已,红毛女是一个有理想的人,她的理想是找一个鹭门市的离退休老干部做老公,鹭门市离退休老干部工资奇高,她如果能嫁那样一个人,后半辈子就有靠头了。

红毛女的生存法则非常简单:动员自己的所有资源,抓住一切能够赚钱的机会。可怜的是,她的所有资源就是她自己。基于现实的需求和理想的召唤,红毛女最常去的地方有两处:一是那个可以为她做皮肉生意保证安全的小旅馆,二是老干部局的娱乐厅。去小旅馆是为了满足现实的生存需求,去老干部局娱乐厅是为了实现远大的理想。去小旅馆是做现场生意,去老干部局娱乐厅是做长线投资。

今天傍晚,她推掉了两个工地民工解决生理问题的预约,不是有钱不挣,而是她约好了一个在老干部局娱乐厅跳过几场舞的离休老干部"聊聊",约会地点是"老地方"茶馆。红毛女属于那个茶馆的兼职业务员,每拉去一个客人,可以按百分之二十提成。红毛女下午没干别的事儿,跑到美容店把自己的脸装裱了一番,然后打扮得花枝招展,晚饭也省了,茶馆里边可以供应套餐。那个离休老干部年过七旬,身体倍儿棒,死了老婆,儿女各自为政极少回家,老干部无论是心理还是生理,都需要异性的慰藉。他也曾向红毛女提出过那种要求,红毛女拒绝了,跟这种老年人,她的目的是做长线投资,而不是短线炒作。

"我不是随便的人,您也不应该是随便的人。"红毛女当时这么说,把那位老干部弄得尴尬,却也对她有了一丝敬重。过后,两个人就开始了正经八百"谈"的过程,红毛女给自己编造了一套悲惨的身世:她是下岗女工,原来工作的国有企业被贪官低价卖给了外国人,丈夫到山西挖煤被瓦斯熏死了,有一个正在准备考大学的女儿。她现在在一家美容会所给别的女人做美容,她之所以选择这个职业作掩护,是因为女人从事这个职业比较安全、卫生,因为她们的服务对象是同性,不会引起那些离休干部的猜忌和反感。

红毛女作好了一切约会的准备,已经走出了出租房,却接到老干部的电话,他儿子媳妇带孙子要回来,他可能出不来门,如果能出来,到时候再具体联系。这让红毛女很失望,早知道这样,就不应该推掉民工那两单生意。红毛女正在门外踟蹰不决,却看到水桶骑着电动车回来了。

红毛女本来不愿意让水桶知道她也租住在这里,怕他知道自己住在这里就近方便来骚扰。见到水桶便在墙角躲避开来,当她看到水桶把电动车停在车棚里,并没有锁就急匆匆上楼去了,一时好奇,趋过去察看,发现水桶竟然连车钥匙都没有拔掉。红毛女略一转念,就感到这是一个赚钱的机会。于是,她把水桶的电动车钥匙拔了,然后想用水桶的电动车钥匙从水桶那里诈点儿钱花。红毛女的心理价位不高,只要水桶能付给她"做"一次的价码五十块钱,她就愿意把电动车钥匙还给水桶。

没成想水桶不知道犯了什么毛病,不但没有掏钱的意思,对她的态度还极不友善,这让红毛女很气愤。虽然他们的交往都是花钱的交易行为,可做人不能太无情,有了那层关系,上了门怎么说也应该客气点儿,买卖不成仁义在,如果连仁义都不讲了,她红毛女也没有必要再保管他的车钥匙。红毛女一怒之下,就把水桶的电动车开到了附近的台湾街,那里有自行车交易市场,都是买卖二手自行车和电动车的,拿到这里买卖的车子,八成都是贼赃。

红毛女要卖水桶的电动车,那也只是怒火攻心的冲动之举,真的到了这儿,却又忐忑不安,总觉得这么做有什么不妥,可是真的是什么地方不妥,她又理不清楚。

"这车卖吗？"

有人招呼了，红毛女连忙接应："卖啊。"

"多少钱？"

"你看着给。"

那人对着红毛女瞠目而视："我看着给？十块钱，你干吗？"

红毛女撇撇嘴："十块钱你去买个纸糊的吧。"这句话挺恶毒，纸糊的车是烧给死人的。

"不是你说让我看着给吗？那行，一千五百块干不干？"

红毛女想也不想就答应了："成交。"

那人嬉皮笑脸："这个价是连车带人一块买。"

红毛女差点骂人，可是看了看那人，忍了，一看，那人是街上的混混。

"行了，不跟你瞎扯了，五百块，一口价。"

这台车九成新，买一台新车起码要两千块，红毛女当然不干："一千块，要就拿走，不要就算了。"

那人嘿嘿笑："干你老，谁不知道你这车是偷的，我没报警就不错了。"

红毛女听了这话，明知那人是瞎咋呼，却也不由得心里怦怦乱跳，这就叫做贼心虚。

"不可能，至少一千块。"红毛女应付着那人，心里却蓦然想到，自己这车可不就是偷的吗？万一让警察抓了，自己也就完蛋了。进而想到，刚才自己到水桶的住处去向他要过钱，后来骑着车出来的时候肯定也有人看见，水桶如果报案，警察追查起来很方便就能把事情落实到她的头上……想到这些，红毛女额头冒出了冷汗，暗暗后悔，自己这件事情做得太出格、太毛躁了。

想到这些,红毛女改了主意,决定不能就这样把水桶的车给卖了,一旦卖了,就没了退路,最好的办法就是不卖,让他出点儿血,然后再还给他。这是一个比较安全的方案,明白告诉他车子在自己这里,谁让他不上锁,车子等于是她捡的,水桶要想要回去,就要支付报酬。

红毛女推了车子准备走人,那个死皮赖脸要连车带人一起买的家伙却又说:"一千块就一千块,一口价,不卖就算了,我找警察报案去。"

一千块和五十块相比,一千块的诱惑力,显然不是红毛女能够抵挡得了的,况且,如果不成交,对方真的报案红毛女就吃也吃不了,兜也兜不走,稍微犹豫一下,红毛女选择了成交,收钱交货,毫不犹豫地把水桶刚买不久的电动车给贱卖了。

水桶追到外面,想去找红毛女讨回他的电动车。街上行人如过江之鲫,市政灯火恍若白日,叫卖各种物事的小贩摊子铺满了街道两旁,水桶这才想起来,他根本就没地方找红毛女去。水桶并不是一个刚刚从偏远山区进城找机会的生地瓜,他是鹭门市城市化进程中的掘金者,拥有足够用的智商和知识,不会被这个小小的问题难倒。水桶略作思考,便回想起了红毛女刚才找他的时候告诉过他,她也在那座简易楼里租房子住。水桶连忙跑回住处,找到管理员打听红毛女。

管理员是房东的亲戚,整天腆着大鼓一样的肚皮坐在大门口泡茶看女人。他的职责谁也说不清楚,有的时候屁大点儿事都管,比方说水桶打了赤膊在过道里乘凉,他就会干预:"干你老,不穿衣裳就上街。穿上衣裳,知不知道我们鹭门市是全国文明城市?"如果水桶坚持不穿衣裳,他就会动手把水桶朝房间里推。

有的时候天大的事情他也不管，比方说那一次楼房里安装的劣质防火喷淋头坏了，楼里发大水，过道房间成了洪水泽国，住客们纷纷叫苦抗议，他却耸耸肩膀，两手一摊："天灾，不在管理员职责范围之内。"耸肩膀，摊手，是他从美国电影上学来的，"谁能管得了老天爷？"这是他对付房客抱怨经常使用的理由。

水桶问他："那个染了红头发的女人住在哪间房里？"

管理员用胡萝卜一样粗壮的手指头揪着脸蛋上冒出来的杂毛，上上下下打量着水桶，眼神像极了国产警匪片中面对罪犯的警察："你找她干啥？"

水桶连忙解释："我跟她认识，别人给她带了东西，我要交给她。"

"你说是染了一头红头发，脸白白的女人？"

水桶连忙说："对，就是她。"

管理员不吱声，直瞪瞪地看他。水桶懂得他的意思，连忙掏了十块钱意思，管理员接过钱，塞进屁股兜里，然后摇摇头："不认识，没见过那么个人。"

水桶追问："你不认识怎么知道她头发红脸白呢？"

管理员说："红头发是你说的，我又没说。"

"干你老，你说脸白白的，那也是我说的？"水桶有些急躁。

管理员不屑地瞥了他一眼："干你老的傻逼，老子整天在这坐着看女人，早就看出门道了，脸白的女人爱染红头发，脸黄的女人爱染黄头发，脸黑的女人……"

水桶不等他说完，又掏出十块钱，却没有给他，打断他的话问："你真的没见过那个红头发白脸的女人？"

管理员不说话了，直勾勾地看着他，脸僵硬得就像刚从地底下挖出来的棺材板，一点儿表情也没有。

水桶无奈，只好又把钱递给他，管理员一点儿也不客气，接过去，把刚才塞进屁股兜的十块钱掏出来，和新得的十块钱叠在一起，然后把二十块钱塞进了屁股兜，这才对水桶说："红头发白脸的女人天天见，都在街上过，住在这里的没有。"

水桶感到自己受到了愚弄，向他要钱："干你老，你不知道收我钱干啥？把钱还给我。"

管理员也不示弱："干你老，钱是你给老子的，又不是老子朝你要的，拉出的屎你还能吃回去？"

水桶也知道钱是肯定要不回来了，只能再最后努力一下，换了平和些的口吻："哥们，我真的找那个红毛女有事情，我也是这里的住客，你又不是不认得，告诉我她住哪里，我去找她不就完了？"

他的态度缓了，管理员的态度马上也缓了："哥们，我真的不骗你，咱这个楼上，有黄毛的、棕毛的、杂毛的，还真的没有你要找的那种红毛的。"管理员从脸上揪下来一根又粗又黑又长的杂毛，举在眼前欣赏自己的成就，两颗眼球向鼻梁靠拢，成了对眼："哥们，说实话，我要是知道，瞒你干啥球？告诉你不就完了。"

水桶至今为止弄不清是这个管理员骗他，还是红毛女骗了他。想到这一点，他也就不再抱什么希望，拨通了110，把找到红毛女，追回电动车的希望寄托到了警察身上。

对于警察来说，丢一台电动车不过就是鸡毛蒜皮的小事情，况且，丢电动车的和偷电动车的，肯定都是没有权力下达限期破案死命令的草根小民，警察不会有什么破案压力。所以110接到报案，例行公事把案子推给了派出所，派出所是最基层的警察，想推也没地方推,只好接了这个案子,把水桶带回派出所调查了解情况。

说完事情经过以后,警察让水桶具体描述一下红毛女的容貌特征,水桶想了想说:"那女人染了一头红毛,皮肤……"

就在水桶开始向警察描述红毛女容貌特征的时候,红毛女接到了离休老干部的电话,老干部电话里说,他把他和红毛女的情况委婉地告诉了儿女,儿女没有反对:"这一两天我们一起跟儿女见个面,对了,你把头发恢复一下,你的头发太时尚了,别让他们挑毛病,你放心好了,我的事情最终还是要我自己做主,你什么时候有时间,我们见面好好商量一下。"

红毛女差点儿说我现在就有时间,心电念转之际,想到这种事情不能显得自己急迫,就对老干部说:"我明天给单位请个假,单位最近比较忙,看单位什么时候给假了,我给你去电话。"

老干部连连答应:"一切由你,一切由你。"

挂了电话,红毛女嬉笑着骂了一声:"单位请假,请你娘个头。"然后拐进路边一家美发店,对热情迎候的小姐说:"把我的头发恢复了,自然黑。"

染头发的时候,红毛女心情好到了极点,哼起了歌子:"……今天是个好日子,心想的事情都能成,天上跌下一千块,明日嫁个好老公……"红毛女记不清歌词,随心所欲,她觉得这首歌最适合现在这种时候唱,于是就现编现唱,曲调却极为准确,音色也很不错,以至于给她染头发的小妹都谄媚地奉承她:"大姐,你的嗓子真好,电视上天天唱这首歌的那个女少将都比不上你。"

33

　　水桶从公共汽车上蹦下来,急三火四地朝他的快递车库奔。他要赶在那个东北人到来之前通知车库今天暂时歇业,以躲避那个东北人找上门来的麻烦。此外,也想再在车库翻找一下,看看有没有把那家伙的邮件塞在车库哪个犄角旮旯的可能。本来这个通知用电话就可以,无奈,手机却落在了那辆不知去向的电动车的工具箱里。而且,在关门歇业之前,水桶还要再最后确认一下,有没有发出去的邮件要处理。

　　昨天夜里,从派出所出来,虽然对警察破案已经不抱太大希望,然而却也有收获,警察提示他立刻打电话到银行挂失,那样他那个遗忘在电动车工具箱里的挎包里装着的业务卡里的钱别人就取不走了。

　　警察帮忙挂失,还要求银行帮着查了查卡里的钱是不是还在。结果令人欣喜,钱还在。钱在,水桶便放心,放心,水桶便开始高兴,好像不是他的钱没丢,而是刚刚得了一笔钱。高兴劲儿还没过去,麻烦事就跟着到了,水桶刚刚转过快递公司租用的那个车库所在的楼房转角,就见车库的卷闸门洞开,他记得非常清楚,昨天晚上车库门他明明是锁好了的,钥匙别人没有,车库大门怎么会开着呢? 莫非进去了贼?

　　水桶有点儿忐忑,却并没有太紧张,因为他清楚,车库里除了那台破电脑,再没什么值得偷的东西,值得偷的东西,也绝对不会放在车库里。来到车库跟前,水桶听到从车库里传出了翻腾东西的声音,惊住了,暗想现在的贼胆也太壮了,大白天都敢破门而入,想到这就要拨打110,伸手摸手机,才想起来手机没在身上。想去找个电话报警,又怕自己走了小偷趁机逃掉,水桶犹豫片刻,下了狠心,悄悄掩近,然后猛然拉下了车库卷闸门,牢牢按住车库门的拉手,把小偷关在了车库里。

"抓贼啊、抓贼啊……"水桶大喊起来。

周遭的楼上的住户纷纷开窗察看,楼下几个瞎遛的人也驻足旁观着,却没有一个人过来帮忙。

这个时候贼在车库里猛砸门,还破口大骂起来:"操你姥姥,你他妈的才是贼,开门,再不开门我报警了。"

贼的口音是东北话,听着特熟,水桶蓦然想起,昨天来找麻烦的就是这个人。水桶站起身,用脚踩住卷闸门的把手,卷闸门里边没有拉手,所以只要外面按住了拉手,里边再用力也打不开,然后继续喊:"抓贼啊、抓贼啊……"他已经有了对付这家伙的办法,一口咬定他是贼,跟他死磕,搅个浑汤水,看他还怎么追究一封破邮件丢失的事。

闹腾间,过来了几个等着接邮件的快递员,水桶连忙叫他们过来帮忙,那几个人愣怔怔、迟疑不决地支好电动车,走过来问:"怎么了?"还有一个站在原地拨打起手机来:"我报警。"

水桶骂骂咧咧:"干你老,你们没看到老子抓到贼了?快过来帮我把门按住。"

最终只有他的助理跑过来帮着水桶按住卷闸门的把手,防止里面的贼拉开门跑了。里边的贼还在砸门、大骂:"操你姥姥,开门让老子出去,老子出去削死你……"

水桶彻底听清楚了，里面关着的就是昨天上门来找麻烦的那个东北人，他却假装听不出来，在外面嚷嚷："干你老贼偷，还想出来，等着警察来了你再出来。"

僵持中，门里门外两个人打开了骂战，水桶已经下决心否认曾经收过东北人的邮件，下决心一口咬定东北人是闯进快递投递点的小偷，浑水能摸鱼，鱼也能趁浑水溜走，水桶决定这一次当趁浑水溜走的鱼。

送快件的车来了，水桶连忙阻止往下卸邮件，车要走，水桶又不敢让车走，车走了，投递员就会跟着车走去抢邮件，投递员都走了，万一自己对付不了暂时关住了的东北人，麻烦很大："干你老，等一会儿警察来了再说，先不要卸邮件。"

警车大惊小怪地鸣着警笛疾驶而来，车一停下，三五个警察和协警跳下车围拢过来问水桶："怎么回事？"

水桶说："这是我们快递公司的投递点，进去贼了。"

警察小心翼翼地凑过来，听到里面的贼还在砸门大骂，便吆喝："老实点，干你娘的现在贼怎么也这么嚣张。"

里边的东北人骂骂咧咧地分辩："老子不是贼，我是来找他们查邮件的，王八蛋把我寄的邮件弄没了，把门开开……"

警察和协警抽出警棍，围拢在车库门前，对水桶说："把门开开，让他出来。"

水桶放开了库门拉手，然后闪到一旁，他怕东北人出来他首当其冲挨揍。警察不明就里，也弄不清楚里边的贼有没有凶器，战战兢兢地躲在门两旁，好像专门要放贼逃跑似的。

贼在里边把卷闸门推了上去，警察没敢扑上去，嚷嚷着让他把手举起来，怕他有凶器。贼听话地举起了双手，水桶躲在一旁看清楚了,果然是那个东北人,让他惊讶的是,贼举起来的右手上,居然拿着他的挎包。他一直以为自己把挎包放在电动车的后箱里跟电动车一起丢了,原来自己昨天走得慌慌忙忙,根本就没有拿包。

"警察,警察,他偷的包是我的。"水桶连忙告诉警察。

警察看到贼手里没有拿什么凶器,这才一拥而上,把东北人扭了,塞进警车,然后让水桶看看都丢了什么东西。水桶知道车库里除了自己那个落下的包,别的也没什么值得偷的东西,心里更清楚,那个东北人并不是贼,却仍然装模作样地进了车库,东翻西找了一番, 然后告诉警察:"别的没丢什么,就是他手里的包。"

警察问东北人:"你这个包是谁的?"

东北人愤愤不平:"我不是贼,这个包是我在这里边捡的。"

警察骂他:"干你老,跑别人的车库里捡包,你怎么进去的?"

水桶这才想到去看看卷闸门,卷闸门是暗锁,要进去必须有工具撬,可是卷闸门好好的,一点儿撬的痕迹都没有。

东北人对警察说:"我来找他们查我的邮件,门半开着,我拉开里边没人,就进去等人。"

水桶明白了,肯定是昨天自己走的时候忘了锁门,这个卷闸门是有弹簧的,如果没锁,就会自己卷上去一半。然而,一口咬死这个东北人是水桶的既定方针, 不咬死他,他就会咬住水桶不放,逼着水桶赔他的邮件。

"干你老,拿着番薯说木瓜,我们下班一向都要把门锁好,昨天是我亲手锁的。就算没锁门,你就能随便进去?市政府大门从来不锁,你咋不进去呢?"

"拿着番薯说木瓜"也是鹭门俚语,意为睁着眼睛说瞎话,水桶振振有词地反驳那个东北人,一心要让警察按照盗窃罪把那个人给办了:"口叼骨头不是狗,手里拿着我的包,还说不是贼,不是贼你拿我包干什么?"

"口叼骨头不是狗"又是一句鹭门俚语,意为啃着骨头还不承认自己是狗,相当于普通话提着牛头不认赃。水桶这话极为锋利,饶是那个东北人凶蛮却也没法一下就解释清楚,不管怎么说,他手里确实拿着水桶的包。

警察做出很专业的样子把卷闸门里里外外上上下下勘察一番,摇摇头又点点头:"没有撬痕,但是你确实拿了人家的包,你们俩跟我们到派出所协助调查,做一下笔录。"

水桶急着要包,只好吩咐等在一旁的助理:"你先把今天的邮件分发一下,等我回来。"然后上车跟着警察到派出所去协助调查。

34

水桶在派出所一口咬定那个东北人是贼,那个东北人一口咬定自己是前来查邮件的客户,两个人各执一词,争执不下。警察让水桶说包里的物品,水桶说得清清楚楚,东北人也承认那个包是他进了车库以后捡到的,警察也不啰唆,登记了一下包内的物品,又要查验水桶的身份证,面对警察,水桶没敢用假身份证,把真身份证交给了警察,警察看了看,让水桶在登记表上签了个名字就把包还给了水桶。

东北人也拿出了快递回单证明自己确实是客户："他妈的，当初我寄邮件的时候，接邮件的就是这个龟孙子，我记得清清楚楚，你们看，这上面还有他的签名呢。"

水桶矢口否认："那种单子是公司统一的，公司在鹭门的快递投递点儿有几十处，这个单子绝对不是我们出的，他跑到我们点上干吗？"

东北人大怒，挣扎着扑过来要打水桶，被警察按住了，警察仔细看看那份底单，又看看水桶刚刚领包时候的签名，骂了东北人："干你老，人家叫庄水桶，你这单子上的签名是什么？自己看去。"说着，把那份底单扔还了东北人，东北人仔细看看，蒙了。

水桶混事的这种快递公司加盟的投递点，就像拍影视临时搭建起来的草台班子，管理人员都是来路不明、身份可疑的边缘人，就如他自己，不但学历是假造的，就连身份证也假造了一个，为什么要这么做，就是防止万一出了麻烦能够及时脱身让别人抓不住自己。投递员则更是一些散兵游勇，口音明明是江西的，身份证却偏偏是河南的，而且谁都有文凭有学历。谁拿到稍微有点分量的包裹，不管是出于纯粹的好奇心，还是出于贪取不义之财的祸心，都忍不住要打开看看，值得一偷的，立马据为己有，不值得一偷的，再原样封装起来。

有一个傻帽客户，竟然让他们发送了一箱十二只山寨手机，结果手机不翼而飞，过了几天，他们的好几个快递员都用上了那种山寨版手机。这件事情当时也惹出了大麻烦，货主闹了个天翻地覆，最终还是得去打官司，现在两年过去了，官司仍然没有结果，现在打官司实行的是谁主张谁举证，货主没法证明手机就是被快递员们瓜分了，更没法证明他的山寨手机有合法的出厂证、入网证、产品合格证等等。这件事情是水桶他们这个点干的，人家告的却是上面的公司，闹来闹去他们反而成了看热闹的，没了他们啥事儿。

水桶自己也偷过货主的一台笔记本电脑，那个货主也是多此一举，为了证明自己发送的是贵重物品，当着水桶的面验明货物确实是一台崭新的笔记本电脑。验货的时候水桶就已经起了贪念，签收的时候，没有签自己的真名实姓，而是签了个假名字，等到货主一走，就把电脑给偷了，然后里面装上砖头，把箱子原样封好，寄了出去。电脑则送给了韭菜，把韭菜高兴得抱了抱他，又问他要发票，他说买的时候没要发票，要发票就得贵几百块。

韭菜一转身就把电脑给卖了，值七八千块钱的电脑三千多块就贱卖了。水桶挺生气，指责韭菜不够意思，韭菜头脑倒很清醒："啥叫够意思？你那电脑肯定是偷的，真买的，哪有不要发票的？不要发票坏了怎么保修？"

货主发现自己委托邮寄的电脑变成了砖头，过来找快递公司的麻烦，水桶矢口否认，查对签名，所有人都证实本公司绝对没有那么一个人，货主报案，警察也没有办法，只好不了了之。

此时水桶假签名真签名的混搅在一起，难怪东北人犯晕，水桶要的就是他晕，晕了他才能趁浑水脱身。当下对警察说："没我什么事了吧？我很忙，还要回去工作呢。"

警察让他核对一下讯问笔录，如果没什么出入，在上面签个名字，水桶哪还有耐心看笔录，拿过笔签了个名，警察看他爽快，印象挺好，就让他走了。

水桶从派出所出来，回到快递点，车库内外冷冷清清，只有助理一个人守在车库里用电脑在网上聊天。见水桶从外面进来，助理连忙起身让座："没事了？"

水桶说："人呢？怎么就你一个？"

"接了邮件，都走了，这是登记。"

水桶没有像以往那样认真核对登记簿，他清楚，事情还没了，警察最终不会把那个东北人当贼，因为那个东北人确实不是贼。东北人也不会就此罢休，吃了这么大的亏，谁也不会轻易罢休。现在面临的问题是，事情什么时候会再度爆发，爆发了自己应该怎么办。

爆发来得很快，第二天吃中午饭的时候，水桶正和助理捧着快餐进食，东北人带了五六个人包围了快递点。水桶见势不好，扔下快餐拉下卷闸门，并且从里边把门锁上，又和助理用桌椅板凳把门顶严实。水桶和助理被堵在车库里，外面东北人开始砸门，震耳欲聋的敲击声将水桶的脑仁震得发昏，东北人在外面连砸带骂："狗日的，操你姥姥，再不开门老子放火烧了你的狗窝。"

水桶连忙拨打110求救，然后跟外面的东北人讲道理："你有话好好说，这样能解决啥问题。"

东北人也不跟他啰唆，用力砸门，水桶听到外面人声鼎沸，其中还夹杂着那位楼长老大妈的声音："你们这是干吗？这是家属小区，不是自由市场，闹什么闹，再闹我报警了。"

接着又听到东北人给楼长大妈作解释："不是我们闹，他们这个破快递公司是骗子，把我很重要的邮件给弄丢了，我来找，他们还诬赖我是小偷，叫警察把我抓去审查了一整天……"

那位大妈说："你明明知道他们是骗子，还把重要的邮件交给他们，不是自找的吗？我给你说，有话好好说，别这么闹，周围住的都是人，不是栽的树，你们这么闹扰民懂不懂？"

东北人就说："你能把门叫开我们就不砸门了。"

那位楼长大妈就对着门里的水桶喊："送快递的，把门开开，有什么话好好说，门关这么死，小心空气不流通，快把门开开。"

水桶就在里边瞎掰："大妈你别上当受骗，他们是坏人，昨天偷了我的包，我报警抓了他们，他们今天是来报复的，你赶快报警吧，叫警察来抓他们。"

水桶已经打定主意，警察不来他绝不开门，好汉不吃眼前亏，此刻开门，少不了挨顿揍。然而，过去半个多小时了，警察还是不见踪迹，车库里却已经开始憋闷，车库没有窗户，卷闸门严严实实地关着，两个人待在里面很快就开始缺氧，助理气喘吁吁地对水桶说："咋办呢？警察再不来我们就闷死了。"

水桶也纳闷，鹭门市的110一向反应快速，今天这是咋了？水桶正要再打110催促，手机却响了，水桶接听，是110来找他了，110再次核对了案发的具体位置，然后告诉他，经过和辖区派出所联系，辖区派出所回馈的消息是，昨天他们已经报过警，派出所经过调查，他们属于民事纠纷，既不是治安事件，更不是刑事案件，所以派出所不出警，并且希望水桶不要再浪费警力，让警察替他处理业务方面的纠纷，否则……

水桶没听否则以后怎么样，挂断了电话，也断了期望警察来帮忙的念想。助理在一旁忐忑不安："怎么办？"

接听电话的工夫，门外不知道怎么回事竟然没了东北人闹腾的声息，就连那个最爱唠叨的楼长老大妈似乎也撤离了。水桶扒着门边朝外面窥视，卷闸门非常严密，缝隙比脚指头缝还窄，外面的情况根本看不见，水桶有点儿后悔，当初如果不是自己为了压低工钱，硬挑毛病，逼得施工方不得不认真密封，现在也不至于憋闷、看不见外面。

"咋办？总不能就在里边憋死啊。"助理在一旁焦急。

水桶骂他："干你老，怕憋你就出去么。"心里却盼助理真的出去，那样就知道外面的情况了。

助理唠叨："人家是找你的，又不是找我的，我陪着你你还骂我。"

水桶开始有意识地激将他："干你老，谁用你陪了，你陪我能有屁用，多耗房子的空气，没有你老子起码还能多活几时。滚，滚，老子不认你的情。"

助理终于激恼了，把堵门的桌椅板凳推开，又把卷闸门锁打开，然后拉起了卷闸门。水桶在他做这些的时候，故意骂骂咧咧地阻拦："干你娘，你要干啥？别开门，别开门……"嘴上阻挡，实际上不动弹，却把手机账册等物塞进挎包，然后把挎包挎在肩膀上，作好了逃跑的准备。

助理拉开卷闸门跑了出去，站在门前弯着腰大口喘气，估计的确闷坏了。水桶小心翼翼地左右看看，果然没有东北人和他带来的那几个人，水桶正要跑，从前面楼的侧方猛然涌出来一伙人，带头的正是那个东北人，水桶的助理还在门前揉被阳光晃花了的眼睛，就已经被那帮人围住，那个东北人抢上前去抓助理，助理懵里懵懂本能反抗，两个人扭成一团。东北人看着又高又大挺能唬人，真的干起来，实际上是个中看不中用的窝囊货，居然连个头只到他肩膀头的助理也制不住。助理本能地要重新跑回车库，东北人又扭住他不放，两个人扭来扭去，助理居然把东北人又拖进了车库里，恰在东北人和助理在车库门口你推我拉的时候,躲在车库里的水桶忙乱中想把车库门再重新拉上,拉下来的车库门实实在在地砸在了东北人脑袋上,东北人顿时头破血流,鬼哭狼嚎起来。

东北人带来的那几个人看到自家人吃了亏,一哄而上,水桶大喊一声:"干你老,快跑啊!"低头弓腰,从半开着的卷闸门下面钻出去,贴着墙面像兔子见了狼一样连蹦带跳地跑了,助理还没明白过来就被东北人带来的帮手给堵到了车库里,随即就听到助理鬼哭狼嚎起来。

水桶估计助理肯定挨揍了,跑得远远了才站下拨打110,口气硬硬地骂:"干你110,老子报案你们不管,现在出了血案,东北人把人杀了,看你们管不管,等着我投诉你们。"

110负责接听电话的并不是一个人,而是一群人,刚才接电话的并不是现在接电话的人,接电话的被水桶骂得莫名其妙,又怕真的发生了血案耽误事,连忙问什么地方发生了血案,水桶报了地址之后,关上了手机,心想:哥们,老大爷只能做到这一步了,你就好自为之吧。他说的"哥们"就是助理。

听到发生了血案,警察动作就快了,水桶刚刚走到小区门口,就见一辆警车亮着警灯鸣着警笛疯跑过来,水桶连忙跑了。

35

水桶跑回住处,惊魂未定,想到租车库送快递的活肯定干不成了,多少有点儿遗憾。转念想到卡上还有将近一万块的业务款没有交给公司，又有些庆幸，自我安慰：就此不干也好，这桩血案警察调查起来肯定还得找他，这一次确实是他拉车库门的时候把那个东北人的头给砸破了，如果追究民事责任，这桩血案他还得赔钱。好在登记注册用的名字和身份证都是假的，只要不是那个东北人面对面地抓住他，警察也没办法找到他。索性不干了，这一万块钱的业务款也省得给公司交了，贪了这一万块业务收入，丢失电动车的痛楚也轻了许多。

水桶躲在出租房里避难，每天早上出去一下，买一天的食物在屋子里避难。从小在山里野惯了，后来又在鹭门逛惯了，现在心里头还牢牢挂了巴星克咖啡馆的那根韭菜，在屋里躲着，就跟坐牢一样抓心挠肝，到了第三天晚上，实在忍耐不住，偷偷跑出来去咖啡馆看韭菜。

从巴星克临海的窗口望出去，夜晚的海面乌油油的，间或有星星点点的船只经过，在海面上濡出一片斑驳的光晕。水桶此刻很想饮一杯铁观音，遗憾，此处不是饮茶的地方，水桶只好捧了一杯咖啡装模作样。咖啡这东西水桶实在是喝不惯，闻着味道还好，喝的时候如果不放糖，就像喝中药，放糖喝过之后不但嘴里腻腻的发酸，胃里也像放倒了醋瓶子蜇得胃火辣辣的。今天晚上水桶更加觉得捧着这杯咖啡呆坐是浪费时间，尽管海边夜景如梦如幻，却很难让水桶感觉到意境。长期的茶农劳作、农家生活，已经磨没了水桶细胞中的浪漫，尤其是得知韭菜今天晚上没上班，他就更没有意境了。

"庄老板等韭菜呢？要不要再添一杯？"

问话的是咖啡店的中药丸，这女孩生得圆圆的，皮肤活像印度人黑糊糊的，韭菜她们都把她叫中药丸。韭菜告诉水桶，这女孩是她的竞争对手,经常在老板面前给她使坏,在她跟前说话一定要小心,或者干脆就不要答理她。水桶对这颗中药丸印象却挺好,每次水桶来了,她都会冲着水桶嫣然一笑,笑容很真诚,黑脸衬托出来的白牙耀眼,最让水桶欣赏她的是,每次她都认真地称呼水桶为"庄老板",而不是像其他人那样冷冷地称呼他"先生",或者像韭菜那样直呼他"水桶"。这种好感,水桶当然不会告诉韭菜,现阶段,跟韭菜不能发生任何内容任何形式的冲突,这一点儿智商水桶还有。此外,印象再好,水桶也不会对中药丸产生对韭菜那种爱慕,他嫌中药丸太黑,肤色黑,在中国很吃亏。中国人喜欢肤色白,却又骂白脸人是奸臣,不喜欢肤色黑,却把历史上难得的清官包拯弄得乌黑。

"啊,没有等谁,这几天忙,抽空过来休闲一下。"水桶到这里来唯一的目的就是找韭菜,如果不是韭菜在这里,他喝过一次咖啡绝对不会来第二次,实在想喝那么一口,大不了到超市买速溶去。水桶本能的否认是出于本能的羞怯。

中药丸四处瞄了一眼,然后对水桶说:"庄老板,韭菜最近挺忙的。"

韭菜的话题永远能够撬动水桶的兴趣:"怎么了?她忙啥?"

"有个人老过来找她,韭菜和他出去好几回了。"

水桶紧张了:"什么人?出去干什么?"

"我也不太清楚,好像是政府机关的什么处长,挺有钱的。咖啡你还加不加了?"中药丸转身欲走。

水桶想打听清楚韭菜到底在做什么,连忙讨好中药丸:"再加一杯,再加一杯。"

加一杯咖啡,中药丸可以提百分之十,所以她很高兴,送给水桶嫣然一笑，白牙在柔和的灯光下熠熠生辉："请庄老板稍候。"

那晚上回家的路上，水桶觉得天格外黑，明晃晃的路灯都失了光明，以至于他几次踏空了马路牙子，险些跌倒，险些被无声无息横冲直撞的电动车撞倒。似乎他刚刚不是喝了咖啡，而是喝了高粱酒。中药丸告诉他韭菜又交了男友，而且是政府机关的处长，就像看不见的棍子直接敲在了他的脑仁上，搞得他神不守舍。最让人难忍的是，那个处长还很有钱，这也不奇怪，在鹭门这样的沿海开放城市，除非是傻子，否则当了政府官员不会没有钱，这尤其让水桶失落、无奈。跟人家相比，自己虽然这两年在鹭门连苦带咣也积攒了十来万块钱，可是那点儿钱面临婚姻大事，简直就不是钱。况且，竞争对手还是政府官员，自己就更没有竞争力了。

那天晚上，水桶愁肠百结，辗转难眠。失眠，是水桶长这么大难得品尝的滋味，他当时并没有意识到这是失眠，而是觉得睡不着。快天亮的时候，水桶决定，明天不管有多大的危险，都要到巴星克堵截韭菜，他要弄清楚到底是怎么回事，并且要采取一切措施，挽救韭菜免于落进政府官员的手中："干你老，政府官员说不清哪天就会被'双规'，一双规你不就成了活寡妇？"水桶甚至连说服韭菜的道理都想好了。

伴随着头顶窗隙的晨光，水桶终于睡着了。睡不着的时候，怎么也睡不着，真正睡着了，就怎么也睡不够。水桶被外面一阵回收家用旧电器的吆喝声吵醒，睁开眼睛阳光已经黄黄地斜斜地印在了东边的山墙上，天已经黄昏，水桶整整睡了一天。外面回收旧电器的高音喇叭非常躁人，水桶一向厌恨极了这种用高音喇叭骚扰别人的家伙，好睡眠却并没有转换成好情绪，韭菜有可能交了男朋友的阴影仍然笼罩在心头，水桶顿时把满腹烦恼转嫁出去，爬起来推开窗口，抓起一个空酒瓶子朝正在下面转悠着播放高音喇叭回收旧电器的家伙扔了过去，然后拉回窗扇，躲回了屋子。

楼下传来玻璃的破碎声，人的惊叫声和詈骂声，水桶置之不理，倒在床上想重新入睡补觉，这么一折腾，脑细胞却更加活跃，一丝睡意也找不回来。躺了一会儿，楼下没了动静，估计那人挨了一瓶子，找不到杀手，已经无奈离去，水桶索性不再赖床，起来洗漱，套上衣服，然后下楼去找饭吃。

楼下到处都是卖吃食的，可能整整睡了一天，肠胃窝住还没有舒开，早就应该吃饭了却一点儿也没有胃口。百无聊赖瞎溜了半会儿，却又想起来，韭菜现在又有了男朋友，而且是一个竞争力绝对优于自己的政府官员，想到这心里不由得灰灰的、酸酸的，有心撤退，却又不甘，心想，反正要吃饭，还不如到巴星克去吃，自己贵宾卡上的钱还没有花完，大不了再喝一杯咖啡，顺便了解一下韭菜到底是不是又有了人。

于是，水桶挤上公交车，朝巴星克咖啡馆赶去。

36

水桶一走进巴星克咖啡馆，韭菜马上迎了上来，这让水桶有点儿受宠若惊，以往，都是他坐下来之后，韭菜假作不睬，非得等到他主动招呼，韭菜才会过来照应。

"来了？是吃饭还是喝咖啡？你怎么了？脸臭臭的。"

"我的电动车丢了。"水桶这话出口，马上恨不得抽自己一个耳光，也不知道自己哪根神经搭错了，竟然说出了这么没有地位、没有质量的话来。

果然，韭菜不屑地哧了一声："不就一台电动车么？你以为是宝马啊？丢就丢了呗，至于像爹死娘嫁人一样吗。"

韭菜的高品位，立刻将水桶打蔫了，那模样就像一个被孙猴子打回原形的小妖怪，耷头缩脑，委靡不振了。

"那边有人找你，光喝水连一杯咖啡都舍不得要，你过去看看，帮他买杯咖啡，省得让人家笑话。"韭菜极为轻蔑地朝窗户根那张桌子指了指，转身离去。

什么人会跑到这里找自己？水桶忐忑不安，躲到暗处朝韭菜指的方向窥测，如果是那个找事的东北人，或者是警察，他打算一溜了之。还好，看清楚了，来找他的是他在快递点任命的助理，助理呆坐在桌前，守着一杯免费的白水，浑身上下一股寒酸气。

水桶趋过去拍了助理一巴掌，助理浑身一颤，扭头看见水桶，长吁一口气："干你老，吓我一跳。"

水桶坐到对面，问他："你怎么知道我会到这来？"

助理说："你不是在这泡小姐吗？送快递的都知道。"

水桶问："找我干啥？"

助理不吱声，端起白水杯啜了一口。水桶明白，连忙招呼韭菜："服务员！"他知道，这里的服务员推销出去一杯咖啡，能提成百分之十，就专门对着韭菜吆喝。

韭菜姗姗地飘过来，装模作样："先生，有什么需要？"

水桶先给自己提身份："这是我的助理，过来给我汇报工作的。"然后吩咐："来两杯卡布奇诺，签单。"自从他花了两千块在这里买了贵宾卡之后，就有了签单权，消费过后，签个名就行，今天水桶有了在外人面前长志气的机会，口气就带了一股牛气。不过，想在这里吃晚餐的打算不得不放弃，助理在一起，他总不好自己吃让人家看着，更不愿意费钱请客。

韭菜气恼他装牛，回到柜台后面做咖啡的时候，不但多加了起泡剂，还召集同伙们一起往咖啡里吐唾沫，然后端着两杯泡沫格外丰富的咖啡笑眯眯地送了过去。

助理看着咖啡发愣："这是什么东西？要的咖啡怎么送的肥皂水？"

土气的助理当着韭菜的面这么问，让水桶窘得脸膛发热，冒充内行忽悠："这是咖啡名品卡布奇诺泡沫咖啡，是他们店新开发的，你尝尝味道怎么样。"

助理轻啜一口，连连赞赏："好得很，味道好得很。"

韭菜连忙撤退，跑到柜台里面笑得肝疼。

水桶知道助理到这里找他，肯定有重要事情，急着听那桩血案的后续情节，所以才忍着心疼给助理要了一杯咖啡，助理喝上了，他便开始问话："你找到这来，有急事吗？"

助理东张西望，所问非所答："哪一个呢？到底是哪一个呢？"

"干你老，问你话呢，什么哪一个哪一个的。"水桶莫名其妙，忍不住骂他。

"都说你泡上了这里的小姐，哪一个呢？"

水桶不敢把韭菜亮出来，怕韭菜当面让他在外人面前下不来台，就打哈哈："哪里有，没有啦。"紧接着追问他关心的问题，

"你追到这里找我，有啥事么？"

助理从挎包里掏出一封邮件递给他："你看看这东西。"

水桶接过来一看"受理人"签名那一行，就想起了，这正是到处找不到的那封东北人的邮件，签的名字是他的化名"庄嘉仁"，其实就是"庄稼人"的谐音。

"怎么在你手里？干你老，惹那么大的麻烦。"

助理反过来问他："我还要问你呢，这封邮件是谁的？你怎么放到我的挎包里了？"

"这封邮件就是那个东北人的，干你老，怎么跑到你的挎包里去了？"

助理苦笑："我咋知道？要知道就不会压这么多天没发过去了。今天你没来上班，那个东北人又来闹了一场，我报110人家也不管了。"

水桶连忙问："那个东北猴子的脑袋没事吧？警察怎么说？"

助理说："脑袋倒没啥，破了，包了，没球事情。"

水桶夯实了一句："他没告我们？"

助理说："告了，说是我把他的脑袋用门给磕破了，让我赔医药费、误工费还有狗屁精神损失费，干他娘，他那种人有啥精神？还精神损失费呢。"

水桶有点儿紧张，这件事情如果认真追究起来，他担心又得被讹上："警察怎么说？"

"警察说没有证据，让他有了证据到法院去告我，法院怎么判就怎么办，警察不管民事。"

水桶啜了一嘴咖啡，含在嘴里没咽下去，品味，思考："这件事情没完呢，你等着吧，人家肯定要到法院告你，那天你怎么把他脑袋搞破的？"

水桶思考成熟了，那天他往下拉卷闸门的时候，助理和东北人正扭作一团，弯腰曲背地往车库里挤，所以，肯定谁也没看到是他拉的卷闸门，否则，东北人不会揪住助理不放，助理也不会不把他供出去让东北人找他要赔偿，于是水桶就势把血案的责任推给了助理。

助理也纳闷："干你老的，我怎么也想不起来，那卷闸门到底是怎么掉下来砸了那个王八蛋的脑壳。"

水桶给了助理一丝希望："也可能是卷闸门自己落下来的，过去卷闸门不是就自己落下来过吗？"

助理恍然："对，你说得对，肯定是我们俩争斗的时候，不知道谁碰了卷闸门哪里，卷闸门就掉下来砸了他的脑袋。"

水桶心里有点儿可怜助理，这家伙虽然傻乎乎的，总体上说还算个好人，便想为他做点儿好事："这样吧，我最近又有了新的工作，那个快递点也没心思做了，我给上面说说，让你接手吧，你就当经理，每个月赚几千块没问题。"

助理愣住了："经理，你没跟我开玩笑吧？"

水桶说："开什么玩笑？我现在就给总部打电话，不过抵押金你得给我。"

帮这种快递公司开连锁，要给总部压几千块的抵押金，还要登记身份证，身份证是假的，抵押金却是真的，伪钞瞒不过人家的验钞机。

助理自然也清楚，如果能接手这个快递点，每个月的收入肯定比当助理拿那几个死工资要强得多，况且，多多少少还算个管理层，手底下还管那么一帮快递员，无论是物质上还是心理上，都是人生的一次小小跨越。

"那没问题,抵押金当然应该我付。"助理的表情显出了迫不及待。

水桶忍不住想骂他,今天才知道,这家伙一直在觊觎那个快递点经理的破差事呢:"先拿钱,抵押金四千五,然后我就交手续。"

助理为难:"谁身上能带那么多现金啊?明天行不?"

水桶朝门口指指:"那有柜员机,取去吧,我这就打电话。"

助理出去到柜员机上取钱,水桶就给总部挂电话,总部说要退加盟可以,加盟抵押金不能退。水桶说他不是退加盟,继续加盟,就是换个人,自己不干了,换成助理接手。总部说不管谁都成,只要不退加盟就行,换谁就让谁带着身份证到总部办一下登记手续,让水桶把接任人的姓名报过去,水桶就报了助理的名字。

这边说好了,那边助理也把钱取了出来,给了水桶:"一共四千四百九十五块。"

水桶诧异:"干你老,不是说好四千五百块吗?怎么一转身就少了五块钱?"

助理说:"现金提款扣了五块钱的手续费,我是给你提款,手续费理应你付么。"

水桶也懒得跟他计较五块钱,生怕出了变数,告诉他已经给总部说好,把他的名字报过去了,回头他带着身份证去一趟,把登记手续变更一下就好了:"你放心,从明天开始,你就接手了,手续变不变都没关系,只要我不跟你计较,那个快递点就是你的了。"

助理连连点头,水桶说的是实话,谁加盟快递点就归谁,私下把快递点转给旁人做的大有人在,上面根本不管,这种松散型的加盟连锁认的就是加盟费。

"这封邮件怎么办?"助理确实是个老实人,换个人,这封邮件悄没声地扔了,或者烧了就算了,哪会专门为了这封邮件追到咖啡店找水桶。

水桶把邮件塞进自己包里:"干你老,可能你的包跟我的一个样子,那天装错了,算了,这件事情你别管了,是你接手前发生的,算我的。"

"那个东北人再过来追怎么办?"

"你就推到我身上,让他来找我,我怕个卵窖。"水桶做出很义气的样子,心里却暗笑:干你老,想找老子,到阴曹地府再找老子吧。他心里有数,对自己这样一个身份证都是假的人,别说东北人,就是警察要找都难。况且,东北人、助理都稀里糊涂把他庄水桶排除到了卷闸门砸破脑袋的血案之外,想到这点,他真想哈哈大笑。

助理感动坏了,端起泡沫卡布奇诺:"庄经理,你真讲义气够朋友,来,我借咖啡代酒,给你碰一下,改日我请你喝酒。"

水桶跟他碰了一碰,催促他:"你喝完了赶紧走吧,明天可是你当经理的第一天,早上别起晚了耽误事。"

助理咕嘟咕嘟喝凉白开一样把咖啡干掉,然后起身:"庄经理,你不走?"

水桶说:"我还要坐一会儿。"助理挤挤眼睛:"就说你在这泡小姐么,行啊,你慢慢泡,祝你成功,我就不打扰了。"

助理刚走,韭菜就凑了过来:"咖啡味道怎么样?"

水桶心情极爽,连连称赞:"好得很啊,好得很啊,来,坐一会儿。"

　　韭菜坐下,问他:"这几天忙啥呢?"

　　水桶大咧咧地吹牛:"事情太多了,赚钱不容易啊,不过也好,没白忙就是成绩。"反过来问韭菜,"你最近忙啥呢?"

　　韭菜含糊其辞:"我们能忙啥,上班呗。"

　　水桶故作轻松:"上班自然是忙的,下班也自然很忙喽,啥时候确定当处长夫人?"

　　韭菜做惊愕状:"你说谁呢?说我?"

　　水桶忍住心里的酸气苦味,轻描淡写:"自然不会说我自己,我也当不成夫人。"

　　韭菜咯咯笑了一下,然后一本正经:"不管我给谁当夫人,跟你有关系吗?"

　　水桶只好涎皮赖脸:"怎么没有关系?我觉得我是你的男朋友啊。"

　　韭菜望着窗外,窗外的夜色灰蒙蒙、乱花花的,说不清是什么颜色,远处的航标灯一闪一闪就像鬼眨眼。韭菜回过头来,斜睨着水桶说:"你觉得你是我的男朋友,我怎么没有觉得?你就骑着一台破电动车来给我当男朋友啊?也不怕在我那些姐妹面前丢人。"

　　"那个处长骑着什么来给你当男朋友?"

　　"他是不是我的男朋友现在还不好说,不过人家来看我不是骑着来,而是坐着来,坐着小轿车来。"

　　水桶觉得自己立刻矮了半截,却强撑着:"不就一台破车么,算什么,我想买,明天就能买。"

韭菜呵呵一笑："是啊，这我相信，可是房子你明天也能买吗？过去说嫁汉嫁汉，穿衣吃饭，现在是嫁汉嫁汉，住房家电，出门冒烟。"

水桶没了底气，说实话，如果光讲究车子，他好赖弄一台哪怕二手的也能糊弄过去，可是房子确实不敢吹那个牛，谁都知道，鹭门的房价高烧不退，一般人苦干一年不吃不喝能买一平米，水桶算过账，就凭他的本事和现有的能力，这辈子想在鹭门买一套老婆房，没什么希望。

"那你打算嫁给那个有房有车的处长了？"水桶问出这话，心里发虚，空落落的。

所幸，韭菜并没有把门封死："谁说要嫁他了？他请我吃饭，凭啥不吃？吃顿饭就要嫁给他？那我要嫁的人太多了。"随即又补了一句，"不过，什么夫人不夫人的，女人么，这一辈子总要嫁人，起码得有房有车吧？哪个女人愿意嫁个穷酸陪着受苦？你说是不是？"

水桶只能连连点头："是啊，是啊，男人么，赚钱就是给女人花么。"头点过了，底也摸透了，水桶明白了，能不能如愿，关键只有一个字：钱。

水桶往回走的路上，满脑子都是钱钱钱，搅得他脑仁发疼。脑子里想着钱，注意力不集中，胳膊肘擦上了两个挽着胳膊亲亲热热错身而过的男女，男人一把拽住水桶："干什么你？长眼睛没有？"

水桶正要道歉，一转眼却觉得那个女子就是那个红毛女，虽然头发乌黑，水桶却肯定自己不会认错，就是她。

水桶挣开老者的手，揪住了红毛女的胳膊："红毛女，偷我的车……"

伴着红毛女的男人是个老者,力气却很足,看到水桶揪红毛女,抢过来抡起老拳就打:"臭流氓,你干吗?"

水桶及时缩头,脑袋躲过了老拳,肩膀上却挨了一下,手也从红毛女胳膊上脱开了,红毛女也骂他:"臭流氓,谁认识你?谁是红毛女?臭流氓。"

水桶还想抓人家:"你以为你染了头发我就认不出你了?偷了我的电动车,我正想抓你……"

老者和红毛女一起扑了上来,红毛女两只利爪已经抓到了水桶的面门前,老者的老拳也已经挥到了水桶的胸前,水桶见势不好,连忙一溜烟地跑了。水桶惶惶然落荒而逃,总算没有吃大亏。

回到自己那间小屋里,水桶一头倒在床上歇了一阵,神经才从紧张的奔逃中解脱出来,也才有心情回味刚才的狭路相逢,冷静地想想,刚才确实是自己鲁莽了,别说那个女人头发是黑的,已经不再是红毛女,即便就是红毛女,抓贼抓赃,贼没赃硬似钢,人家反诬自己耍流氓,自己也是有嘴说不清。再想想那个老头,也真够蛮霸,自己还没怎么样,他扑过来就打,看那个架势,不知道的还会以为他是红毛女的老公,肯定又是一个被红毛女新抓到手的色老头。

水桶却不知道,那个老者正是红毛女长远投资的成功项目,红毛女已经和他确定,第二天就去领结婚证,老干部刚刚陪红毛女吃了肯德基当定情饭,正处于发情期,否则,也不会对水桶的冒犯反应那么强烈。

水桶躺了一会儿,晚上连喝两杯咖啡一丝睡意也没有,想起助理交给自己的邮件，忍不住好奇起来，也不知道那个东北人寄了什么东西，以至于他穷追不舍。水桶拽过自己的挎包，掏出那包邮件，邮件挺厚挺重，摸上去好像几本杂志。水桶毫不犹豫，三扒两把撕开邮件，里边是一厚摞用塑料袋包裹的纸张，水桶嘟囔着撕开了塑料袋："干你老，什么鬼东西？一摞烂纸也值得砸破脑袋？"

水桶心目中的"烂纸"整整齐齐地装订成了几个册子，每个册子上面还标上了名录："简易精炼地沟油工艺"、"万用调味一滴香生产工艺"、"秘制增白蜜技术手册"等等。原来是一些生产假冒伪劣产品的工艺技术资料。那些工艺、秘录之类的材料后面，还附有投资数额和利润测算等等一些数据。另外还有一封信，信是写给一个叫"狼狈"的人，这显然是绰号或者代号，不管是什么，从信里水桶明白了，为什么那个东北人会为这封邮件砸破脑袋闹一场血案。

信中，那个东北人告诉"狼狈"，这些都是发财的秘籍，是他耗费了天大的工夫，花了天大的价钱，从一个福建人手里搞到的："五万块已经收到，现在，钱货两清，希望今后再有合作的机会。"

水桶明白了，难怪那个东北人会那么看重这封邮件，这封邮件里的资料值五万块，而且"钱货两清"，现在对方没有收到这封邮件，难怪东北人要急。

"干你老，这么值钱的东西，不亲自送去，还通过野鸡快递公司寄，活该你倒霉。"骂过了，水桶却夜不能寐，浮想联翩，他认为自己摔了一个狗吃屎，捡到了一块狗头金。很明显，靠这封邮件里的资料，是可以发大财的，不然人家也不可能花五万块的高价买。现在,老天爷拉的一泡黄金屎掉到了他水桶头上,关键就看他水桶的本事了。

水桶夜不能寐,浮想联翩,爬起来欣然命笔,算起了小账,他现在有存款十来万块钱,根据资料上的数据,搞定一套"简易精炼地沟油工艺"所需的生产线绰绰有余,然而,光有生产线并不见得就能生产出资料里所说的"食用油",还需要回收、销售一整套完善的环节,建立这么一套环节,资料上没有说需要多少钱,水桶用自己销售茶叶的经验算计了一下,启动资金也少不了几万块,东挪西凑一些问题倒也不大,问题的关键是,投入进去的这些钱,能不能真像资料上说的,翻番成倍地变成花花绿绿的人民币。

"干你老,万一弄不成,钱都打水漂漂了。"水桶迟疑不决了,躺在床上左思右想,不知不觉就钻进了梦里:他把巴星克咖啡馆改成了一座大工厂,地沟油、调味香、增白蜜、一次性茶袋等等产品源源不断地销往全国、全世界,全世界人民都用上了水桶牌地沟油、水桶牌一滴香、水桶牌增白蜜,人民币就像雪花一样纷纷扬扬地往水桶的小屋里飞,小屋盛不下了,人民币从窗口、门口往外冒,水桶急坏了,用手堵、用脚挡,却怎么也抵挡不住,只好学习黄继光堵枪眼,把自己当成墙壁砌到了窗口上。

突然间,人声鼎沸,水桶扭头一看,洪水般的人潮蜂拥而来,人们屎壳郎滚粪球一样成团成团地推挤在一起,拼命捡着地上飘落的钞票。不知道是谁发现钞票是从水桶的小屋里飘洒出去的,一声呼啸,所有人都朝水桶的小屋飞奔而来,声势浩大,犹如千军万马冲向敌阵,水桶又惊又吓,满身冷汗地惊醒过来。醒来静了一会儿,他作出了一个命运的重大决策:办工厂,发大财。

37

水桶受做老板发大财的愿景激励，一连几天坐不安席、卧不安枕。人到了时来运转、鸿运高照的时候，好心情最需要有人倾诉、与人共享。水桶便去找韭菜，他相信，即使韭菜真的有了男朋友，听到他的宏伟蓝图光辉愿景也一定会怦然心动，把他也纳入选项。如果韭菜并没有和那个处长处起来，凭着自己手中的财富（他把那些工艺技术资料已经当成了财富），就一定会义无反顾地投入自己的怀抱。

"处长算个卵窖，等到老子成了千万亿万大富翁，市长也争抢不过老子。"水桶把可能当成了现实，信心满满地要把韭菜从那个传说中的处长身边夺回来。

韭菜刚刚下班，正在等着吃工作餐，工作服还没有换下来。韭菜她们的工作餐水桶见过，一份荤菜是苦瓜炒肉片，一份素菜是炒三丝，一份米饭，汤可以随便喝，因为所谓的汤其实就是刷锅水。据韭菜说，她们的工作餐天天如此，从来不换样的，老板这么做的目的就是要让她们吃腻、吃烦不爱吃，那样才能省钱。

水桶拦住了她："今天我请客，不吃工作餐。"

韭菜已经学会了在男人面前装矜持："那不好吧？怎么好意思让你请呢。"

水桶心里暗骂：干你老，给你娘老子送钱的时候你咋不客气呢？嘴上却说："应该的，应该的，认识这么长时间了我还从来没有正正经经专门请你吃过饭呢，今天难得你我都有空闲，一定要给个面子，给个面子啊。"

韭菜看看水桶，然后做出很勉强的样子说："那好吧，你到店外面等我，我去换下衣服。"说着，转身钻进了柜台后面的小门里。

水桶知道韭菜不愿意让店里的兄弟姐妹看到自己跟他走了，便老老实实出去在外面等着。片刻，韭菜穿上了日常的裙服出来，水桶连忙拦了一台出租车，把韭菜请到车上。出租车司机问他们俩："上哪？"

水桶问韭菜："上哪？"

韭菜说："随便。"

出租车司机问："随便在哪？"

韭菜笑了，告诉出租车司机："你问他。"

出租车司机就又问水桶："随便在哪？"

水桶想了想说："最近花莲那边的香墅美食街炒得火爆，咱们去吃煎蟹？"

韭菜说随便你啦，出租车司机就把车朝花莲街道那边开。

花莲街道拥有鹭门市的高尚别墅居住区，然而，什么高尚的东西到了中国就变得不高尚了。那些花钱买了别墅的业主基本上都是无良炒家，别墅是住人的，那些业主却不去住，纷纷出租给无德商家开了饭馆。于是一座座别墅变成了生产泡椒田鸡、台湾姜母鸭、鹭门煎蟹、水煮活鱼的饭馆酒楼。好好的一个所谓的高尚小区成了油烟弥漫、烟熏火燎、食客如蚁、汽车如蝗，又脏又乱的大杂院。

一些真正的住户居民忍受不了草坪变成停车场，小区变成饮食街的生存状态恶化，多次抗议投诉。然而，花莲街道办事处却从这混乱不堪、乌七八糟的乱象中看到了勃勃商机和商机后面的政绩，跟商家勾结起来声称要建设一条"香墅美食街"，把那些用别墅开酒楼饭店的商家组织起来，创造经济效益，在报纸电台电视上拼命炒作。水桶就是看了报纸电视上花莲街道办事处的炒作，才瞬间提议去吃"鹭门煎蟹"。

正是夜饭时间，花莲街道的香墅美食街热闹非凡，各种各样的霓虹灯把整个街道装点得灯红酒绿，像极了外国的红灯区。汽车挤来挤去，在街上滚成了堆，一群群的食客就像逃生的蚂蚁，在街上川流不息。

嗅着空中呛鼻子的油烟气，韭菜有些抱怨："这里太呛了，这么多饭馆集中在一起，乱死了。"

水桶连忙说："那换个地方？"他知道，这些别墅改成的饭馆因为经营场地有限，很难靠薄利多销盈利，而且租金又很高，所以菜价都要比别处高。之所以一开始把韭菜领到这边来，不过是一时兴起，这阵回过味来正有些后悔。

韭菜却说："算了吧，既然来了就在这里，别墅我还没有进去过，进去看看也好。"

水桶说："狗屁别墅，你进去就知道了，就是我们乡村里的独家大厝，到了城里就叫别墅，不信你到我们家去看看，我们家的别墅比这里的都好，新装修的。"

韭菜瞥他一眼："那你有本事把你们家的独厝搬到城里来变成别墅。"

水桶嘿嘿一笑："就因为搬不来，我才是农村人么，要是能搬来，我也把我们家大厝租出去赚大钱。"

两个人说着来到了一家叫"风满楼"的饭馆前面,韭菜说:"就吃这家吧,再别转悠了,来吃饭的,又不是来散步的。"

水桶不敢再发表意见,怕韭菜误会他小气抠门。两个人进门坐定,韭菜点了泡椒田鸡,水桶提醒她:"你不吃煎蟹了?"

韭菜就对服务员说:"那好,再加两斤煎蟹。"

水桶暗暗苦笑,恨不得抽自己一记巴掌,怪自己嘴贱,如果不提,说不准韭菜就忘了煎蟹那回事儿,两斤煎蟹就要两百六十多块,再加上一份泡椒田鸡,三百块挡不住。水桶暗暗肉疼,表面上还要装大方:"韭菜,再看看还需要什么,尽管点。"

韭菜却罢手了:"就我们两个人,能把这些吃完就不错了,咱们既不小气也不浪费,对不对?"

水桶只能连声说对对对。

"请问要什么酒水?"服务员提示。

水桶请示韭菜:"喝什么?"

韭菜说喝啤酒,服务员又问要什么牌子,韭菜反问服务员有什么牌子,服务员说了一串,韭菜放着便宜的不点,偏偏点了最贵的一种牌子:"先拿两瓶,不够再加。"

泡椒田鸡上来了,一盆油泡着白生生的田鸡肉,上面铺满了红艳艳的干辣椒。服务员用笊篱把干辣椒捞净,韭菜悄声对水桶说:"捞回去还能再做一锅。"

辣椒捞干净了,韭菜用筷子在盆里撅了一下,下面全都是黄瓜、白菜、萝卜,韭菜又说:"泡椒田鸡个屁,还不如叫水煮黄瓜白菜呢。"

这顿饭水桶请,忍不住就要替自己辩白,实际上却是替商家辩白:"这道菜的成本不低啊,光是这一盆油得多少钱?现在清油涨得厉害。"

韭菜撇嘴一笑："你以为他们会拿超市里的桶装油给你做菜啊？那还不得赔死。我看网上说，饭馆里水煮之类的东西都用地沟油，不用地沟油味道还不好吃呢。"

正说着，煎蟹也上来了，红溜溜的螃蟹张牙舞爪地堆在盘子里，韭菜说："螃蟹现在都是人工饲养的，用激素催肥，咱们大人吃了还不要紧，要是小孩子吃了，听说会提前发育。"

水桶头一次请到韭菜跟他吃饭，他弄不清韭菜对每一道菜都要发表这么一通议论，是要通过否定菜肴来表示对他的否定，还是真对现在的饭馆戒心重重，或者本来就是这种喜欢对所有事情持否定态度的人，所以也不敢轻易对韭菜的议论表肯定或否定，只是一个劲儿劝韭菜："吃吃吃，喝喝喝……"

平心而论，菜肴的味道还是不错的，尽管韭菜对这些饭馆菜肴的安全性持怀疑态度，却也没有影响到两个人的食欲，两个人不说话埋头大吃，活像两个偶然坐到一桌上的食客。水桶觉得两个人光这么吃喝不说话，有点儿别扭，就没话找话，问韭菜那个处长都请她到什么地方吃过饭，韭菜顶了他一句："跟你有什么关系？"

水桶嬉皮笑脸："怎么跟我没有关系，没有关系你怎么跟我在一起吃饭喝酒呢？"

韭菜却没有生气，不以为然地说："跟我在一起吃过饭的人多了，就都有关系？傻不傻啊你。"说完以后，低着头认真对付一只螃蟹爪子，艳红的小嘴嗫得螃蟹吱溜吱溜响，就像螃蟹在叫疼。

水桶心里七上八下，摸不清韭菜表达的是什么意思，只好暂时闭嘴，小心翼翼地捞了水煮盆里的青菜吃，他怕自己把有限的田鸡吃光了,韭菜不高兴。

韭菜喝酒却很豪爽,接连不断地举杯和水桶"干",每次她说"来,一起干!"的时候,水桶都暗中激动,真想回一句找你就是想跟你一起干,你说咋干就咋干,每次却都没敢说出来,担心韭菜听出话里的邪味儿,跟他翻脸。

两瓶啤酒下肚,韭菜又要了两瓶,水桶其实不是桶,肚子里存不住多少液体,才喝了两瓶啤酒,就连连去了两趟厕所,韭菜调侃他前列腺烂掉了。水桶问她为什么前列腺烂掉了就爱去厕所,韭菜说她也不知道,别人都这么说。

水桶内里又开始涨了,却不好意思再去厕所,怕韭菜说他前列腺烂了,硬憋着,一直憋到尿滴滴开始自己朝外面挤,才赶紧站起来:"我再去要个蒜蓉苦瓜,解毒的。"也不等韭菜表态,就急匆匆地朝楼下跑。

别墅设计建造都是为了住人的,不是用来开饭馆的,所以厕所有限,一层楼一个,而且都是那种只有一个马桶的小厕所。"风满楼"租的是一座三层独栋别墅,水桶他们在二楼就餐,厨房和服务台都在一楼,水桶上厕所朝楼下跑,舍近求远,但是为了避免被说成"前列腺烂了",只好夹着尿下楼,到楼下上厕所。

厕所的门紧闭着,外面的水桶痛苦着,一个声音招呼他:"先生,楼上还有厕所。"

水桶回头,是一个服务员,水桶摇头:"楼上的也有人。"

也许这个服务员对水桶有好感,也许这个服务员天生是一个热心肠,他朝后面指了一下:"如果先生实在着急,穿过厨房,到院子后面也行,不过只能小便不能大便。"

水桶说:"我就是小便。"

服务员忽然乐不可支，笑弯了腰，水桶还在纳闷，自己好像并没有说什么值得笑的话，旁边一个食客经过，瞥了水桶一眼，撂下一句："小便应该待在里边，怎么跑外面来了。"说完，咯咯笑着走了。

水桶方才醒悟，自己把小便当做动词，别人却听成了名词，也是，自己不应该说自己是小便。水桶内急，顾不上解释，也没必要解释，急匆匆跑进厨房找到后门穿了出去。

水桶非常失望，后院才巴掌大一块，角落有一蓬茂盛的三角梅，三角梅后面倒可以勉强放下一泡小便。然而，三角梅后面的墙上，写着一行黑夜也掩盖不住的大白字：此处严禁小便，抓住就阉。而且，小院落里有人，两个人黑黢黢地站在三角梅的旁边，堵住了水桶走向排泄处的通道，水桶犹豫不决，该不该当着这两个人的面撒尿。

那两个人正在争执什么，声音不大，情绪却很激烈，一声声的"干你老"不绝于耳。水桶瞩目细看，这才发现，其中一人身边放着几个半人高的塑料桶，边说还边弯腰拍打着身边的桶，就像是给自己说话配节奏："洪老板，你要这么说就没啥好谈，干你老，你还嫌涨价，现在什么东西没涨价？"

被称作洪老板的人反驳："你以为你这是超市里的桶装油啊？不就是地沟油么，地沟油也好意思涨价，干你老，你吃人肉喝人血啊。"

卖地沟油的人说："嫌涨价好办得很，把账结清，今后不用我的油就行了啊，谁也没逼着你买，干你老，你自己打听一下，就这个美食街，哪一家不抢着要。"

洪老板还要讨价还价："买卖不成仁义在么，有事情好商量，

牛人
NIU REN

别动不动就断货,你也打听打听,到这条街上倒卖地沟油的也不是你一家,你不卖我买别人的。"

卖地沟油的嘿嘿冷笑:"你试着买啊,干你老,你知道为啥要涨价?现在抓得紧,一个礼拜就四五家被抓了,全鹭门有多少人能做地沟油?做的人少了,供货少了,自然要涨价。"

洪老板还想还价:"太贵了,一下涨了五六块,我还不如去买正装行货呢。"

卖地沟油的把塑料桶一个个隔墙扔到外面,外面传来轰隆隆的装车声:"算了,不跟你讲了,清账吧,今后你就去买超市的桶装油。"

洪老板彻底软了:"算了算了,给你结账,涨就涨,水涨船高,你涨我也涨,涨到最后没人来吃了,我们一起彻底完蛋。"

那人接过洪老板递过去的钱,数着钱嘴里还唠叨着:"洪老板这才叫明事理,我涨你也涨不就完了,你放心,中国人贱得很,你再涨也别怕没人来吃。"

水桶见他们没完没了,实在憋不住了,蹿过去站到三角梅身后就尿,身后洪老板喊起来:"干你老,谁啊,在这里尿尿。"

水桶说:"干你老,谁尿尿了?老子给你生产地沟油呢。"

洪老板听到他这么说,推了那个卖地沟油的一巴掌,两个人顿时消失了。

水桶憋得尿脖都疼了,这一泡尿撒得痛快淋漓,眼前晃着白花花的大字:此处严禁小便,抓住就阉。水桶扬起角度,想用尿把那几个字浇湿,可惜字刷得有一人高,水桶的压力不够,射程有限,不但没浇到字,从墙面上溅回来的尿滴滴反而溅到了他脸上身上,活像遭遇了毛毛雨。

38

想办厂和真办厂的距离非常遥远，想发财和真发财的距离更加遥远，水桶很快就明白了这个简单的真理。他决定先干一家专门提炼地沟油的工厂，之所以决定先干这个工厂，关键的启示来自于风满楼后院的那一泡尿。

水桶无意中探听到了一个极为重要的市场信息、商业秘密：地沟油销路极好，绝对是卖方市场，不然卖家不会有那么充足的底气提价。尿完尿，水桶脑子一直在地沟油三个字上纠缠不清，他得到的那几份材料里，其中一份就是"简易精炼地沟油工艺"，现在他更加明确了，那其实就是教人怎么样加工地沟油的。如果自己能开一家专门"精炼"地沟油的工厂，市场需求这么大，不发财都对不起祖宗。

水桶的思绪离不开地沟油，憧憬着靠地沟油发财的灿烂前景，以至于韭菜跟他说话他都心不在焉、答非所问。

韭菜问他："你还在快递公司呢？"

水桶说："哦，再加一个什么菜都行。"

韭菜生气，就把服务员叫来又加了一份白灼虾。

韭菜说："鹭门的房价又涨了。"

水桶说："哦，就是又涨了。"

韭菜说："林鹭生说他要买房子。"

水桶似听非听地随口问了一句："林鹭生是谁？"

韭菜说出来的话终于让水桶把注意力从未来撤回到现实："林鹭生就是林处长啊。"

"这个处长就是泡你的那个处长吗？"

韭菜有些恼："什么叫泡我？你有本事也泡啊。"

水桶暗想我正在泡，嘴上却说："你信他呢，政府官员那几个死工资，能买得起房？"

韭菜嘟囔了一句："现在除了政府官员还有谁能买得起房，你能？"

韭菜正在啜一只青蛙腿，小嘴让油腻浸得通红，看得水桶心猿意马，内心里蠢蠢欲动，憧憬如果能把那张小嘴含在自己的大嘴里啜个够，这一辈子也就没白活。然而，韭菜嘴部做出的一个动作，却又让水桶凉水浇头：韭菜的嘴角很明显地撇了一下，把嘴拉成了一道弯弯的下弦月，然后声音不大却格外清晰地吐出了几个字："男人满街跑，房子买不到。"

175 水桶问她："要是我买了房子，你就嫁我？"

韭菜这次回答得非常明确："三室一厅，带户口，你能做到，我就嫁你。"

水桶大言不惭："那算什么，我要买就买别墅，上接天光下接地气，什么三室一厅跟我的别墅比，也就是个狗窝。"

韭菜松开了嘴里的田鸡腿，又开始咀嚼一只大白虾，水桶发现，她吃虾很不讲究，整只扔进嘴里连皮带瓤嚼，然后把剩下的渣滓吐到桌上，嚼完一只虾，吐出了嘴里的虾皮，韭菜抽出工夫又一次把嘴变成下弦月："吹吧，趁现在吹牛不上税赶紧吹，等到哪天国家开始收吹牛税了，就没有吹的机会了。"

水桶受刚才得到的市场信息鼓舞，说出话来也格外自信：

"你以为我是吹牛？你知道我今天为什么要请你过来吃饭？"

"为什么？"韭菜很能吃，半斤白灼虾水桶吃了两只，剩下的几乎全叫她一个人吃了，此刻，她拿起了最后一只虾，却没有整只扔进嘴里咀嚼，而是细心地剥着，剥得整整齐齐，完整的虾壳摆回盘子里，猛然一看，会以为是一只还没吃的虾。

"我已经不干快递了，我正在按照发财秘籍的材料筹办工厂，接下来我会很忙，办工厂么，肯定不像过去那么有时间经常过去泡……咖啡馆了。"他险些说出"泡你"两个字，话到嘴边及时拐弯，把"泡你"变成了"泡咖啡馆"。

"我的工厂开了，挣来的钱先买一套别墅放在那儿让你看，也让那个林鹭蛋看看。"

韭菜问他："林鹭蛋是什么？"

"就你那个林处长啊。"

"人家叫林鹭生，什么林鹭蛋。"

"鹭生的不就是蛋么。"

韭菜嘿嘿笑了一气，又端起酒杯："行了，不管你能不能发财，我先祝你一下，祝你的工厂早日办起来。一起干还是我先干？"

水桶坏坏地笑着说："一起干，一起干。"

然而，接下来的事情并不顺利，水桶有文化，那份邮件里的材料都能看懂，可是，看懂了也没用，工厂不是说你能看懂工艺说明就能干起来的。真要把工艺技术资料上的那些字和图变成实实在在的工厂，水桶的感觉就是老虎吃天无处下口，饿狗啃乌龟无从下嘴。

最需要办的事情水桶都不知道该从哪着手。开工厂要租厂房,水桶不知道该租什么样的厂房合适。要进设备,水桶也不知道设备该从什么地方买,怎么买,设备买了以后找谁安装。招人帮忙,水桶又怕走漏消息,他明白这种生意不是正道生意,虽然不会像贩毒那样抓住就枪毙,却也会被工商没收、罚款。即便是招帮手,水桶也拿不准应该招哪方面的人。有资料,有本钱,就是没能力,水桶陷入了不大不小的困境之中,就如看到房梁上挂着咸鱼却吃不到嘴里的馋猫。

水桶想到了网络,据说网络无事不通无事不晓,上网对于水桶这样有文化的进城农民来说,已经成了业余休闲的重要内容,或打游戏,或找个莫名其妙的人聊天,或搜搜有没有漏网的黄色,却从来没有用网络干过正事。现在,水桶要利用网络干正事了,他渴望网络能给他提供一条成功办厂成功发财的捷径。

水桶经常去的网吧在他租住房的楼下不远处,这种网吧满大街都是,他之所以经常去这家,唯一的原因就是一个字:近。今天来到这家网吧,往常从不太注意的名称对水桶也有了象征意义,这家网吧叫"成功网吧"。

按照公安的规矩,水桶提供了身份证,当然是假身份证,一般情况下,除非必要,水桶从来不用真身份证,这是他闯荡社会的经验。网吧也从来不管你的身份证是真是假,他们也没有验证身份证真假的功能。交了押金,水桶坐到了角落的座位上,然后谷歌了一下"办工厂",一下子就冒出来三十九万多条信息,水桶认真地一条一条地往下看,一上午时间很快就过去了,虽然没有找到非常适合自己参照的干货,由于是头一次利用网络干点儿正经事,所以水桶仍然享受到了寻找宝藏的那种期待、希望、探索的愉悦感。

网吧优惠,连续上网四个小时,免费提供一盒方便面。水桶午饭吃了一碗网吧提供的方便面,根本不够,又派网吧小弟到外面买了两根火腿肠、两个茶叶蛋、两个肉粽外加一个大杯奶茶,网吧小弟看着水桶狼吞虎咽,感慨万分:"先生,你多久没吃饭了?"

水桶骂他:"干你老,管老子多久没吃饭。"

吃饱喝足了,水桶继续上网查询,想一劳永逸地搞清楚工厂到底应该怎么开。然而,肚子不争气,中午吃得多吃得杂,也不知道哪一口吃坏了,肚子里就像连接了打气筒,一股股的气体搅和得肚子要爆裂般疼痛。水桶左右看看,两旁上网的人跟自己一样,耳朵上都扣着大耳机,一个个活像北方人冬天出门戴着棉耳套,估计就是在耳边放个鞭炮他们也听不到,于是水桶放心地抬起屁股,接连排出了几股浊气。

浊气排掉了,片刻之后四周一阵骚动,耳朵堵住了,鼻窟窿却没有堵住,开始有人愤愤詈骂:"干你老,哪个大肠烂了,臭死人了……""恐怖分子放毒气了,把恐怖分子抓出来……"

水桶窃笑,也跟着骂:"干你老,哪个是恐怖分子,坦白从宽抗拒从严。"

网吧小弟看到这边骚动,连忙过来维稳:"怎么了?出什么事了?好臭,谁放屁了?"

网吧放空调,环境密封,水桶排放的浊气在空间徘徊,网友中敏感娇气的开始坐不住,摘下耳机找网吧小弟闹事。

"干你老,什么网吧,屁吧。"

"不玩了不玩了,退钱退钱。"

"臭死了,网吧变成屁吧了。"

网吧小弟赶紧跑去搬过来一台风扇朝外鼓风，连连道歉加动员："各位先生小姐，密闭环境，请爱护公共环境，有屁到外边放。"

臭味消散，网吧逐渐恢复了平静，水桶的腹内却又掀起了一波暴风骤雨，大风卷起巨浪，在腹内左冲右突，寻找出口。水桶暗叫不好，这一次靠放屁解决不了问题，必须如厕大蹲才行。这种低档网吧的厕所就是在水房一角封起一个两平米的小房子，里边装上马桶就算是厕所。每次进去一个人，男的进去锁上门就是男厕所，女的进去锁上门就是女厕所。

水桶急匆匆来到厕所，厕所的门却紧闭着。水桶转身跑去找网吧小弟开厕所门，小弟告诉他门开着，水桶说门明明锁着怎么说开着，小弟说如果门锁着，只有一种可能，里边已经有人了。

水桶跑回厕所，敲敲门，里边果然有了回应："敲什么，我还没完呢，等着。"

水桶只好等着，等了一阵没动静，水桶又敲，里边不耐烦了："敲什么敲，越敲我越不出来。"

水桶耐了性子哀求："快点儿吧，我不行了。"

里边的人给他指路："憋不住了到外边去，找公共厕所。"

水桶暗想，都到门口了，这会儿到外面找厕所，等找到肯定得拉裤裆里，只好继续催促："来不及了，快点儿吧。"

里边的人提出了条件："你给我手纸。"

水桶恍然大悟，原来里边这位没带手纸，就等着憋着别人给他送手纸呢。水桶兜里还真有手纸，虽然不是真正意义上的手纸，放在饭馆里叫做面巾纸的那种，是他从饭馆里顺来的，但是纸那东西，本质是一样的，放在饭馆的桌上就叫面巾纸，放在厕所里就叫手纸。

水桶抽出一张此刻身份由面巾纸变成手纸的纸从门缝往里递,无奈门缝太严,纸又太软,根本插不进去。

水桶说你把门开开,我递给你。

里边的人说我把门开了,你不给我纸怎么办?

水桶说我肯定给你纸。

里边的人说你拿什么肯定?

水桶说那我用人格肯定行不行?

里边的人说人格那东西更是骗人的,你先告诉我什么是人格?

水桶还真说不清什么是人格,而且内急得慌,也没心情作名词解释,就说你把门先开个缝,我给你看看手纸。

里边的人说我不傻,你就是想诓我开门,门一开你就进来了。

水桶此刻已经快崩溃了,肚子里的大江大河汹涌澎湃,并且找准了出口朝外面挤,如果再耗下去,收不住夹不紧,决堤势在难免。水桶把厕所门擂得震天响,里面的人可能受不了了,终于松了口:"那你把手纸给我。"

水桶无奈:"门不开怎么给你?"

门闩拉开了,门裂开一道小缝隙:"你先把纸递进来。"

水桶此刻被他逼得又急又恨,一把拉开门,里边居然是一个戴着厚片眼镜的秃顶老头儿。水桶强行开门,老头惊愕中夹了几分激愤:"你、你怎么……"

水桶情急,一把将老头拽出来,自己挤了进去,然后就想关门上锁。

老头被突然袭击激怒了,一手死死把住门框,另一只手伸进来拽水桶,裤子脱落圈在脚踝上:"你这个骗子,干你老,拿手纸来,拿手纸来。"

　　水桶已经褪了裤子,急慌慌地把那张饭桌上擦嘴厕所里擦屁股的纸扔给老头,然后就用力关门。门却夹了老头把住门框的手,老头惨叫一声,手松开了。水桶不管不顾,连忙关门上锁,腹内的杂货顿时如洪水管涌般喷射而出,噼里啪啦的乱响盖住了门外的惨叫,排泄的爽利转移了水桶的注意力,被他强行驱逐出去的老头已经成了过去时。

39

　　医院的护士态度很不好,说话硬撅撅的就像朝外扔生芋头,砸到人脑袋上火辣辣地疼。

　　水桶问她:"好了没有?"

　　护士瞥了他一眼,就像看垃圾:"哪有那么快?"

　　水桶又问:"大概得花多少钱?"

　　护士瞪了他一眼,就像警察威慑罪犯:"多少钱你也得花,把老人家的手破坏成那个样子,人心怎么能那么狠?"

　　水桶无语,护士从他身边飘过,将浓浓的来苏水味道灌了他一鼻子。水桶怎么也没想到,就被木板门夹了那么一下,老头的两根手指头居然被破坏得皮开肉绽,鲜血淋漓。刚才医生清洗伤口的时候,水桶瞄了一眼,老头的中指和无名指的皮肉刮开了,露出了里边白森森的骨头，看上去挺瘆人的。水桶万万想不到，情急之中，自己关门的时候用力竟然会那么大。

保安来了，坐到水桶身边，推推他："钱呢？"

水桶这才想起来，刚才说好了，不报警，私了，要给陪同前来的两个保安每人一百块。水桶不是一个讲信用的人，但是这两百块钱不出是不行的，有两个保安盯着，真身份证也被保安扣了，他现在已经无法脱身了。水桶忍痛掏出一百块钱给保安，保安说要两百，水桶说不是说好了，每人一百吗？保安说两个人不就是两百。水桶怕他贪污，说那个保安的我自己直接给他。保安说那个保安有点儿急事先走了，他那份我代领。水桶只好又掏出一百块给了保安，心里暗骂干你老。

急诊室的门紧闭着，水桶想进去看看医生把那个老头缝好了没有，护士把他堵在门外不让他进去，还把门给反锁了。水桶只好坐在走廊里候着，信用卡已经被押给了医院收款台，说好医药费用直接从卡里刷。

此刻，水桶坐在乱哄哄的医院过道里，表面上看在发呆，内心里却翻江倒海，千不怪万不怪，就怪方才那泡屎来得太不该，千不怪万不怪，就怪方才急着把老头往外拽，千不怪万不怪……

他爽了之后，站起来提起裤子，推门欲出的时候，门却推不开，门被人从外面锁住了。

水桶当时还以为是那个被自己强行驱逐的老头使坏，大声骂着，拳打脚踢希望惊动网吧小弟过来拯救自己。可惜，水桶的努力是徒劳的，任他捶打怒骂，门外听着人声鼎沸，却就是没人来给他开门。水桶想起了在警匪片中经常看到的场面：破门的时候，警察往后退上几步，然后猛力冲过去，肩头一下就能把门撞开。水桶学着记忆中警察的勇猛样子,退回到粪坑后面,然后鼓足力气拼命朝那扇木板门撞了过去。就在这个瞬间,厕所门主动开了,水桶冲出门外,不知道被什么绊了一下,很狼狈地摔成了狗吃屎的姿态。还没等爬起来,水桶便已经被人死死按住,然后按住他的人扭着他的胳膊把他拽了起来。

水桶被摔得就跟宇航员上了太空一样,满眼都是星星,还没等他明白过来,一个大耳光已经结结实实地贴到了他的脸上。大耳光打散了他眼前的星星,面前露出了刚才赖在厕所里跟他讨价还价讨手纸的老头:"就是这个人,把我的手给破坏了,报警,赶紧报警,别让他跑了。"说着,老头还要扑上来扇他,却被旁人拽住了,拽住老头的是一个警察。

警察很讲究政策:"老先生,现在讲究和谐社会,不能随便打人,他犯法了由法律制裁,我们现在不是法治社会吗?"

然后警察转过身审问水桶:"你说说,到底是怎么回事?怎么把人家的手弄成这个样子了?"

水桶这才注意到,老头的左手用一条破毛巾包着,血洇透了毛巾,围拢了一帮闲人七嘴八舌地谴责水桶,安慰老头。

警察对水桶说:"你看看怎么办,是私了还是报警。"

水桶犯糊涂:"报警?你们不就是警察么?"

警察抬起胳膊指着袖标满脸不屑:"你文盲啊?不识字?"

水桶注目凝视,这才看出,这警察原来不是警察而是这座大楼的保安。水桶暗骂:干你老,假装警察吓唬鬼呢。心里骂,明面上却不敢得罪人家,在人家的一亩三分地上,只能按照人家的道道种庄稼,便说:"私了吧,又不是啥大事,别麻烦人民警察了。"

自从在法院被光荣两口子讹了几万块以后,水桶就患上了官家恐惧症,觉得不论什么事情,一旦见官,既麻烦,还吃亏。加上前不久弄烂了那个东北人的脑袋,自己一跑了之,听说现在公安都联网了,说不清会不会把自己加进追逃名单,出门在外,多一事不如少一事,所以立即选择了私了。

老头子马上说:"先去医院,再说赔偿,保安押着他,不然半路他跑了我到哪去找?"

保安便跟水桶讲价钱,说好两个人跟着去,每个人给一百块钱。去医院的路上,老头念念叨叨让水桶赔钱,医药费自不必说,此外还有精神损害、误工费、惊吓费乱七八糟给水桶算了五万多块。

水桶嘟囔:"把我杀了论斤卖,卖多少钱都是你的。"

保安能从水桶那儿挣一百块,便帮着水桶说话:"你这老人家手不疼了是不是?先把伤治了,赔多少也不是你想要多少就给多少,实在不行你到法院去打官司,就你这把子年龄,说不准还没等拿到钱就死翘翘了。"

老头不高兴了:"我才六十岁,离死还远着呢,五万块要不到,我就不答应。"

保安说:"既然这样我们也管不了,你们自己解决好了。"

说着就喊出租车司机停车,水桶看到保安要走,马上也作好了逃离的准备,兴奋得手心冒汗。

老头自然明白,如果此刻保安撒手不管了,水桶肯定要一跑了之,到时候报警都来不及,只好说:"别的话以后再说,先到医院吧。"

出租车司机问:"还停不停车?"

保安说:"不停了,到医院。"

到了医院水桶千方百计制造机会想跑，一会儿说要上厕所，一会儿说要去银行取钱，那两个保安却非常警惕，一一粉碎了他的阴谋，水桶去了厕所，一个保安就站在他的旁边看着他蹲在坑上装模作样。他说要去银行，保安让他把卡押给医院收费处。后来索性把他的身份证给扣了，水桶给他们假身份证，被保安一眼看穿："干你老，是不是鹭门人？"

水桶知道自己的口音蒙不过去，也知道自己的假身份证号码和口音对不上，就老实承认："我是鹭门人，户口是外地的。"

保安说："干你老，户口是外地的，性别也是外地的？男人身份证尾数是单号，女人才是双号，你是男的还是女的？"

水桶暗暗叫苦，暗暗骂那个给他造假证的大学生，还想抵赖："干你老，身份证是公安发的，我咋知道他那号码是怎么编的？"

保安说："用假身份证的问题严重了，我们管不了，得赶紧报警，你自己看着办吧。"

水桶最怕报警见官，民不跟官斗，猫不跟狗斗，在老家西山村的时候，老辈人经常这么念叨，无论是祖传经验，还是生活实践，有事尽量私了不要麻烦官员，都是水桶根深蒂固的观念，水桶无奈强装笑脸嘻嘻嘿嘿笑着淡化问题："你们真专业，当保安可惜了，应该进公安局当公安。"说着，掏出真身份证给了保安，暗暗叫苦，现在即使跑了，人家也能追到根，只好硬着头皮扛事了。

忐忑不安中，老头终于从治疗室出来了，样子很痛苦，把一张药单递给水桶："缝了几针，这是医生开的药，你去取。"

水桶看看药单，密密麻麻写满了蝌蚪文，一个也不认识，只好跑去交药费、取药。划价处划出价来把水桶吓了一跳，光是药费就三千多块，再加上包扎手术医疗费，一共要五千多块。

连保安都有些吃惊："干啥呢？杀人啊。"

老头说："再贵也得治啊，快点儿吧，不然就报警吧。"

水桶只好交费取药，司药从窗口里推出来一大堆药，还有打点滴用的葡萄糖："手破了打点滴干吗？"水桶质问人家。

"防止发炎，防止破伤风，问那么多干吗？问医生去，下一个。"司药很不耐烦，后面排队的人也很不耐烦，挤开水桶一样把自己的药方子往里边递，水桶只好闪开。

然后就又送老头去注射室注射，屁股上打了两针，又在胳膊上挂了大瓶子，保安把水桶拉到一旁悄声说："赶紧去买点儿慰问品，安慰安慰老头，把关系缓和缓和，不然老头天天到医院来保健，花钱还不都得你掏。"

水桶觉得这个意见很有建设性，俗话说有理不打笑脸人，毕竟跟这个老头没有抱孩子下井、偷老婆杀夫的深仇大恨，该缓和关系还是要缓和，全国全世界现在都要建设和谐社会，况且他和那个老头不过就是一泡屎的矛盾，不值得非要闹得警察法院去管。

水桶跑出去给老头买点儿慰问品，老头一闪眼见不到水桶了，以为水桶趁乱跑了，叫住保安查问："那个人呢？"

保安反问："哪个人？"

老头说："就是那个把我打伤了的人。"

保安："我是保安，又不负责替你看管人，我们陪你到这儿，人家是付了钱的，现在你的伤也看过了，针也打上了，没我们什么事了，我们回去还要交班呢。"说着，叫了另一个保安起身做出要走的样儿。

老头紧张了,如果这两个保安一走,水桶跑了找不到,后续费用还有赔偿就都有可能落空,只好跟保安讲价钱:"他给你们钱,我也给你们钱,别让那个人跑了就行。"

保安说:"我们都是有良心的人,看你老人家也不容易,不多要,每个人两百块。"

老头说:"我十年前就下岗了,现在靠每个月一千来块钱的养老金过日子,哪有钱啊,如果有钱,我在自己家里就上厕所了,还用得着为了省几个水钱,跑到网吧的厕所去?"

保安说:"那我们也不能白干啊,已经耽误我们半天工夫了,再让我们去帮你找那个烂人,我们的损失谁给弥补啊。"

另一个保安说:"这个老人家也不容易,这样吧,我们一视同仁,那个烂人给了我们每人一百块劳务费,你是知道的,你也给每人一百块算了,给了劳务费,我们负责帮你把那个人找回来,还保证不让他再跑掉。"

老头无奈,抖抖瑟瑟从屁股兜里掏出来一个破皮夹子,皮夹子里有一些碎钱,连一张整的百元钞票都没有,数了半会儿,凑够了二十块递给保安:"就这么多,你们赶紧去抓那个烂人啊。"

保安目睹他的穷酸样儿,知道没什么油水好榨,连连答应:"你放心,老人家,我们马上把那个烂人给你抓回来。"

保安假模假式地跑去找水桶,老头嘟囔:"干你老,这二十块也要那个烂人赔偿。"

老头万万没想到的是,两个保安拿了钱,哪里还有心帮他找水桶,兴冲冲回去上班站岗去了。

40

　　水桶并不知道别人已经把他定位为"烂人",跑到医院外边的街道上给老头买慰问品。医院门外的街道上,照例有很多与医院形成食物链的商贩,贩卖一些适合送给病人的见面礼,比如鲜花、营养保健品等等。水桶选择慰问品的原则很简单:便宜。选择便宜的原因也很简单:不是为了感情也不是为了投资,仅仅是为了糊弄,把老头糊弄一下,少点儿麻烦。

　　转了一阵,买这个嫌贵,送给老头不值当。买那个又太寒酸,显不出诚意来。水桶正在犯难,看见一家商铺门口贴着大招牌:回收各种礼品,灵机一动就踅了进去。

　　店里摆放着的也都是营养品、罐头、水果之类适合给病人送的东西,生意清淡,既看不见买东西的人,也看不见卖东西的人。水桶暗中好笑,这家店主倒提前进入了和谐社会,货物摆了一屋子,也不怕人偷。

　　"有人没有? 没人东西我白拿了。"

　　"敢拿就拿啊。"有人从不知道什么地方发声,反倒把水桶吓了一吓。

　　随着话音,一个人突兀出现在水桶面前,水桶又被吓了一跳,却没弄清他是怎么做到不被人看到突然出现在别人面前的。瞩目一看,水桶乐了,站在面前的应该算是熟人,就是那个给他做假硕士证书、假身份证的大学生。多日未见,大学生好像更瘦了，头发还染了一撮黄毛，怎么看也看不出他是鹭门大学的学生。

"干你老，不好好上学开上商店了。"

大学生也认出了他："你啊，找我干吗？我毕业了。"

水桶想起了才发生不久的假身份证被保安认出来的事情，马上找后账："我找你干吗？你给我做的身份证也太假了，连保安都骗不过。"

大学生抽出烟扔给他一支："本来就是假的，要是验不出真假，那不就是真的了，你找我就是这事？"

水桶蒙他："当然我得找你，干你老，你做的那东西连号码都是错的，男人是单号，女人是双号，退款。"

大学生要赖："做那种事情哪有退款的？我又不是亲手做，也是转包出去的，当时你为啥不验货？都这么久了，你还来秋后算账，你也真有意思。"

水桶估量了一下，大学生个头身坯都比自己小一圈，动武估计不是自己的对手，店里又没有别人，便开始耍横，一心想要把做假身份证的钱要回来。

"干你老，不退钱老子今天就跟你硬拼了。"说着，水桶揪住大学生的衣领口，将大学生扯到眼前，做面目狰狞状，还举起了拳头："退不退钱？"

大学生却十分淡定："你要好好说，我就跟你说，你要是动粗，钱也是不能退的。"

水桶有些犹豫，拳头高高举起，打下去没那个决心，放下来又丢不起那个人，犹豫间，一小妹从店外进来，二话不说，举起手里的提包把水桶的脑袋当锣鼓猛擂，水桶受到突然袭击，忙不迭地捂了脑袋躲闪,反倒是大学生出面拦住了小妹:"算了,属于经济纠纷,别太暴力了。"

水桶摆脱了突然袭击,这种不对称打击让水桶很受伤,因为他无法还击,面对怒目红颜,水桶只能用语言对抗:"好男不跟女斗,好鸡不跟狗斗,你再动手我就不客气了。"

小妹冲过去抓起电话:"你滚不滚?大白天都敢抢商店,我报110了。"

水桶连忙解释:"我不是抢商店的,我是找他要钱的。"

"好啊,我还没开张你就来抢钱了?"小妹说着就开始拨打电话,水桶此时最怕警察,几乎马上要逃之夭夭。

大学生抢过去压了电话:"别胡闹了,我们认识,他找我要退款。"

"退什么款?"

水桶连忙解释,把过程说了一遍,大学生也一再辩解,两个人把刚才的对话翻来覆去地吵,小妹听烦了:"干吗你们俩?多少钱?"

水桶说:"三百块。"

大学生说:"三百块。"

小妹从刚才用来打水桶脑袋的提包里掏出钱包,又从钱包里掏出三张百元钞票甩给水桶:"德行,你们俩也算个男人,为了三百块钱费这么大工夫,有本事这一阵几个三百块都挣来了。"

水桶和大学生两个人同时惭愧,红了脸你瞅我我瞅你,倒好像他们俩是情人,小妹拍打着钱赶人:"拿了钱快走,别耽误我们做生意,不拿我就不给了。"

水桶连忙抢过钱,嬉皮笑脸:"小妹豪气,人穷志短么,我要是像小妹也有这么一家店，我也能财大气粗一下子。"

小妹不屑地撇嘴："骨头是贱的，就是有十家店，照样满身烂肉撑不起架子，快走吧，别耽误我做生意。"

水桶原本没想真的能从大学生那里讨回钱来，跟大学生计较，也就是出出被人蒙了的窝囊气。现在真的把钱拿到手了，而且是这种方式，反倒有些不好意思，想照顾人家的生意："我要买东西。"

小妹乜斜他一眼："你也舍得花钱买东西？买什么？"

水桶从货架上拿了一盒包装看上去很美的黑脑金，标价二百五，水桶跟大学生商量："一百块行不行？"

大学生还没表态，小妹抢先表态："不行，一分钱也不让。"

水桶脑子也不慢，即使不折让，刚刚拿了三百块，买了这盒黑脑金还能赚五十块，便假充大方："行了，二百五就二百五，都认识，跟你们讲价钱也不男人。"

说着，掏出二百块，又数了五十块零钱给了小妹。他不敢给小妹三百块整钱，怕人家不给他找零。

大学生显然心眼比较好，见他买这东西，就问："你买这东西干吗？都是骗人的。"

水桶说买来送病人，骗不骗无所谓，只要意思到了就行了。大学生说你送的人肯定不是亲属，肯定不是领导，肯定不是有用的人。

水桶反问他："那你说说我要送什么人？"

大学生还在思索，小妹已经回答："肯定是做了什么坏事，要去赔礼道歉的。"

水桶惊讶地反问："你怎么知道的？"

小妹仍然满是不屑："看你的样子就知道你做了坏事，看你买的东西就知道你要去赔礼道歉。"

大学生插话："你别净瞎说，泡茶跟大哥聊一会儿。"然后问水桶："到底怎么回事？是不是真的把谁给得罪了？"

小妹对大学生居然很顺从，马上开始烧水涮杯添茶叶，动作娴熟，水桶觉得她泡茶的水平比韭菜还略高一筹。

水桶被网吧里那一泡屎害得忙乱了大半天，现在才想起来，一整天还没有喝一口茶呢。鹭门人一天不吃饭能熬得过去，一天不泡茶就像婴儿一天不吃奶一样难忍，嗅到阵阵铁观音的芳香，腿脚就像被钉在了地板上，一点儿也挪不动窝了。水桶索性坐到了凳子上，跟大学生品起茶来，然后就把和老头发生冲突，把老头的手指头给弄了个鲜血淋漓、皮开肉绽的事情讲了一遍。当然，他隐去了事因不过是一泡屎的过程，仅仅说是关门不小心把人家夹了。

大学生说："这也不要紧，不是你有意的，医药费可能得花不少钱。"

水桶说："今天就已经花了五六千了，今后再花多少还说不清呢。"

大学生说："现在赚钱很难啊，五六千不是小数，就当破财免灾吧。"

水桶喝着热烘烘香喷喷的铁观音，跟大学生聊了几句，觉得这个大学生还真不错，这才想起来认识这么久了还没有问人家的名字，连忙问："咱们认识很久了，还不知道你叫啥呢，有没有名片，把我骗一骗。"

大学生还真掏出来一张名片递给他："今后有机会多联系，

大哥你现在干什么呢?"

水桶看看他的名片,上面印着:洪永生,都知道文化咨询公司总经理,还有电话手机邮箱地址等等。名片的背面印着业务范围,什么企业形象设计、产品宣传策划、影视筹拍、投资项目评审等等。

"呵呵,洪永生,听着好像你当烈士了。都知道文化咨询公司,都知道谁还找你咨询?你不是这家店的老板啊?"水桶问道。

大学生把小妹揽在怀里:"这是我女朋友的店,我到这儿临时帮忙。"

水桶暗道,难怪你偷着睡觉不管事呢:"你的公司有几个人?"

"目前还就我一个,慢慢发展么。"

"跟我一样,光杆司令。"

"大哥现在干吗呢?"

"我现在筹备几个项目,有钱有项目就是没有人。"

"啥项目?"这个话题显然具有吸引力,洪永生和小妹异口同声地问。

"做工厂,不知道该怎么着手。"

洪永生马上说:"我给你策划,你把资料给我,我给你做一下市场调研。"

水桶说:"市场不用调研,我知道肯定好,就是办厂不知道从哪里下手。"

洪永生给水桶的茶杯里沏满茶,然后殷切说道:"庄大哥,我们一起干,我给你跑腿,我现在就是有智商没钱没项目,我们俩优势互补。"

水桶苦笑："你是说我没智商？"

洪永生连忙解释："我不是那个意思,我是说,独木难成林,一根棍子夹不起菜……"

水桶茶饮得差不多了,站起身说："我们一起干没问题,过后我给你来电话。"

大学生洪永生和他的女朋友把水桶送到门外，做恋恋不舍状,水桶心想,如果要开厂,这两个人还真是个好帮手。

水桶在这里喝茶打诳,却忘了医院里的老头和保安,那边已经乱成了一锅粥。

41

老头儿挂完吊瓶,既不见水桶也不见那两个保安。后续的事情一大堆,医药费还需要压着信用卡的水桶过来签字输入密码才能转账,医院就不让老头离开,担心他一走信用卡又没法转账,找不到人出医药费。而且,老头自己和水桶之间的赔偿事宜还没有商谈，没了那两个保安作证人水桶必然会赖账……想到这一切,老头苦恼不已,焦躁不已,对医院派过来专门看守他的保安连声叫苦,声音嘶哑,带了哭腔,连保安都有些不忍心,跑到净水器给他端了一杯水,让他补充眼泪。

老头拨拉开他们的水杯："干你老,我不喝,我饿了,都七八个小时没吃东西了。"

两个保安面面相觑,买吃的要花钱,他们端一杯水给老头可以,可没有义务花钱给他买饭吃。围观的人中,有好心人递给老头两个干巴巴的小面包,老头接过来狼吞虎咽,面包太干,噎得老头抻脖子瞪眼,一把抢过保安手里的水杯,咕噜咕噜灌了一气,忽然悲从中来,号啕大哭起来。

保安让老头哭得手足无措,有病的人和没病的人,都过来看热闹,议论纷纷,大都是在骂医院无德,欺负老人家没钱,还有指责保安扣押老头是违法等等。中国人嘴头子上的劲世界第一,大家越说越气愤,越说越热闹,汹汹然,滔滔然,活像民主国家的在野党组织群众批判执政党。

正闹得不可开交,水桶提着黑脑金从走廊里晃荡过来,远远看到走廊里聚了一堆人,有人哭有人闹,还以为医院又把人治死了,家属来闹事,便凑过去看热闹。水桶扒拉开前面堵塞的人,钻进人丛想看个明白,被他弄伤的老头正在哭诉,一转眼看到水桶从人群外面钻了进来,猛扑过来一把搂住水桶再不撒手。

老头搂死了水桶,然后冲医院的保安嚷嚷:"快,抓住他,就是他,就是他。"

水桶挣扎着,却被老头抱得紧紧的挣扎不开,保安过来问老头:"他怎么了?"

老头说:"就是他把我手给弄坏了,医药费,赔偿金,别让他再跑了。"

水桶急忙解释:"我跑什么,我跑了还回来干吗?这不,我是给你买点儿营养品,慰问慰问你。"

老头和保安这才看到水桶手里拎着的礼包,保安劝老头把水桶松开之后,问水桶老头的医药费怎么办,水桶说:"我的信用卡押给收费处了,他们直接扣啊。"

老头说："扣什么扣，你不在没人签字，人家把我给扣了。"

水桶这才明白，自己刚才跟大学生洪永生喝茶聊天，把这老头给扔到脑后了："老人家，没关系，走，不就是结算医药费么，我去刷卡。"

老头跟水桶朝收费处走，两个医院的保安跟在后面像保镖，水桶骂他们："老跟着干啥？押犯人呢？"

一个保安解释："你别怪我们，领导说了，不交钱不让走，你们走了我们就得丢饭碗。"

来到收费处，水桶在结算单上签了名字，医院从他卡里转了钱，回头一看，那两个保安早就不知道什么时候闪了。

老头揪着水桶的袖口不撒手，生怕水桶溜了，水桶把手里的黑脑金给他看："老人家，你别老揪着我，看看，这东西是给你买了补营养的，这上面说了，吃了这东西，你脑袋上的白毛就变黑了，还能重新当小伙子。"

老头不信："胡说八道，凭那东西还能扭转自然规律？"

水桶说："你看看电视上的大首长，六七十岁的人，哪一个不是满头黑发？就是吃这东西养的。"

老头嘿嘿笑："你这小伙子真能掰，人家那是染的。"

这是水桶头一次看到老头露出笑容，一笑，这老头就好像换了个人，满脸的纹路在脸上绽成了一朵老菊花，看上去慈祥、厚道极了。那一刻，水桶真正有了些愧意，人家一个老人家，就因为一张手纸，让自己把手给夹得皮开肉绽，鲜血淋淋，尽管自己出了医药费，可是疼痛却是要人家承受的。

心变软，话也就跟着软了："老人家，真的对不起，我真的不是故意的，你放心，我一定会承担责任，不会把你扔下不管的。"

老头点点头："嗯,我相信你是好人。"

两个人站在医院门口等车,老头说坐公交,水桶说坐出租:"你手破了,坐公交万一挤了伤口,感染就完了。"

老头端着缠着绷带的手臂站在路边,嘟嘟囔囔:"坐公交就行了,出租太费钱了。"

水桶说:"我出钱,又不要你出,怕什么。"

老头说:"你的钱不是钱啊?现在挣钱都不容易。"

提起挣钱,水桶想起来自己去网吧的目的,不由得好奇:"老人家,网吧里你这么大的人还真少见。"

老头纳闷:"我也没去网吧啊。"

水桶说:"我们不是在网吧的厕所里遇见的吗?"

老头竟然有几分忸怩:"我是去厕所,网吧租的是我们那一栋楼的公共空间,到那上厕所省水么。"

水桶听他这么说,马上想到这老头的日子过得不宽绰,便问:"老人家干啥买卖?"

老头摇头叹息:"唉,过去鹭门有个啤酒厂你还记得吧?"

水桶点头:"记得,鹭门牌啤酒,后来说是卖给外国人,换个标签叫什么伯啤酒了。"

老头说:"我原来是那家啤酒厂的工程师,酒厂卖了,我们就都被工龄买断,干了一辈子,几万块钱就打发了。现在到了退休年龄,每个月靠一千来块钱退休金,日子不好过啊,一听到涨价两个字,后脊梁就发凉,晚上都睡不着觉。"

说着,一台出租车停下来,两个人钻进车里,老头说了地点,水桶继续问:"老人家,你在酒厂当工程师,管啥?"

老头说:"生产工艺,唉,外国人也坏,中国工程师他们一概辞退，怕我们掌握他们的生产技术，其实有什么？基本生产原理都是一样的，就是我们工艺上、设备上比他们落后一些，另外，产品声誉度不如他们。"

水桶听到老头聊起工厂管理挺熟悉，怦然心动："老人家，如果现在有人请你出来开工厂，你干不干？"

老头摇头："谁还会要我啊，你没看现在劳动力市场，没有一家招收四十五岁以上的，也是，新毕业年轻力壮知识结构新的人都找不上合适的工作，何况我这个年过六十的老头呢。"

水桶说："你别管那些，我就问你，如果有人聘请你，你干还是不干？"

老头扭过脸细细看着水桶："干啊，为什么不干？每个月一千来块钱，你够花吗？"

水桶说："你把你的姓名和联系电话给我，我最近正想办厂子，有项目，有资金，就愁没有内行可靠的人呢，你要是愿意，我就聘你当我的工程师。就是不知道你老人家身体行不行？"

老头用没受伤的右手把胸膛拍得嗵嗵响："小伙子，要不是今天手上受伤，你跟我摔一跤，不见得是对手。"

水桶拍了他一巴掌："没问题，老人家，这事就算定了，明后天我就来跟你商量，顺便把项目资料给你带过来，你先看看成不成。"

车到了地方，两个人下车，又聊了一阵办厂的事儿，老头果然非常内行，说他原来在大学学的就是食品制造工艺，水桶高兴坏了，吹了个大牛："老人家，只要我的厂办起来，别说你的精神赔偿，就是肉体赔偿我也一概保证了。"

老头赧然："好了，小兄弟，别提那茬了，冷静下来想想，你也不是故意的,我说的那些是气话。"

告别的时候水桶想起,自己的真身份证还在保安手里扣着,要去找保安要,老头说:"那两个保安是我们这个小区的,我找他们要,你明后天过来的时候来拿就行了。"

水桶催他给自己写了名字和联系电话,这才知道,老头竟然有一个很嫩的名字:叶青春。水桶忍不住笑了。

42

鹭门市人才交流市场是水桶进城后发第一笔财的起点。就是在这里,水桶冒充鹭门大学的硕士,应聘到鹭华集团当了总经理助理,并且连蒙带骗弄到手十几万块钱。所以,经过这里的时候,水桶总会不由自主地上下打量一番那座被装修得花里胡哨的大楼,就像小偷经过曾经被捉过的地方总忍不住要左顾右盼。

大楼上有条标语:市场的竞争就是人才的竞争!

水桶颇有共鸣:"干你老,满大街标语只有这一条说得好。"

出租车司机茫然:"哪一条?"

水桶怕他撞车:"干你老,关你啥事,好好开车,小心追尾。"水桶之所以对司机愤愤然,那是因为他现在的身价应该达到了百万级别,这是他自己的评价结果,百万级的身价在当今中国不算什么,可是如果成为车祸的冤魂那未免太倒霉了。

水桶现如今已经基本上告别了公交车,也没有了再买一台电动车的欲望,那台流动马桶带给他的羞辱和经济损失令他刻骨铭心，所以，他现在主要的交通工具就是出租车，虽然贵点儿，走几步路就要几十块，好在他不差钱，还方便。他有了买车的计划，可是严重的障碍是他没有驾照。听说，没有驾照开车警察抓住就要拘留，水桶现在公务繁忙，不怕蹲班房，怕的是耽搁不起那个时间。

关于驾驶执照的问题，他已经委派助理去办了，助理请示他要有档案的还是没档案的，有档案的要五千多，是真的，经得起公安机关查对。没有档案的五百块，经不起公安机关查对。他说干你老，叫你办自然就是要真的，要假的你老公就能办了。

他的助理就是大学生洪永生的女朋友。洪永生的女朋友叫肉菜，据说她们老家在西边山区里，过去非常穷，一年到头吃红薯干就红薯叶，生下这个女孩子就盼望能嫁个有钱人，天天吃肉菜。果不其然，从有了肉菜以后，虽然肉菜没能嫁个有钱人，家里却也开始经常吃肉菜了。

人才交流市场大楼上的标语能让水桶发感慨，有生动的现实体验作基础。拿到东北人高价买来的项目资料之后，老虎吃天无处下口的感觉让水桶就如热锅上的蚂蚁，一张手纸引发了一场血案，却也给他送来了叶青春那个老头儿。水桶第二次去找叶青春，就把项目资料给叶青春看了，叶青春的反应却大不以为然："有屁用，就凭这几页纸你就想办厂？再说了，这种厂办起来也是非法的。"

水桶不服气："是你没本事办吧？人家可是花了好几万才买来的。"

叶青春咧嘴："我不要几万，一份一千块，你要多少我给你弄多少。"看到水桶仍然半信半疑，叶青春说，"不知道是这个东北

200

牛人
NIU REN

人骗别人，还是他让别人骗了，你拿的这几份所谓的项目资料，充其量只能算项目策划案，真正要办成厂子，还需要设备清单、工艺图纸、原料配方……"

还没听完，水桶就头疼了："照你这么说，厂子就办不成了？"

叶青春盯着他，水桶千方百计想弄清楚他眼中的内涵，却怎么也分辨不出他那眼神里透出的是怜悯、无奈，还是嘲弄、讥刺，或者什么也不是。

"你真的要办这上面的厂子？"叶青春抖动着那厚厚一摞纸张，那都是复印件，是水桶花了十几块钱复印的，原件水桶觉得挺值钱，怕损毁或者丢失。

水桶叹息："想不想有什么用，白想。"

叶青春说："办这种厂子太简单了，问题是多多少少都有点儿违法。"

水桶嘟囔了一句："不违法能赚到钱能发财吗？"

叶青春说："你还算明白，有钱人的钱在中国有几个是正道上来的？你能掏多少钱？"

水桶早就算计好了，从华鹭集团搞来的十几万，再加上零零碎碎积攒的，能流动起来的钱，将近二十万，他把底透给了叶青春，叶青春捏起手指头来，活像算命先生正在给水桶卜卦："同时办几个厂不够，先办上一两个资金倒也勉强够了，话说定啊，不管你的厂亏本还是赚钱，你答应我的工资可是一分也不能少。"

水桶有点儿糊涂："你不是说凭这些资料办不起厂子吗？"

叶青春露出了得意扬扬的样儿，让水桶有点儿烦他："干……"水桶不是不懂得尊老爱幼的人，及时刹车，没把"你老"两个字喷出来，"我答应你，只要工厂办起来，你管生产，别的也用不着你管。"

叶青春说："那好，我们先办那个食用油精炼厂，明天我把预算给你，你准备好业务人员，刚开始要三四个人，不算工人，工人要十三四个就够了，如果销路好，再考虑扩大生产的问题。"

水桶对办厂根本就摸不着头脑，只好听叶青春的。叶青春也真不含糊，订设备，选厂址，指挥安装试车，不到两个月，年产百吨再生油的小工厂就有模有样了。水桶从此认定了叶青春是个人才。

再往后基本上就是在忙碌和吵架中度过的，水桶让肉菜去办营业执照，被叶青春拦住了，死活不让肉菜去办，肉菜找水桶汇报，水桶觉得自己是老板，让肉菜办执照，叶青春居然阻拦，冒犯了自己的权威。想起在村里的时候，村长面对不同意见的时候，那副老虎屁股摸不得的模样儿，水桶这才理解了权威受到冒犯的时候那种忍无可忍的心情，马上跑去找叶青春，第一句话就是质问他：这支队伍谁当家。

牛人
NIU REN

叶青春说你掏钱办厂是老板，自然你当家。水桶接着质问为什么他下达的命令叶青春不让执行。叶青春说因为那种命令是瞎命令。水桶质问他不办执照怎么对付工商局。叶青春说你即使办了执照，也对付不了工商局。水桶说没有执照就是非法经营。叶青春呵呵冷笑，说你以为有了营业执照你就不是非法经营了？把再生地沟油卖给饭馆给人吃，是严重的非法经营，造成严重后果不但要受罚，还可能进监狱呢。

两个人吵了个鼻青脸肿，最终水桶被说服了，决定不办营业执照了，因为工商登记的时候，经营项目没法填写，而且还要缴税，如果说是做食品的，还要到卫生部门登记注册，接受人家的监督,而他们生产的这种东西是经不起监督的。

不管怎么说,工厂算是办起来了,叶青春负责生产,大学生负责提供原料,水桶自己专管销售,因为销售牵涉到回收货款,别人干水桶不放心。大学生的女朋友肉菜负责公关以及所有业务上需要跑腿的事情。

再一次吵架是跟大学生洪永生,原因是洪永生擅自答应给捞地沟油的人提高了收购价,每吨收购价比过去涨了一块钱,水桶算了一下,全年光是收购地沟油,就要多支出三五千块,钱虽然不多,却是对他权威的忽视,擅自增加支出成本,谁敢保证他没有吃回扣?水桶火冒三丈,臭骂洪永生崽卖爷田不心疼,拿着老板的钱买人情:"干你老,那么高的价钱,谁都能收来,还用得着你去跑?"

洪永生没有叶青春的技术,也没有叶青春的年龄,不敢像叶青春那样跟水桶正面顶撞,分辩说自己这么做完全是为了工厂,为水桶这个老板着想。水桶不相信:"干你老,你还为我着想,为我着想咋不省钱反要费钱呢?"

洪永生给水桶递了一根烟,水桶本不抽烟,现在当了老板,需要做做样子,起码要装个成熟,便也不时地在嘴上叼根烟咂,不会抽,装模样,就不像样,怎么看也不像抽烟,怎么看也像吃奶:"干你老,抽这什么破烟。"

洪永生听出来水桶的冲动劲儿过去了,这才解释:"老板,你没干这活不知道行情,现在收地沟油的越来越多,已经开始出现货源紧张的症候了,有的人已经开始暗地里提价收购,如果我们不跟着提价,货源断了,这个厂子不就没用了?"

这种情况水桶不是不知道,可是别人提价都是几毛几毛钱的小意思一下，地沟油那东西又脏又臭，不是没别的活路谁也不会跑到下水井里捞那东西，干那种活的人给点儿小钱就高兴得了不得。可是，在鹭门收地沟油的谁也没有像洪永生这样一下提那么多："干你老，你一下提那么多，脑袋顶了房梁，今后还咋长个子？"

洪永生说："我这叫高价竞争，重赏之下，必有勇夫，这样才能把货源稳定在我们手里。"

提炼贩卖地沟油利润丰厚，在鹭门的销路越来越大，人们纷纷踊跃加入到这个行业的竞争队伍中，对回收餐馆残羹剩饭的需求越来越大，谁都想拉拢那些脏兮兮臭烘烘、过去被人看不起的回收餐馆泔水残羹的人。餐馆们也与时俱进，过去要付给那些回收泔水剩饭的人工钱，现在不用付工钱，还都抢着上门回收。

餐馆们对地沟油的需求越来越大，回收泔水残羹再生的地沟油便宜，价格只相当于正货的一半。而且据说用地沟油制作的火锅、水煮、油煎之类的食物比用正货油做出来的更香。于是生产地沟油的水桶之类企业家对于原料的争夺也越来越激烈，虽然没有达到美国、日本、印度和中国抢原油的程度，却也是各出奇招，就像洪永生提高收购价就是最有效、最简便的方法。

水桶不是不明事理的人，他想了想也确实是这个道理，便对洪永生认可："干你老，那样一块钱也太多了，我们提八毛钱吧。"

水桶从出租车上下来，心情爽朗，连他自己都没想到，仅仅开了那么一个厂，生意竟然会那么好，每吨地沟油刨去成本纯利润能有上千块，水桶掰着手指头算了算，就按这个方式进展下去，一年就能有上百万的纯收入，这是水桶过去连做梦都没有想到过的。今天是给部下们发工钱的日子，这种事情很麻烦，算账、提款，然后一个一个人地发到手里，水桶实在没那个耐心，就索性取整，凡是工资尾数有零头的，一律凑成整数，而且是就高不就低，只入不舍，弄得大家一个个喜气洋洋，都夸水桶这个老板厚道、豪爽。水桶却暗暗骂："干你老，多拿钱谁都高兴，老子还不是为了图方便。"

发了工资，水桶由此想到一个问题：发钱赚钱，只要牵涉到钱，就不能让别人经手。然而，堂堂一个老板，连给下面人发工资这样的事情都要亲手去做，不但麻烦，也显得没格调，就像那些带着小工揽零活的包工头。潜意识里，水桶现在已经把自己当成了老板、企业家，潜意识里，水桶已经在尽量摆脱小作坊业主的形象和作派。

需要一个可信的专门管财务的人儿替自己管钱，这也是从小业主、包工头升格为老板企业家的必需。于是水桶想到了韭菜。让韭菜成为可信的、替自己管钱的人，还需要一个巨大的跨越：让韭菜真正成为自己的人，只要不是自己的人，谁敢让她管钱？什么样子才算自己的人呢？水桶的要求不高：初级阶段可以当自己的女朋友，当然是那种住在一起的女朋友，而不是一般情况下的女朋友，高级阶段就应该嫁给自己，不但要嫁给自己，还要给自己生几个孩子。按照目前自家的状态和未来的前景，水桶有把韭菜彻底变成自己人的信心。想到韭菜，水桶蓦然想起，心思全部放在了生意上，很久没到巴星克看看韭菜了。不想还好，一想就再也忍不住，便扔下手头一切事情，打的去看韭菜。

到了巴星克，看着那绿油油的圆圈徽标，水桶心头油然升起了近似于衣锦还乡的满足感，暗道还是有钱好，起码，钱能让人拥有心理上的优势。然而，他这种好心情并没有维持多久，巴星克认得他的服务生不无遗憾地告诉他，韭菜已经有些日子没来了，据说，可能已经跟那个处长同居了，处长有钱，韭菜也就用不着再来上班了。

水桶怅然若失，从巴星克出来的时候，整个人就成了一具没了魂灵的僵尸。

43

水桶并不是一个不认输的人，但是水桶却绝对是一个不吃哑巴亏的人，他觉得韭菜就这样跟那个叫林鹭生的处长跑了，自己吃了一个大大的哑巴亏。惆怅、懊恼、失落种种挺不好受的感觉很快转化成了强烈的憎恨，憎恨林处长抢走了她的韭菜。对韭菜他也憎恨，但是却没有憎恨林处长那么强烈，若有若无，有时候挺恨的，有时候又不恨，而是那种说不清是恨意还是自怜的内心痒痒。

水桶给肉菜下了一道指令：尽快摸清一个名叫林鹭生的处长在哪个单位，年龄、家庭住址以及家庭成员构成等等一切情况。肉菜问他是公事还是私事，水桶说公事私事有什么区别，肉菜说公事公办，私事私办，水桶就说是公事。第二天肉菜就拿来一页纸请水桶过目，鹭门市叫林鹭生的处长有十三四个，其中还有两个女的。

"怎么会有这么多？"水桶纳闷，肉菜说可能当了处长就爱叫林鹭生，也可能叫了林鹭生就容易当处长，还有可能就是姓林的家里都爱起这种名字，反正不管怎么说，就这么多。

"这些林鹭生的履历表你都要还是要再筛选一下？"肉菜很负责任。

水桶说："三十岁以下的，未婚的，女的也不要。"

第二天肉菜又拿来一张纸，上面只剩下了两个人：一个林鹭生在市劳动局，一个林鹭生在市委宣传部，这两个人符合三十岁以下、未婚男性的条件。

"有没有照片？"水桶想先看看那个人长得怎么样，如果长得太帅，自己就彻底死心，如果质量跟自己差不多，那就想办法把韭菜撬回来。

肉菜有点儿烦了："还要照片啊？网上也没有照片啊。"

水桶对肉菜很有信心，这个女娃子精明干练，比起大学生洪永生强了一大截子，如果她不是洪永生的女朋友，如果能再丰满白皙一点儿，水桶会考虑让她成为自己人，进而把账目钱财管起来。可惜，朋友妻不可欺，兔子不吃窝边草，再加上她也确实不是水桶喜欢的那种类型，水桶只好永远把她定格为业务员。

"你想办法去，你办事我放心，办好了有奖励。"

"奖励啥？不会又是两桶地沟油吧？"

有一次水桶安排肉菜去办一件多少有点儿棘手的事儿，事先许诺办好了有奖励。肉菜费了不少周折，总算把事办妥了，水桶很满意，兑现诺言，奖励她两桶自己厂子生产的地沟油。肉菜大失所望，那种油自己当然吃不得，就扔到自己的店里换了葵花牌的包装给卖了。卖了又怕人家发觉回头找麻烦，忐忑不安了好一阵子，所幸叶青春生产的地沟油质量不错，不但表面上看不出来跟正货油品有什么区别，炒菜还格外有一股调料的香味儿，油被顾客买去之后倒也没有算回头账。

水桶说："这一回不给油了，给奖金，一张照片一百块。"

肉菜咧咧嘴，似乎不满意，却说："这还差不多。"

肉菜确实有能力，过了两天真的拿回来两张照片，彩色的，一胖一瘦两个林处长龇牙咧嘴努力做出和蔼的样子，就像有人在给他们搔痒，又不让他们笑。

"你还真行，从哪弄到的？"水桶仔细打量了两张照片，不管这两人哪一个是情敌，论长相都和水桶的档次差不多，而且年龄看上去都挺大，并没有传说中的帅哥，这让水桶大大松了一口气，即使韭菜现在跟其中一个已经同床共枕了，水桶也获得了心理上的平衡，起码，从人的质量上讲，自己并没有输给人。

肉菜是从政府机关工作人员的公示榜上偷偷揭下来的，现在的很多政府机关，为了表现亲民、和谐、透亮，都要把工作人员的照片贴在显眼处，还有名单、职务，以便公众监督。

水桶拿了那两张照片，跑到巴星克咖啡馆请人辨认，那颗中药丸指称，那个劳动局的处长林鹭生就是泡韭菜的人。

水桶有水桶的办法，现在的政府官员最怕集体上访，他们称之为"群体事件"。稳定是压倒一切的任务，有了"群体事件"就意味着不稳，有了不稳就需要维稳，需要维稳本身就说明不稳，越是不稳越是需要维稳，维不好稳就要下台。

水桶召集工厂的工人和他们的家属七七八八凑足了二十几号人，每人发了一百块"辛苦费"，然后命他们身上披上"官员抢老婆，我们怎么活"、"给你交税款，还我女朋友"、"打倒强抢民女的林鹭生"之类的布条、挂带到市政府外面的人行道上"散步"。

"干你老，每天一百块，没有我的命令不准停工。"

于是乎市政府门外出现了奇观，稀稀拉拉的十个人，穿着不城不乡不土不洋的衣裳，身上披着奇奇怪怪的布条、挂带，在市政府大门外对面的人行道上来回溜达，维稳办的工作人员紧急出动，召集便衣警察把守在市政府大门口，防止这些人冲击政府机关，同时派出工作人员深入到这帮人中间调查了解情况。

政府真被水桶搞得头晕，维稳工作人员到了这些人跟前，这些人就躲了，揪住一个人询问，揪住谁谁就莫名其妙地摇头傻笑，怎么问都不说话，活像一群聋哑人。中国人好热闹，政府门外这一幕实在诡异、搞怪，惹得很多市民纷纷围观，连电视台、报社的记者都来采访，被维稳办的官员给骂跑了。

再闹下去实在不像话，市委书记、市长上下班从高级轿车看出去很是不爽，上班时间待在办公室里心里总有这档子事儿硌着也很是不爽，然后这种不爽就转变成压力施加到了维稳办官员的头上，书记骂他们："什么情况？连这么点儿情况都摸不清楚，还要你们维什么稳？"

市长骂他们："什么情况？是不是不想让我们为人民服务了？"

维稳办的官员被骂毛了，马上开始动硬的维稳，维稳办副主任公安局分管治安的副局长亲自上阵，带领着一大堆警察、协警围捕，要用治安条例处置那些无理取闹的人。然而，等局长带着警察、协警赶到现场却又晕了，市政府大门内外马路两旁秩序井然，一个身上挂布条散步的人都没有了。

"什么情况？"副局长兼维稳办副主任问守在门口的维稳办工作人员。

工作人员反问他："什么情况？"

"肯定有人事先给这些人透露了消息,这些人躲了,我们内部有卧底。"副局长爱看国产侦探片,现在流行卧底题材,立刻把思路转到了这方面。

堡垒最容易从内部攻破,维稳办甚至市政府内部有刁民的卧底,这个可能具有极大的震撼力,市委、市政府立刻指示维稳办针对内部进行整顿,彻底清查内部的卧底,如果有,要揪出来严惩,如果没有,也要防患于未然,制定更加严密的纪律防止出现卧底。

政府注意力转移到内部,反而把水桶派出去的刁民给放过了。

44

其实,水桶派出去臊林鹭生皮的人躲过了维稳办的惩处,完全是巧合。就凭他们那个层面那个档次,不要说收买卧底,就连一张像样的卧床都没钱买。及时收兵躲过严惩应该归功于叶青春。

水桶花钱雇了工人和工人的亲属去市政府臊林处长的皮,生产受到极大的影响,叶青春先是劝说水桶不要动用工厂工人,水桶觉得人多势大,置之不理。叶青春一怒之下索性停产,然后找水桶划出两条路由他选:其一,马上把工人召回来,恢复生产,赚钱第一,叶青春心里明白:"干你老,这种买卖有今天没明天,说不准哪天有关部门就来查你封你了,还不趁现在抓紧时机赚钱,等到被查被封被罚款的时候,你哭都没眼泪。"

其二,就让工人带着老婆孩子去每天赚一百块,工厂停工,叶青春说得明白:"干你老,现在是什么社会? 商品社会,什么叫商品社会,就是什么都是商品可以拿来买卖的,没钱,别说那个韭菜,就连白菜都不会跟你,有钱,别说韭菜,就是肉菜都能跟你跑。"叶青春这里说的"肉菜"并不是大学生洪永生的女朋友,而是泛指,还没有改革开放商品经济的时候,鹭门人能吃到"肉菜"就是生活的最高境界。

叶青春进一步威胁恐吓水桶:"你叫工人这么瞎胡闹,政府恼了追查到你就是背后主使人,你就是破坏稳定的主谋,到时候把你关到黑牢里,没人给你送饭,你还想韭菜呢,好好吃你的苦菜吧,到时候看谁养活你老娘。"

被关押起来的可能性经叶青春一说,现实地摆到了水桶面前,至于关进去之后吃什么,老娘谁来养活这些对于水桶都是后话可以不考虑,最严重的是真的被关押进去,那份罪受不起。平心而论,叶青春说的还都是真话、好话,水桶并不是分不清好赖的浑人,马上选择了第一条路,立刻召回了工人和他们的老婆孩子,每人发了两百块钱,然后恢复生产,把危机掐灭在了萌芽状态。他却不知道,此时此刻市政府上下正在追查卧底,闹了个人人自危鸡飞狗跳。

然而,毕竟韭菜被林处长泡到手了,想到那么一根水灵灵的韭菜竟然被照片上那个半秃顶的半老男人食用了,水桶怎么也无法拆除心头的刺刀,那把刺刀是隐性的,不时就冒出尖尖把他的心脏刺得血淋淋的,疼痛难忍。自己不舒服,也不能让搞得自己不舒服的人舒服,这是最基本的推理结果和情感需求。好在水桶现在有林处长的照片，又有林鹭生的家庭住址，水桶决定也要搞得林鹭生难受，搞得他身败名裂，看他还敢不敢仗着官员身份与养活他们的纳税人争女人、抢老婆。水桶认定林鹭生抢了他的韭菜，认定问题的性质就和旧社会富人豪强强抢民女一样。

他在林鹭生的楼下蹲守了三天，看到林处长乘坐政府的通勤车上班下班，还看到林鹭生傍晚挎着一个妇女散步，两个人很亲热很熟稔，估计是两口子。水桶蓦然想到，这个家伙有老婆有家，现在又得了韭菜，肯定把韭菜包了二奶。想到韭菜居然给这个人当了二奶，想到韭菜很可能是上当受骗了，还不知道这个林处长已经成家有了老婆，想到自己孤家寡人，好容易爱上了一个韭菜却还被这个处长横刀夺爱，弄去做了二奶，水桶怒不可遏，抢上前去拦住了正在跟那个女人散步的林处长："林鹭生，干你老，你有家有业还抢老子的女朋友，在外面包二奶，养小蜜，装成人样子，今天老子跟你拼了。"

水桶突然出现，并且一上来就是奋不顾身拼命的阵仗，林处长呆住了，闪过水桶挥过来的老拳，惊诧紧张，哆哆嗦嗦只会一个劲儿问："你要干吗？你要干吗？"

反倒是他老婆，后来证实，跟他挎着散步的女人的确是他老婆，比他勇猛，也比他镇静，抢身上前用自己作掩体，护住了他，怒声呵斥水桶："你干什么？这么野蛮，打110，打110，无法无天了你。"

水桶再怎么也不会对一个女人动手，想揍林处长又揍不着，急得跳脚："干你老，你老公在外面包养女人，你还护他，你真爱当绿毛女乌龟啊？"

女人反问水桶："你刚才把他叫什么？"

水桶振振有词:"林鹭生,干你娘的,我把你调查得清清楚楚,你还要叫110,叫啊,叫啊,叫来让110看看政府官员怎么强抢民女包二奶的。"

林处长这个时候也缓过劲儿来,把他老婆扒拉开:"兄弟,你搞错了吧?我不姓林,更不叫林鹭生,我姓蔡,叫蔡旺旺,从小就叫这个名字,从来没有改名换姓过。"

水桶还犟:"你骗人,我有你的照片,我早就把你调查清楚了。"然后对女人说,"你说他是不是叫林鹭生?"

女人不屑地瞪了他一眼:"你神经病啊?林鹭生我不认识,快滚开,不然我真要叫110了。"

围观的人中有认识那个林处长的邻居,此刻也纷纷指责水桶:"你真是神经病,人家是蔡处长,什么林鹭生,瞎说。"

"这人是神经病,打120送到神经病院去。"

"……"

轮到水桶蒙了,他掏出了那张照片:"你们看看,这是不是他?"

女人一把抢过照片,看了看说:"照片上是他没错,可是他不叫林鹭生,叫蔡旺旺。"

旁人说:"管他干吗?一个神经病,叫110过来处理吧。"

水桶此刻才想到,事情还存在另一个可能:照片弄错了。看到旁边有好事的已经掏出手机开始拨号,估计是帮着这个姓蔡的林处长叫110,水桶连忙从人丛中挤出去跑了,背后传来一阵骂声:"神经病,神经病,神经……"

第二天一大早,水桶就把肉菜叫来落实:"你这张照片是哪里来的?"

肉菜还满是一副无所谓的轻松样子:"你别管我从哪弄来的,肯定是真的。"

水桶开骂:"干你老,还真的呢,我昨天傍晚找到这个人了,根本就不是什么林鹭生,是蔡旺旺,你骗我,干你老,要不是看你是女人,我扁死你。"

肉菜也怒了:"干你老,我是从他们单位的公示栏上揭下来的照片,还能错?要错,就是他们单位欺骗老百姓,放的照片都不是本人的。"

水桶揪住肉菜:"走走走,我跟你去看,你从哪个公示栏上揭下来的。"

肉菜就跟他往外走:"打车啊,我算公差,你掏车钱。"

肉菜带着水桶来到了市劳动局办公楼,在楼下大厅里指着公示榜说:"你看,是不是这个人,照片揭完以后他们又补上了。"

水桶仔细打量了一番,"林鹭生"三个字的上面贴着的确实是蔡旺旺的照片,刚好有一个工作人员经过,看到他们俩站在公示榜前面发愣,问了一句:"你们干吗?有事吗?"

水桶随口问道:"哪个是林鹭生啊?"

那人指了指"林鹭生"三个字下面的照片:"这个就是啊,你们找他?"

那一刻,水桶和肉菜同时哀号一声:"搞错了。"两个人同时掉头就跑。

原来,按照常规,照片下面标照片的人名,劳动局不知道出于什么原因,也许制作这个公示榜的人是异类,竟然把每个人的名字标在了照片上方,照片贴了好几排,更加分不清上下,结果肉菜按照常规揭下了名字上方的照片,自然就弄出了林冠蔡戴的大错误。

"干你老,我说这个林鹭生怎么那么老呢。"逃出劳动局以后,水桶喃喃自语。

肉菜笑得喘不上气来:"就是,当时我也有一些些疑惑,怎么不到三十岁的人看上去好像五十岁。"

水桶骂她:"你就是一团肉菜,两张假照片骗了我两百块,还害得我丢人差点被110抓走,我要扣你的奖金,把两百块钱扣回来。"

听到要扣钱,这是要命的大事,肉菜马上不干了:"凭啥扣我的钱? 你自己不也去验证过了吗? "

水桶到巴星克咖啡馆找人辨认照片, 当时中药丸确认过那张照片就是林鹭生, 水桶回来又给肉菜说过两张照片哪一张是林鹭生的。

水桶说:"验证也是拿你给的照片去的, 西瓜籽种出来的肯定不会是南瓜,责任还是在你。"

肉菜气愤跺脚:"你这个人太不讲道理, 反正你要是扣我的钱我就不答应。"

水桶说:"你想不扣钱也行,去,再跑一趟,把那个真正的林鹭生的照片给我拿回来。"方才,他瞄了一眼那个真正的林鹭生,觉得长得好像比自己帅,如果比自己帅一点点,那还有救可补,如果帅得太多,那就没什么戏唱了。所以,他让肉菜再去偷一张照片回来仔细跟自己对比一下。

肉菜满心不愿意,可是为了不扣钱,也只好勉为其难,再次跑进劳动局的大门,好在已经偷过一次,熟手熟脚,很快就把真正的林鹭生的照片偷了回来。水桶接过照片,仔细打量半会儿,用东北人的话说,心头顿时瓦凉瓦凉的。照片上的人年轻帅气,还戴了一副眼镜看上去文质彬彬的。自惭形秽的感觉很不好受,水桶怅然若失,肉菜看他僵僵的就像傻了,心里挺忐忑,怕他突然发飙拿自己撒气,悄悄溜了。

45

水桶抱了一线希望再次光临巴星克咖啡馆,请那个中药丸再次辨认一下,这张照片是不是传说中的那个林处长。中药丸却已经跳槽,不在咖啡馆干了。又找别的服务员约莫看了一眼照片,服务员不胜其烦,连连点头应付:就是啊。水桶满心巴望这张照片也是错的,自己给自己创造希望,听到服务员这么说,掏出蔡旺旺那张照片反问他:"上一次你们不是说这个人就是林处长么?"

服务员微微一愣,连连点头:"是啊,就是这个人啊。"

水桶让他搞得犯晕:"干你老,到底哪一个是?"

服务员嘿嘿一笑:"管他哪个是,反正跟你也没关系,说实话,我也不知道哪个是,你觉得哪个是就哪个是。"

水桶心里正郁闷,就像填满了硝酸氨,服务员的嘻哈等于给他胸中的炸药点燃了导火索,水桶爆炸了:"干你老,你戏耍老子是不是?"说着一把揪住人家就要挥老拳。

服务员对客人自然要装模作样地谦恭有礼,水桶常来泡韭菜,服务员心目中已经不把他当客人了,此时见他要动粗,谁也

牛人
NIU REN

不会抡拳着两手挨揍，就反过来跟水桶搏斗。这边打斗起来，那边服务员一哄而上，拉偏架的，看热闹的，闹成一团。惊动了老板，老板这个时候犯了个错误，他本应该劝开之后，假模假式地让服务员给水桶道个歉，此事也可能就过去了。老板从来没有看得起水桶，尤其发生了鹭门大学教授和女作家的血案之后，对水桶更是腻歪得紧，水桶上座，他从来没有答理过，都由服务员应付。后来得知水桶看上了韭菜，经常过来泡韭菜，老板觉得眼前上演的就是癞蛤蟆想吃天鹅肉的现实版，韭菜虽然达不到天鹅的标准，水桶却是名副其实的癞蛤蟆。

此刻，看到水桶和服务员扭作一团，散落四周假模假式装小资的客人们惊慌失措，随时准备抱头鼠窜，老板心头火起，三把两把将水桶和服务员撕开，让别的服务员叫110来处理。水桶本来就没占上便宜，又最怕见官，农村人的本来意识就是跑到别人家里打架，再怎么说也是没道理的事情，只好用"你等着，你们等着，事情没完"之类的话头给自己做垫脚石，慌而不乱地撤出了巴星克。

水桶越想越气，自己现在好赖也是个老板了，可是巴星克咖啡馆的那些人仍然把他当做农民工，如果认可了自己的老板身份，今天绝对不敢用这种态度对待自己。即便自己是农民工，农民工也是有自尊的，也不能随便让你们仗着人多欺负。什么破咖啡馆？不就是伺候人蒙人钱的破店吗？水桶还没回到住处，就已经有了报复计划。

第二天，水桶带领手下工人和家属去巴星克喝咖啡，而且规定一律不准洗澡、换下工作服。水桶的工厂开工以来，生意极佳，连他自己都没有想到地沟油居然完全是卖方市场，似乎生产多少都不够,那些大酒楼、小饭馆,做黑早餐,摆摊卖烧烤、麻辣烫的跟在屁股后面要货,道理很简单,地沟油便宜,能大大降低成本,人吃了也不会马上就死。有这么好的市场需求,水桶的生产规模迅速扩大,刚开始雇用了十几个工人,现在工人已经有五六十号,三班倒满负荷生产。吸取了上一次到市政府散步影响生产的教训,这一回水桶只带着下了白班、等着上大夜班的工人,有家属的带着家属,没有家属的带着朋友。

"干你老,大家都听好了,今天的咖啡还有套餐,都由老子请客,你们都跟着肉菜去。"水桶临时改了主意,觉得自己亲自参加报复性太明显,就改派了肉菜去,"肉菜,大家吃套餐喝咖啡的时候都要慢慢来,谁坐的时间最长,给谁额外发一百块奖金,只要不耽搁明天上班就行。"后面这话是对肉菜说的。

肉菜为难地看看工人们,苦笑摇头:"老板,这家咖啡馆怎么得罪你了? 你是要人家的命呢。"

肉菜带着工人和工人家属走进了巴星克,咖啡馆的服务员顿时傻了。面对这些破衣烂衫,满身泔水、臭油味道,兴高采烈的顾客,不但服务员傻了,就连那些双双对对来这里装文雅的小资顾客也都傻了。

肉菜此时充当了领导,指挥大家:"随便坐,随便坐。"然后对木桩一样呆立的服务员吆喝,"每人一份套餐,每人一杯咖啡,要卡布奇诺,不要蓝山,蓝山都是假货,还有,如果我发现你们的咖啡有假,我马上打电话投诉你们。"

咖啡馆老板过来了:"你们是干吗的? "

肉菜回答:"吃饭,喝咖啡。"

老板还想说什么,肉菜堵住了他的嘴:"怎么,你们不接待我们吗？"

老板看看这个阵式，心里明白遇上麻烦了，但是却一时搞不明白麻烦是从哪里招来的，只好招呼服务员："过来照应客人啊。"

工人们可不是小资，也不懂得小资喝咖啡时的那个套路，有了不花钱的饭吃，有了不花钱的咖啡喝，一个个兴高采烈，就像小孩子过年，高喉咙大嗓门地聊天，抽烟吐痰光着脚丫往椅子上蹲的，还有准备坚持到最后挣那一百块奖金的人后悔没有带副扑克来。

正是傍晚时分，也是正常情况下的营业高峰时间，本来已经进来坐下的小资型客人纷纷逃避，准备进来的客人在门口探探头，吐吐舌头扭头就走，巴星克咖啡馆今夜无人入眠，成了水桶那个非法工厂工人们的包场。老板派服务员探听消息，想弄清楚这帮人到底是什么路数，可惜，水桶那个工厂本身就是非法黑厂，既没工商注册，也没有工厂名称，问来问去，只知道是某家厂子的工人，老板请客，却怎么也弄不清楚具体的来路。老板猜度，人家是事先安排好了故意保密的，却没想到，工人根本没法给他报单位、厂名。

最令咖啡馆头大的是，这帮人吃饱了喝足了，却都不走，谁都想当坚持时间最长的一个，赚老板一百块钱奖金，结果一直熬到凌晨，桌上趴着睡的、横担在座椅上睡的，一直到咖啡馆打烊，好言好语地往外哄他们，他们才一个个不情愿地离去。好在，这些人都有人统一给埋单，咖啡馆也算是创造了一次营业高潮。

可怕的事情还没有完，第二天，这些工人不但照旧跑来吃套餐喝咖啡，就连一些给水桶工厂送泔水、送残羹剩饭的人也跑过来吃白食、喝咖啡，而且还把装着臭烘烘泔水、残羹剩饭的车辆停在巴星克咖啡馆门口，除了这些人，满厅堂再没有一个"正经客人"，巴星克老板心目中的"正经客人"就是那些不时会光顾这里，或捧一杯咖啡望着大海做沉思状，或两个人挤在厢座里腻腻歪歪的白领小资。巴星克老板想打110报警，可是人家又没什么违犯治安条例、故意闹事的把柄，吃了喝了一分钱不少地埋单，弄得老板叫苦不迭却又无可奈何。

第三天，此事引起了媒体的关注，报纸、网络、广播、电视都纷纷披露，某家企业老板请员工到巴星克咖啡馆进餐喝咖啡，对其中的隐情分析猜测了不同版本。浪漫版说是老板看上了咖啡店的某位女服务员，以这种方式求爱；现实版的说是老板得知富士康的员工被逼得跳楼，为了防患于未然，通过这种方式帮助员工舒缓压力；乐观版的说老板请员工到咖啡馆进餐喝咖啡体现了科学发展观深入人心，这件事情是创建社会主义和谐社会的缩影；悲观版的分析这件事情的本质不过是富人炫富，是资本家的伪善，如果真心实意为员工，何不把吃套餐、喝咖啡的钱直接当做工资或者奖金发给员工？对这家企业和这家企业老板各种版本的传说也在网络民间传播，有的说是乡镇企业，有的说是民营企业，有的说是某个饭馆，还有的说是巴星克咖啡馆自己炒作。一时间竟也把鹭门市的舆论搅和得热热闹闹。

巴星克咖啡馆老板正在为自己没名堂地成了新闻焦点而窃喜，虽然损失了一些"正经客人"，但不仅营业额没有受多大影响，还赚了了免费的广告。然而，水桶却又换了想法，他连着干了三天，算算账，成本太高，每个人平均消费七八十，三四十个人，每天就得耗两三千块，三天下来小一万块钱就没了。水桶心疼了，紧急刹车,宣布停止在巴星克请客。水桶的工人突然不去咖啡馆休闲了,反倒把咖啡馆给闪了,就像正在吸吮的娃娃突然断了奶,刚刚熟惯了的打工仔们突然一个都不来了,过去的"正经客人"也不来了,巴星克咖啡馆老板看着空空荡荡的场子,急得舌苔长到了嘴唇外面,这种场面连着一个多月都没有好转,巴星克咖啡馆只好挂出了歇业的牌子。

46

水桶闹腾够了,气也撒得差不多了,虽然有时候想起韭菜和那个长得挺帅的林处长,心里还难免酸溜溜的疼,然而那种恨不得就地把人家处决的冲动却也不再那么时时刻刻梗在胸头了。

然而,他却疏忽了一个非常严重的现实问题:那个林鹭生被他点名道姓地祸害一场,怎么可能含羞忍辱、忍气吞声?虽然组织上并没有把所谓的官员强抢民女问题当回事儿,因为谁也能看得出来,那只不过是一帮没名堂的人瞎胡闹而已,况且,叫林鹭生的人在鹭门市成百上千,即便是把搜索范围限定在处长中间,也有好几十个,谁也不会真的一个个甄别追查到底是哪个林鹭生"强抢民女"。但是,所有叫林鹭生的处长却也都成了供别人议论、猜测的无辜。尤其是那位劳动局的蔡旺旺处长被水桶无端骚扰一通之后,痛定思痛,反思顿悟,恍然想到,那个神经病肯定不是神经病,肯定是错把自己当成了本单位的林鹭生。这个问题并不复杂,不用动用政府处长的智商,就是农民工也能想得出来。

蔡旺旺解开了政府机关近期内人人关注的热点神秘课题，忍不住就要把答案告诉别人，既显示自己的清白，也显示自己的智慧。于是，市劳动局那位林鹭生处长也从众多叫林鹭生的处长中脱颖而出，成了别人饭后茶余嚼舌头的小点心。等到林处长反应过来，自己竟然就是那帮农民工散步败坏的"林鹭生"，已经是事发后一个月了。现如今，快餐时代，网速生活，从中央文件，到街谈巷议，任何一件事情的新鲜感都很难维持一个月。这种状态是对一般公众而言，对于当事者个人来说，感觉就大大的不同。事情过去了一个多月，才知道那件事情的主角居然就是自己，而且那个主角还是坏人、小丑，林处长的心情就像喝了一杯德国原装进口啤酒，他喝了以后，别人才告诉他刚才喝的不过是冰镇尿而已。围观的人哈哈大笑，他却连谁、为什么戏耍他都不知道。无端成为供别人耍弄的小丑，无端被别人诬蔑诽谤，这个感觉很不好，林处长的郁闷、愤怒可以想象，也可以理解。林处长对于制造这场莫名祸事的祸首的仇恨心、报复欲可以想象，也可以理解。

林处长是混官场的，混官场的人对付人一般用阴招，而且会走程序。林处长第一步程序就是弄清楚祸事的幕后主使是谁。水桶如果在指使工人到市政府门前散步之后，便偃旗息鼓，蛰伏不出，本来也可能会躲过林处长的追查。毕竟那只不过是一场司空见惯的小群体事件，现如今几乎天天在政府门前都能见到，已经见怪不怪了，只要不再来了，谁也不会认真追查、处置。可是水桶却继市政府门前散步起哄之后，又一手制造了打工仔泡巴星克咖啡馆事件。

林鹭生追查水桶的过程没有悬念，也没有惊险。他有充足的公权力资源，也有通畅的私人渠道。水桶他们毕竟仅仅是一家非法生产地沟油的黑工厂,并不是特务组织,也不是黑社会的秘密窝点,真的要查没多大困难。很快,林处长就把水桶的底细查了个一清二楚,在鹭门市掀起轩然大波,把他变成官场笑话的主角竟然是一个制造、贩售地沟油的黑窝点的黑老板。这让林处长百思不得其解,他实在想不明白,这个叫庄水桶的跟他林鹭生有什么深仇大恨,他反思自己一生,从来没做过抱别人家孩子下井、砸寡妇门刨绝户坟之类的坏事,那个叫庄水桶的家伙凭什么这么败坏他呢?百思不解,索性不解,林处长不屑于花更多心思求解那个叫水桶的人打的哑谜。就像在大街上被狗咬了一口,谁也不会认真让狗解释清楚为什么要咬自己。

林处长继续走程序,他半公半私地向公安局、工商局、卫生检疫局、税务局通报了水桶加工地沟油的黑窝点,于是,这些对肃清鹭门市市场非法食品加工窝点负有重大责任的部门紧急出动,朝水桶的工厂袭去。

水桶他们的厂子照例设在城乡接合部,那种地方鱼龙混杂,各种各样的黑作坊、黑工厂不少,一则厂房租金便宜,二则水电动力供应混乱,方便浑水摸鱼,三则大家都在违法,相互之间还能有个照应。厂子投产之初,叶青春就在巷子口上安装了摄像头,摄像头的终端装在自己的办公室里。水桶嫌他花钱,叶青春解释:"干你老,你在干什么自己心里不清楚?迟早会被抓,厂子机器封了不要紧,人抓进去就啥都没了。"

过后,水桶有工夫经常到叶青春办公室泡茶,没事就趴到终端视屏上看街景,尤其到了夏天,通过视屏看街上那些半裸着招摇过市的站街女、坐在门前岔开大腿敞胸喂奶、撅屁股洗衣裳的住家女,很能满足偷窥欲。叶青春跟巷口食杂店的老板娘混得很好，到那个店里要包烟、提瓶酒，都可以赊账。叶青春跟水桶商量每个月发给那个老板娘五百块钱，水桶瞪圆了眼睛拒绝："凭什么？你嫖了你花钱，你以为啥开销都能报？"

叶青春老脸微红连连否认："我都这把子年纪了，嫖得动谁啊？人家有家有老公，这话你可不能乱讲，传到人家老公耳朵里，要整死人的。"

水桶呵呵笑，打趣要给叶青春找个站街女来试试，叶青春连忙问报销不报销，水桶说我给你找的自然我会报销。水桶的慷慨感动了叶青春，叶青春这才正面给水桶讲了道理："你以为我平时能从那个老板娘手里赊账，跟她有一腿，就让你给她开工钱啊？要真是那样，我自己也掏得起。我是想让她们家人当我们的哨兵，万一碰上官家的人来扫荡，我们事先能得到消息，提前作准备。"

最近广播电视上报纸上连连报道鹭门市地沟油暗潮涌动，呼吁政府部门加强食品卫生管理，这些舆论压力水桶不是一点儿感受不到，心里也暗暗担心哪天被查被抓，便听从了叶青春的教唆，每个月给巷子口食杂店的老板娘发六百块工资，明说啥也不用干，就是帮他们盯着点儿，一有风吹草动及时报信。

相关部门接到了林处长的通报，本来准备晚上采取行动，后来市里又有安排，晚上要统一扫黄，就临时改变计划，即刻行动，到城乡结合部去查抄制造地沟油的黑窝点。百忙之中，相关部门还通知了新闻媒体跟随做现场报道，告诉市民他们并没有整天闲着。

那几天水桶精神委靡不振，虽然到市政府门口把情敌林鹭生狠狠败坏了一通，接着又搞残废了巴星克咖啡馆，可是他的成就感并没有维持多久，晚上半夜三更不睡觉，泡到网吧打游戏，白天日上三竿才起床，起了床啥也不干，就泡在叶青春的办公室里泡茶看视屏。精神的委靡似乎也扩展到了情感层面，经过这么一场折腾，水桶感到了疲累，当初的亢奋退化成了麻痹，韭菜在水桶心目中留下的影子竟然也淡了许多，就像一页纸上挥发过的水渍，只留下了淡淡的暗影，虽然永远难以去除，却也不像初时那么鲜明。

视屏中一个洗衣裳的女人屁股朝天撅着，衬衫翻卷上去，半个脊背和深深的股沟在阳光下勾画出黑白分明的圆润。水桶从背影上认出，那个女人正是巷口的食杂店老板娘，扭头叫叶青春："老叶，快过来看你相好的白屁股。"

老叶正在埋头写写画画，他曾经告诉水桶，现在条件已经基本成熟，可以考虑扩大经营范围，调料生产项目也可以开发筹备了，并且提出这个项目他要拿百分之十五的技术股，因为根据水桶得到的那个东北人所谓的项目方案，根本不可能生产出调味品，要真正做出像模像样的调味品，必须他自己从设备、原料配比等等方面从头做起。水桶很痛快地答应了叶青春："十五就十五，有钱好朋友一齐赚么。"

水桶明白有钱大家赚的道理，更明白如果离开了叶青春别说新开项目，就是现在的项目也难以维持。水桶的爽快令叶青春非常感动，积极性空前高涨，过去水桶过来泡茶，他还会抽空陪着瞎聊一阵，现在不管水桶在与不在，他都埋头工作，就像世界上根本不存在水桶这个人一样。

叶青春全力以赴地投入到新项目的筹划之中，顾不上答理水桶，倒也让水桶觉得无聊，想起大学生洪永生和他的女朋友肉菜,便问叶青春:"大学生、肉菜他们呢?"

叶青春回答:"不知道,各司其职,你给他们打电话。"

水桶继续逗他:"你不过来看老板娘的白屁……"刚说到这儿,老板娘猛地站起来,白屁股被夺拉下来的上衣遮住了,水桶叹息,"叫你你不过来看,现在看不到了。"就在这时,水桶看到老板娘转身朝自己的镜头这边跑了过来,紧接着从视屏上显示出了警车、工商执法车跟在老板娘后面。

水桶猛然间还没反应过来,对着叶青春疑惑:"警察追老板娘干啥?是不是把她当成站街女了?"

正在忙碌的叶青春听到这话急忙凑过来看视屏,然后回身把桌上的材料划拉起来胡乱一卷塞进提包,拽着水桶就跑:"干你老,坏事了,快跑。"

水桶还在迟疑:"不见得是冲我们吧?"

与此同时就听得外面的大门被拍得震天响,还听到老板娘尖利的嗓子在叫唤:"老叶,老叶回家吃饭了。"

叶青春边拽着水桶朝外跑,边说:"不管是不是冲我们来的,都要跑,老板娘报信来了,八成就是……"

两个人跑到车间,老叶拉掉电闸,然后下命令:"快跑,都跑,从后门跑,被抓住谁也不准说,就说你们是打工的。"

正在忙碌的工人们让水桶搅得大为惊讶,听到叶青春的命令,竟然毫不惊慌,一个个收拾起手头的活,有几个还把刚刚生产出来的油就地倒进了下水道,然后有秩序地朝后门转移。这个时候,前面已经传过来叮叮咣咣的砸门声,水桶正想跟着工人一起从后门逃跑,叶青春拽着他来到二楼,然后从二楼外面的铁梯爬上楼顶平台,水桶跑得气喘吁吁:"这不是跑到绝路上了吗?"

叶青春也是气喘吁吁："你傻啊,后门也早就让人家堵上了。"

"那工人咋办?"

"没事,打工的,我都安排好了,怎么对应他们都知道。"

两个人来到楼顶,这是一座四层小楼,属于农民抢建的违章房,等着政府开发的时候跟政府讨价还价赚大钱的,政府还没有开发到这儿,就先租出去赚租金。由于大家都纷纷抢建,楼和楼都挤在一起,从这座楼走到那座楼,就跟蹚平地差不多,叶青春带着水桶顺顺当当从隔街的楼顶下来,然后返回去挤在围观看热闹的人丛中看警察、工商、卫生检疫以及七七八八的政府管理人员查封自己工厂。

执法人员堵住了从后门逃跑的工人,查问之下,工人口径一致:就是打工的,什么也不知道。执法人员果真没招,把工厂里的机器拆了装车,然后在大门上贴了封条,跟来的记者们拍照录像忙了一通,然后撤退。

叶青春拍了水桶一巴掌:"走吧,还等着吃晚饭啊。"

水桶真心佩服:"老叶,干你老,你真是一条老狐狸,啥事情都盘算得精精密密,你是诸葛亮,我就是阿斗。"

叶青春假兮兮地谦虚:"狗屁,干你老,经的事情多了想的事情也就多了,肯定有人告密,不然政府摸不到这里来。"

水桶胆战心惊了两天,风平浪静以后,把叶青春和洪永生还有肉菜等几个骨干召集到一起,信心满满地说:"反正现在有钱,这个厂子倒了,我们再打锣敲鼓重新搞他娘的。"

洪永生纠正他:"你说的是重打鼓另开张的意思吧?"

水桶点头:"对啊,我说的和你说的有什么不同吗?"

洪永生连忙点头:"一样,一个意思。"

叶青春在这干了大半年,一个月的收入比过去半年的退休金还多,新项目上马还有百分之十五的干股,正在上瘾,马上支持:"当然得继续干了,这一回一定要选好厂址,还有,风头过去了,我们干更大的。"

47

这段时间叶青春一直在选新厂址,一直也定不下来。被查封时狼狈逃窜的经历刻骨铭心,一朝被蛇咬,十年怕井绳,叶青春这一次为厂子选址极为精心。既要考虑水电负荷,又要考虑不引人注意,还要考虑万一被发现便于逃跑,既要考虑排污问题,又要考虑交通方便。

水桶算了一笔账,厂子停工一天,就要损失上万块,最要命的是万一拖延时间太久,市场发生了变化,供货渠道被别人插队,再想恢复起来就非常困难。然而,叶青春执意这一回一定要把厂址选好,同时还要考虑披上合法的外衣,扩大生产规模,所以必须在筹备阶段把一切工作都做得细致严密,不能再像头一次那样担惊受怕,有今天没明天地做一锤子买卖。

就在这个时候,水桶接到了老娘的电话,老娘催他回家参加村委会的换届选举。老娘并不是要水桶充当候选人,跟原来的村长和想当村长的人作对头,而是让水桶回去赚那笔"票费"。在农村当村委会主任的好处和实惠人所共知,随着村民民主意识的提高,现如今选村长已经再也不像过去那样由上面指定,下面走过场了。参加竞争的人越来越多,每个竞选村长的人,都要拉选票,旧村长要继续当村长,竞争者要推翻旧村长当新村长,拉选票离不开钱,村里有选举资格的村民每到这个时候就成了过年的孩子,候选人就是家长,家长要给孩子压岁钱,给得多孩子就高兴,给得少孩子就不高兴,不给,孩子就会闹。

物价天天涨,票费也要跟着涨,过去每家每户给上一百两百就很不错了,现在每个人给上一百两百也不见得人家能真投你的票。村民把选举村委会当过年,遗憾的是,年每年过一次,选举每三年才一次,很多村民渴望国家及时修改村民组织法,把三年选一次改成每年选一次。水桶阿妈叫水桶回家参加选举的意思,就是让他回去领那笔钱,水桶阿妈还专门告诉水桶,今年候选人更多了,上一次参选的人才三个,这一回光是参选村长的人就有七个。水桶阿妈之所以告诉水桶这些具体的问题,就是暗示他今年的选举费收入会更多。

尽管水桶现在的钱包鼓得满满,可是小钱也不会不放在眼里,俗话说,拾到筐里都是菜,这笔钱等于白给的,不要白不要,不要别人也不会说你好,要了别人还会说你好。大概算一下,即便每个参选人发一百,多少也能有七八百块,七八百块给老娘花,够她一年的泡茶钱了。

刚好现在叶青春一直没有把厂址定下来,水桶便抽空回乡去领票费。水桶此次回乡,有点儿遗憾,就是没有来得及开私家车。如果这次回家,能开上一台私家轿车回来,那档次和风光就又不一样了。本来驾照已经办好了,可惜没来得及买车就被封厂了,即使没有封厂,买了车,他也不敢开,驾驶证是真的,开车的技术却是假的,没有经过实践不敢开。带着遗憾,水桶雇了一台出租车，一直把他送到了家门口。

此次回家水桶感慨甚多，尽管老家山青水绿，空气如洗，可是看到坐落在山洼洼里的一幢幢村舍，却觉得又土又老，乡亲们也一个个显得土气又俗气。进了家里，又有了新感慨，自己花了那么大的心思重新装修的老房子，跟鹭门城里的高楼大厦相比，依然那么寒酸、古旧。

水桶不是一个没有人情的人，过去穷的时候没话说，现在有钱了，既是为了面子，也是为了人情，给亲朋好友、村委会领导都带了礼物。晚饭过后，水桶正准备出发，去看望村里的长辈和村干部，顺便把带回来的礼物，烟啊酒啊鹭门馅饼啊之类的东西送出去，村长却上门来看他了。

水桶听老娘说，他不在家期间，村长对他老娘还不错，平常见面嘘寒问暖的，每一次都要说家里有什么事情别客气，找村里解决。虽然老娘从来没有找过村里帮什么忙，农村妇女习惯了有什么事情自己扛，但是人家这份情意不能忘。村长上门，水桶连忙泡茶，就便把给村长带的一条软中华献了上去。这种烟每条要六百多块，水桶没小气，专门跑到烟草局属下的专卖店买的，为的就是防假。

水桶在外面混了这几年，见了村长已经没了昔日半真半假的恭敬、殷勤，倒也能做出从容、大方的样儿，派头一看就跟过去大大不同。村长问他在外面做什么工作，水桶说没做什么工作，主要是让别人做工作。村长明白："水桶当老板了？了不起，发达了什么时候回家乡投资，让乡亲们跟着你一起发展。"

水桶故作谦虚："发达谈不上，就是办工厂搞实业，很辛苦很累啊。"

接下来,水桶侃侃而谈,讲了鹭门城里的种种见闻,讲了鹭门市未来五年金戈铁马跨越式发展,五年翻五番的宏伟目标,倒好像书记、市长在给政府官员作报告。

这些事村长也都知道,现如今广播电视报纸都是官员亮相的舞台,这些事情媒体整天唠叨不休,水桶再能侃,也侃不过媒体的记者。村长也没有心思耗时费力听水桶那半瓶子醋,连忙扭转话题,回归本来目的,村长说,今天听说水桶回来,特意过来看看,水桶在外面发展,希望今后能多多支持村里的建设发展。

水桶说一定一定,人赚钱为了啥?不就是为了衣锦还乡、造福乡里么。

村长便说只要自己连任,一定要让村里乡亲的日子过得更好,一定要做村里到外面发展的乡亲最可靠最有力的靠山后台。

水桶便说一定支持村长再次当选,村长便说拜托拜托,不但请水桶支持,还请水桶阿妈母子俩在他们的亲朋好友中帮忙做做工作。

水桶和老娘连连答应,村长便装了水桶的软中华,同时却给水桶扔了一千块钱,水桶和老娘假模假式地推让了一下子,反正这都已经成了惯例,大家心知肚明,村长也不多说,告辞跑下一家选民。

老娘惊讶:"现在票费怎么长得这么凶?上一次我记得还是一百块,现在就涨到一千块了,这样每年都选,月月都选咱们家就发了。"

水桶嘿嘿笑着告诉老妈:"村长明白,我给他那一条烟就有六七百块,他这样既还了人情,又发了票费,每人平均两百块。"

水桶妈厚道老实,连忙叮嘱水桶:"水桶唉,你收了人家的钱,就要投人家的票唉。”

水桶对着老娘拍胸脯:“放心,拿人家钱自然要投人家。”

刚刚送走了村长,村支书登门拜访,他是替堂弟拉票,他当支书,如果他堂弟再能当村长,西山村基本上就是他们家的私有财产了。水桶多日未见村支书,乍见看到他就像充满气的气球,比自己在家的时候又肥硕了许多,便冲口说了一声:“支书现在脑满肠肥了。”

“脑满肠肥”这个成语是他跟叶青春看鹭门新闻的时候,经常听到的词儿。

于是水桶记住了这个专门用来形容胖官员的词儿,并且用在了村支书的身上。当时村支书听着这个词不像好话,虎了脸问水桶:“啥意思?”

水桶便解释:“当领导的富态了才能用这个话,意思么,就是说领导脑壳子里装满了公家的事,顾不上想个人的事情,个人的事情都装在肚子里,所以领导的肠子比一般人的粗肥,这是夸领导最新最好的意思。”

水桶在城里混了几年,嘴头子也油腔滑调起来,后面对于脑满肠肥的灵机解释,是在叶青春版本上的艺术加工再创作。村支书根本想不到水桶进城几年能发展到这个狡猾水平,以为水桶说的是真话,毕竟水桶在鹭门城里闯荡多年,比自己见多识广那是肯定的。给水桶和他娘每人扔了两百块,也不多说别的起身告辞。他很放心,村民都厚道老实,拿了谁的票费,给谁投票那是毋庸置疑的。

支书从水桶家里出来,认真把“脑满肠肥”四个字背了几遍,牢记在胸,时刻准备着,有机会就用这最新最好的话歌颂领导。

接下来的几天,参加竞选村委会委员、村长、副村长的人络绎不绝地登门拜访,话说得都差不多,一是称赞水桶在城里闯荡得好,渴望水桶造福乡里,二是发票费,请水桶投他们一票。水桶来者不拒,哈哈一笑收钱承诺投人家。

水桶阿妈娘儿俩待在家里没动窝,就拿到了将近五千块,水桶阿妈一个劲儿遗憾:"要是每年都选多好。"转念又有些不放心,"水桶唉,我觉得这样不对劲啊,人家的钱你都收了,到时候到底投谁啊?"水桶妈担心。

水桶开导他妈:"谁的钱你不收,就得罪谁,还是这样最好,谁都不得罪。"

"那你投谁啊?"

水桶一本正经:"当然拿了谁的钱就要投谁啊。"

"你都拿钱了,难道都投?"

"自然要都投了,做人要诚信么,既然拿了人家的钱,自然要投人家。"

"哦,那就都投。"

娘俩商量着怎么样才能诚信做人,不亏人家的"票费",却有意无意忽略了一个重要环节:这种票的选举结果。

48

乡村的投票场面非常热闹,村民中不管有没有选举权的人,都集中到村子中间的大操场上。操场的东头是一个戏台,有时候村里有了红白喜事就会请来戏班子在台上唱高甲戏、南音。此时，戏台上方挂了大横幅，上面写着"西山村村民委员会民主选举大会"。

戏台上摆了几张桌子，桌子上还铺了饭馆用的一次性桌布。桌前摆着杜鹃花、兰花、三角梅，都是从村里养花专业户的大棚里租来的。在台上就座的有村民选举委员会的成员，主任委员惯例是村支书担任，其他几个人有的是村里德高望重的老辈人，有的是支部委员，反正都是配角，此刻坐在台上兴奋中又有点儿拘谨和忐忑，一个个都像第一次登老丈人家门的傻女婿。台上就座的还有镇党委书记和镇长，既是监督，也是鼓舞。台下正前方摆着几个纸盒箱子，用红纸包裹了，上面写着"票箱"字样，票箱的上面开了一道口子，是供村民往里边扔选票的。

村民们乱哄哄地等着，泡茶的、聊天的、抽烟的。还有一些妇女把粗茶带到现场，边等着开会，边摘茶梗。水桶跟同龄人聚在一起吹牛，像他这个年龄段的年轻人，除非有极特别的原因，没有谁会老老实实守在家里种地栽茶，基本上都进城赚钱去了，有的做小买卖，有的打工出力，像水桶那样能做成老板的极少，水桶的现状也几乎是所有外出务工者的向往。于是，水桶便众星拱月一般被围在一群年轻人中间，大家都想从他的成功中吸取一些成功的经验，或者沾点儿成功的光。其实，谁也不清楚水桶是做什么的老板，全都凭水桶瞎吹牛。

人丛中不时有人凑过来小声传话："乡亲，做人要讲诚信，说好的给谁投票，不能吃了斋饭进道观啊。"水桶就会意地点点头。这是花钱买票的人在夯实基础，担心临到投票了有人倒戈。其他一些候选人的代理们，也抓紧最后机会在自己的支持者中拉票，

234

牛人

NIU REN

在村民中蹿来蹿去,嘀嘀咕咕地做工作。

就在这时,戏台子上有人把麦克风敲得嗵嗵作响:"村民们,村民们静一静,静一静了。"担任村民选举委员会主任的村支书开始主持会议。

村支书是镇党委书记的外甥,也曾经竞选过村委会主任,落选了之后,就直接由镇党委任命为西山村支书,连任几年下来,过去的瘦猴变成了大胖子:"干你老,说话的那一堆堆人散了。"这是直接针对水桶那一伙人的,水桶他们连忙噤声,各自往边上散了散,"还有那些妇女,把手头的活放一放,咱们开会了。"

村民们还是比较听话的,尤其在这种场合,谁也不愿意当众被台上的支书骂,骂了你不能回嘴,麦克风掌握在人家手里,对骂起来,再大的嗓门也大不过麦克风,弄不好人家还会给你扣上破坏民主选举的帽子,现场宣布剥夺你的选举权和被选举权,对于乡亲们来说,那是很丢人的事情。

"各位领导,各位候选人,各位村民,今天我们聚集在这里,行使我们的民主权利,首先,让我们向在百忙中莅临监督指导我们村民大会的各位领导致以衷心的感谢,热烈的欢迎。"村支书不用村民选举,可以由镇党委直接任命,而且可以无限期地连任,所以对镇领导格外尊重,"各位脑满肠肥的镇领导,能够亲自莅临我们这次会议,既是对我们西山村的重视,更是对我们的支持,让我们再一次以热烈的掌声对脑满肠肥的镇领导表示我们的感谢。"

镇领导不干了,一个个坐在台上脸色极为难看,村支书时时刻刻关注着领导的脸色,说完开场白,本能地回头察言观色,猛然发现莅临现场的镇领导脸色阴沉,满面乌云,不知道自己做错了什么，连忙中断主持，跑过去请教："书记，镇长，有啥不妥吗？"

镇长骂了一声："干你老，你他娘的才脑满肠肥呢。"

镇书记也说："你胡说八道什么？"

村支书摸摸后脑勺："我说错了吗？脑满肠肥的意思就是说你们脑子里装满了公家的事，再也装不进个人的事情，个人的事情就装进肚子，肠子都比别人的粗肥，这是夸领导最新最好的意思。"

如果不是在公众场合，镇书记肯定要刮这个外甥两个大耳光，镇长也肯定会踹他一脚。此时会场上众目睽睽，都在等着投票，只得忍耐一时，镇书记骂他："干你娘，笨蛋，谁给你说的？别胡咧咧了，投票，赶紧弄完。"

镇长看看党委书记，对村支书说："你舅舅才脑满肠肥，你们一家老小都脑满肠肥，滚蛋，赶紧弄完，我还有事呢。"

村支书这才明白"脑满肠肥"绝非好话，嘟囔着骂了一声："干你娘庄水桶，等完事了我再日你。"支书今天挨了臭骂，才明白自己让水桶给涮了，气哼哼地憋足了劲儿要找水桶算账。

支书的情绪受到了沉重打击，事先鼓足的把这场民主选举搞得像模像样热热闹闹的心劲儿也泻了，草草地把选举办法、选举规则、现场纪律宣布了一遍，反正这些也都是老生常谈，村民们都已经熟知的，只不过是走个程序而已，然后就开始投票。

投票完了，就是唱票计票，这也都是熟悉了的程序，计票以后，根据统计，有效票百分之五十多一点，选举勉强有效。废票率高，一直是村民选举的特色，有的是弄不清该怎么填票填错了，有的是拿了谁的钱就给谁画钩，超出了规定的选举额，有的是故意捣乱，在选票上画猫画狗。反正这种事情习以为常，只要有效票达到数量就算选举有效。

如果放在平时，也就不会再有什么问题，今天支书憋着气，被水桶耍弄得当众被领导骂，不生点儿事情实在难忍。按照选举规定，每张选票上的候选人是十个，选出五个村委会委员，得票最高的就是村委会主任，俗称村村。如果村委会委员里有得票相同的，就要再投一次票。开出的选票里相当一部分打钩的都超过了五个候选人，有画了六七个的，这也是每次选举都能遇到的情况，然而，创造纪录的是有两张选票竟然同时给十个候选人都打了钩。

那两张每个候选人都打了钩的选票，正是水桶和他妈娘儿俩干的事，水桶阿妈不识字，水桶就代劳，每个候选人的票费都拿了，水桶按照老妈的吩咐，做人要诚信，拿了人家的钱，就要在人家的名字上打钩，打个钩就有钱赚，怎么算也是便宜买卖，而且买卖做得心安理得，何乐而不为呢？

本来不会出什么问题，反正选票都是无记名的，谁投的废票，无处可查，花钱买票其实也就是买个良心，村民都挺有良心，拿了谁的票费就一定会在谁的名字旁边打钩，至于是不是有效，那就不属于良心的范畴了。可是今天不同，今天支书兼的选委会主任对水桶憋了一肚子气，尽管有效票已经超过了半数，选举有效，可是他一心要找水桶的错，拿着那两张给所有十个候选人都画了钩的票追问是谁干的。大家心里有数，这两张废票的主人肯定是拿了所有候选人的票费，于是议论纷纷，谁都觉得这个事情做得有点儿太过分。

支书是个冒失人，一半出于怀疑，一半出于找茬，当场一口咬定是水桶母子投了废票："干你老，这两张票保险是水桶和他

237

阿妈两个投的,你们看,票上打的钩钩笔画粗细都一样,水桶代他阿妈投的票,肯定是他们娘俩做的事情。"

乱打钩投废票本身不犯法,可是会犯众怒,那就意味着水桶跟他阿妈收了所有候选人的票费,不但候选人会觉得受了愚弄,白花了钱,就连候选人的支持者们也会对他们娘儿俩充满敌意,谁被骗了滋味都不好受,既有仇恨,也有屈辱。

水桶和他阿妈到了这个时候,唯一的办法就是矢口否认。水桶懂得反击,知道一味单纯否认也难解群疑群惑,就骂骂咧咧地把水翻过来往支书身上泼:"你说这两张票是我跟我阿妈投的,有什么证据? 代别人打钩钩的又不是我们一家,我还说是你跟你阿妈投的呢。"

接下来照例是缠夹不清的争执、争吵。在水桶和支书争吵的过程中,其他村民围观,水桶阿妈夹在中间既劝解又辩解,跟水桶一样坚称自己没有投废票。支书在村民中早就丧失了公信力,如果支书也进行民选,肯定落选。失去了公信力,即使他想说好话、想办好事,村民们也一致持怀疑态度,觉得他又要动鬼心眼为自己谋利。

支书恼火水桶蒙他把"脑满肠肥"当做颂词献给领导,结果被领导臭骂一通,此刻便给水桶出难题:"既然你们两母子都说这两张废票不是你们投的,那你们就把你们的票给找出来,只要能找出来,老子当场给你跪下磕头。"

水桶也很强硬:"干你老,你以为你当个比芝麻还小的烂支书就能为所欲为了吗? 无记名投票,受法律保护,谁也没有权利让别人认票。"

支书激将他:"各位乡亲、村民、选民们,大家都有眼睛,水桶两母子不敢当众认票,就证明那两张废票就是他们投的。"

旁边就有村民起哄:"水桶还说那两张废票是你投的,你也把你自己的票认出来让大家看看,认到了水桶就没话可说了。"

支书也是一个浑人,比水桶还不经激,村民起哄,他居然就真的开始一张张翻看选票,要从中找出自己投的那一张。虽然是无记名投票,可是毕竟要打钩,自己打的钩自己还是能认出来的。问题是从那几百张选票中挑出自己画钩的那张,并不是一时半刻就能找到的。支书还在翻检选票,那边却已经宣布开饭了。

原来的村长顺利连任,心中非常高兴,也根本不愿意管到底是谁给所有候选人都投了赞成票,忙着张罗"谢票宴"。这也是近几年兴起来的风气,谁当选了,谁就要给村民摆席答谢,费用由当选村委会委员的人均摊。几十张桌子摆在大操场上,有些心急的村民已经在桌边就座,看到这边还在为几张废票争执不休,纷纷朝这边喊叫:"过来吃吧,都选完了还嚷嚷啥呢。""再不过来吃不给你们留了,等着吃我们的剩饭吧。"

等着看支书认票的村民见到那边的宴席已经开始上菜,也就没了耐心看那份热闹,纷纷奔过去抢座位,等着吃席。水桶见大家都跑了,也没耐心再等着支书认票,拉着他妈扭身就走,要赶紧去占一席之地。支书还在找自己投的那张票,一堆票里,印刷的款式完全一致,打的钩又都差不多,真要把自己投的那张票找出来,不费点儿工夫还真难以做到。此刻看到水桶娘俩要走,支书便阻拦他们:"你们不准走,事情还没弄清楚,你们不能走。"

"你要弄你就自己弄,还非要我们陪着干吗?"水桶说着,拽了老娘就走。

支书扔下手里的选票拦住他:"我要查废票。"

239

水桶说:"你查啥跟我也没关系,我们得去吃酒席了,去晚了就没了,你慢慢查吧。"

支书恼了,动手拉水桶,水桶甩开他拉着阿妈就走,如果不是支书太胖,如果不是支书恼火,如果不是水桶太着急去吃酒席,如果不是……我们可以为当时设计出无数个如果,但是当这所有的如果都没有发生的话,血案就发生了。

49

支书肥胖,脸蛋子比胖女人的屁股还大,整个人活像一个穿着衣裳的大气球,多走两步路就气喘吁吁,看着让人着急,恨不得提醒他索性躺地下打滚,那样比走还快点。

他追着水桶后面要拽水桶,步伐踉踉跄跄,刚刚揪住水桶的脖领,水桶停步,他动作笨拙脚下不稳,却又质量惯性太大,刹不住车,一脑袋撞了过来,脸刚好碰到水桶的后脑勺上。鼻子是脸上最突出的部位,首当其冲的就是鼻子,水桶还不知道后面发生了什么,只顾跟老妈朝已经散发出阵阵姜母鸭诱人香气的操场上跑,身后的支书却已经鼻孔喷血,捂着鼻子号骂起来:"干你老,水桶卵窖,你敢打人。"

水桶这才回头察看,支书其实伤得并不严重,就是鼻子碰出了血,然而,支书的手在脸上一捂,那张脸满是血污,就像刚从猪肚子掏出来的尿脬。水桶也受了惊吓,连忙又过去慰问:"支书,你这是咋了? 我也没把你怎么样啊,你怎么就成这个样了?"

支书气狠狠地骂他:"干你娘,狗日的水桶,你把老子打出血了,老子⋯⋯"

支书这个时候又犯了一个大错误,当着人家老娘的面,骂什么话也不能骂"干你娘、狗日的",水桶阿妈是一个平和厚道的乡村妇女,跟村里任何人没有发生过争执,此时,当了大家的面,支书这样骂人,却也难以忍耐,一把揪住支书跟他讲理:"林家仔,你好赖也是个支书,这样骂人教你们领导来听听,走,跟我见你们领导去,你有本事当着你们领导的面骂我。"

支书挣扎着想摆脱水桶阿妈的纠缠,嘴里还嚷嚷着辩解:"我哪里骂你了,干你老,我是骂水桶呢。"

水桶听到支书对着他妈吼"干你老",顿时火了,扭住支书挥拳就打:"干你娘,你他娘的敢骂我娘。"

三个人顿时混作一团,嚷成一片,动静闹得很大,那边等着吃酒席的村民看到这边打了起来,放在平时,手上的活再忙,也得扔下跑过来看热闹,可此刻守着正在上桌的丰餐美食,既不舍得扔下跑过来看光景,却又想看热闹,所有人的脑袋齐刷刷地转向水桶他们,就像操场上站了一大群企鹅。

也有心眼好的,看到这边闹得动静大了,就喊村长过来干预,村长正在照顾镇领导,镇领导自然不会跟村民们一起坐大操场的露天桌边,躲在操场边上教室里由村长和妇女主任陪着,村长听到外面有人嚷嚷,跑出来看,看到支书在和别人打架闹事,也不出面,回头告诉镇长和书记:"支书和水桶母子打架了。"

镇书记是村支书的舅舅,要避嫌,指派镇长:"你去看一下。"

镇长心想你外甥闹事,你不管我怎么管?推托:"我是行政干部,支书是党内干部,我插手不合适。"

镇党委书记只好起身出去处置,村长连忙跟了上去,陪客的妇女主任也想跟出去看热闹,镇长给拦住了:"来,男女搭配,千杯不醉,我俩干。"

镇党委书记和村长来到扭成一团的三人跟前, 乍看到村支书满面血污,倒也惊了一惊,两个人三把两把撕扯开水桶娘俩和支书,异口同声地惊问:"咋了? 咋把人打成这样了?"

支书此时就像受了委屈见到家长的孩子, 嚷嚷着朝镇书记告状,声音里都有了哭腔:"他们投票舞弊,我要追查,就把我打成这个样子了。"

水桶连忙辩解:"我没有打他,是他自己把鼻子撞破了。"

水桶妈也连忙帮腔:"支书骂我,我儿子没有打他,是他自己撞过来把鼻子撞破了。"

支书冲水桶阿妈吼:"谁骂你了? 我是骂水桶。"

水桶阿妈说:"你骂水桶干你娘,还说水桶是狗日的,你不是骂我是骂谁?"

镇书记和村长知道支书不过是鼻子流了血,放了心,镇书记先镇压自己的外甥:"干你老,你当着和尚叫秃驴,人家水桶妈能不生气吗? 好赖也是一个支书,大庭广众跟村民打架骂仗,像什么样子?"

村长问:"到底是为了个啥闹成这个样子?"

支书说:"他们选举舞弊,把十个候选人都打上钩了,成了废票,我要追查,他们要跑,我不让他们跑,他就打我。"

水桶继续坚决否认:"谁把十个人都打上钩了? 你有什么证据? 没有证据我就告你诬陷好人。我也没有打你,是你追赶我,自己把鼻子碰到脑壳上了,我娘可以证明。"

他娘连忙在一旁证明："我证明，我证明水桶没有动手打他。"

现在的干部最怕上级觉得自己辖区不稳定，村镇基层民主选举是体现社会主义民主的象征和实践，如果哪个村镇选举发生了舞弊行为，上级追查下来处置会非常严厉，名声也非常不好听，所以镇书记听到外甥支书一口一个"选举舞弊"就皱起了眉头。

村长这次连选连任，如果认定选举有舞弊行为，传出去不但名声不好听，还可能要推倒重来，那样一来，之前所做的一切努力都得重新再来一遍，不说别的，光是重新拉拢收买选民就够麻烦，支出也会增加，此时听到支书一口一个舞弊，内心反感，插话说："哪次选举没有废票？废票不算舞弊么。"

支书对水桶憋了一肚子气，一口咬定："他们两母子就是舞弊了。"

水桶正要继续否认，镇书记却已经受不了了，抡起大巴掌狠狠地扇在了支书脸上，村支书蒙了，镇书记对村长吩咐："你领水桶两母子去吃席，不管他的鼻血是水桶打的还是他自家撞的，都活该，你们走。"

村长给水桶使个眼色，水桶连忙拉着老娘跟着村长走了。背后传来镇书记连珠炮般的骂声："干你老，啥叫舞弊？镇党委、镇政府领导下的民主选举能有舞弊的吗？废票哪一次选举没有？那能叫舞弊吗？"一连串的质问之后，镇书记向村支书下达了命令："滚回家把脸上的鼻血洗干净去。"

50

　　水桶这趟回家,参加了一场选举,赚了几千块钱,总体上是大赚。可是把支书的鼻子搞出血了,跟村支书结下了梁子,还是有点儿不划算。自己倒没啥,担心的就是阿妈一个人在村里被支书欺负。有了这重负担,水桶没有按计划回城。与他一样回来参加选举赚票费的"进城务工人员"先后都走了,唯有他整天闲待着在村里瞎转悠,心里却在琢磨着怎么样能把支书搞定,用钱买实在肉疼舍不得,钱花少了不顶用,钱花多了这次回来赚的票费不但要搭进去,弄不好还得亏本。可是除了给钱,又一时想不出其他能够缓和关系的办法。索性不理他吧,心里又不踏实,即使回到鹭门城里,胸中总是笼着那么一层乌云,喘气都不畅,根本不可能一心一意谋发展。思来想去,水桶想到了村长,虽然村长和支书明里暗里钩心斗角,可是即使他帮不上什么忙,能出个主意也好。

　　水桶便出门去找村长。水桶家的房子坐落在北坡上,坐北朝南,村里其他民居大都建在山洼一处相对平坦的坝上,因而水桶家和村里其他民居之间隔开了五六十米一段距离。也许,这是他的老祖宗庄强当初修建这院宅第的时候,为显示自己的身份故意和其他村民的房舍拉开了距离,而且把房子建在山坡上,相对其他村民隐隐有一点儿高高在上的意思。

　　在水桶家和村子的左手边,有一座方方正正的土围子,围墙足有两丈高,围墙的四角还有碉楼,过去这是村里防土匪、兵灾用的。如果遇到土匪或者乱兵来抢掠,村里人就集中到这个大土围子里,土围子里面有低矮的屋舍,可以供妇孺老弱躲避,壮年男丁就都集中到围墙上抵抗。解放后,闹农业合作化那会儿,这里当了库房、牲口圈,后来又搞承包责任制,农田分给了各个家,这里就彻底荒废了。

小时候,水桶经常跑到这座大土围子里玩,现在回家闲得没事的时候,也会爬到围墙上或者碉楼上,四处张望一阵,高兴了还会冲着四周吼几声。去村长家途经这座土围子,水桶蓦然有了一丝怀旧感,想到很久没有到这里玩了,就从门洞进了围子里边。

土围子的门洞原来有厚厚的门扇,现在门扇也没了,不知道是被谁偷回家去当木料用了,还是年久腐朽被人扔了。院子里荒草萋萋,几幢低矮的小房子挤在一起,就像冬天扎堆取暖的疲羊。所有房子的窗户都没了窗框,黑洞洞的就像盲人戴上了墨镜。水桶沿着咯吱咯吱呻吟的木梯爬上了东南角的碉楼,碉楼里黑洞洞的,几只蝙蝠受到惊扰,在碉楼里乱飞一气,扬起的浮尘呛得水桶咳嗽不止。

水桶爬上碉楼顶端,清新凉爽的风扑面而来,一直冲进了脑子里,不但胸腔敞亮了许多,就连脑子也清凉了。脑子一清凉,主意就多了起来,水桶猛然想到,如果把自己的工厂设在这里,论安全,肯定万无一失。这个想法让水桶非常振奋,连如何安抚支书都忘了,急急忙忙从碉楼跑下来,朝村长家奔去。

村长家在村西头的坝子上,一幢三层楼,楼下还有庭院,楼的墙面上都贴了瓷砖,水桶见惯了鹭门城里的高楼大厦,如今见到村里这种贴满了瓷砖的小楼,这才觉得土气,暗想等空闲了,把自家墙上的瓷砖揭了,墙磨得光光的,再换成外墙涂料,看上去肯定比这瓷砖洋气一些。

村长见水桶来了,很是高兴,张罗着泡茶,连连感谢水桶和他娘俩在这次选举中对自己的支持。村长认定他们娘俩在选举中支持了自己,依据的是他们当初收了自己的票费,如果知道水桶阿妈娘儿俩收了每个候选人的票费,也给每个候选人的名字上画了钩,恐怕就不会这么客气了。

水桶和村长坐定之后,打着哈哈问水桶为什么还没有回城里,是不是家里有什么事情要办,需不需要村里出面帮忙,如果有什么需要,千万不要客气云云。

水桶根本没提支书的事情,给村长递了一支中华之后,做郑重状说:"我这几年在外面,赚了一些钱,有时候想起村里面,我心里就常常不安,我对村里的贡献太小了。"

村长便半真半假地表扬他,说他有出息,一个人在外面闯荡不容易,能做到现在这个程度,在村里出去务工的人中,算是"鸭群里头出天鹅","乞丐里头出将军":"水桶啊,前阵子听说你给华鹭集团当了助理,那是个什么身份? 薪水高吧?"

水桶说:"那是以前了,我现在做实业,办工厂呢,过去不常说实业救国吗?国家兴亡,匹夫有责。现在和平不打仗,用不着我们上战场,我们就做实业啊。"

"生意怎么样?"

"好啊,好得很。"水桶趁机把话头朝自己的目的地引,"我们做的是食品化工,生意好得很啊,就是外面用工太贵了,如果不是用工太贵,赚得会更多。"

"那你把厂子开到咱们村里，现在那么多婆娘都闲着没事情，既发展了村里的经济，也给乡亲们增加了收入么。"

村长连任，正苦于没有政绩，村里经济主要靠茶叶，茶叶有时候好卖，有时候不好卖，就如现在，中国人民经过实践检验，发现铁观音并不如《铁观音》那本书里吹嘘的那么好，即使乾隆皇帝真的称赞过，跟老百姓也没啥关系，中央也没有下文件规定必须喝，于是西北人照旧喝他们的三炮台，北京人照旧喝他们的茉莉花，云南人照旧喝他们的普洱茶，江浙人照旧喝他们的龙井，铁观音火了一阵，普及范围仍然回缩到了东南一隅。茶树过剩，茶叶价格低落，以茶叶为主的西山村经济疲软，村民颇有怨言，以至于村长本轮连任，非常费劲儿，勉强险胜，下一次能不能连任，村长自己心里都没底。

247

所以，寻找新的经济增长点，吸引投资，增加西山村村民收入，就成了村长朝思暮想的渴望。村长的压力比市长更大，村民经济收入上不去，村长也可能下台，市里经济收入上不去，市长也许照样可以当得舒舒服服。

"能不能在村里投资办厂？村里全力以赴提供方便，有什么要求尽管提。"村长又紧逼了一句。

水桶等的就是这句话，马上顺竿爬："那当然最好了，就看有没有合适的厂房。"

"那好说，村里这些房子你随便挑。"村长手朝自家房舍画了一个圈，"我们家的房子你若看着适合做工厂，我马上给你腾。"

水桶连连道谢："谢谢村长的信任支持。村长真是一心为公的好干部，我跟我妈投给你那一票绝对正确，住人的房子肯定不能用来办厂子，这样吧，回头我打个电话，让我厂里的工程师来看看,选一处合适的房子就成了,办工厂的房子要求不高,比方说那座废弃的土围子就可以。"

村长马上表态:"就那个破土围子?你们看,只要能用,无偿提供。"

水桶又往后缩:"行不行还得我厂里的工程师看了以后再说,还有支书那边村长也得做做工作,支书不摆平,事情不好办。"

村长拍了胸膛:"支书那个人二百五,人的本质不坏,你放心,他的事情我负责搞定。"

告别了村长,水桶马上打电话通知叶青春过来看厂址,与此同时村长也通知他赴宴:"一块儿跟支书坐坐,啥事情就都说开了。"

去赴宴的时候,水桶从家里掏摸了两桶子加工厂生产的贴牌地沟再生油,作为送给支书的礼品。

51

叶青春过来看那幢土围子,村长、支书亲自陪同,水桶也跟着。村里人毕竟厚道,村长出面把支书和水桶叫到一起喝了一通鹭门高粱酒,吃了一顿姜母鸭,相互骂了几声"干你老",支书就承认自己的鼻子并不是水桶打的,水桶却坚决不承认自己填了废票,支书也说他只不过是怀疑,并没有证据证明就是水桶和他娘做的。村长帮腔说反正选举已经过了,上级也认可了,这件事情就不要再提了,重要的是把村里的经济搞上去,大家都有钱赚。

送给支书的两桶贴牌再生地沟油支书接受了,还连连道谢,说水桶从小就懂人情世故,在外面发财,还不忘村里人。水桶也连连谦虚,说从小在村长和支书的培养教育下,如果回家不记着给村长、支书带点儿见面礼,就像做了亏心事一样吃不香睡不好。

几盅鹭门高粱酒下肚,几个人纷纷进入豪言壮语阶段,提及水桶要在村里办厂的事儿,支书比村长还热心,一个劲儿说只要是看上了村里的公产房子,连租金都能免,看上了哪家私厝,他亲自出面做工作,把租金压到最低。这场酒喝了个皆大欢喜的结局,水桶大为宽心,即便在村里办工厂的事情没办成,自己走了之后,支书也不会给他老妈穿小鞋。

叶青春接到水桶电话,第二天就跑了过来,在村长、支书和水桶的陪同下,装模作样活像首长视察。进了那幢土围子,叶青春摇头晃脑,对那幢土围子这也不满意,那也不满意,搞得村长和支书惶惶然,一个劲儿地说这幢土围子如果不行,看看村里哪座厝屋合适,都可以商量。

最后叶青春说他还要回去测算一下,做个评估,然后再答复村里。他这么说,搞得水桶也忐忑不安,因为到底适不适合做厂房,他还真弄不清楚,听着叶青春说的那些问题,都很是问题。村长和支书留叶青春,让他第二天再看看别的房子,有没有合适能开工厂的,叶青春答应了,村长连忙让支书回去安排酒席,费用由村里报销。

支书安排这种事情最周到,也最大方,那顿酒席看着很土,都是大盘菜、大碗酒,用的料却都是山珍海味,放在鹭门大酒店里,四五千块钱下不来。光是山上跑的就有香獐、山鸡,还有山溪里游的娃娃鱼,那东西是国家一级保护动物,据说吃一条就要判刑,支书说我们只吃半条,留下半条下顿吃就没事。

酒酣耳热之际,支书、村长一个劲儿纠缠叶青春,千方百计想让他认可村里的建筑适合办工厂。叶青春酒喝了不少,却不吐口,一提及此话,便叹息,说办工厂不像种茶叶,随便有块地刨松了浇上水施上肥就能摘茶叶。那是要考虑安全、动力、给排水、人员安置、机器设备安装的地质条件等等非常复杂的因素,他回去再认真评估一下,如果西山村适合,他一定优先考虑西山村。

水桶也希望把厂子办到村里来,觉得叶青春有点儿言过其实,一直帮着村长、支书做工作。酒足饭饱,水桶领叶青春回家睡觉,泡觉前茶的时候,水桶又问叶青春,难道他们真的不能把工厂搬到西山村来?

叶青春呵呵笑着说:"你看中的那幢土围子办厂简直太合适了,只要通上水电,把旧房舍修整一下,马上就可以安装机器设备投入生产。"

水桶没有反应过来:"你不是说那里不适合吗?"

叶青春难得骂了粗口:"干你老,你傻啊?轻易就答应,显得我们急切就不值钱了。再说,他们摸清我们愿意在这里办厂,条件就多了,麻烦也就多了。"

水桶顿时明白,笑骂:"干你老,老叶,你真是条老狐狸。"

叶青春叫水桶拖两天,村长和支书一定会过来催促他,到那个时候,水桶再给村长和支书表态,就说为了村里发展经济,看在村长和支书的面上,他拍板决定一定要把厂子办到村子里。如果村长和支书问他叶青春不同意怎么办,水桶就说我是董事长,我决定了的事情，叶青春不办也得办。然后当场给叶青春打电话，用非常强硬的口气下命令，叶青春在电话里会跟水桶争吵几句，然后才勉强答应。

"这样一来，村长和支书就有了来之不易的感觉，今后有什么事情让他们办，他们也才会真使力，你水桶在他们面前也格外有面子，多好的事情。"

水桶让叶青春说得高兴，马上把专门给自己留着的纯天然春茶掏了一包，送给了叶青春。叶青春接过茶叶，笑眯眯地问他："就这么一包茶叶就把老叶打发了？"

水桶这一回反应很快，马上明白了他的意思，心情正在兴头上，不假思索就答应了他："好说，在原来说好的数上，再给你加五个点，百分之二十，凑个整数，好算账。"

叶青春一句话多拿了百分之五的干股，极为兴奋，不停地拍打水桶的肩膀头，一个劲儿说水桶好，这辈子老了老了碰到水桶这么个贵人，今后有财大家发。

过后的两天，水桶依着叶青春的计划，躲在家里看电视、泡茶，不在村里露面，果然村长和支书等不及，跑过来问话。水桶阿妈也在一旁帮腔，动员水桶日子过好了要想着乡亲们，做一个帮助乡亲一起致富的好人。水桶故作感动、激动、冲动状，拿起手机给叶青春下死命令，叶青春在电话里左推右挡了一阵，水桶强硬："我是董事长，我说了算还是你说了算？这件事情定了，你赶紧作好准备，带着人进来施工就好，别的话不说了。"

说完，水桶挂机，村长、支书直愣愣地瞅水桶，长相不同，表情一样：刮目相看。水桶故作轻松，嘿嘿一笑说："没事，企业里都是这样，不然管不住。"

从那天开始，村长和支书再见到水桶，不叫水桶，改叫"董事长"了，好像他们也成了董事长的部下。

52

叶青春这一次来西山村队伍浩浩荡荡，带着水电工、泥瓦工、机械安装工，还有三汽车机器设备。村长和支书高兴得整天脸上放红光，就像天天喝足了鹭门高粱酒。村民们大都是老弱妇孺，极少见到这么大阵仗的热闹，整天没事干了就在土围子里外瞎转悠看热闹。

村长和支书整天围着叶青春转，就好像叶青春的行政助理，随时有什么事情，随时解决。叶青春几次要跟他们签协议，他们都不好意思签，说是自家人，签什么协议，干就行了，反正已经说好了，不收租金，就那么一幢破房子，闲着也是闲着。

叶青春私下里跟水桶商量，不付租金肯定不行，短期内谁也不会说啥，时间长了，肯定要起纠纷，索性把村里拉扯进来，把土围子的租金变成股份，算是村里用土围子入股。水桶有点儿舍不得："真的给他们白白分钱？"

叶青春说："你真的想人家白白把那么大一座土围子给你？还是那句话，有钱大家赚，大家才有积极性。咱们生产的这些东西，见不得官，到时候少不了要村里出面，没有利益，人家谁会给你真使力？"

水桶不是糊涂人，叶青春一指点马上就明白，于是和叶青春商量着拟了一份协议书，规定西山村用土围子入股，算百分之十的股份，另外，厂子除了专业技术工以外，优先雇用村里的闲散劳动力。仅凭这两条，就把村长和支书感动得直流鼻涕，说水桶厚道，发财不忘西山村，赚钱想着众乡亲，忙不迭地拿了村里的公章跟水桶签了合同。

这一次叶青春让水桶正经八百地办了工商登记，肉菜在镇工商所跑了两趟，就把"西山化工有限公司"的营业执照拿了回来。工厂正式投产那天，村支书请来了镇书记和镇长，镇书记得知工厂是在外地务工的成功者水桶投资办的，镇书记连忙向区宣传部报告，说他们镇上有一个进城务工先富起来的好青年，富裕不忘众乡亲，坚持走和乡亲共同富裕的道路，在偏僻的西山村投资办厂，为西山村开辟了新的经济增长点云云。

区宣传部得到消息，忙不迭地给市里的电视、广播、报纸通报，热盼这些新闻媒体下来采访报道，承诺给每个前来采访报道的记者车马费五百块。下级作出了政绩，需要上级了解，上级不知道，政绩就是狗屁。只要有利于GDP增加的事情都是政绩，所以这种事情必须马上让上级知道，而这种事情对于全市来说又是小事，镇长、书记跟市领导距离太远，就为这点小事去汇报不被市领导骂就算幸运。既要让领导知道，又没法给领导汇报，这种情况下新闻媒体就是最好的沟通途径。

新闻媒体自己也知道这类邀请性新闻的痒痒处在什么地方，所以接到这种采访邀请，记者一般都会忸怩一会儿，或说采访任务重，这种新闻排不上号，或说身体不好不方便出远门，或说家里孩子没人带，下班还要接孩子……反正理由无数个，随手拈来一个就能对付，目的就是让邀请者有个明白的承诺：给多少钱。物价飞涨，货币贬值，记者的车马费就要增加，过去跑一趟一百块就打发了，现在市区内要两百块，市区外除了报销交通费，还额外要车马费五百块。好在这种费用公家都能核销，所以镇长、书记毫不吝啬。

接下来的日子，水桶着实火了一把，报纸、广播都有了他的报道。唯有电视台没有播，因为那个厂子用鹭门市的眼光看，实在不像一个厂子的样子，也就是个设在土围子里的作坊，上不得镜头。镇长书记不答应了，威胁说记者拿了车马费却不报道，要去找宣传部评理，记者害怕了，连忙在电视上播了一下，却没有给镜头，让播音员照着报纸的稿子念了一遍，算是应付过去了。

从此，水桶的工厂就在老家西山村乡亲们的大力支持下，开办了起来，除了原来的再生地沟油以外，叶青春又研究出了调料添加剂，各种口味的汤羹菜肴，不再用传统的花椒大料姜葱蒜了，只要按照需要，加一滴他们工厂生产的调料添加剂，就会芳香四溢，令人馋涎欲滴。这种产品一上市，立刻受到了饮食行业的热捧，饮食业老板、厨师广泛应用，既可以大大降低成本，又能够减轻厨师劳动强度，这种产品被广大饮食业者亲切地称之为"一滴香"。

水桶乘势而上，跟大学生洪永生商量，决定对再生地沟油和一滴香实行捆绑销售。洪永生现在是水桶任命的市场部经理，经过不懈的努力，在停产期间，洪永生采用转买转卖的手段，维护住了地沟油的传统市场，虽然为此公司付出了巨大代价，但是用叶青春的话说："值！"

洪永生也对水桶解释："利润是皮毛，市场是生命，我们现在损失了一些皮毛，但是保住了生命，只要工厂一投产，马上就能把损失补回来，如果市场丢了，再想再打进去就难了。"

那段时间,每天用市场价买进来,再用工厂价卖出的亏本买卖,水桶心疼得捶胸顿足,用文化点儿的说法就是"如丧考妣",然而却硬着头皮对洪永生说:"干,把市场干死。"

洪永生感动坏了,说了一句"士为知己者死",然后跑到客户那提回扣去了。大学生的脑子好用,买卖两头拿回扣,不管老板亏多少,洪永生自己都赚了个饱满。他对女朋友肉菜说:没办法,搞供销的都是这个样,你不收回扣人家不敢跟你做生意。

虽然那段时间水桶亏,洪永生赚,但是洪永生的战略还是正确的。现在水桶的工厂大规模反攻,再生地沟油和一滴香捆绑销售,叶青春发明的"一滴香"没法报专利,技术机密却控制得极好。水桶牢牢垄断了一滴香的制造技术,捆绑着再生地沟油攻城略地,所向披靡,花莲香墅美食街全部陷落,整条街上的酒楼饭馆非水桶他们的地沟油不用,图的就是能够用上价廉省事的一滴香。

自从大量使用再生地沟油、一滴香之后,这条街的生意火爆,老板利润倍增,食客也觉得便宜,每到饭口,人来车往,汽车扎堆,没处停放只好往家属小区里挤,害得居民苦不堪言怨声载道骂声一片。然而,花莲街道经济增长却突飞猛进,连连受上级的表扬,官场传说,花莲街道的书记、主任不日即将升迁。

53

人民都爱人民的币,记者也是人民,记者也爱人民币。然而,要想多拿人民的币,有时候也真要有些好料才行,这里说的好料，自然指的是有价值的新闻。《鹭门日报》的雷雷就是一个善于挖掘好料的记者，同时也是一个热爱人民币的人。

现如今，报社制定了量化考核标准，给记者规定了上稿数量，达不到标准，不但拿不到基本工资，还会倒扣。还实行了末位淘汰制，每个季度考核一次，稿件数量排在末位的要下岗。所以，如今雷雷也不敢再像过去那样整天专注于给《地理杂志》写文章赚稿费，也要尽量抓一些新闻完成考核指标。

雷雷也接到了参加水桶工厂开业典礼的通知，但是却去晚了。去晚了也情有可原，他在参加水桶工厂开业典礼之前还有一摊采访，市绿化办通报全年绿化成绩。本来时间安排得非常紧凑，到市绿化办要一份新闻通稿，拿上车马费，马上转道北上西进，到西山村参加水桶的开业典礼。可是市绿化办太贼，记者签到之后，却不发车马费，要等到会议结束以后才发。雷雷拿到了新闻通稿之后，却不能走，走了车马费就拿不到了，只好等。

好容易等到会议结束，市绿化办又热情招待宾客进餐，说是要到餐桌上给大家发辛苦费。雷雷根本没把一餐饭当回事儿，可是不吃又拿不到车马费，绿化办的说法是辛苦费。只好硬着头皮吃了一顿山珍海味，总算领到了车马费，心里暗暗咒骂着跳上了通往西山村的公交车。名义上是公交车，实际上却是私人承包的，往那条线跑的乘客少，司机就千方百计多拉客，每到一个站点都要停半天，售票员站在车门口拼命叫唤，一直要守候到后面的班车上来催逼才恋恋不舍地开车。

雷雷好容易赶到西山村，却已经是傍晚时分，村里烧饭的炊烟缥缈如霓，鸡鸣狗吠此起彼伏，斜阳用最后一缕光芒为远处的山坡涂上了斑斑点点的暗影，整座山看上去活像一个倒扣的大箩筐。村庄里冷冷清清，人们都在家里吃饭，或者等着吃饭，没有谁会在这个时间到外面溜达。乡村的宁静，空气中飘荡的柴火味道，甚至农家猪圈里的臭味，都令雷雷想起了老家，心头不由得泛起了一阵阵思乡怀旧的惆怅来。

然而，他这久违的温柔情感并没有维持多久，很快他就被村民的冷然、冷淡、冷漠给激怒了。他敲开一家门，向人家打听水桶工厂的位置，开门的是一个半大老头儿，一听他打听水桶工厂的事儿，脸上刚刚还绽放的热情、友好，就像开水中溶解的糖，立刻消失得无影无踪，换上的是一副毫无表情的面孔，就像结冰的水面："不懂，你去问别人啦。"

"不懂"是鹭门人特有的表达方式，相当于普通话的"不知道"，绝对不是普通话"不懂"的意思。还没等雷雷问第二句话，老头已经把门关上了。雷雷纳闷，据他所知，西山村一带的村民极为朴实厚道，在这个时候不论走到谁家去，不论认识不认识，一块吃顿饭是必会受到的邀请。几年前他到过这个村落，还考察了贪官章郎的大古厝，虽然最终《地理杂志》的文章因为庄水桶装修古厝，没能写成，也没能拿到那笔稿酬，可是他对西山村淳朴、厚道的民风却记忆深刻。今天这家人除非是犯了毛病，不但不邀请他吃饭，连屋子都没让他进。雷雷想也许这是个例外，其他人家不会这样。

雷雷想错了，他一连敲开了几家大门，人家对他都撅起了冷屁股。西山村家家通了电话，大部分人还有了手机，实现了现代化的农民对付外来的不速之客手段比抗战时期的效率高得多，雷雷一进村，一开口打问水桶工厂的事儿，马上全村农家都知道了，一道严防死守的保密堤坝立刻垒好了。雷雷并不知道，就在市里一些媒体大张旗鼓报道了水桶回村办厂之后又发生了些什么事情。

水桶回乡办厂的事迹经过舆论界的鼓吹之后，庄水桶三个字立刻火了起来，时不时就有各式各样的人过来视察、参观、走访。叶青春看到事情闹大了，不由得紧张万分，只有他的脑子是清醒的，知道这种厂子是见不得天的，见天死。连忙找了村长、支书，告诉他们厂子的开发项目都是专利，这样子张扬下去，万一专利泄露，项目就作废了，厂子也开不成了。

叶青春在村长、支书的眼中是绝对的技术权威兼股东，他的话没人敢不信服，尤其是他郑重其事地上门抗议，村长、支书都吓坏了，连忙向镇领导通报，镇领导听到人家开发的是新技术，搞的是创新产业，也担心技术外泄，连忙亡羊补牢，下达了保密通告，今后凡是到西山村采访、参观的人，没有经过镇领导的批准，一律不接待。

村长和支书也开始在村民中做工作，凡是没有经过村委会批准、没有经过庄水桶和叶青春同意，任何人不得对外说厂子的情况，谁说的，一经查出，在厂里上班的解雇，没在厂里上班的年终分红拿不到厂子的红利。

这一条非常有效，村民们立刻紧急动员起来，就像抗日战争时期保护八路军，解放战争时期保护解放军一样，把水桶他们的工厂严严实实地保护起来。表面上看西山村与往日没什么不同，实际上西山村从此就处于外松内紧的戒严状态，在进村的山口要道上，还安装了监视器，只要有生面孔进村，村委会和水桶的工厂保安就能同时看到，并且及时采取措施加以防范。

记者雷雷自然不知晓这后面发生的事情，在西山村采访碰了一鼻子灰，如果不是村口有个小杂货店卖面包和矿泉水，那天他非得饿个半死不可。雷雷从西山村撤退，心里却留下了一个大大的疑惑。雷雷和全国人民一样热爱人民的币，也和全国人民一样不缺乏好奇心，尤其是记者的那份好奇心，这份好奇心加上受冷遇激起的愤怒，让他不会轻易放弃对西山村的神秘——神秘这个词是雷雷离开西山村的时候，对西山村最为深刻的印象——查探个究竟的冲动。

54

水桶没有住在村里，仍然在鹭门市组织协调供销，组织用来生产再生油的各种原物料，有从餐馆酒楼回收的泔水剩菜，有从下水道里漂滤出来的地沟油，有那么一时半会儿，水桶良心发现，也觉得把这些脏兮兮臭烘烘的东西再弄成食用油让人吃，挺缺德。洪永生就会用理论来证明这么做的合理性、政策性和科学性。洪永生说，人吃粮食拉屎，拉出来的屎再种粮食，然后再把用屎种出来的粮食吃回去，就跟用地沟油和泔水炼油再吃回去一个道理，这就是循环经济，符合低碳环保要求，这也是中央大力提倡的。

水桶在城里组织的生产原料，自然还有叶青春新开发的一滴香需用的各种化工产品，看着那些闻着刺鼻、看着刺眼的汤汤水水粉粉末末变成嗅起来喷鼻香的调味品，吃进千人万人的肚子，水桶一时半会儿良心发现，也担心把人吃坏了，叶青春也会有一整套道理:味精谁不吃？不也是化工原料制造的？别说这东西没毒，就是有毒，一大锅汤里放那么一滴两滴也吃不死人。

经过洪永生、叶青春这么一说，水桶的觉悟就立刻提升到了新的层面，立刻从思想上、行动上贯彻落实，一点儿也没有愧疚和担忧了。在他的组织领导下，洪永生、肉菜等骨干发挥出了超强的拼搏精神，寻找了一处隐秘、宽敞的处所作为原材料转运基地，然后又雇用了专门用来运输危险化工产品的槽罐车专门运送从鹭门市收购来的泔水、地沟油以及一切可以提炼再生油的原料。

农民的智慧让水桶有充足的保护自己权益的本能，他并不懂得什么产供销、人财物这些企业管理的基本杂碎，但是他懂得，只要卡住了供销两头，钱就跑不了，钱跑不了，他就永远是工厂的老板。生意好得难以置信，人民币就像自来水，水桶的账户就是蓄水池，水桶这才相信，日进斗金绝不是梦话。

尽管房价就像洪水暴涨不停，水桶却脸不变色心不跳地买了两套房子，一个大套两百平方米，留着给自己娶老婆用，一个小套，两房一厅，给老妈住，两套房子都在鹭门市最好的地段，依山面海，闹中取静。水桶买东西仍然保留着农民的良好习惯，绝对量入为出，绝对不负债消费，当他将两套房款一次付清的时候，售楼处的少爷小姐目瞪口呆，眼中流露出来的艳羡令水桶着实舒服了好几天。

房子装修好了以后，水桶带老妈过来看房子，老妈表现很淡定，没有出现水桶想象中的热烈冲动:"水桶嗳，再好的房子，没有老婆就是个房子，有了老婆，房子才能变成家。"

老妈的话碰触到了水桶心灵深处那根最为脆弱的神经，水桶觉得在自己胸膛里有一块柔软、敏感的肉肉被老妈戳了一指头,麻酥酥地难受。在鹭门市买套房子曾经是他的渴望、梦想,如今梦想变成了现实,现实甚至比梦境更加光鲜,他却追索不到在城里买了新房、好房、大房的成就感、幸福感。就像看到一座山,竭尽全力爬了上去,却发现爬上去的不过就是一座荒丘而已。

55

韭菜,成了水桶心中的痛,如今房子买好了,人却没了,韭菜就更成了水桶心中的痛中之痛。跟女人胡混的事儿水桶并没有少做,可是跟韭菜不同,韭菜是水桶第一次能从感情层面感觉那种爱恋、难舍的女人,这种感情对于水桶这个农民娃娃来说,是有生以来难得的男女情感体验,这种感觉用遗憾、失落、后悔等等那些不让人舒服的词儿搅和成了看不见的一滴香,渗进了他的心灵深处,静悄悄地损耗着他的幸福指数。得不到的,总觉得是最好的,得到了的,却也就不过那么回事儿,房子得到了,也不过就那么回事儿,韭菜没有得到,就永远是最好的。

水桶好久没去巴星克咖啡馆了,想起了韭菜,就动了去咖啡馆的念头,顺便也招摇一回。水桶笨手笨脚地开着他刚买的那台二手奥迪,差点儿没把车直接开进咖啡馆里,伴随着门童的尖声惊叫,水桶总算把车停在了门外,却把人家的大门堵了个严实。

买了驾驶执照,剩下的就是买车了,买车也是水桶做出的一件牛事。现任董事长助理的洪永生考虑到水桶不差钱,帮他选定了一台宝马，水桶一口拒绝，他要买跟市长一样的车。经过调查，市长的座驾是一台奥迪A6，水桶便一口咬定买奥迪A6，洪永生帮他订好了豪华型，五十多万，水桶却嫌贵，他也很有道理："干你老，我才学会开，肯定要跟别人撞车，买台新的撞上几天就成旧的了，干脆买台二手的，撞毁了再买新的。"

于是买了一台和市长座驾一样的奥迪A6二手车，花了上万块重新喷漆，焕然一新，然后水桶就开着满世界招摇，东刮一下西蹭一下，不到一个月，车就成了刚从战场下来的重伤员，伤痕累累。好在没有伤筋动骨，又花钱重新喷漆，又是焕然一新，水桶的车技也稍有长进，这一次过了三个月才又重新喷漆。

这一次去巴星克，水桶满心怀旧之情，多少有点儿感慨之心，想当年自己一个人在这家咖啡馆里呆坐的时候，捧着一杯咖啡，啃着一块巧克力，跟那个教授和女作家闹事的时候，多亏韭菜跳出来公证了一下，不然那一次不知道要给那两个烂人赔多少钱才能过关。想到这儿，水桶心里不由得一阵阵揪得痛。

咖啡馆里的服务员也都换了新人，过去态度好也罢态度孬也罢，如今如果见面水桶都会感觉亲切。现在的服务员一个个比过去更会微笑，更会体贴，更会让客人有上帝的虚假幻觉，然而，却没了过去的贴近感，似乎在客人和服务员之间有了一层无形的遮蔽。实际上，这种感觉归根结底就是没了韭菜，没了韭菜，巴星克咖啡馆在水桶心里就如同没了灵魂的行尸走肉。

既然来了，在服务员热情好客的延揽下，也不好意思扭身就走，终归这里有自己最狼狈的时候最豪奢的消费记忆。水桶要了一杯蓝山咖啡，从韭菜那里水桶已经得知，所谓的蓝山咖啡都是假货，用速溶咖啡兑取来骗人的。尽管这样，水桶还是要了冠名蓝山的速溶咖啡，说实话，真的蓝山咖啡水桶也喝不惯那个味道,他还是习惯速溶咖啡那强烈的香料味道。

服务员请示水桶还有什么需要,水桶摇摇头,脸上不太耐烦的表情让服务员挺没趣,服务员知道,对开着奥迪 A6 的客人绝对不能得罪,连忙悄没声地消失。水桶坐在他第一次跑到这里混发票的位置上,看着窗外混浊的大海,以及对岸灰蒙蒙的岛屿,竟然难得有了一丝丝人生苦短、睹物伤情的感慨。

有人静悄悄地坐到了桌旁，被人打断那种难得体味的心灵感觉,水桶不太高兴,狠狠朝那人瞪过去,却是熟人,本店老板。老板端了一杯茶, 蒸腾出来的气息告诉水桶, 他喝的是白芽奇兰， 鹭门邻市用铁观音和白兰花混搭炒制的品种， 最近非常火爆,很多人都在喝。水桶却不喜欢,觉得花香气太浓,很像北方人喝的茉莉花茶,而鹭门人非常看不起茉莉花茶,认为那是低档人喝大碗茶。

"干你老,开着咖啡店喝茶水,一看就知道你们店里的咖啡都是假货。"水桶的口气已经完全没有了过去对咖啡店老板的心理矮度,水桶自己也没有意识到,这就叫有钱腰杆自然直,没钱说话没底气。

老板嘿嘿一笑:"听说庄老板现在发了,今天光顾本店,费用我包。"

水桶心里暗骂,老子穷的时候你一分钱不少地照收,老子发了你反倒不收钱了,真是贱人:"那就谢啦。"然后扭头对服务员喊,"老板请客,那就再来一份牛排套餐。"

服务员眸子澄澄地朝老板闪烁不定,老板扬扬下巴,服务员就去安排了。

水桶想起自己曾经组织打工仔和他们的亲属到这里搅闹过，不知道老板是不是知道底细，就探他的口风："去年听说你这里生意火得很，每天都有几十个打工仔到你这里喝咖啡，真的假的？"

　　老板盯着水桶看了半会儿，然后才说："真的，也不知道老子招惹了哪个烂人，躲在背后阴我，好在经济损失不大。"话头一转，老板问水桶，"你现在跟那个韭菜怎么样了？听说你们过上了。"

　　跟水桶不能提这个话题，一提这个话题水桶就有走麦城打败仗的痛感："没怎么样，你还不知道？韭菜跟了林处长了。"

　　老板讶然："什么林处长？我怎么不知道？"

　　水桶告诉他，韭菜自己，和他店里原来的服务员中药丸，都告诉他说，有一个林处长在追韭菜，而且后来追成功了，韭菜跟那个林处长结婚了："干你老，现在可能娃娃都生出来了。"

　　老板说："中药丸的话你也信？也可能我不知道，反正我知道你那会儿一心要泡韭菜，我以为你已经得手了呢。"

　　水桶这才想起问一下："韭菜从你这走了以后，又到哪里去了？"

　　老板说："不是跟你结婚回你老家了吗？"

　　水桶说："干你老，谁造谣？我又不是处长，人家跟我干卵窖呢。"

　　老板说："什么处长，根本就没有那回事，处长来泡韭菜，我还能不知道？"

　　水桶怔住了，认真打量着老板，从老板脸上看到的是一本正经，并没有调侃、玩笑、逗乐之类的线索，于是忍不住问："韭菜自己给我说的,当时你这里的服务员,就是那个中药丸也是这么跟我说的呀。"

老板呵呵笑:"你是真傻还是装傻?干你老的,现在的人话有几句是真话?韭菜那么说是给自己涨身价,服务员那么说,可能也是听韭菜自己说的,可能也是跟她联手蒙你,逼你出血啊。"

水桶有点懵:"出血?出什么血?"

"你自己想想,你又要泡人家,又铁公鸡一毛不拔,人家凭啥跟你?你给人家买过啥?你要房没房,要车没车,就得多花点儿零用钱起码给人家甜甜嘴啊。女孩子么,看一个男人不就是看这些大大小小的开销吗?"

水桶走神了,他在盘算自己泡韭菜的过程中,到底出了多少血。算了半会儿,脸红心跳,即使把请韭菜吃过的饭都算进去,也没超过五百块。

"老板,韭菜现在在哪你知不知道?"水桶这会儿的口气又降了高度,一点儿财大气粗的暴发户底气也没有了。

老板摇头:"我哪知道?我还以为真的跟你结婚回你老家了,我还想,韭菜真是瞎了眼,怎么嫁了那么一个乡巴佬守财奴。"

老板这话明显是在骂他,水桶却没了跟老板斗嘴的兴致,老板今天给他的刺激太过强烈,他一时半会儿有些转不过弯来。服务员端来了牛排套餐,老板起身:"你慢慢用,今后没事常过来坐坐。"

水桶一点儿胃口也没了,这在过去是从来没有发生过的事情,胃口好,一向是水桶和他妈共同认定的福气。切牛排的工夫,水桶蓦然想到,如果老板说的是真的,韭菜并没有嫁给那个所谓的林处长,那么,韭菜嫁给谁了呢?或许她根本就没有嫁人?这个念头闪现到脑海里,刺激到了水桶的中枢,他差点儿跳起来,随即激动得大喊服务员。

服务员紧张兮兮地跑过来请教:"先生,有什么需要?"

水桶大声吩咐:"埋单。"

服务员轻松了,一般有条件充好人、买人情的时候,人都会轻松:"先生,您不用埋单了,老板说他请客。"

水桶说:"单是要埋的,你们老板请客我也不能白吃对不对?"

服务生请水桶稍候,然后转身跑去报告,片刻老板过来,手里没端茶水:"怎么了?生气了?"

水桶连忙解释:"没有,没有,生什么气啊,就是不好意思让老板破费。"

老板嘿嘿笑:"没关系啦,你是我们的老客户,这么久没过来,今天来了说明你没忘我们,招待一顿是应该的。"

水桶在城里混了这么多年,也学会了虚话:"真不好意思,那就谢啦。"

老板说:"你娶老婆没有?"

水桶摇头:"没有啊,怎么,你要帮忙?"

老板说:"那就去找韭菜吧,你不是一直在泡韭菜吗?"

水桶犯难:"到哪找她去啊?我给她打过电话,通了没人接,再往后就打不通了。"

老板点醒他:"不就一根韭菜么?还能蒸发了?到她们老家去问问,你知不知道她们老家?我这有登记的身份证。"

水桶恍然想起他曾经到韭菜老家买过千年桫椤木,连忙说:"不用了,不用了,我知道她老家。"

想到了这个，水桶再也坐不住，扔下杯盘狼藉的牛排，起身就要走，老板嘿嘿笑："今后咱们就是朋友，你别再派你的手下过来捣乱了啊。"

水桶脸皮再厚，此时也不由得黑脸红成了紫脸，岔开话头："服务员，过来把你们的消费卡给我拿三张。"

过去为了动员水桶买一张卡，韭菜曾经赔了不少笑脸，说了不少好话，水桶才咬牙跺脚忍痛买了一张卡，如今一张嘴就是三张卡，连他都觉得自己体面得了不得。

服务员连跑带颠取来了三张卡，递给了水桶，同时将刚刚送来的《鹭门日报》递给了老板："老板，报纸来了。"

水桶忙着掏钱，给老板递钱的时候，看到报纸上横贯通栏的大标题有"庄水桶"三个字，顿时狂喜，这个时候，在这个时间，报纸又有了吹他的文章，真够给力。

"让我看看，这帮记者又瞎写了些啥。"水桶抢过报纸，然而，这篇报道并非吹他，而是砍他，而且砍得非常给力：庄水桶葫芦里卖的是什么药？通栏标题是一个疑问句，下面还有副标题：记者夜探西山村神秘工厂。

这篇文章写得非常生动，没有明说庄水桶造假制假，但是却让人马上能想到这个神秘工厂肯定没干好事。文章从记者深入西山村遇到的神秘氛围和农民的戒备写起，然后把笔锋戳向了那个被土围子严密包裹起来、禁止外人进入的工厂。然后还提到了神秘的油槽车驶进工厂的时候，能够嗅到的臭气和霉气。

记者没有明说庄水桶的工厂在干什么，却字字句句让人们相信庄水桶的工厂在干非法、丑恶的事情。文章最后对有关部门提出了殷切希望，请有关部门对庄水桶的工厂到底在干什么，庄水桶到底是不是所谓的回乡带领乡亲共同致富的典型给市民一个交代。记者署名雷雷。

"干你老，连名字都不敢写真的，死去吧你。"水桶在心里怒骂。

报纸的编辑也不是省油的灯，挺阴险地在同一个版面上，连续登载了几篇小文章，揭露本市餐饮业地沟再生油、一滴香食物添加剂泛滥的问题，同样也要求有关部门追查、严处。这几篇小文章跟雷雷那篇文章聚在一起，明显在进一步暗示庄水桶在做非法勾当。

水桶一看到这张报纸，浑身马上燥热起来，刚刚因韭菜有可能未嫁涌上来的好心情马上像挨了砖头的玻璃窗，稀里哗啦散落一地碎片，韭菜也如骄阳下的冰霜在大脑里迅速隐没。

"干你老，卵窖记者死烂人！"他匆匆告辞，逃跑一样钻进车里，马上给叶青春拨打电话。

叶青春真是个老鬼，听到水桶说了报纸的事，没说别的，只说了一句："你赶紧回来，我们一起跟村长、支书商量一下，没啥大不了的。"

牛人
NIU REN

56

回到村里，报纸也到了，村长、支书还有叶青春都聚在厂子的办公室里等水桶，中间的桌上扔着那张《鹭门日报》。

放在过去，这些人聚在一起等着自己作决定，得意之情一定会从水桶心里油然升起。然而,今天手里捏着那张要命的报纸,水桶却一点儿也没了那种满足感,再看看那几个人,一个个脸臭得就好像来要账的,心里更烦:"咋不泡茶?"

按照鹭门习惯,几个人坐在一起如果不泡茶,那就是傻坐,除了上门打架、暴力讨债的,一般不会这样傻坐。泡茶在鹭门既是交谊又是交易,既是日子又是节目,正常情况下,极少见到几个人坐在一起中间没有茶具的。

水桶的口气冷冷的,硬硬的,村长和支书相互看看,支书跳起来张罗泡茶,拿电壶烧水、洗茶、沏茶,就干这么点儿活,满脑袋大汗,活像刚刚在地里耕完田。

几个人饮了一圈茶,叶青春打破了憋闷:"其实也没啥事,报纸么,干喊没用,关键是要防备工商、卫生检疫联合调查。"

村长蹙眉皱脸活像牙疼:"就怕惊动市政府,拿我们做反面典型,重点打击。"

支书有点儿二百五,还没有认识到问题的严重性:"干你老,怕个卵窞,兵来将挡,水来土掩。我们是什么? 我们是农民,有党中央、国务院支持我们,建设社会主义新农村,让农民富起来,这是党中央国务院的大政方针,谁跟我们农民对着干,谁就是破坏社会主义和谐社会。"

村长乜斜他一眼,连连摇头:"别念报纸了,我们现在面对的不是党中央、国务院,也不是市政府,是报社和有关部门。"

庄水桶倒让不着调的支书提醒了:"我觉得支书说得有道理,我们是建设社会主义新农村,是让农民富起来,这有什么错? 报社怎么了? 报社也得听党中央、国务院的。"说到这里,当初偷千年杪椤木的时候,那个村长带着村民对抗执法的情景又浮现在脑海里，于是庄水桶更有了底气："把我们村里的人都动员起来，谁敢破坏我们致富，谁敢破坏我们建设社会主义新农村，我们就到市委、市政府告他去。"

叶青春这才发言："董事长说得对，没事别惹事，有事别怕事，现在最重要的是动员村民，做好防范，如果真的有谁来查我们，我们要一致对外。我们只要内部团结一致对外，谁也拿我们没办法。"

村长说："工厂是我们大家的，村里人人有份，家家都有人在厂里做工赚钱，这个工厂是我们西山村经济发展的增长点，道理大家都明白，具体怎么办，今天商量着拿出个一二三条来。"

于是，由宏观到微观，由抽象到具体，几个人商量出了几条应对措施，然后分头去准备迎接战斗的洗礼。

最先接战的是"有关部门"。工商、税务、卫生检疫、城管几家联合组成了调查组，进入西山村对报纸曝光的工厂进行检查。实话实说，有关部门也并不愿意没事找事，谁都愿意事不关己高高挂起，水桶他们在鹭门大张旗鼓地回收泔水、地沟油，有关部门不可能不知道。回收那些东西到底要干什么用，有关部门用屁股也能猜出个十之八九，可是谁也懒得管，多一事不如少一事，是所有有关部门的潜意识、潜规则。现在情况不同了，舆论造出来之后，最有压力的不是水桶他们，而是"有关部门"。舆论能让上级知道出了什么事，也能让上级知道出的事应该谁去管，上级知道了，如果继续不管，事就会落到自己头上，弄不好会把头顶上的乌纱帽给砸飞了。

有关部门联合执法队刚进山口，便被进入了战时紧急状态的村民们发觉，村口的大钟当当当敲得震天响，四周的大山轰隆隆地响应。

村民们立刻紧急集合，久违的钟声竟然令老一辈的村民们产生了当年为游击队站岗报警、农业学大寨下地收工那会儿的亢奋、振奋和兴奋的怀旧体验。尽管那会儿的日子过得很苦，肚子让红薯叶地瓜干胀得拉不出屎。然而，时过境迁，如今吃着白米肉菜，喝着啤酒好茶，家家电灯电话电视冰箱，可是，昔日的群体盲动留在心灵中的潜影一经激活，仍然能够爆发出疯狂。

村长和书记站在听到钟声集合到村委会坝子上的村民们前面，村里开村民大会的时候，村民们从来没有显示过这种同仇敌忾、团结一心、严守组织纪律的气氛。支书和村长两个人面对严肃、紧张、亢奋的村民，心底里竟然也油然升腾起了一股指挥千军万马上阵杀敌的悲壮和慷慨。

村长激动得声音嘶哑："乡亲们，水桶是谁？是我们村里长大的孩子，现如今，水桶为了让乡亲们致富，放着鹭门市里的福不享，回乡办厂，跟乡亲们一起致富。乡亲们，自从水桶的工厂开办以来，我们西山村哪一家没有在厂里上班赚钱的？我们没有掏一分钱，水桶就给了我们村子股份，厂子赚一毛钱，就有我们的一分，厂子赚一百块钱就有我们的的十块，厂子赚一百万就有我们的十万块钱。这些钱是我们全体村民的，到了年底，家家可以分红。反过来说，厂子亏了，干亏水桶，我们村子不亏，你们说水桶有没有情谊？"

大家伙一哄声地嚷嚷："有！"群山回荡起一连串的"有、有、有……"，大山的回声闷生生的，听着就像支书骂人：球、球、球……

支书怕话都让村长一个人说了，功劳都让村长一个人抢了，众人的哄声稍歇，村长下一句话还没接上，马上插空讲："乡亲们，党中央、国务院一而再再而三地要让我们农民富起来，一而再再而三地要建设社会主义新农村，水桶现在就是践行党中央、国务院的方针政策，带领我们乡亲们一起致富，俗话说吃水不忘挖井人，现在，有一些人看着我们日子好过了，有钱赚了，就开始眼红，造谣诬蔑我们，我们能不能让他们的阴谋得逞？"

村民们一哄声地响应："不能！"群山回荡起一连串的"能、能、能……"，就像在跟村民们唱对台戏。

支书讲话难得受到如此热烈的响应，一时情绪失控，竟然有些热泪盈眶的意思："乡亲们……"

下文还没说出来，住在村西头的光荣老丈人气喘吁吁地跑过来传话："快些吆，还在这里等饭呢？人家都快过口子了。"

他说的口子就是进西山村的必经之路西山口，过了西山口，就是村落的坝子，西山口是进入西山村的咽喉要道。传说早年间西山村民的先祖们，躲避北方战乱，一路迁徙到这里，看中了这片坝子地势平坦，却又有四面群山环绕屏障，唯有西山口一条通道，易守难攻，方才在这里落脚繁衍生息。过去，村里也多次遭受过兵灾匪患，每到那个时候，村民们就组织起来，聚集到西山口防守，多次击退了来犯的敌人。

接到光荣岳父的通知，村长一声吼，振臂一挥，村民们立刻举着锄头镰刀就如当年抗拒官兵匪患一样，蜂拥到村口，准备堵截"有关部门"的联合执法队。

57

此时此刻，水桶却躲在土围子里和叶青春紧急部署，应对检查。一切就绪，水桶便放心地出了土围子，去察看形势。村里冷冷清清，几条老狗在街道上散步，看到水桶退避三舍，老狗并不是尊重这个董事长，而是多年以来每次碰见水桶都要挨踢，所以对水桶的味道极为敏感、惧怕，远远嗅到水桶的味道，不等照面，就远远地躲开了。踢狗，是水桶从小养成的毛病，他爱听狗们被踢以后，由汪汪汪的吠叫，变成吱吱吱的哀嚎，爱看狗们被踢以后，立起在背上的尾巴耷拉下来夹在屁股里的狼狈。

"干你老。"水桶骂了狗们一声，然后转身朝人声鼎沸的西山口悠悠地转了过去。

此时此刻，联合执法队正和西山村的村民们在西山口紧张对峙，村民们拿着镰刀斧头擀面杖扫把，堵住了山道。政府有关部门的汽车停在远处，一些戴着大盖帽和没戴大盖帽的执法人员停在不远处，一个大盖帽正拿着话筒对着村民做思想政治工作，说他们是依法行政，请村民不要抗法，应该当遵纪守法的好公民云云。

村民们根本不把当好公民还是恶公民当做立身标准，在他们心目中，最重要的就是保护好自己的利益，所以，执法人员的思想政治工作在他们听来就是骗子贩卖的狗皮膏药。村长这个时候也不出面，混在村民队伍里，给村民们长劲儿。倒是支书自认为到了向村民表现自己理论水平和政策能力的时候，也拿了一个喇叭跟政府有关部门对呛："党中央、国务院提倡建设社会主义新农村，制定政策要让农民富起来，你们破坏农业生产，干扰我们建设社会主义新农村，跟党中央、国务院作对，我们广大农民坚决不答应。"

村民们此时也觉得支书到底还像个支书，说出来的话站得高，口气硬，便大呼小叫地跟着呐喊："坚决不答应，坚决不答应……"

群山呼应："应、应、应……"

联合执法队里也不乏牛人，尤其是一些聘用的协查员，看到农民居然也如此嚣张地暴力抗法，既有怒气冲动，也有表现欲望，便摩拳擦掌，跃跃欲试，企图冲破封锁，强力执法。政府机关里的司机，大都是聘用人员，其中一个号称二货的司机，开了车朝前冲，村民顽强地堵截在前面。汽车到了村民跟前，倒也不敢硬撞，却挂了低速挡硬挤，企图把汽车当成坦克，强行突破。其他一些急于立功的执法队员纷纷爬上汽车，想跟着一起突破村民们的封锁线。

执法队的强行突破激怒了村民，村民们动了家伙，有的用镐头刨汽车，有的捡起地上的石块砸向了汽车玻璃，还有的挥舞着扫把冲入执法队伍。挨了打很疼，一疼人就冒火，执法队员也动了怒气，挥舞着胶皮棍子呼喊着冲了过来。两方接触，马上就有人见血，那个号称二货的司机被破碎的汽车玻璃弄了个满脸花，伤虽不重，但血流满面，看上去挺吓人的。农民中也有两个人在混战中被打破脑袋，捂着脑袋乱骂乱叫。

支书和村长一看事情闹大了，连忙让村民后退。执法队的领队工商局副局长和城管局副局长一看事情闹大了，也连忙阻止执法人员，命令执法人员后退。两下里忙着包扎伤员，所幸都没有伤着要害的重伤，村民和有关部门暂时休战，却有人开始忙碌，忙碌的就是雷雷。

雷雷随同执法队一起进庄，他知道，不论结果如何，执法过程本身就肯定是一篇重量级报道。如果水桶的工厂是合法经营，经过执法队检查确认，就是正面报道。如果水桶的工厂是非法造假工厂，那么他就可以发一篇曝光文章，印证他上一篇关于西山村庄水桶工厂的质疑。然而，事情的发展却远远超出了他的预料，村民的抗拒，发生的血案，让他的脑子乱成糨糊，面对双方的混战，他瞠目结舌，既怕殃及自己，又怕错过好戏，拿了一台相机躲在一旁东拍一下西拍一下，还不时东瞅西看地防备自己挨砖头瓦块。

对抗双方暂时脱离接触，休整疗伤的时候，雷雷也从隐蔽处钻了出来，看着血流满面的二货发愣，连拍照片都忘了。显然，事情已经闹大了，联想到这一切都是因为自己一篇报道引起的，雷雷开始忐忑，事情下一步到底会发展到什么样子，会不会牵连到自己，都成了让他心里七上八下的重负。

双方休整片刻，又开始对峙，执法者被对方集体暴力抗法震惊，村民也被对方的态度坚决震惊。执法者向市里申请援兵，要求公安派警力参与，同时要求派救护车过来。村民也严阵以待，准备和执法者死扛到底。

这个时候水桶来到了现场，他把村长和支书叫到一旁，悄声告诉他们，不要再和对方对抗，放心让他们到工厂去查。村长、支书还有些不放心，担心底盘漏了，不但今天白闹了，最后还得落个人财两空。

水桶告诉他们，放心，本来厂子就没什么怕人查的，之所以不愿意让别人进去，就是担心技术机密被泄漏。现在已经安排好了，技术秘密和商业机密都妥善地保管起来了，尽管让他们查好了。

于是村长出面，来到执法人员中间，装模作样地找到有关部门领导，先自我介绍一番，说自己是村长，刚才家里有事来晚了，然后质问执法队为什么要跑到他们村子来闹事。执法队带队领导反倒让他问得口吃："我们、我们是接到举报，到你这里来进行联合检查执法的，怎么能说闹事呢？"

村长又问你们既然是来检查、执法的，为什么不通过组织渠道，不跟区里和镇上联系？既然是执法，怎么能知法犯法动手打人呢？如果是接到举报，那么请把证据拿出来，没有证据怎么能证明你们是接到举报来检查的呢？

村长当了多年，早就练就了一副铁嘴铜牙，此刻又在自家一亩三分地上，底气十足，腰杆铁硬，一连串质问倒把有关部门联合执法队的带队领导问了个张口结舌："我们是……工商局、卫生检疫局、城管局组成的联合调查执法队，我们没有打人，是村民先动手的……"

村长打断了领导："你这么说就不对了，我先问你，这里是哪？"

领导回答："西山村么。"

村长拍了一下巴掌："这就对了，这里是西山村，你们是城里人，你们跑到我们西山村来了，我们村民又没有跑到你们城里去，怎么可能先动手打你们呢？好，既然你们是执法的，应该有证件、有证明吧？"说着,伸出手朝领导要证件证明。

有关部门领导掏出证件递给村长,暗道今天可算是遇到刁民了,不管怎么说,在他们的一亩三分地上,除非有大量的警力介入,凭自己这二十来个人别想占上便宜。如果硬来,即使市里真的派出了大批警力支援,看西山村民这股劲头,也会造成严重的群体性暴力事件,到时候上面真的追查下来,即便道理全在自己这边,破坏稳定的责任自己也难以逃脱,即使上级不处理自己,今后在干部使用上,自己肯定也就没了前途,谁愿意用一个给自己惹是生非的干部呢?

这一串乱糟糟的想法不但在领队的工商局领导脑子里电闪雷鸣,同样在卫生检疫局和城管局的领导脑子里刮大风。此刻,多一事不如少一事的官场惯性涌上心头,几个人不约而同地萌生了退意,这次执法检查由工商局牵头,执法监察组的组长也是工商局副局长:"既然乡亲们想不通,我们今天就先不检查了,回头我们和区里、镇上联系,作好群众工作以后再说吧。"

村长这个时候才煞有介事地双手捧着领导的证件递还给领导:"哦,原来你们真的是来执法检查的啊?我们还以为是什么流氓团伙冒充政府执法监察要进村里闹事呢,既然是真的,那就请,请随便检查,需要党支部、村委会提供什么帮助尽管吩咐。"

然后村长扭头对着虎视眈眈的乡亲们说:"大家都散了,散了,误会,误会,他们不是流氓团伙,真的是政府到我们村来检查工作的。"

他在这头喊,那头支书和水桶便指挥乡亲们散去。联合执法的有关部门让他们闹得一头雾水,实在搞不清他们是装疯卖傻,还是真的把自己误当成了流氓团伙。如果此时真的撤退,不但白忙活一阵，回去不好交代，而且也太没面子。既然对方声称刚才是误会，现在已经不再对抗，执法监察人员便纷纷登车，朝西山村开了进去。

58

土围子里秩序井然，各种反应釜、泵机、流水线合唱出嗡嗡的交响。工人们紧张地忙碌着，可以看得出，这里的工人大都是村里的农民，黝黑的面孔记载着田野的日光，纵横的皱纹刻印着岁月的沧桑，筋骨嶙峋的双手每一个动作都展示着劳作的艰辛。

叶青春和庄水桶陪着检查组进入生产车间，检查组看到脏兮兮、臭烘烘、黏糊糊的泔水、下水沟里捞出来的油腻被倒进一个漏斗状二层楼高的料口之后，经过那些反应釜、管道、泵机之后，流淌出来的竟然是散发出香气的油液，虽然油脂的黏稠度较高、颜色较深，但是却一点儿也没有了原料时候的臭味，都有些惊讶。

"这些油脂你们都卖到什么地方去了？"卫生检疫局副局长问出了关键的一句话。

叶青春郑重其事地回答："这些都是做肥皂、香皂，还有各种洗发香波、染发膏等等轻工业化工产品必需的原料，我们都卖给那些厂家了，当然，不是直接卖给他们，而是由中间商转手。"

工商局副局长提出了要求："我们要看你们的出货登记。"

水桶喊了一声："肉菜，把出货单子给领导们看看。"

肉菜一直在厂里当总管,晚上下班回市区,早上上班回西山村,水桶给她和叶青春专门配了一台广本二手货当通勤车,肉菜兼司机,把着一部轿车,觉得现在的日子很美。

听到水桶吩咐,肉菜装模作样:"那么多单据,现在一下子怎么找得出来?"

水桶也装模作样:"再多也要找,领导要看就得看,赶紧找去。"

肉菜这才做出满脸不高兴的样儿,嘟着嘴扭着腰跑到办公室去找出货单据。这一切都是叶青春事先安排好了的,肉菜拿来的单据上面都有到厂里进货销售商的签字,数量品种出厂单价总价一应俱全。说实话,从这些单据上根本看不出货去了哪里。工商局长一看到那一堆单据,就知道,今天这场折腾完全徒劳了。

在领导检查单据的时候,随同带来的部下们跟群众找话茬,希望依靠群众找到突破口。然而,这里的群众都非常敬业,忙着手里的活,随你问什么都不答理你。唯一一个答理了检查组人员的工人是一个拖着鼻涕的半傻,平常村里人都把他叫红苕,用时尚的称呼就是弱智。红苕爸妈是表兄妹,他是近亲繁殖产出的次品。从小到大,庄稼活一样也弄不成,他爸耕地让他牵牛,山地弯角多,到了该拐弯的地方,牛都知道要拐弯,他却牵着牛硬要走直线,差点儿没和牛一起滚到坡下摔死。他爸让他到茶园帮着摘茶梗,他不管好赖,把茶树上的绿叶一把一把朝下撸,他爸一眼没盯住,半片茶园的茶树都成了光杆。从小到大在村里所有人心目中,这就是一个光知道吃喝拉撒的废物。

水桶的厂子建成了以后,他爹妈求水桶,看能不能在厂里给安排个事儿。看在都是乡亲，而且他妈他爸跟水桶阿妈关系不错的份上，水桶答应了他爸他妈的要求，打心眼里没指望他干啥，那么大一个工厂，白养活一张嘴也无所谓。没想到他进了厂子之后，对装卸槽车的活却非常着迷，不怕脏不怕累，上了手就不带放手的。那活虽然简单，就是用大铁舀子把槽车卸到地窖子里的脏东西再倒进料斗里，却是一个非常劳累、肮脏的岗位，责任心也要强，既不能让料斗空了，又不能溢出来，红莕干得却尽心尽力，非常有兴趣。

当初，考虑到那个岗位艰苦脏累，定的工资标准也比较高，每个月三千块，当初也没想到让红莕在这里干，现在倒好，红莕成了厂里的高薪阶层，把他爸他妈高兴得整天咧着嘴就像家里突然多了两个大瓢。

检查组的工作人员试图跟红莕聊天，问他："这些东西是从哪弄来的？"红莕忙着干活不理他。

工作人员又问他："你这是干吗呢？"

红莕烦了："干你老母。"红莕人痴，骂人也实在，鹭门人骂这句话都是简装：干你老。他却非要骂全了不可。

工作人员生气了："你这个人怎么张口就骂人呢？再敢骂人按妨害公务处理你。"

红莕更烦了："干你老母。"

工作人员更加生气了，动手拽他的胳膊，意思是让他停下来回答问题，红莕却以为人家不让他干活了，转身把一舀子脏兮兮臭烘烘的汤汤水水浇到了工作人员身上。

工作人员狼狈不堪，吼叫着要找红莕的领导，红莕却像没事一样，继续干活。听到这边闹腾起来，水桶连忙过来，看到检查组的工作人员浑身脏污，暴跳如雷，连忙问怎么了，工作人员说："这个人太蛮横了，我问他话他就骂我，我拽了他一下他就往我身上浇了这么一瓢，这完全是暴力抗法么。"

水桶连忙解释："干你老，这人浑着呢。"用手指指脑袋，"这里不清醒，不信你看。"说着扒拉了一下红苕："红苕，干你老。"

红苕回头看看水桶，倒也知道这是老板，嘿嘿一笑："干你老母，吃饭。"

"他在村里是有名的红苕，谁都不欺负他，因为他是傻子，谁跟傻子一般见识，谁不也就成了傻子？"

工作人员半信半疑，对着红苕骂："干你老母，干你老母。"

红苕果然没有像正常人那样回骂，却说："发钱了，发钱吃饭。"

水桶说："红苕很可怜，从小就这个样子，现在在厂里干这份工作不容易，每个月能赚三千多块，一个傻子进了我们的厂子，就能养活全家人。"

这个时候，雷雷凑了过来，觉得红苕是个农村办厂的正面典型，拿个相机要拍照，水桶示意，几个工人冲上去抢下他的相机，雷雷还振振有词："我是《鹭门日报》的记者，你们要干什么？"

水桶说："这里是生产重地，商业秘密和生产技术秘密你暴露了谁负责？干你老，说不定你就是别家厂子派来盗密的卧底。"

雷雷还想辩解，水桶却已经命令工人删除雷雷相机里的照片。工人摆弄着相机，却不会弄，雷雷急了，大声吼叫着扑上去抢相机。检查组的领导看到这边闹了起来，连忙过来劝架，水桶对检查组的领导说："我们厂有好几项专利正在申报，工厂的技术保密需要请领导理解，万一我们厂子的专利机密泄露出去，谁负责？"

检查组的领导当然不愿意负这个责,也负不起这个责,只好让雷雷把照片删除,水桶依稀还记得这位雷雷曾经要给他们家厝屋拍照片上杂志的事儿,便证实一下:"你是不是那个雷雷?"

雷雷点头:"是啊,你们家的古厝让你破坏了,太遗憾了,不然现在就上了《地理杂志》,太可惜了,人没文化太可怕。"

水桶说:"你要是也住在那个幽暗潮湿冬天冷夏天热的老房子里,你就不会说这种话了。"

雷雷默然,水桶却认定,这个家伙就是在报纸上写了那篇文章的"雷雷",乜斜了他一眼,暗说过后老子再跟你算账。

检查组没查出什么名堂,只好鸣金收兵,村长和支书却不让他们走,坚决要留他们吃饭。刚开始闹得头破血流,现在又要留吃饭,检查组有点儿蒙,不知道该如何应对。支书说如果检查组不吃这顿饭,就是看不起西山村的农民兄弟,歧视农民,过后他要到市委投诉检查组看不起农民。

检查组的领导无奈,只好点头答应。酒菜早已备好,就在村小学的教室里,三张大桌子,丰盛无比,酒则是鹭门高粱,这种酒最适合配海鲜,据说吃海鲜如果不喝鹭门高粱酒,海鲜会在肚子里作怪。主人除了村委会成员,还有水桶,叶青春谢绝,表面上的理由是要看着生产,私下里却对水桶说,他见不得官员在酒桌上的表演,没皮没脸吃白食,还一个个冒充老大,不愿意看官员的丑态。

客人那边,记者兼作家雷雷不辞而别,没有参加酒宴,他相机里的照片被强行删除,严重伤害了他的自尊,于是愤愤离去。他走到村口等车的时候,水桶瞥到了他,却没有答理,心里发狠:干你老,没事瞎写,等着老子跟你算账。

上了酒桌,官员就成了村干部吹捧的主角,村干部连番敬酒,好话说尽,似乎才不久发生的对抗是一场梦境。可能成为严重群体性突发事件的危险瞬间变成了把酒言欢的和谐场面,官员们也大大松了一口气,否则后果谁也承担不起。此时此刻,面对鲜活的鸡鸭鱼鳖,甘冽清纯的鹭门高粱,官员们也便敞开胸怀,自己替自己压惊。村干部们接连敬酒还不算,不知道什么时候西山村的乡亲们也聚集到了酒场,排着队感谢"政府对西山村的关怀、帮助、支持"。村长宣布,村民敬酒,谁不喝谁就是看不起农民,就是不服从党中央、国务院建设社会主义新农村的大政方针,大帽子压将下来,官员们苦笑谁也不好拂了乡亲们的盛情,很快,地上桌上醉倒一片,自然,倒下的都是"有关部门"的检查组成员。

此时,支书又不知道从哪里拿来了照相机,说是要合影留念,东咔嚓西咔嚓乱拍了一气。到了这会儿,醉倒的自不必说,就连还没有醉倒的也不会有任何敏感反射,任由他乱拍一气,有几个坐在同桌的执法人员还傻乎乎地挤成一团让他给拍合影。

酒足饭饱之后,有关部门的工作人员东倒西歪地钻进汽车,村长又给每人塞了一包明前铁观音,皆大欢喜,看着汽车扬长而去,水桶、村长、支书相视一笑,同时骂了一声:"干你老。"

59

《鹭门日报》社坐落在鹭门市背静的街巷上,是市区闹中取静的绝佳地段。平日里,这个街巷过了上班热闹时段,就会变得冷冷清清，除了附近住家的几个老头老太太在街边上呆坐，观望着稀稀落落的过往行人，再不会有什么热闹场景在这里上演。今天却不同，不知道从什么地方冒出来几十个男女，聚拢在报社楼下议论纷纷，似乎正在商量着要不要拆掉这座大楼。

商量了片刻，这伙人拥进了报社大楼，门卫保安连忙上前阻拦，无奈这些人人多势众，一个个又气势汹汹，保安就像遇到洪水的破船，即刻被冲击得七零八落，缩到一边无计可施了。这些人冲开保安，也不乘电梯，顺着楼梯唧唧喳喳轰轰闹闹上楼去了。

保安连忙给楼上打电话，通报说有一群身份不明，目的不明，但是很可能是群体闹事的人气势汹汹上楼去了。社长、总编闻讯大惊，连忙跑到一起商议对策，还没说上两句话，走廊里已经喧嚣起来，乱糟糟的人声、脚步声震得楼板发颤。

"谁是雷雷？""叫雷雷出来。""雷雷干你老"……

嘈杂的声浪里，"雷雷"两个字就像小提琴奏出的强音，飘浮在交响合奏的波涛之上，刺破空气和屋门，钻进了社长和总编的耳朵。社长和总编面面相觑，他们同时明白，肯定是雷雷惹麻烦了。

报社办公室主任是个戴着时尚黑框方形眼镜的胖子，长得像极了那个让妹妹坐在船头上的歌手，满面惊诧地在走廊拦住了众人："你们干吗？你们干吗？"

人群乱糟糟地嚷嚷："我们找雷雷，我们找雷雷……"

主任让他们吵得头晕，却也知道这帮人八成是来找记者雷雷麻烦的，也不知道雷雷哪篇报道得罪了什么人。既然知道他们有明确的目标，办公室主任倒也就暗暗松了一口气，不管事情最终发展到什么地步,都有雷雷顶着,就怕那种没有明确目标,把整个报社当做敌手来闹事找麻烦的人。

"好了好了,请大家到接待室坐下,休息休息,喝点儿水,有什么事情我们慢慢谈。"主任应付这种场面已经不是第一次,也知道怎么样行缓兵之计,先让这些人冷静下来就好对话了。

报社的编辑、记者和其他杂人听到有人来闹事,有的跑到走廊上围观,有的从门里探出脑袋窥探,主任先安内:"都别看了,各回各的岗位工作。"然后攘外,"请大家到接待室吧,接待室有空调,凉快。"

闹事的人们便跟在主任后面朝接待室走,接待室里有沙发、空调,还有冷热水饮水机,这些人进去以后,乱哄哄地抢座位、抢水杯喝水,也没人顾得上跟主任搭茬,反倒把主任晾在了那里。唯有一个老阿嬷龇着没牙的嘴,昏花老眼死死地盯着主任看,片刻突然扑过来抓住主任的肩膀激动万分:"你就是×××啊,原来你在这个地方上班啊,我最喜欢你唱妹妹坐船头了。"然后扭头对其他人激动万分,"咳,咳,咳,都别吵了,你们看这是谁啊。"

大家的注意力都让老阿嬷吸引过来,细细打量报社办公室主任,有的说像,有的说不是像的问题,根本就是。老阿嬷疼爱地抚摸着主任的肩膀脸蛋:"你看看,你看看,多富态,多心疼,跟电视上看到的一模一样。"

有的人说:"假的,根本就不是。"

有的人说:"真的,就是的。"

还有人说:"唱一段,唱一段就知道是真是假了。"

主任让这些人闹得啼笑皆非,也弄不清楚这些人到底是真的把他当成了歌手,还是拿他开心取乐:"好了,好了,大家请听我说一句。"主任赔着笑脸把老阿嬷扶到沙发上坐下,老阿嬷还恋恋不舍:"唱一段么,唱一段么,就唱那个妹妹坐船头。"主任告诉她:"阿嬷,你认错人了,"然后又对大伙说,"各位,请坐好,我是报社的办公室主任,各位有什么事情,能不能先给我说说?"

这一问,就像开会又回到了正题,这帮人又开始嚷嚷:"让雷雷出来,让雷雷出来,我们要找雷雷。"

主任连忙问:"请问各位要找雷雷干吗?"

众人乱糟糟地回答:"他诬蔑我们西山村!""他破坏新农村建设!""他造谣诽谤……"

主任听到"西山村"这个名字,马上知道大事不好,农民你不招惹他他会勤勤恳恳任劳任怨地把一生献给社会,就像耕地产乳连皮毛都奉献给人类的老牛。然而,你真的招惹了他们,引起了他们的愤怒,他们的怒火可以烧毁整个世界,就如中国历史。

随即他也想起了雷雷那篇质疑庄水桶回乡办厂的文章,显然,那篇文章惹怒了这些西山村的农民。好在这些农民的脸上并没有那种烧毁一切的怒火,虽然嚷嚷,却有的人嘻嘻哈哈,有的人故作严肃,还有的人,比如那位老阿嬷,不停地朝主任抬手示意,请他唱一段"妹妹坐船头"。

主任咳嗽一声,整理了一下思绪,然后使出了应付群体事件的传统手段:"各位乡亲,你们大家一起这样说话,我也听不明白,能不能推选出一个代表,把你们的意见系统具体地给我们谈一谈?"

众人乱哄哄地回答:"我们都是代表,我们就是要找雷雷。"

主任明白了,这些人并不是要解决问题,就是要到这里瞎搅胡闹,营造声势。遇到这种情况,非常麻烦,因为你弄不清对方真正的目的是什么,不理不行,理吧又理不起。

其实,这些西山村乡亲们还真没有真正的目的,他们都是受支书和村长的指派,过来瞎闹的,村长说,只要不打人、不犯法,就在报社纠缠不休,一天一个人发五十块,吃喝由村里派人专门供应。而真正的目的表达在市委宣传部,此刻,水桶正在跟市委宣传部新闻处处长会谈,提出严正要求:《鹭门日报》社,必须为记者雷雷那篇捕风捉影、造谣诬蔑的报道负责,公开登报向西山村和庄水桶的企业赔礼道歉,并且严肃处理那个笔名为雷雷的记者。

“处长,我个人的名誉受到伤害,个人受点儿委屈没啥,可是西山村的农民的声誉和利益受到损害,西山村的农民肯定不会答应,你现在就给报社打个电话问问,如果你们不尽快处理这件事情,乡亲们就会到市委市政府大楼来找市领导讨个说法。”

处长闻言大惊,连忙给报社社长打电话,社长正和主编商量对策,接到电话方知事情已经闹到了市委宣传部。如果这些农民仅仅在报社闹一闹,还能想办法安抚一下,现在事情闹到了市委宣传部,如果再像新闻处长通报的那样,农民们跑到市委市政府大楼里找书记市长讨说法,问题就严重了。据说,连续发生三起以上群体性事件的单位领导就要被撤职,市里领导曾经多次警告各机关、各部门,绝对不能破坏稳定,谁破坏了稳定,谁自己就别想稳定。

接过市委宣传部的电话,社长和主编马上作出了三条决定:其一,两人一起面见农民,安抚他们千万不要去市委市政府。其二,立刻找雷雷了解情况,如果雷雷拿不出报道的真凭实据,只好挥泪斩马谡了。其三,安排好这些农民的饮食,从感情上拉近距离，做好卫生保健工作，防止农民在报社发生安全、健康方面的问题。

市委宣传部那边，水桶从真皮公文包里掏出两页纸，递给新闻处处长："这是我代表西山村乡亲和我的企业给市委市政府的请愿书，你一定要转交给市领导，不然西山村的乡亲们找上门来，可别怪我没有事先打招呼。"说完，水桶扬长而去。

新闻处处长接过水桶留下来的书面函，不敢怠慢，紧张万分地跑到主管副部长那里汇报，主管副部长也不敢怠慢，连忙向部长汇报，部长也不敢怠慢，连忙跑去向市委书记汇报，市委书记只说了一句话："慎重对待，妥善处理，稳定第一，绝对不能酿成群发性上访事件。"

水桶和西山村的乡亲们相互配合，上演了一幕有理有节有利的剧目，这场剧目的策划是叶青春，导演是村长和支书，水桶是主角，乡亲们跑龙套。

结果是不言而喻的，《鹭门日报》在最短的时间内，用第一版大号字体公开刊登了道歉文章，随后还连篇累牍地发表了一些吹嘘西山村和水桶的企业联手致富的正面报道。雷雷虽然没有下岗，却被扣发了全年奖金，改做夜班编辑，过上了昼伏夜出的夜生活，每天晚上趴在电脑跟前给别人写的稿子检查错别字、标点符号。

支书把给联合检查执法组在酒场上拍的照片洗印出来，派人分送给照片上留下形象的每一个有关部门工作人员，每张照片还配送一桶地沟再生油，当然，油的包装桶上贴的都是名牌厂家的注册商标。从那以后，再也没有任何一家有关部门到西山村去检查了。

60

水桶风顺水畅,财源滚滚,不但他发了,就连叶青春,洪永生、肉菜两口子,还有西山村的乡亲们都程度不同地发了财。村长、支书自不必说,原来就已经很气派的两层楼又拆了起四层,就连红苔那个傻子的老爸老妈,也拆了旧屋起新楼,并且四处张罗开始给红苔娶媳妇,据说上门提亲的还不少。

水桶在村里的威望远远高过了支书、村长。支书、村长都有些忐忑,担心自己的位置不稳,先后跑到鹭门城里的公司总部假装找水桶泡茶,对水桶进行试探:"董事长,我看你还是在下次选举的时候,当咱们西山村的村长吧,我让贤,保证扶你上马之后再送上一程,今后咱们西山村就你说了算。"

"董事长,我看你还是把这个村支书当上吧,乡亲们拥护你,我让贤,保证今后在你的领导下,好好发挥一个党员的先锋模范带头作用。"

水桶倒不是客气,也不是虚伪,他说的是真心话:"干你老,你想啥呢村长? 我才不想在西山村当村民呢,我在鹭门城里买了房子,户口都进了城,我现在是鹭门市民。再说了,过去你当村长的时候,对我和我妈都挺关照,我记着呢。你就把村长好好当着,我支持你,拥护你。"

真诚从眼睛里能看见,村长看着水桶的眼睛,感动了,拍着水桶的肩膀:"水桶,好娃,知道记人好处的人一辈子都能得好。"

对支书,水桶说得更直接:"支书,干你老,你昏头了?我连党员都不是,当啥支书?我就把西山化工有限公司的董事长当好,大家都有钱赚,就是你支书的功劳,你别瞎想了,我当了支书,谁当董事长?你想当?"

支书连忙辩白:"我不想当,我不想当,我就把支书当好就行了。"

水桶现如今很少回西山村,西山化工有限公司设在鹭门市富豪大厦的顶层,在那里水桶租了两百平米,然后装修一下,给自己弄了个董事长办公室。董事长办公室外面是一个大办公室,大办公室的门口还有个柜台,类似于酒店大堂、酒楼门口迎宾小姐站立的地方。然而,大办公室里却空空荡荡只有桌椅板凳没人,水桶见不得别人坐着拿他的钱,认为花钱雇一些人坐在那儿装模作样陪着自己不值得。所以,他宁可让花钱租来的房子空着,也不招人来填空。

尽管这样,水桶的办公室仍然非常热闹,整天人来人往,有西山村进城办事顺道过来泡茶的乡亲,有那些供应泔水、地沟油的供货商,也有一些销售再生地沟油的商家,这些人来了,就是一件事:泡茶、瞎吹、套近乎。水桶的董事长办公室照例也有一张老板台,一张老板椅,还有沙发茶几,电脑电视也一应俱全。然而水桶却无论如何坐不惯老板椅,他习惯蹲着,或者盘腿坐着,坐在老板椅上两条腿吊着,腿就闲得难受。于是水桶的老板台、老板椅、电脑都和外面的大办公室一样,纯属摆设,他几乎从来不动。有一些初次拜访的客户来到这里,先要诧异一把,往往要向坐在沙发上泡茶的水桶打听:庄老板在不在?

董事长办公室的墙壁上,面对着水桶的老板桌挂着水桶喜欢的电影明星半裸照，还有一幅恶俗不堪的"森林女神"油画仿制品，上面全都是光屁股女人。叶青春来看了之后，骂水桶一点儿文化都没有，恶俗。为了增加文化气氛，水桶又让洪永生给他选几张字画。洪永生是大学生，这方面多少懂一点儿，给水桶选定了几张当代有点儿名气的书画家的字画，水桶过去一看，立刻否定："干你老，就那几个字就卖几万块，全中国人干脆都卖字去算了，老子有那个钱还留着给孙子当压岁钱呢。"把洪永生搞了个尴尬。后来还是水桶自己到书画店买了几张名人字画的印刷品，一幅横轴和斗方，挂在了自己的身后。两幅立轴，挂在了女人光屁股的两旁，看上去格外幽默。

然而，有钱了，有房了，有了城里人的户口，水桶反倒失去了过去那份精气神，有时候仔细想想，房子再大，人也只能占一平方米，空间的大小和人自身体积无关。吃得再好，也是一顿三餐，吃饱了啥东西其实都一个味道，不管你吃的是山珍海味还是野菜番薯，最终出来的都是屎。

认真品品，钱多只不过是扩充了安全感，他现在不但衣食无忧，后半辈子只要地球不毁灭，中国保持稳定，他也足够了。别的方面，刚富起来的亢奋过去之后，也就没了什么新鲜感。过去，挣死挣活赚到一千块钱能高兴半个月。现在，几十万进到账上，却也没了半点儿兴奋。有钱了，富足了，水桶并没有觉得幸福指数提高了多少，反而经常无精打采，委靡不振，觉得日子过得好像没多大意思。

水桶不是道学家，水桶正当壮年，水桶和所有男人一样有自然需求，这种需求现在用不着固定婚姻满足，随时都可以从各种各样被称之为"小姐"的女人那里得到。然而，水桶却怕染上各种传说中的恶症，他不敢想象自己万一染上那种病之后，后半辈子是怎么个情景。于是，每次他都需要套子保护，更多时候"小姐"也要求用套子保护自己，次数一多，水桶便也兴味索然，觉得自己好像在和套子做爱。

更严重的症候是，他内心深处，总有一个疙瘩梗着，这个疙瘩就像一处瘙痒隐藏在看不着、挠不到的肺腑间，有时候这个疙瘩又像一个痛点，忙活的时候不觉得，静下来就会让他疼痛难当，却又无药可医。制伏了《鹭门日报》之后，水桶记着那天在巴星克咖啡馆看到那篇雷雷的报道之前，自己正有一件大事要去做，突然被这篇报道给冲了，当时紧张、气愤至极，又要设计一系列圈套去应付，便把那个正想去做的事情给忘了，现在回想，却又怎么也想不起要做什么。

记忆丢失在巴星克，自然还要从巴星克找起，水桶又去了巴星克，这一次没好意思太嚣张，把他那辆二手奥迪本本分分地停在了车场。现如今的水桶在巴星克的贵宾身份已经牢牢印在了所有服务员的脑子里，不但是因为他拥有的贵宾卡，更是因为他和老板的熟络关系。

"老板呢？"

"老板出去了，不在。"服务员毕恭毕敬地回答。

水桶坐下来，要了一杯价格和名称都是蓝山咖啡，实际上却不是蓝山咖啡的蓝山咖啡，多少有点儿遗憾，如果老板在，跟老板聊聊，记忆……

也许是气氛激活了假眠的记忆，也许是联想唤醒了记忆，到了这里，嗅到冒充蓝山咖啡的速溶咖啡味道，记忆马上像听到领奖金号令的员工跳了出来，记忆让水桶激动，北山村，韭菜的老家,正是他失去的记忆。水桶扔下服务员已经端上来的热咖啡,扭身就跑,账都忘了结,服务员想拦住他,看了看他疯狂的神态,没敢。

61

水桶驾驶着他那辆二手奥迪,一路狂奔,一个小时就进了北山村。如今的农村也并不缺少轿车,但是这么高级的轿车驶进小山村,毕竟不多。村道上,村民们诧异地目送水桶和他的车风驰电掣地朝村北头奔去,然后停在韭菜家门前的坝上。

水桶下车,一群村狗围拢过来朝他狂吠,就像一群泼妇联合起来骂人。这证明水桶基本上脱去了农民的味道,村狗认人是按类型,农村人、城里人、自然人、公家人分得清清楚楚,农村人它们不会骚扰,凭视觉和嗅觉,狗们知道谁是自己人谁是外人。对水桶狂吠,证明狗们已经把他排除出了自己人这个范畴,认定他是城市人、公家人之类的外人。

水桶蹲了一蹲,假装在地上摸石头。狗们轰地一声四散,却又不彻底散开,或近或远仍然吠叫不休。村狗们的吠声不但是对生人外人的恐吓,还有对主人、自家人的警示,听到群狗的警示,韭菜家的门打开了,韭菜老爸探出脑袋观察,看到一台轿车堵在自家门前,便挺不高兴:"干你老,谁把这乌龟壳子堵在这里?"

水桶蹲在地上吓唬狗,他深知狗性,不敢贸然到门前叫门,担心哪只狗偷袭,趁他叫门的时候在他腿肚子上下嘴。他蹲着,车挡住了他,听到韭菜老爸嚷嚷,他连忙站起,倒把韭菜老爸吓了一跳:"你要干啥?"

水桶从车的另一边绕过来,赔着笑脸招呼:"阿伯,你不认得我了?水桶嗳。"

韭菜老爸上下打量水桶一番,记了起来:"哦,想起来了,想起来了,这一回又要进山伐树?"

水桶说:"不伐树了,专门过来看看你老人家。"

韭菜老爸便往里让他:"看我?好好好,进来泡茶慢慢看。"

水桶来得急,什么也没有带,而鹭门人却是非常讲礼性的,一般上门做客,或多或少都要给主人带些礼品,哪怕一包茶叶、几斤水果。晚辈看望长辈,就更不能空手。水桶醒悟到自己失礼了,进门第一件事情就是掏钱包:"阿伯,路上走得急,也知道你们现在啥也不缺,就没买什么东西,这是一点儿意思,需要什么你们自己买。"

一千块钱摆在面前,韭菜老爸有点无措,不知道该不该接,本能地推辞:"这怎么好意思?这怎么好意思,来看看坐下泡泡茶就好得很。"

水桶也理解他不好意思直接从自己手里接钱,就把钱放到了茶几上。韭菜娘听到动静扎着围裙来到客堂待客,韭菜娘的记性显然比韭菜爸好,一眼就认出了水桶:"这是水桶么,那一年和韭菜回来会村长,挖老树的水桶么。"

水桶连忙起身说:"就是,就是。"说着,抓起放在茶几上的钱递给韭菜娘:"这次来得慌乱,没顾上买什么,一点儿小意思。"

韭菜娘瞥了韭菜爸一眼,说声谢谢,接过钱,塞进了围裙。韭菜爸忙碌着插电烧水泡茶,假装没看见。水烧开了,韭菜爸洗茶具、冲茶,然后让水桶:"尝尝,明前的,是我们家自家喝的。"

茶农个个都是茶精,自家喝的茶单独栽种,不施化肥、农药,炒制的时候也不加香料,而且知道什么时候采摘、什么时候晾晒、什么时候下锅炒最合适,所以,真正的好茶都是茶农自家饮用的,孬茶茶农也难以下咽。商店里卖的茶叶,价格高低其实跟茶的质量没有多大关系,跟茶叶的包装有直接关系。

水桶自小就在茶园里混,也是个中精鬼,嗅嗅茶香,品咂啜吸,连连点头:"好茶,好茶,上品铁观音。"

韭菜老爸便得意地呵呵笑:"水桶内行,现在在你们鹭门城里要喝这道茶,怕也不容易。"

水桶的出身就是茶农,现如今喝茶也都是直接从西山村的茶农家里拿,西山村的乡亲们谁家采制了好茶,也会想着给水桶留一些,供他自家饮用,供他应酬拉关系送人。水桶却不说破,既然韭菜老爸认定自己是鹭门城里人,也就没有必要非得告诉他自己跟他们一样是茶农:"是啊,鹭门城里哪能喝到这么纯净的茶叶,这么地道的明前茶啊。"

有一搭没一搭地聊了一阵,韭菜爸明白水桶不会无缘无故地登门拜访,水桶的主要目的是要打听韭菜的下落,两个人都不好直截了当,各自心里都有心思,话越说越慢,茶喝得也越来越淡了。

冷场了几分钟之后,水桶鼓起勇气问:"韭菜最近没有回来过?"

韭菜爸顿时明白,他今天是来找韭菜的。韭菜爸既然明白了他的来意,农村人本不会假客套,看水桶提及韭菜,便反问水桶:"水桶嗳,我还想问你呢,那一年你跟韭菜回来挖树,吃住都在我家,看你们两个的情形,我跟她娘还以为你们俩好了,怎么后来就没了音信?"

水桶半真半假做痛苦状:"韭菜看不上我,人家要嫁当官的。"

韭菜娘插话:"那后来到底嫁给谁了呢?"

这句话一下把水桶问愣了,这句话本来是水桶此次前来要解决的主要问题,韭菜娘反过来问他,他瞠目结舌无法回答,干咽了几口唾液,才缓过劲儿来:"我也不知道啊,我今天来就是想问问韭菜现在怎么样了。"

韭菜娘和韭菜爸面面相觑,韭菜爸起身离去,片刻拿了一个红皮本本递给了水桶:"说是跟这个人结婚了,婚书都领了,可是啥事情都没办就又走了,一走两三年,也没有回来。"

说到这儿,韭菜娘开始抹眼泪,水桶看着结婚证上的照片直犯晕,照片上这个人根本不是他以为的那个林处长,现在可以认定,当初折腾林处长,完全是瞎折腾,冤枉了人。可是,这个人又是谁呢?

"那韭菜现在在哪里?"

韭菜娘哽咽着说:"来过两次电话,都是过春节打回来拜年的,说是在鹭门城里做工,一切都好,我们要电话,她说电话老换号,也没给我们留,我们也不知道她现在到底嫁给谁了。"

韭菜爸痛心疾首:"女大不中留,留下结冤仇,你要嫁人就嫁么,我们也没有说不准你嫁,怎么就跟我们成了仇人,我们到底是怎么了呀。"

水桶此时此刻脑子也搅成了一锅粥,只能大约地猜测,韭菜肯定有什么很重大的事情,也肯定没有结婚,如果结婚了,不可能不办婚礼。婚礼没办，人又失踪了，却还跟家里有电话联系好像又算不上真正的失踪，到底出了什么事情，饶是水桶脑袋瓜子再聪明，也想不透彻。

"阿伯，这张婚书我借用一下，我替你们找韭菜。我把我的电话号码留给你们，韭菜有下落你们及时通知我。"

水桶掏了一张名片，递给韭菜爸，韭菜爸看看上面印着"西山化工有限公司董事长"的名头，半信半疑："你是董事长？"

水桶说："是啊，你放心，这上面有我们公司的地址电话，你随时跟我联系都成。"

韭菜爸说："婚书你拿去用用可别给遗失了，万一韭菜用，找我们要……"

水桶说："你放心，这东西又吃不得喝不得，我可以用它当线索，去找韭菜。"

韭菜娘赶忙说："好好好，你拿去，拿去，找到韭菜及时给我们说，我们操心死了。"

两口子留水桶吃饭，水桶此时哪里还有心思吃饭，匆匆告辞，顶着一颗杂乱无章的脑袋，带着那张莫名其妙的结婚证，开着车离开了北山村。走在曲折蜿蜒的山道上，一边是葱茏苍翠的峰峦，一边是汩汩流淌的河流，水桶的心绪就像放久了的开水，渐渐平静、安宁。他按下车窗，打开音响，刀郎正在寻找阿瓦尔古丽："远方的人请问你来自哪里，你可曾听说过阿瓦尔古丽，她带着我的心，穿越了戈壁……"

情景交融，歌曲中爱人不知去向，苦苦寻觅的情愫感染了水桶，水桶眼里汪上了泪，他恨恨地吼了一声："干你老，林韭菜，我就不信找不到你。"

62

　　鹭门市发生了一件不大不小却也轰动的牛事,《鹭门日报》、《鹭门晚报》、《鹭门商报》、《鹭门×报》……凡是鹭门市发行的报纸,同一天都用贯通横栏的字体印上醒目的广告:"韭菜,水桶想你,你在哪里? 我的电话就像我对你的感情,从来没变,号码你知道,请你打给我。"

　　与此同时, 水桶的二手奥迪上面也贴上了醒目的大字:"韭菜,我想你,你在哪里? "水桶没事就驾着车招摇过市,在大街小巷乱窜,招引得路人纷纷注目。

　　水桶还嫌力度不够,要求叶青春、肉菜、洪永生驾驶的车上都要贴这段话。为此肉菜还跟水桶发生了争执,水桶打电话急招肉菜,肉菜以为有什么重要的事情,驾着车从西山跑回公司接受指示,水桶安排的事情让她啼笑皆非:"肉菜啊,给你说件事情。"水桶的表情是难得一见的郑重,"你的车,还有叶青春的车,还有给我们公司拉原料送货的车上,都要贴上找韭菜的广告。"

　　肉菜躁了:"董事长,你疯了? 我忙得连生孩子都没时间,你还弄这些事情麻烦我,就为这你把我大老远从西山村召回来,你是不是觉得我的时间我的生命很不值钱? "

　　肉菜是公司里少数几个敢跟水桶嚷嚷的人,一来她是女人,占便宜,水桶深受好男不跟女斗的古训影响。二来当初首次相识的时候,肉菜的泼辣也给水桶留下了深刻的印象,潜意识里他多少有点儿惧肉菜那股泼辣劲儿。三来说到底这个公司也是他们几个人联手闯荡出来的，都是创业元老，再怎么说也要留点儿面子。

可是这一回水桶却非常强横霸道："干你老，肉菜，生孩子重要还是赚钱重要？"

肉菜回嘴也快："干你老，赚钱是为了生孩子养孩子，你说什么重要？"

水桶说："那就对了，还是赚钱重要，赚不来钱你怎么生孩子养孩子？"

肉菜说："生孩子用不着钱，只要有工夫就成，你别拿这话吓唬我，我也不是不愿意帮你找那个韭菜，我烦你因为这么点儿事情指使我，说到底那是你自家的事情，你凭啥要我给你找韭菜？我没赚那份钱。"

水桶拍了桌子："干你老，你一点儿情谊都不讲，除了这事情，老子还有啥事情让你帮忙？"

肉菜扔下一句话拂袖而去："干你老，我就是不管，你爱咋办咋办。"

水桶气得跳着脚骂娘，可是肉菜已经走了，再怎么骂也只能自己听。

也许当天晚上洪永生劝了肉菜，也许肉菜自己想通了，第二天，肉菜、叶青春、洪永生的车上都学着水桶的样儿，贴上了广告："韭菜，水桶想你，来电话联系。"不过那些雇来拉运原料出货的大车不干，理由是车上乱贴广告交管要罚，工商广告科也会罚，而且原来车身上贴的广告都是人家花了钱的，现在换广告，主家也不会答应。这些车都是外雇的，不是水桶的家产，人家硬是不干，他也没办法，只好遗憾着。

广告刊登了两三天，水桶的车在大街上转悠了两三天，很快就有了强烈的反响，而且反响强烈到了水桶无法忍受的程度。先是鹭门网上不知道哪个网友贴上了水桶那辆车招摇过市的视频，然后又有好事的网友开始人肉车主人水桶，很快水桶的身份曝光，电话号码、公司地址、家庭住址被网友搜了个清清楚楚明明白白。西山化工有限公司的董事长找韭菜成了鹭门市最新最牛的大事，刚开始大家还以为这个董事长偏好韭菜，可是再喜欢吃韭菜，也用不着告诉全市人民啊。

紧接着又有好事的网民查清楚，原来西山化工有限公司董事长庄水桶找的韭菜并不是地里种出来的植物，而是人生人养的韭菜，是一个女孩子的名字。紧接着网友们又开始人肉韭菜，人肉韭菜却不像人肉水桶那么容易，韭菜不是名人，而且大名小名叫韭菜的女孩子有成把，到底哪个才是董事长的韭菜，又成了网民争论不休的话题。甚至有的人把肉菜和韭菜搞混了，网上有个帖子分析判断现任西山化工有限公司总经理助理的肉菜其实就是那个韭菜，因为韭菜有肉就是肉菜，韭菜肉菜其实是一个人。由于跟总经理闹翻了，愤而失踪，现在董事长找她，可能跟她掌握着西山化工有限公司的商业秘密有关，也可能跟董事长有不足与外人道的情感纠葛。

网络上热闹非凡，水桶的手机电话也热闹非凡起来，一天到晚电话接得水桶耳朵疼。很多电话是女人打过来的，自称就是韭菜，要求跟水桶面晤。很多电话是知情者打过来的，告诉水桶自己知道韭菜的下落和联系方式，要求水桶给"信息费"。还有很多没名堂的电话是这场闹剧的粉丝打过来的，粉丝们非常关注事情的进展和结果,认为这是鹭门市有史以来最感动人的情事。

"韭菜你在哪里,水桶想你"、"我的号码就像我对你的感情,从来没变"之类的话语成了情人间的调侃和戏虐。光是电话还好说,实在不行索性关机,座机拔掉连线,也能落个一时半会儿清静。可是现在水桶的公司地址、个人住址在网上曝光之后,很多人竟然找上门来,有的是要给水桶提供有价值的线索,当然,所有来提供线索的人都有一个前提:给定金。还有的人是来表达对水桶的支持和理解,这种人好一些,支持和理解不收费。更有一些闲得无聊的人,找上门来没什么事儿,就是想看看这个叫庄水桶的人是什么样儿。

最可怕的是一群社区老太太,集体找上门来,七嘴八舌劝说安慰水桶,让水桶不要因为失恋而想不通,天涯何处无芳草,如果韭菜找不到了,她们一定要帮助水桶找一个比韭菜更好的姑娘。也有姑娘直接上门,毛遂自荐,希望和水桶共结连理,陪伴水桶这个伤心人度过余生……

刚开始水桶还觉得挺感动,觉得这个社会还真不错,好心人太多了,热心人太多了。可是,蜂拥而至的关心、热心一起降临,水桶就像突然被装进了高压锅里,自己成了水煮活鱼。几天下来水桶就崩溃了,手机关机,电话拔线,门都出不来,外面成堆的各色人等堵着。水桶无奈打电话向叶青春求救,叶青春派肉菜带了一群脏兮兮的工人,从守候在楼下的人丛中挤了进来,接上水桶,然后把水桶塞进汽车一溜烟跑了。

水桶跑回了西山村,被西山村的乡亲们严密保护了起来,西山村简直就像进入了戒严状态,一天二十四小时都有人在路口盘查,凡是来找庄水桶董事长的,都要盘问出正当理由,没有正当理由、形迹可疑的一概不准进村。即便有了正当理由，也要先和水桶联系，水桶接听电话以后确认了，才能放行。

在这种严密的保护下，水桶的日子并不好过，觉得就像过去村里被监督改造的地主分子。最令他焦躁的还是不敢开手机，开了手机骚扰电话不断。可是不开手机又怕韭菜来电话找他联系，水桶忐忑焦躁，整天在村里转来转去，谁跟他说话都烦，谁不跟他说话也烦，活像一只伴侣被人炖了的大公鸡。

这天水桶阿妈一大早就唠叨着要给水桶说东山村的一个姑娘，说是东山村村长的姑娘，人长得比台湾歌仔戏里的杨丽华还漂亮。杨丽华是台湾歌仔戏的名角，在鹭门市很受欢迎，尤其是鹭门的阿嬷阿公，简直把杨丽华奉为天仙，谁要是拿现今当红的明星和杨丽华比，肯定会被阿嬷阿公们嗤之以鼻。

水桶属于现代派，对杨丽华不感兴趣，出于深耕于土地的农民意识，对现代的当红明星虽然感兴趣，可是那种兴趣也仅仅限于说说看看，真要让他娶那样一个明星当老婆，打死他他也不会干。他认为这个世界上最适合给他当老婆的还是那个韭菜。阿妈一提及东山村村长的女儿，水桶就心烦："何光荣村里的能有什么好人？不跟他们勾扯。"何光荣夫妻俩装神弄鬼通过法院敲了水桶七八万块钱，至今令水桶痛恨不已。爱屋及乌，恨屋也能及乌，东山村有了何光荣，东山村的人水桶就都烦。

水桶的心思仍然集中在韭菜身上，如果已经确定韭菜嫁人了，或者干脆就死了，他可能还有兴趣看看那个"比杨丽华还漂亮"的村长女儿，现在正在大力搜寻韭菜，还没有结果，对任何韭菜以外的女人水桶都没有兴趣。

阿妈还不死心，拿了东山村那个姑娘的照片给水桶过目，水

302

牛人
NIU REN

桶忍不住对老娘吼:"你觉得好你跟她过,我就是要韭菜。"吼过,怕老娘用笤帚疙瘩抽脑壳,连忙跑了出来,到厂子里避风险。到了厂里,水桶钻到叶青春的办公室泡茶,叶青春忙碌不堪,也顾不上照应他,好在两个人已经默契,水桶这个董事长来了,叶青春闲着就跟他泡茶打诨瞎吹牛,忙了就管自忙碌也不用答理他。

水桶躺到叶青春的沙发上,从包里掏出韭菜那张结婚证翻来覆去地看,看到结婚证上韭菜和那个所谓的林处长的合影,越看越别扭,越看越生气,水桶就掏出笔给那个所谓的林处长照片上画了一副眼镜,又给他添了一个日本鬼子的卫生胡。正在这个时候,肉菜闯了进来,看到水桶手里的结婚证,一把抓过去嘻嘻哈哈:"这个女的就是韭菜? 难怪你失恋,这根韭菜长得还真水翠。"水翠是鹭门人形容青春美女的常用词。

水桶连忙往回抢:"干你老,小心撕了,我还得还给人家呢。"

肉菜推开水桶:"让我看看,让我看看。"端详了一阵,猛然拍了水桶一巴掌:"干你老,董事长,你傻啊? 费那么大劲儿到处找人家,用得着吗? 我有一个好办法,保证你一下子就能找到他们。"

水桶蹦起来:"你说,怎么找? 有什么好办法? "

肉菜把结婚证扔还给水桶:"我跟你什么关系? "

水桶说:"男女关系。"

肉菜踹了他一脚:"滚蛋,朋友妻不可欺,小心我们家大学生跟你拼命。我跟你是上下级雇用关系,所以,我的智慧是要收费的。"

水桶连连应承:"好说,好说,只要你的办法好,我奖励你。"

肉菜追问:"怎么奖励? "

水桶说:"奖金、涨工资、发油,随你挑。"

肉菜说:"还是涨工资吧,我得尽快多挣钱,赶紧把孩子生了。"

水桶说:"你还是先把孩子做好了再生,八字没一撇呢老嚷嚷,行,涨工资就涨工资,你说涨多少?"

肉菜说:"我也不贪心,涨的工资能够弥补物价涨幅就成了,现在物价涨幅是百分之四,你就给我涨百分之四吧。"

水桶说:"四多难听,六好听,六六大顺么。"

肉菜高兴:"水桶你这个董事长就是识大体,好吧,我告诉你,你看看这结婚证上,不是有登记机关吗?你打个电话过去问一下,他们肯定有底子,联系方式、双方住址、身份证号码,想了解都能了解到。"

水桶有点为难:"我又不是领导,人家能告诉我吗?"

肉菜拿起了电话:"我问。"

水桶端了一杯茶递给肉菜冒充殷勤,心里却紧张,端茶的手抖个不停,茶水淋到了肉菜的衣襟上,水桶本能地连忙给她擦拭,肉菜一巴掌打开他的手:"干你老,董事长吃下属的豆腐,小心吃噎了。"

肉菜先拨了结婚证书上登记机关所在地的114,登记机关是本省临江市鼓楼区西瓜乡婚姻登记中心。肉菜要到电话号码以后,就拨通了电话,然后自报家门,说自己叫林韭菜,什么时候跟什么人在他们那儿登记结婚,现在结婚证丢了,请问一下那边还有没有底子,如果补办结婚证,需要什么手续等等。

那边工作人员的态度很好,答复说马上帮肉菜查一下,可是查完之后的回复却让肉菜和水桶蒙了,人家说,他们的电脑资料里,根本就没有林韭菜的档案。

"你是不是记错了?"婚姻登记机关的工作人员很负责任。

肉菜只好说:"可能我记错了,我再想想吧。"

放下电话,肉菜咬着手指头发愣,水桶自问自答:"怎么回事? 是不是真的闹错了? 怎么会闹错了呢? "

肉菜仔细查看着结婚证,也在自问自答:"不会啊,这不明明就是这个单位,你看看这公章,一点儿也没错啊。"

两个人还在琢磨,洪永生来了,洪永生一直在鹭门跟着水桶,有时候有业务需要了,比方说下订单、出货,也要跑到西山村厂里联系。肉菜把他和水桶遇到的蹊跷事告诉了洪永生,洪永生要过结婚证看了看:"可能是假的,董事长知道,我过去干过这种事情,我最清楚,现在只要花钱,别说结婚证了,什么证都能买到。你看这公章,据我所知,结婚登记的公章一般都是钢印,哪有盖这么个红印章的。"

水桶没结过婚,不知道结婚证是不是要盖钢印,肉菜结婚了,却知道:"我们鹭门市的结婚证书是钢印的,不等于所有地方的结婚登记都用钢印,你没看这个结婚证书是农村乡镇颁发的,也许农村没有条件,就不用钢印了? "

水桶相信洪永生,因为洪永生过去就给他做过假硕士文凭,既然洪永生说可能是假的,那八成就是假的。问题是,为什么韭菜要弄这么一张假结婚证呢? 这个问题肉菜也想到了:"不太可能吧,韭菜弄这么一张假结婚证干啥? "

洪永生说:"琢磨这些事情干吗? 不就是临江市鼓楼区西瓜乡吗? 又不是在天边,跑一趟,啥都明白了。"

现如今,韭菜这件事情是水桶心目中最大的事情,除了这件事,别的都是微不足道的小事,不把这件事情弄清楚搞明白,他觉得活着没价值,死了不甘心,于是马上拽了肉菜:"走,到临江去看看。"

肉菜嚷嚷:"先涨工资再办事。"

水桶骂她:"干你老,大学生老公在这呢,你办什么事? 也不怕洪大学生给你和我放血。"

肉菜装模作样挣扎,水桶不由分说就像日本鬼子抢花姑娘一样把肉菜拽着回到自家门口,拉开车门,把肉菜塞进去,驾上车风驰电掣地朝临江市鼓楼区西瓜乡奔去。

63

临江是鹭门的邻市,走高速公路不到一个小时就能到达市区。水桶他们要去的是鼓楼区西瓜乡,又在临江市的南头,要横跨市区,再往南走三十公里。路上,肉菜纳闷:"韭菜是我们鹭门人,那个林处长不管是真是假,也是鹭门人,怎么跑到临江一个农村乡镇登记结婚呢?"

水桶也不知道这是为什么,心里翻过来调过去把这件事情揉碎掰开研究,却也想不明白:"算了,不想了,到了地方疑问就啥都清楚了。"

事情还真像水桶说的,到了西瓜乡婚姻登记中心,把结婚证给工作人员一看,人家马上答复:假的。尽管人家仅仅是一个农村乡镇的婚姻登记中心,结婚证加盖的也是钢印,而不是那种木头疙瘩印出来的红颜色。往回走的路上,肉菜和水桶研究了一路，也始终没有研究出个头绪，韭菜拿这么一张假结婚证干吗用。

结婚证是假的，所以那个结婚证上的男人和韭菜的下落便也根本不可能从这条线索查到。水桶一路懊恼、郁闷、心神不定，一会儿话语滔滔不绝就像漏底的马桶，一会儿沉默不语，脸色阴沉，就如冻硬了的地瓜。肉菜开车，刚开始还配合他分析分析韭菜这张假结婚证的种种可能性，后来看到他那张脸阴晴不定，思绪飘忽无常，索性闭嘴，免得哪句话说得不如他意就被他骂。

回到鹭门市以后，晚上肉菜邀请水桶和洪永生一起吃饭，目的是帮他排遣一下心中的烦闷。肉菜和洪永生在电话上唠唠叨叨商量吃饭的地点时，水桶却怦然心动，他想起洪永生曾经长期在办假证的群伙里混饭吃，说不定他能从这张假结婚证里发现线索。水桶这个灵感也是受电视剧里警察破案的情节启发的，当时正在播放的一部警案片里，警察就是靠一张假证件，通过办假证的找到了罪犯。

肉菜和洪永生商量晚上要去花莲香墅美食街吃水煮田鸡，请示水桶行不行，水桶心不在焉，点头："成啊，不就是吃口饭么，哪都成。"

饭桌上，水桶让洪永生仔细看看那张假结婚证："干你老，看看，是不是又是你过去的老同伙谁干的。"

洪永生认真看了半晌，摇头："这得亲手做的人才能认得出来，我哪有那个本事。"

水桶说："那你这几天啥也别干了，带着我专门到你那伙人里找找，找到做这张假证的人，说不定还真能顺垄刨番薯，把那个林处长揪出来。"

洪永生有点儿为难,可是看到水桶正在死死地盯着他,不敢拒绝,只好点头:"那就试试吧。"

第二天,洪永生就带了水桶开始走访他认识的制作假证件的那些人。找了好几个,也不知道是真是假,谁都不承认这张假结婚证是自己做的。洪永生都烦了,想打退堂鼓,水桶却非常执著,逼着洪永生继续干:"干你老,不把鹭门市所有办假证的找个遍,就别回去。"

现在通讯极为便利,他们俩这么大张旗鼓地调查那张假结婚照,那些作假证的不知道他们的真实意图是要干什么,连忙相互通气,预作准备,对付他们俩。不管什么行当,只要是江湖买卖,就都多多少少有些团伙帮衬,只要有团伙,就肯定会有头目把持。这种团伙虽然够不上黑社会的规模,却也有自己的圈子、防护手段。当他们来到市中心最繁华的商业街南山路时,麻烦终于来了。

64

南山路是鹭门市过去的码头,整条街都是老式建筑。临街的一面适应城市美化的需要,装修得花里胡哨,街道的背面,却如藏在肚子里的下水,脏乱不堪。鳞次栉比的房屋一幢一幢紧紧挤在一起,就像春运时节铁路售票窗口的人群。在房屋之间,留着狭窄的巷道,一个人经过要缩着胳膊,两个人对面,就得胸贴胸或者背靠背地擦身而过。

洪永生告诉水桶,别看这里是鹭门市的中心商业地带,却也是鹭门市办假证的老本营。水桶对鹭门市不比洪永生生疏,过去也曾经到这里干过招鸡打炮的荒唐事,对洪永生的话也不感兴趣,有一搭没一搭地瞎聊着跟他走。两个人在人肠子一样狭窄、蜿蜒的巷道里东拐西弯钻了一阵,迎面是一个断头巷,巷道的尽头有一座破败的楼房,大门是黑漆刷过的铁门。

洪永生来到铁门跟前,轻轻敲了两下,大门没开,从旁边的巷道里却钻出来几个人,领头的是一个五短身材的汉子,咬着鹭门普通话问他们干吗、找谁。

洪永生说了一个名字,五短汉子说没有那个人,让他们赶紧离开。水桶当惯了大老板,不再是当年那个尽量躲事的进城务工人员,大咧咧地回答说:"我们找谁跟你们有什么关系? 这里又不是你们家,干你老,凭啥让我们走开? "

五短汉子很不耐烦:"你们俩走不走? 再不走可别怪我们不客气。"

洪永生也不说话,在一旁用手机拍他们,这一下更惹翻了他们,五短汉子一招手,几个人一拥而上,动手就打。水桶倒也不是怕事的人,奋起反抗,抓起墙边一根杠子挥舞,可惜巷子太窄,杠子根本舞弄不开。对方也不知道是谁,一拳朝水桶的鼻子挥过来,水桶本能用杠子抵挡,对方的拳头挥到了杠子上,疼得跳脚。

洪永生在一旁并不急着上前助拳,又抓拍了几张之后,拨打了110,报了案,这才把手机揣进怀里,扑过来加入了战团。对方人多,但是地方狭窄,也施展不开,洪永生加入战斗,手里挥舞着一块大板砖,见谁砸谁,对方有两个人脑袋上见了红。最吃亏的是水桶,现如今生活条件好了,体力劳动少了,农民出身的水桶和对方缠斗一会就腿软心跳，体力不支，被人家压倒在地，用拳头在身上乱捶。

正在麻烦，警笛响亮，打斗双方就像球员听到了裁判的哨音，立时休战。洪永生和水桶是打不动也挡不动了，那几个人是怕警察抓，急三火四要逃离。水桶和洪永生知道他们的目的，一看他们要跑，扑过去每人抱住一个，死也不撒手。警笛声在外面街上停滞，巷道太窄，警车进不来，只能停在外面的街边，然后警察徒步进来。警笛停滞，证明警车已经停下，警察此刻正在向这个方向奔。

就在这个时候，黑铁门打开了，从里边又出来几个人和原来就在外面的打手会合，就像洪水，连拖带拉地将水桶和洪永生拥进大铁门，大铁门随即哐当一声又关了起来。

铁门后面并不是院子，而是房间，狭窄的旧式老楼，楼梯都是木头的，走在上面咯吱咯吱呻吟，似乎随时都会坍塌下来。房间里昏暗如晦，一群人突然进来，扬起的灰土呛得人嗓子眼痒痒，咳嗽声此起彼伏。屋内到处都散发着大米的霉味和人体的臭味。突然从明媚的室外进入这黑黢黢的老旧屋内，什么也看不清，黑幢幢的人影挤成一团，也不知道到底有多少人，这些人要干什么。水桶吓坏了，有了憋尿却无处排泄的窘迫。

"请他们上来，干你老，大学生，你要是捣鬼老子不客气。"楼上，也许是楼梯上，有人招呼。水桶朝声源望去，黑黢黢的楼道拐角处有一扇窗，光亮勾画出一个人的剪影，看不清那人的长相、年龄。

大学生却认得此人："干你老，豁子，你假装黑社会啊？警察就在外面，你敢胡来我让你后半辈子吃牢饭。"

外面能听到警察纳闷："人呢？刚才报警不就是这一块么？人呢？"

水桶张口欲叫，不知道从哪伸过来一只大手，捂住了他的嘴巴。那只手好像刚刚在刨鱼刮鳞，腥噪噪地令人作呕，水桶闪过一个念头：干你老，今后鱼肯定是不吃了。水桶没有挣扎，因为有人吓唬他："不叫没事，乱叫干死你。"

水桶虽然不相信那人敢"干死你"，却相信人家会动手打他，在外面还有抵抗的余地和勇气，进了这幢黑屋子，勇气和力气就都没了。

楼上那人和洪永生对话："大学生，你带过来的是什么人？"

洪永生回答："我们老板。"

"你老板到我这干吗来了？"

"我老板找你问话，没别的事情，找个人。"

"干你老，你也不提前通报一下，搞得人紧张兮兮，以为你带了便衣抄我们来了。"

"干你老，你的电话三天两头变，我怎么找你？"

"干你老，上来吧，吓死人了，这几天公安集中清理办证的，还说检举揭发有奖金，我还当你带着便衣来掏窝子换奖金呢。"

灯亮了，刚刚适应了黑暗，突然有了光明水桶眼睛晃得睁不开。洪永生拽了水桶上楼，灯光下看到水桶血污的脸，骂了起来："干你老，豁子，你看你的人把我老板打成啥了，今天这事情跟你没完。下次来可就不是我跟老板两个人了，我们把西山村的人都带来让你打。"

楼上的人话软了："没事吧？没伤到内里吧？"

水桶摇头："没事，不是我的血，是你们人的血，干你老，你们他妈的就是黑社会。"

这个时候水桶也看清了对方的长相,四十多岁一个黑瘦脸摆在他的面前,上下两片嘴唇就像煮熟了的蚌壳合不拢,露出了两排黑黄的烟渍牙,上下门牙都没了,难怪洪永生把他叫豁子。

"赶紧弄点儿水,给……"豁子问洪永生,"你老板贵姓?"

洪永生告诉他:"我老板姓庄,你叫庄老板就行了。"

"赶紧弄点水,给庄老板和大学生洗洗。"豁子朝楼下喊。

两个人端了两盆水送上来,毛巾是新的,水桶和洪永生擦了把脸,盆里的水染成了红色。豁子把水桶和洪永生让到沙发上坐下,然后动手泡茶:"你们找我到底要干吗?"

水桶不回答,等着洪永生说话,趁空四周看了看,房子里除了沙发茶几,靠窗的位置摆了一张大桌,上面有一台电脑。木板墙壁上挂着俗艳的影星半裸照片,靠墙还有一张木板床,床上挂着脏成灰黑色的蚊帐。

洪永生说了自己和水桶的来意,豁子接过假结婚证仔细看了,然后站起来,走到桌旁,从桌子的抽屉里掏出放大镜又仔细看了一会儿,朝楼下喊:"老龟儿子,你上来。"

一个汉子慢腾腾地上来,圆身子上配着短小的四肢,小小的脑袋额头扁平,配上小眼睛、前凸的口鼻,像极了乌龟突然进化到了直立行走的阶段。水桶这才明白,"老龟儿子"不是骂他,而是对他形象化的称呼。

老龟儿子慢腾腾地问:"干啥?"

"你看看,这东西谁做的?"豁子把假结婚证递给他。

老龟儿子接过去细细看了一会儿,呵呵笑了:"我做的,怎么了?"

豁子瞥了水桶一眼，却对老龟儿子说："我一看就知道是你做的假货。"然后对水桶说，"就这个卵窖，有啥你问他。"

水桶问他："谁找你做的？"

老龟儿子摇头："做这种东西的人，谁还会告诉他的真实姓名联络地址？都是做完以后就再也不认识了。"

水桶掏出几张钞票朝前一递，老龟儿子马上伸手过来接，水桶却把手缩了回去："干你老，我凭啥给你钱？"

老龟儿子呵呵晒笑："有了钱，说不定我还能想起来。"

水桶从掏出的钱中抽出一张，递给了老龟儿子："说吧，干你老，我倒要听听你的话值不值一百块。"

老龟儿子说："找我做这张假证的叫林鹭生……"

豁子劈头给了他一巴掌："干你老，上面印着呢，还用你说。"

老龟儿子做了缩头乌龟，不敢再说话，水桶对豁子摇摇头："你别管，过后我请你吃海鲜。"然后对老龟儿子说，"你继续往下说，林鹭生长什么样子，多大年纪，干什么的，什么地方人，住在哪……"

老龟儿子指点水桶手里的钱："钱不少，可是你问的也不少，我回答一条你给一百。"

水桶点头："行啊，不过你也知道，我可不是外来户，鹭门的土地爷爷就在我们家灶上供着，你敢说瞎话蒙我，我保证让你在鹭门混不下去。"

老龟儿子连连点头："那不能，我怎么能骗你呢，知道的我告诉你，不知道的我也编不出来……"

话刚刚说到这儿，水桶的手机响了，水桶急着听老龟儿子说话，不接电话，还气哼哼地关了手机。

"这个人听口音是临江市的。"水桶一听有门，就递给他一百块，"年纪有三十多岁。"水桶也不知道那个林鹭生到底有多大，可是既然能骗着韭菜跟他结婚，估计这个年纪也差不多，就又给了老龟儿子一百块。

洪永生的手机又响了起来，洪永生看看来电显示，接通了，水桶连连朝他摆手，不让他接听，他现在的要务就是排除一切干扰，赶紧听老龟儿子把那个林鹭生的踪迹说清楚。

洪永生却反过来朝他摆手，不让他干扰自己接听电话，水桶正要发脾气摆老板架子，洪永生将手机塞给他："你听。"

电话是肉菜打过来的："她说她是韭菜，我也弄不清，看着跟结婚证的照片有点儿像，不知道是不是，干你老，洪永生，你听着没有？你赶紧把水桶找到，让他回来看看是不是真的。庄水桶也不知道死到哪去了，电话也不接……"肉菜隔着电话看不见，不知道洪永生已经把电话交给了水桶，急呱呱骂骂咧咧。

水桶回骂："干你老，肉菜，是我，你骂谁呢？"

肉菜这才知道洪永生把电话转给了水桶，连忙说："你死到哪去了？我的电话咋不接？一个叫韭菜的到西山村来找你，我把电话给她，你跟她说，看看是不是你找的那个韭菜。"

水桶还没明白过来，电话里就传来了韭菜的声音："水桶吗？你铺天盖地地找我干啥？还让不让我做人了？不知道的人还以为……"

水桶全身的热血一齐涌到了头顶，血液就像洪水，冲击得耳朵轰轰作响，他喊着："韭菜，你等我，我马上回去跟你说，你把电话给肉菜。"他的声音颤抖、嘶哑，豁子、老龟儿子那些人都有些惊愕，静悄悄谁也不敢说话。

肉菜接过电话,水桶喊道:"就是她,没错,我和洪永生马上回去,你一定要把她留住,别让她跑了。"

肉菜还在说什么,水桶已经没有耐心听,把手里的钱塞给老龟儿子,拽着洪永生就跑:"韭菜找我来了,赶紧回去。"

洪永生对豁子嚷了一声:"干你老,今天打了老子,改日再找你麻烦。"然后跟着水桶下楼,拉开门跑了出来,楼下的那几个人也没拦他们。

65

水桶驾着他那台二手奥迪风驰电掣,洪永生坐在副驾驶座上吓得面色煞白,一个劲儿劝水桶:"慢点儿,董事长慢点儿,不骗你,到处都有探头。"

水桶回嘴:"干你老,探就探,不就是罚款么?"

洪永生提示:"不但罚款,还要扣分。"

水桶骂他:"扣就扣,卵窖,怕个鸟,我的扣完了还有你的。"

洪永生沮丧:"我的驾照早就扣完了,哪还能轮到你。"

水桶忘了他那台车上还贴满了"韭菜,水桶想你"的标语,过往车辆看到这台狂奔的车上贴满了标语,却又看不清是什么东西,纷纷追上来想看个明白。也有的鹭门人已经听说过此事,现在真的看到了这台车,立刻追上来也想看看那个想韭菜的水桶是个什么样子,于是鹭门市的公路上车辆纷纷加速,就像在举办汽车公路赛。这场公路赛终于惊动了警察,一辆警车叫唤着追赶上来,高音喇叭警告他们违章超速,要求他们靠边停车。洪永生紧张了,提示水桶赶紧服从命令,水桶就像没有听到,一路狂奔,下了国道,驶上了省道,直溜溜地朝西山村方向驶去,很快钻进了山里。

那些好奇、围观的汽车被警察堵了一长溜,警察一个个察看着驾驶员的证件,填单处罚。驾驶员们垂头丧气,暗叫倒霉,惹祸精庄水桶却已经在青山绿水之中逍遥,心里憧憬着跟朝思暮想的韭菜久别重逢的幸福时刻。

韭菜被肉菜安排在水桶家里休息,陪着她泡茶聊天等水桶。水桶妈得知这个女娃就是儿子钟情的对象,心里暗暗赞叹,想不到那个蠢儿子竟然在这方面眼光贼亮,眼前这个女娃儿的确是个靓女。这个女娃如果真的成了自己的儿媳妇,再生上一男半女,那自己这一辈子就没有任何遗憾了。憧憬和希望,让水桶妈激动不已,兴奋不已,恨不得把自己的心掏出来给韭菜当茶点,小茶几上,除了专门从村长家要来的上好的明前铁观音,芝麻糕、花生糕、绿豆饼、鹭门馅饼、贡糖、五香瓜子……杂七杂八地差点儿堆积如山,韭菜一个劲儿地道谢,水桶妈就又觉得这个女娃有礼貌、贤惠,今后嫁进来肯定会对自己好。农村老太太,也不会说什么花言巧语,只会一个劲儿盯着韭菜观赏,只会跑来跑去忙忙碌碌殷勤备至地招待人家。

听说水桶花了天大工夫寻找的女娃子来了,村里人纷纷跑过来围观,水桶家里院外挤满了男女老幼,嘻嘻哈哈热热闹闹,就像水桶家正在上演歌仔戏。水桶妈是个厚道人,来的乡亲都要照应、招待,屋里还坐着水桶招来的天仙,一时间忙里忙外忙了个脚不沾地、大汗淋漓。多亏村长和支书也跑过来看韭菜,连骂带劝地轰走了围观的闲人,水桶妈才算喘过来一口长气。

村长和支书假装跟韭菜聊天,把水桶吹了个天花乱坠,把韭菜看了个够,然后两个人告辞。路上两个人发生了严重分歧,村长认为难怪水桶如此上天入地地找韭菜,这根韭菜确实不是平常的韭菜,全村没有能比得上的。支书却认为那样的女娃鹭门大街上有的是,看不出比别人好在哪里:"水桶折腾那么大的声势,搞得人人皆知,造了天大的影响,就为了这么一个女娃子真不值得。"

村长严重反驳支书的意见:"你的思想太庸俗,什么叫值得?没弄到手的去想、去弄,都值得。人家那女娃子长得多靓,难怪水桶着迷,给你说这些就是对牛弹琴,你不懂。"

支书最讨厌别人说他"不懂","不懂"的背后隐含着对他智商和知识的否定。支书也有点儿火:"你懂,村长当三年,母猪赛天仙,难怪连花婆子你都要上……"

"干你老个肥猪乱说啥呢?谁上花婆子了?花婆子是你娘。"村长的愤怒是有原因的,花婆子是村里一个年过五十的妇女,年轻时代曾经是全乡有名的风流女,迄今为止已经嫁过五个男人,既有村里的农夫,也有镇上的干部,还有歌仔戏的小生,最后一个也没过到头。生下了三个儿女,都跟着父亲跑了,现在一个孤老婆子守着二亩茶园过日子。在村里,花婆子就是年轻风流、年老孤独倒霉的象征, 很是为人鄙视。支书说村长连花婆子都要上,对村长来说,无疑是极大的羞辱,所以他立刻光火了。

支书继续嘲弄他:"你看你看,上了就上了,有什么了不得?就是年纪大点儿,那也没球关系,好赖也是个母的。"

这一说村长更是恼怒,挥手抡了支书一巴掌:"干你老,你再胡说八道,老子跟你真翻脸了。"

支书虽然胖,动作却不慢,一缩脑袋躲过了村长那一巴掌,然后一把抱住村长:"干你老,还敢打人,破坏安定团结,破坏社会主义新农村建设,老子打电话到镇里告你去。"

村长挣扎着回骂:"干你老,告就告,老子怕你个卵,你松开,你松开,松开老子把你的肥肠揪出来炒辣子。"

支书肥胖有力,村长瘦小力薄,怎么挣扎也摆脱不了控制,气得乱叫乱骂,满空中都是"干你老"三个字。

两个人正在嚷闹,水桶的奥迪车疾驶而至,掠过村长、支书的小战场,冲到自家门前,停了下来。支书松开了村长,扭头就往水桶家跑,他急着看水桶和韭菜相见的那一幕。村长也是心同此理,顾不上再追究支书诬他上了花婆子的事情,跟在支书后面跑到水桶家去看热闹。

水桶钻出汽车,连车门都没有关,急匆匆抢进门去,一眼看到韭菜脆生生、端端正正地坐在自家的沙发上喝茶、吃茶点,不知道为什么一路火烧火燎的水桶并没有预想中的那份激动和紧张,韭菜也并没有预想中的那份热情和惑然,水桶搓着手,略微显示出了内心的拘谨和忐忑,韭菜站起来,平静的问候显示了生分和距离。

看到并没有想象中的热闹和情感上演,村长和支书驱散了围观的村民,肉菜也识相地告辞,屋里只剩下了水桶阿妈、水桶和韭菜。水桶一路急奔,口干舌燥,端起茶几上的茶壶狂饮一气,水桶阿妈担心他的粗鲁、俗气举止让韭菜烦,连忙制止:"渴了饮茶也要有个规矩,哪有这样牛饮马灌的。"然后扭头对韭菜赔笑,"姑娘别笑话,从小就这个样子。"

水桶驱赶他娘："妈,我要跟韭菜说几句话。"

水桶阿妈连忙回避："好好好,你们说,你们说,我去给你们煮饭。"

屋里就剩下韭菜和水桶的时候,韭菜问道："你敲锣打鼓到处找我要干什么?"语气有点儿冷,态度有点儿硬。

乍然一问,水桶一时半会儿还真的回答不出来,是啊,自己找人家要干啥?两人既没有媒妁之言,也没有海誓山盟,充其量过去认识,自己想跟人家好,人家没想跟自己好。愣怔片刻,水桶到底是水桶,况且现在的水桶已经远远不是那个在农村城市化进程中跑到鹭门城里找机会的青年农民了。

他郑重其事："我是未婚男,你是未婚女,你说我找你干什么?结婚成家过日子啊。"

韭菜沉默,片刻幽幽地说："晚了,我现在已经结婚,正在闹离婚,你这么一闹,他更有理由,说我有第三者,提出来要离婚得给他一百万。"

水桶又被搞晕了："什么?你正在离婚?你又跟谁结婚了?"

韭菜把茶壶里的茶叶倒干净,然后重沏新茶,鹭门人饮茶讲究,完成这道程序得几分钟,韭菜边洗茶杯边说："什么叫又结婚了?就这一次都快把我给害死了。"

水桶没说话,脑子却拼命运转,想把韭菜传递过来的信息梳理清楚："你不是跟那个叫林鹭生的处长结婚了吗?"

韭菜："是啊,受骗了,他根本就不是什么处长,是一个混蛋、骗子。"

水桶又问："你们在一起过?"

韭菜摇头,正在给酒盅一样的茶杯里斟茶,茶水晃了出来:

"没有,刚刚领证我就发现他骗了我,他根本就不是政府里的人,是搞传销的。"

水桶掏出那张假结婚证:"这是你的结婚证。"

韭菜接过去看看,愣了:"怎么会在你这里?"

水桶追问了一句:"除了这张假结婚证,你还有没有再办过结婚登记?"

韭菜茫然:"这东西办一次,再办得先离才行,又不是买东西,今天买了明天还能买。"

水桶明白了,站起身拽她:"你跟我走,去找那个林鹭生。"

韭菜甩开他的手:"找不到,人不知道躲在哪里。"

水桶又一次惊愕:"找不到人,你怎么跟他离婚?他又怎么朝你要一百万?"

韭菜说:"都是电话联系,我不想再见到他,他也躲着不让我找到他。"

水桶骂了起来:"你傻啊?你跟他根本就没有结婚,这张结婚证是假的,我从你们老家拿来的,要不然我找你干吗?"

轮到韭菜蒙了:"假的?我们到登记处办的怎么会是假的?"

水桶说:"我亲自去了那个登记处,登记处答复的。"说着拽过韭菜的手,指点着那张假结婚证,"你看看,章子是红的,真结婚证盖的是钢印。"

韭菜怔怔的,片刻才发现自己的手还被水桶捏着,连忙甩脱:"我找他去。"

水桶说:"你能找到他?"

韭菜颓然坐下:"只能打电话。"

水桶也坐下来,给自己和韭菜沏了新茶:"别急,先想想下一步怎么做,想好了再动,反正你也不是他老婆,离不离婚已经没关系了,现在最重要的问题是嫁不嫁人,嫁给谁。"

韭菜心事重重,也不知道听明白没有,默默地饮茶,两个人饮了两杯茶,水桶便开始瞎吹:"像你这样的女孩子,嫁人就要嫁一个好的,如果那个林鹭生真的是政府处长,我也没话说。如果你不想嫁给我,我介绍一个给你。"

韭菜抬头看他,眼睛有了惊愕:"你介绍一个给我?"

水桶煞有介事地点头:"年龄三十,在鹭门最好的地段有两套大房子,还有一部高档车,鹭门城市户口,现在是西山化工有限公司董事长,条件够不够?"

韭菜怔怔地看着他,片刻摇头:"算了,那样的人我也不嫁,受一次骗,上一次当足够了,这一辈子人能活多少年?经得起几次骗?"

水桶顿时凉了,他一心想的是,把这么优厚的条件往外一摆,韭菜肯定马上答应,没想到却是这样。

韭菜说:"我也想通了,我不过就是一个普通女孩子,还是农村来的,跟你也相配,就嫁给你算了。说实话,你那么风风火火地满世界闹,刚开始我很生气,后来也挺感动的,说明你心里真的有我,当初不是跟我闹着玩的。"

韭菜这话一出,水桶啼笑皆非,然而,啼也罢,笑也罢,毕竟韭菜答应嫁给自己了。

正在这个时候,韭菜的电话响了,韭菜接听,跟对方吵了起来,然后按下了电话:"又是那个林鹭生,说如果真要离婚,五十万也成。"

水桶眨眨眼:"你跟他约个地方,就说答应给他三十万。"

韭菜惊跳起来:"三十万?我哪有三十万?就是有我也不给那个骗子。"

水桶说:"我给,我给他三十万个大耳光,你跟他联系好,到时候我跟你一起去。"

韭菜还在犹豫,水桶抢过她的手机,用重拨键拨通了林鹭生的电话,拨通以后,把电话递给了韭菜。

66

水桶觉得那天的经历是他这一辈子迄今为止活得最痛快的一天。他带着韭菜开车赴约,村长在后面的车上带着村里的几个民兵护送。水桶本来不让村长这么干,村长说要保护西山村的财神,保护西山村的子弟,硬是带着几个民兵钻进了一辆中巴车。

上了车,韭菜忐忑不安,在车上东摸摸西摸摸,一直不太相信这台高级车是水桶的。水桶说,这是二手的,如果韭菜嫁了他,他就不能再用二手车拉着韭菜满街跑,得换一台新车。韭菜便感动得热泪盈眶。

韭菜告诉他,嫁一个人,跟爱一个人,是两回事。那个林鹭生她并不爱,但是人家是政府官员,嫁给他起码后半生不受穷。结果,领了结婚证,韭菜到他说的那个单位去找他商量婚期和其他事情。单位的人把林鹭生叫出来,她一看就傻了,林处长虽然也叫林鹭生,但根本就不是她嫁的那个人。她脑子顿时乱了,找到那个骗子林鹭生质问他为什么骗人,林鹭生竟然很无耻,得意扬扬地说："不骗你你能跟我结婚吗？"

　　她抽了林鹭生一个耳光，然后就跑回北山村娘家，在娘家躲了半年多，还不敢给爹娘说实情，这件事情说出去太丢人了。爹娘催着她举行婚礼，她只好又回到鹭门市找那个林鹭生商量办离婚。担心父母知道真相，连在鹭门的电话都不敢告诉父母。而林鹭生却再也不照面，打电话有的时候接，有的时候不接，直到水桶开始满大街张扬着找她，林鹭生才又挂电话过来，反诬她有了外遇，威胁说要到法院申请离婚，让她赔五十万，她要不敢上法庭，就私了，私了要一百万。

　　水桶的判断很准，当韭菜按照他的指使，答应给林鹭生三十万了结此事以后，林鹭生马上答应，要约个地方和韭菜见面。韭菜扬着下颌问水桶约在什么地方，水桶悄声告诉她，就约在巴星克咖啡馆。潜意识里，水桶想到，这件事情最好是从哪开始，就在哪结束。

　　远远看到巴星克那熟悉却有怪异的霓光，水桶有点儿感慨："我跟你认得，就是在这里，你还记不记得，那天那个烂人教授和烂人女作家赖我伤了他们，讹我给 120 付钱，还是你出面作证，才救了我。"

　　韭菜笑了："那会儿，你的样子太好笑了，那会儿，我是服务员，你是农民工，我们都是最底层。"说到这儿，有些感伤，眼泪也流了出来。

　　水桶伸手把她的眼泪抹了："我们结婚，你就是西山化工有限公司的老板娘，你把账目管好就行，剩下的事情我去做，好好过日子。"

　　韭菜点点头："嗯，穷也罢，富也罢，好好过日子比啥都强。"

水桶把车停在巴星克咖啡馆的门前，让韭菜先去跟林鹭生照面："你自己去，找到他就坐在他的对面，有我在不用怕，他说啥你都答应，然后我来对付他。"

韭菜点点头："有你在，我不怕。"

服务员看到水桶的车来了，连忙跑过来开车门，韭菜下车，服务员已经换了不知道几茬，都不认得她。服务员看水桶坐在车里没动，不知道该怎么办，水桶吩咐："别管我，我待一会儿再进去。"

服务员便引导着韭菜进了咖啡馆。韭菜进去，水桶下车，后面的中巴也停了下来，村长带着几个民兵过来："怎么弄？"

水桶说："你们也进去喝咖啡，啥话也别说，也别让人看出来你们认得韭菜。如果我叫你们，你们就过来，我叫你们打，你们就放手打，不准用器械，不准伤人，打疼了，求饶了，再报警。"

村长愣了："你毛病犯了？ 我们打人家，你反过来报警，你想吃牢饭？"

水桶说："阿伯，那人是骗子，用假证骗婚，犯了法，报警让他蹲几天班房。"

村长却不同意："水桶啊，俗话说得饶人处且饶人，那个人虽然骗人不对，可是想骗色骗钱，都没有骗上，白忙一场，我们教训他一顿，让他今后学好也就成了。你现在最重要的事情是赶紧跟韭菜把婚事办了，然后踏踏实实安安心心把我们的厂子搞好，带领乡亲们共同致富……"

水桶最怕村长做思想政治工作，有一搭没一搭的他都能搭到一起，只要有人听，讲起来没完没了絮絮叨叨就跟井绳一样绕起来没完没了，心里急着弄清韭菜在咖啡馆里的情况，只好连连点头:"好好好,你是村长,你说咋办就咋办。"

进了咖啡馆,村长带着几个民兵悄悄坐在门边的咖啡座里,服务员过来应付,水桶让服务员给他们每人上一杯咖啡,一块蛋糕:"账我统一付。"然后东张西望地找韭菜。

韭菜和一个男人面对面坐在咖啡厅的火车座里,尽管咖啡厅灯光昏暗,水桶却一眼就认出了那个男人正是假结婚证的照片上那个"林鹭生"。水桶过去一屁股坐到了韭菜身边,男人大惊,反应极快,马上明白事情不好,站起身就要离开,却已经被村长和那几个民兵给堵住了。

"公了还是私了?"水桶问他。

"什么事情就公了私了?"林鹭生还装傻。村长劈头扇了他一巴掌:"干你老,都什么时候了还装,再装就该进去吃牢饭了。"

水桶问他:"你跟韭菜的结婚证在哪领的?"

"在临江鼓楼办事处啊,怎么了?我就是那的人,办结婚登记自然要回原籍。"

水桶看他到了这个时候还咬着罪过装无辜,就对村长边上几个虎视眈眈的民兵说:"打,什么时候说实话了什么时候停。"

几个民兵便把林鹭生塞到咖啡座下面,闷起来狠揍。那人负痛哀号,咖啡厅的客人惊慌失措,老板也连忙过来察看出了什么事,见到水桶和韭菜,老板愣了:"你们两口子跑我这儿闹事,搅我买卖,太不给情面了吧?"

水桶感激他提示自己到韭菜老家找人,连忙软声款语:"这家伙就是那个骗子林鹭生,没事,没事。"

"什么没事有事的,客人都让你们吓跑了。"

水桶连忙说:"我赔,我赔。"

老板对哀叫的林鹭生说:"怎么回事就怎么回事,赶紧赔不是说实话,别吃眼前亏了。"

林鹭生连忙说:"我说我说。"

水桶拦住了趁机过手瘾的民兵:"让他说。"

其实事情也很简单,林鹭生是做传销的,骗韭菜的时候,让同伙在临江找了一处房子,挂了个牌子,再摆个桌子,等他和韭菜去了,把结婚证一领就解散。他之所以办假结婚证,目的不过是骗财劫色。没想到韭菜那么快就发现她冒充处长的假身份,结果色没劫到,财更没骗上。最近一段时间,水桶找韭菜,闹得动静大了,他觉得有机可乘,便用同意离婚来要挟韭菜,却被水桶给抓了个正着。

他在这边说,村长在一旁越听越生气,农村人即便有再多的毛病,厚道、善良的本性也无法泯灭。村长吩咐:"再狠狠地打一顿,打完了送给公安局,世道就是让这些烂人给弄烂了。"

民兵便又一顿臭揍,水桶问村长:"你不是说不送公安局了吗?"

村长挤挤眼睛:"吓破他的胆,省得以后找麻烦。"

揍了一通,将林鹭生赶走,水桶邀请大家喝咖啡、吃西餐,吃饱了喝足了,回去的路上,有的人觉得开了洋荤值得,有的人觉得不值,还是铁观音好喝,还是海鲜高粱酒过瘾。水桶便许诺,结婚的时候一定请大家美美吃一顿。

再后来的故事就简单了,登记结婚,举行婚礼,办流水席,闹洞房,中国人的老套子,皆大欢喜的大团圆,谁都明白,就不细述了。

67

水桶婚后生活美满,他和韭菜住到了鹭门城里,根据政策,韭菜也顺利地在城里落户,成了名正言顺的城里人。唯一让人不太满意的是他阿妈对城里的生活不适应,坚守在西山村,令水桶的孝心打了折扣。

"水桶啊,你好好生上几个娃娃,不管是男是女,只要有了娃娃,娘就进城给你带娃娃。没娃娃,娘一个人守个空屋子,空落落的没事情干,连个说话的人都没有,还是在村里住着舒心。"水桶和韭菜无数次去接他老妈的时候,水桶阿妈都这样对他们说。

韭菜现在给水桶当财务总管,却又不懂财务,报了鹭门大学的会计培训班,又要管账又要学习,整天在外面忙。水桶不管有事没事都得到公司的董事长办公室坐着,算是上班。两口子一走,二百多平米的大房子里就扔着水桶阿妈一个老太太,也确实孤独寂寞。

"那咱们就抓紧生孩子,有了孩子我阿妈就会进城跟我们一起住。"返回鹭门的路上,水桶怂恿韭菜跟他配合,抓紧生孩子。

韭菜的想法却和他不同:"我们还年轻,不趁这几年多学点儿东西,多干点儿事业,还有那么多好玩的没有玩,我才不要孩子。"

水桶惊讶:"你不要孩子?那你结婚干啥?"

韭菜说:"我不是不要孩子,我是现在不要孩子,孩子当然要,不要孩子老了怎么办?"

水桶叹息:"你不要孩子,我每天晚上不都是白费劲儿么。"

韭菜扭身扑过来连掐带打:"干你老,耍流氓啊。"

车子在公路上扭起了麻花,对面来了一辆大集装箱车,看到水桶的车占道,连忙刹车,车身又长又重,拖挂横了过来。水桶手疾眼快,连忙左转,车子紧贴集装箱车冲了过去。后面,传来了愤怒的喇叭声和嘶喊詈骂的声音。

韭菜又抱怨水桶:"你不要命了? 我们还没生孩子呢。"

水桶骂她:"不是你怎么会这样? 老老实实坐着,不能再乱动了。"

两个人的关系就是这样,真真假假的争争吵吵,表面上看上去谁也不让谁,实际上水桶还是得让着韭菜,没办法,怕老婆的基础是爱老婆。韭菜的优点也很明显,就是喜欢在家里做饭吃,不爱到外面的饭馆吃。每天坚持给水桶做饭,水桶妈最欣赏的就是这一点,到处给人家宣传儿媳妇贤惠,肯给儿子烧饭。韭菜的论点是家里做的饭不但可口,而且可靠,起码没有庄水桶生产的地沟再生油和一滴香。

在家里吃饭还有一个附加的优点:吃过饭,水桶没有充分的理由不能往外跑,两个人老老实实守着电视哪也不去。电视看厌了,困了,两个人就上床做无功运动,每天的功课做完,两个人呼呼酣睡,一天也就过去了。水桶对这种日子很满足,吃喝嫖赌的恶习不治自愈,有时候回想起来还暗暗羞惭。韭菜拽他去老市区逛街,他往往要推辞,即使去了,也低头缩脑,活像过街的老鼠一样鬼鬼祟祟。他是怕过去打过交道的站街女认出他来,不识相,过来纠缠他被韭菜发觉。

一家电视台每周有一个午夜夫妻节目,收视率很高,韭菜也特别喜欢看,而且到了那天必然要逼着水桶陪她看,边看还边讨论男女关系问题。那天一个妇女抱怨丈夫对她不好,家务活都是她干,家里什么事情却都是丈夫说了算。水桶看到就挺烦,想换台,韭菜坚决不答应:"这个世道确实不公平,就连那个什么经上都说,女人只不过是男人的一根肋骨,我们家不能这样。"

这方面水桶倒明白:"你说的是《圣经》,那上面可能写错了,其实上帝造的第一个人是女人,上帝看女人不够强壮,连活下去都难,就用女人的肋骨造了一个体格壮的男人,专门给女人打工,干活养活女人。"

韭菜也是初中毕业生,对这些事也不是不懂:"就是,过去有一个母系社会,生下来的孩子,光认母亲不认爸,男人连有孩子的资格都没有,要是现在还那样多好。"

韭菜脸上憧憬的神情让水桶好笑:"其实现在也差球不多,生孩子女人不愿意,男人再努力也是白费力。"

话头引向了造孩子的事情,韭菜说:"你真的想要孩子?"

水桶赶紧点头:"哪个男人了结婚以后不想要个孩子?当然想要啊。我们要是有孩子,不管男女,休息了,带着出去玩,多好。那天太阳好得很,我路过公园,看到草坪上有几十上百个人晒孩子,滚的爬的跑的闹的,真好看。"

韭菜被水桶的热情感染,眼珠子转了又转松口了:"那好吧,我答应你,生孩子。"

水桶马上激动了,扑过去抱住韭菜就啃,弄得韭菜满脸哈喇子。接下来就是关电视、回卧室、上床造人。

68

水桶打电话把两个人开始造孩子的事情告诉了阿妈，阿妈激动万分："水桶嗳，我这两天收拾一下就过去帮忙。"

水桶苦笑："老娘耶，你要过来住我高兴，帮忙就算了，这种忙你帮不上。"

阿妈咯咯笑着扔了电话。

有了新的生活目标，两个人的夫妻生活也更加频繁，感情也更加热烈。晚上吃过饭，哪也不去，挤在沙发上泡茶看电视，那天的新闻很爆炸，说是一家全国著名的奶粉里被添加一种叫三聚氰胺的化工原料，孩子吃了以后，都得了肾结石，现在国家有关部门正在追查，将会严肃惩处。

刚开始这个新闻并没有引起水桶和韭菜的重视，然而，接下来的事态发展却大大出乎意料，这几乎成了震惊全国的罪案，人人口诛笔伐。水桶除了看电视，处理公司业务以外，最喜欢干的事情就是上网，网上流传的那些婴幼儿喝了三聚氰胺奶粉以后的照片，让水桶义愤填膺，恨不得把那家奶粉公司给炸了，把那家奶粉公司的领导给杀了。

自然，暴力泄愤也就是想想而已，水桶不可能真的为了不相干的人去干那种血淋淋的事情，即使是为了相干的人，水桶也没有勇气杀人。韭菜对这件事情的反应没有水桶那么激烈，她的反应更加现实，更加联系实际："水桶嗳，我们的孩子可千万不能吃国产奶粉，一定要吃进口的，再贵也得吃进口的，现在发现的是三聚氰胺，还没有发现的呢？费尽力气生个孩子，结果吃奶粉吃出问题来，那还不如别生。"

水桶财大气粗："那是当然，我们的孩子，要吃就吃进口的，吃到一百岁都成。"

韭菜就骂他："你变态啊，哪有一百岁还吃奶粉的？孩子一百岁，我们都成焦灰了，谁还管得到那么远。"

三聚氰胺事件不断扩散，不断发酵，后来报纸上、网络上、电视上对食品安全问题越来越关注，市场再生地沟油、一滴香等等问题也成了讨论的热点。据说，地沟油里面的毒素会导致人中毒、得癌症。一滴香长期食用也会让人痴呆、患癌。这些消息让水桶惴惴不安，却又不知道该怎么办，他就是靠这些东西发财的，如果不干，财路也就断了。

这些消息让韭菜惴惴不安，刚开始的反应就是声明暂时又不想要孩子了，刚好避孕药又断顿了，就拒绝配合水桶造人。那天水桶回西山村跟村里结账分红，本来韭菜这个财务总管应该跟着去，韭菜却推托有事没去。水桶办的这种事情是皆大欢喜的好事，村长、支书留他吃海鲜喝高粱酒，水桶想着韭菜一个人在家，坚决拒绝，村长和支书还有乡亲们就纷纷表扬水桶是好男人，知道疼老婆。

水桶连夜开车回到城里家中，进门见韭菜躺在床上，脸色黄蜡蜡的好像冬天的茅草。

水桶惊问："你咋了？病了？"

韭菜懒懒地说："没病，我戴了个环。"

水桶没明白："戴环？戴什么环？"

韭菜有点儿不耐烦："还能戴什么环？避孕环。"

水桶怒了："干你老，你不是要跟我生孩子么？怎么随随便便就把环戴上了，你还真以为现在是母系社会啊？"

韭菜没发脾气："你别急，我也是为了我们好。现在生孩子，万一吃了什么不干净的东西，孩子有了损伤，就是我们一辈子的麻烦。再说了，你现在做的那些东西，什么地沟油、一滴香，都是伤天害理的缺德生意，万一老天爷怪罪我们，我们生个怪胎怎么办？"

韭菜的话就像重槌击中了水桶的脑门子，水桶颓然坐到了地上，韭菜也不理他，转过身给了他个后背，自己睡了。

韭菜的话令水桶越想越害怕，自小受到的教育就是本本分分靠劳动吃饭，伤天害理一定会遭报应。自己这是怎么了？怎么就把这些都忘了？阿妈一而再再而三地说，人在做，天在看，自己做什么，天公爷爷一定会一点不漏地看在眼里，老天爷不是自己的亲爷爷，对自己的行为一定会惩罚的。

"水桶嗳，早些睡，明天一大早我还要早起到庙里烧香去。"韭菜躺在床上背朝他又说了这么一句。

韭菜为什么要去庙里烧香，水桶心知肚明，韭菜是要求佛祖保佑他，不要惩罚他，当然，他也要改过自新。那一晚上，水桶坐在地上没有睡觉，也不敢睡觉，睡着了就会做噩梦，梦见长着鬼怪一样脑壳的人就像潮水，乌泱泱地围困他，让他赔命。醒过来，惊出一身冷汗，看看表，不过才打了个盹。坐在地上打瞌睡，屁股让实木地板硌得生疼，就像小时候不好好读书被老娘用笤帚疙瘩抽了。

天亮，水桶想给韭菜叫一份麦当劳做早餐，可是想到自己的地沟油、一滴香就又有点儿怕,他也弄不清自己做的那些东西会不会也流入了麦当劳的油锅。于是只好自己动手给韭菜煮了一碗稀饭,然后又弄了些小咸菜,看到韭菜还睡得香甜,就留了个纸条,说是要到西山村去办事,让韭菜好好休息。

水桶稀里呼噜喝了两碗稀饭,然后驾车上路,现在的车是新买的奥迪,换车的时候,水桶想换一部日本车,韭菜不同意,说她恨日本鬼子,要买车也买美国的,美国人帮着中国人打日本人。可是美国车太耗油,比较来比较去,还是折中一下,买了一台奥迪。

行驶在通往故乡的山道上,水桶郁闷的心情逐渐开朗,想想也对,刚进城的时候,自己啥也不懂,唯一的目的就是赚钱,好像这一辈子就活了个钱字。为了钱,他从来没有想过自己做的一切是不是对,是不是危害了别人,危害了社会。现在既然明白了,就不能再干伤天害理之事,一定要有个改变,人不能靠做坏事赚钱,就像韭菜说的,干坏事弄不好会生怪胎。

然而,让他万万想不到的是,他的良好愿望招来的却是又一桩血案,而且这次流血的是他自己。

69

水桶进村后没有回家,直接把车开到了厂里。叶青春照旧又在他自己开辟的那个实验室里忙碌。叶青春曾经对水桶说过,他过去的理想就是有一个自己的实验室,结果,不但没有搞成自己的实验室,反而连厂子都被卖了。现在有了自己的实验室,叶青春非常高兴,没事就在实验室里鼓捣那些瓶瓶罐罐。

水桶非常喜欢叶青春的实验室,里面有各种各样的瓶瓶罐罐,还有酒精灯、真空泵、操作台等等各种过去在中学实验室里能够见到的东西。这些东西让水桶回忆起自己上中学时候的情景,化学他根本学不进去,却喜欢摆弄那些瓶瓶罐罐。有一次晃瓶子,瓶子里装的不知道什么液体,重重的、稠稠的,水桶好奇,用自来水往瓶子里面加,液体顿时暴怒起来,四散炸开,差点儿没把水桶给毁了。原来他给浓硫酸里加水,引起了化学反应,把化学老师吓得再也不让他进实验室了。

叶青春的实验室里有的时候会散发出非常好闻的味道,就像用卤汤炖肉。有的时候味道很难闻,就像谁穿着球鞋多年未洗脚。叶青春的情绪和实验室里的味道配合默契,味道好的时候,他的情绪就好,嘻嘻哈哈哼小曲,跟他开玩笑他也能接受。味道不好的时候他的情绪就很坏,一般人不准进他的实验室,就是村长、支书、水桶来了,他也把那张旧皮革似的老脸板得就像烂皮鞋,一句话听着不顺耳,马上骂粗口。

现如今大家都明白,叶青春其实是这个厂子、这个公司的灵魂,没有了他,这个厂谁也弄不了,不要说开发新产品,就连老产品也得停下来。对水桶和西山村乡亲们来说,生产的组织、设备的维护保养、产品的质量控制等等这些事情简直就是瞎子摸象。所以,就连水桶现在对叶青春也极为珍重,好像叶青春就是他的钱包。

试验室的门关着,这就意味着叶青春不希望此时有任何人任何事情打扰他。水桶不是那种识趣、识相的人,推推门,门锁着,就开始敲。

叶青春拉开门,一股酸菜沤烂了的味道扑面而来,叶青春的脸色也像一棵烂酸菜:"干吗呢?"

水桶赔了个笑脸:"想你了,来看看。"

叶青春对水桶心存感激,如果没有水桶,现今他肯定还在为今天吃不吃一顿肉这种让人惭愧的问题熬煎。如今,不但拿着高薪,而且年底有分红,大概算算,半年的收入竟然比过去几十年加起来还多,所以,不管情绪好不好,对水桶他不会太生硬:"进来吧,喝茶自己烧。"

叶青春扭头忙碌,戴着老花镜,埋头工作台,前面是花花绿绿的粉末, 还有两个五十毫升的烧杯, 烧杯里盛着土灰色的液体,烂酸菜的臭味就是从烧杯里飘出来的。

"这是什么东西? 这么臭?"

"说了你也不明白。"叶青春显然懒得对水桶这个外行讲解,"臭豆腐臭不臭? 照样有人爱吃。"

水桶讪讪一笑,忍着臭味过去烧水泡茶。叶青春虽然说了让他泡茶自己烧水,却显然并不希望他在这里待着,追问了一句:"有什么事?"没说出来的意思就是有事你说,没事你就走。

水桶只好把话题往自己的目的上引:"叶总, 最近三聚氰胺奶粉的事情你听说了没有?"

叶青春仍然在埋头写着什么,随口回答:"听说了,怎么样?"

水桶便唠唠叨叨地开始骂那家奶企缺德,伤天害理,诅咒那家企业的头头全家都死光光才好。叶青春回头看看他:"你了解情况吗?"

水桶说了解啊, 不就是那家企业生产的奶粉里面加了三聚

335

氰胺么。

叶青春叹一声，摇摇头："我给你说件事情。我有一个朋友过去在那家企业搞技术检验，他告诉我，他们收购牛奶的时候，奶农们为了增加牛奶的分量，又不被检测出来牛奶蛋白含量不足，就往牛奶里头加牛尿，你说这些奶农聪明不聪明？"

水桶骂道："卵窖，还聪明呢，聪明往这方面使，那不是害死人吗？"

叶青春放下手头的工作，转过身来，笑笑："这样做害不死人，害人的事情在后面。你说一头牛能尿多少尿？奶农加牛尿也满足不了他们赚钱的欲望，于是就有人，比奶农更聪明的人，大多都是牛奶收购商，研究出了新的成果，给牛奶里添加三聚氰胺溶液，既能增加牛奶的分量，还能不减少牛奶的蛋白含量，三聚氰胺溶液和牛尿不同，牛尿要靠牛撒，三聚氰胺溶液不麻烦牛，人可以自己配制，要多少配多少，敞开用。"叶青春乜斜了水桶一眼，"你说，这件事到底该怪奶粉企业，还是该怪奶农？"

水桶想了想："都怪，最可恨的还是那些中间商。"

叶青春不再理他，回身把桌上的粉末分别装进了小口瓶里。水桶懂得，这表明叶青春对他的责任判定认可。

"最近报纸上到处在说再生地沟油的事情，都说那东西也对人有伤害，还有一滴香，都说是含有毒性的化工产品，吃了人会得癌症，也不知道是真是假。"

叶青春放下了手里的活，再一次扭转身子面对水桶："你装傻啊？地沟油对人体有没有危害，你还用问我吗？不过，我研制的一滴香，可以明确告诉你，对人体绝对没有危害，就跟味精、鸡精一样。抽烟对人的危害那么大，卫生机构天天劝老百姓戒烟，可是国家为什么不彻底关了烟厂呢？话再说回来，就是白面大米，吃多了对人也有伤害，起码能把人撑死，你能说白面大米不能吃吗？"

对叶青春关于他搞的一滴香没有危害的说法，水桶不敢相信，他心目中的叶青春老奸巨猾，是一个很有本事的老坏蛋："那是两回事情，如果真的害了人，我们可都得去吃牢饭了。"

叶青春瞪着他："吃牢饭也是你，你是法人代表，"说完这一句，叶青春离开操作台，坐到了沙发上，给茶壶里注满新水，"你今天突然跑过来说这些话，到底有什么事情，明说。"

"我想把这个厂子停了，不再干……"他犹豫片刻，还是把韭菜说的那句话说了出来，"伤天害理的买卖了。"

叶青春没吭声，啜吸着茶水，眼睛也没看水桶。水桶瞩目叶青春，想从他的脸上看出他的态度，可惜叶青春确实老奸巨猾，那张脸就像一根苦瓜，没有任何表情，水桶想从那张脸上看出他的态度，就如想从地板上读出天书来。

"你说说么，你怎么想？"

叶青春闷闷地说："你是董事长，法人代表，你说了算么。"

但是水桶却能听出来，叶青春并不支持，话外音其实就是反对："那你说该怎么办呢？"

叶青春缓缓地说："你是董事长，但是企业根据合同是有限责任制，还有董事会，还有西山村村委会和西山村的乡亲，大家的利益都在里面，你作什么决定，最好还是听听他们的意见。"

水桶说："我自然不能自作主张，自然要征求他们的意见，我现在最想听的还是你的意见。"

叶青春这才抬眼看了看水桶："我的意见？我的意见有用吗？"

水桶说:"当然有用,你是我最器重、最相信的人啊。"心里却骂:"干你老,老狐狸,尝到甜头了,不想撒手。"

叶青春又说:"不管你要怎么做,但是你要相信,我研究的那些调味品绝对没有危害。至于地沟油,有危害,但是关键要看你用在什么地方,给人吃不行,给化工厂做化工原料就没问题,这是你们销售渠道造成的,跟我没关系。"

水桶又在心里骂他:"干你老,还没怎么样呢,就开始推责任了。"嘴上却说:"那是,那是,你说得对,到时候真要坐牢,我去也轮不到你。"

叶青春显然很不愿意关掉厂子,却又不愿意跟水桶明说,那样显得自己掉分子,好像离不开这个厂子,离开这个厂子就混不下去似的:"我没意见,厂子随时你都可以关,你还是跟村长他们商量一下吧。"

说完,叶青春起身回了操作台,不再答理水桶,水桶也清楚人家跟自己没什么话好说了,只好起身告辞,去找村长和支书。

村长和支书的态度是坚决反对,这也是预料之中的事情,谁也不愿意把财神、银行扔了不要。让水桶生气的是他们的态度,水桶一提出要关厂的想法,村长和支书对他的态度马上就变了,就像他是贼人:"干你老,厂子是你们家的? 你说开就开,你说关就关? 关了村里乡亲的损失你来赔?"村长年纪大,辈分高,这样骂他,水桶没话说。

支书跟水桶的辈分一样,此刻也摆出了领导的款式骂他:"卵窖,你还真以为公司是你的? 是全村人的,你要是敢关厂,我就敢关你们家的门。"

谈话是在村委会的贵宾室里进行, 现在村里不时要接待一些前来参观、视察的客户、领导，所以专门盖了一间房子，装修得花里胡哨，摆放得豪华舒适，水桶到村委会找村长、支书，自然被让进了贵宾室。刚开始气氛非常融洽、热情，三个人还说好中午要在一起喝酒，结果谈着谈着就谈崩了。

村长和支书齐声谴责、斥骂，水桶非常火大，如果放在过去，水桶也就罢了。现在这么一骂，水桶觉得过去所做的一切、所得到的一切，不过都是利益掩盖下的假象。况且，自己作为董事长，竟然会被他们这样骂，证明他们从来就没有真正把自己这个董事长放在心里。想到这一点，水桶的倔强发作起来，推翻茶几，茶几上的茶具碎了一地："干你们老，老子就是要关厂，还要去投案自首，厂子就是老子的，谁说了也不算。"茶具摔到地上尖锐的破碎声中，水桶嘶吼着，然后出门，把门摔得震天响。

70

水桶肩膀上顶的好像不是脑袋，而是一大壶开水，唯一的念头就是要关厂，既是为了不再害人，也是为了证明自己的地位，他要让村长、支书，还有那个老狐狸叶青春明白，厂子，是他庄水桶的。

来到厂里，水桶钻进自己的办公室，虽然在厂里设了一间董事长办公室，水桶却几乎从来没有进来过，每次来了，除了在生产车间兜个圈，就是在叶青春那里泡茶，或者到肉菜那儿瞎吹。董事长办公室里摆设应有尽有，电脑电视传真复印机沙发茶几大班台一应俱全,是个套间,里间还有一张席梦思,供水桶劳累的时候歇息。

水桶叫来了肉菜,肉菜看到他竟然待在董事长办公室里,有点儿意外:"你怎么待在这里?"

水桶脸臭臭的,话狠狠的:"我的办公室我凭什么不能待?"

肉菜见他不讲理,知道他犯毛病,也不跟他计较,敛容请示:"董事长找我有事?"

水桶说:"你用电脑给我打一份通告。"

肉菜问:"什么内容?"

"就写……"水桶斟酌一下,接着说,"就写自即日起,工厂停工了,其他善后事宜,等候通知。"

肉菜愣住了:"停工?好好的停什么工?是不是上面又要来检查?"

水桶光火:"什么检查不检查的,我说停工就停工,我是董事长还是你是董事长?"

肉菜转身:"那好吧,我去打。"

水桶拦住了她:"上哪去?就在我这里打,字要打得大大的。"他是怕肉菜出去找叶青春和别的员工来跟他啰唆。

肉菜无奈,只好打开董事长办公室的电脑,噼里啪啦敲了一通,然后用打印机打出来,递给水桶看。水桶看了看,还给肉菜:"你出去贴到大门口,别人问什么都说不知道。"

肉菜拿着通告走了,水桶出门,来到供电总闸跟前,一把拉掉了总闸。机声隆隆的工厂顿时就变成了断气的尸体。工人们惶然嚷成一片:"怎么了? 怎么了? 停电了? 赶紧找电工来修……"

电工来了,看到水桶守在电闸跟前,还没明白发生了什么,就惶惶然地向水桶解释："刚刚停电了，我马上就过来了。"

水桶说："没关系，是我停的。"

电工愣在那儿，工人们也纷纷涌出来看情况，一看到水桶，大家伙都向他报告："董事长，停电了，停电了。"

水桶告诉大家："没停电，是我让停工的，有一些事情需要处理，处理清楚了以后再开工。"

立刻就有工人担心起来："老板，我们的工钱怎么办？"

水桶扬声给大家宽心："工钱一分钱也不少，大家放心，我庄水桶就是这个村里的人，跑得了和尚跑不了庙，有些事情要商量好了以后，开工还是关厂，再告诉大家。大家今天开始放假休息，放假期间工资照发。"

有了这话，工人们自然放心，轰轰闹闹地散伙，本村的跑回家去泡茶休息，家不在本村的，有的上山瞎逛，有的跑回宿舍整理内务。水桶当时并没有注意，叶青春、肉菜还有其他几个公司的管理人员并没有出现在现场。

其实，停工也不过就是水桶一时冲动，是受了村长和支书轻侮之后的本能反应。停了工之后怎么办，到底是把工厂彻底关了，还是调整一下产品生产继续经营，他都没有多想。现如今，工厂已经停了下来，下一步该怎么办，问题马上摆到他的面前。他的想法也很简单，就是回家待着，等着村长、支书他们过来跟他赔礼道歉，然后再说下一步的话。

然而，事情的发展远远超出了他的预料，刚刚从工厂出来，还没到家，村民不知道从哪冒了出来，把水桶给围了起来。

"你凭什么关厂？"

"工厂不是你一个人的。"

"关厂要经过我们同意。"

"造成的损失你要赔偿。"

"……"

村民们围着水桶闹哄哄地乱吵，水桶想起过去他们见到自己的时候那份恭敬和殷勤，就一个劲儿地犯晕，不知道过去的事情是梦境，还是眼前的事情是梦境。

"你们别着急，我们生产的产品有问题，会害人的，等我和其他领导商量一个办法以后再说。"

水桶刚刚解释了这一句，马上有人开始愤怒："你现在说这个屁话有什么用？早干吗去了？生产什么，卖给谁了，都是你水桶做的，现在你说停就停，你把公司当成了你个人的？"

"对，公司是我们大家的，我们大家都有股份在里头，停工了损失让他赔。"

"赔、赔、赔……"

一片"赔、赔、赔"的声浪中，偶尔能听到"干你老"的骂人话，还有"不准停工，要停工就要经过全体村民通过"之类的话语，就像声浪中迸出来的水花，溅进水桶的耳朵。

水桶在村里长大，知道山区农民的性格，这些山区农民就像老水牛，平常温顺敦厚，只要有一口草吃，就能任劳任怨地奉献自己的一切。然而你真的惹着他了，他就会变成疯狂的老虎，不管不顾跟你闹个你死我活，而且还特别执拗、倔强，认定的死理绝对不会轻易转弯。

面对气势汹汹的乡亲，水桶只能选择逃避，尽管他这会儿对自己刚才冲动之下停工多少有些后悔，然而此刻却不能马上退缩，那样就太没面子了。水桶拔脚就走，想从乡亲们的包围中冲出来并不那么容易，前面有人堵，后面有人追，也说不清谁真的火了，从后面踢了水桶一脚，还有人抓挠他。水桶也火了，扭身过去，也不管刚才是谁动手，乱抓乱打起来。

他一动手，别人也不会闲着，顿时打成一团，寡不敌众，水桶很快被打翻在地，鼻子脸上糊满了血，也弄不清是他自己的还是别人的。水桶阿妈闻讯疯了一样地赶过来，随手捞起不知道是谁扔在道边的一根竹竿，挥舞乱打，被打到的人呼痛喊疼，看清是水桶阿妈，却不好还手，纷纷躲避，水桶这才爬起来突出重围，跟阿妈两个狼狈不堪地跑回家里。

水桶回到家里，才发现鼻子出血了，脑袋也破了，好在都不是什么重伤，显然乡亲们还算是手下留情，如果真打，那么多人，一人一巴掌都能把他拍成肉饼。

水桶阿妈给水桶擦洗了一下，这才追问到底发生了什么，水桶还不能告诉她工厂在害人，只说工厂销售不好，想停工，他妈便追问停工了工人怎么办，乡亲们怎么办，水桶被问得心烦，就吼他娘别管他的事，出门开车回了鹭门。

71

韭菜看到水桶挂了伤，自然又是一番大惊小怪，对着韭菜水桶能说实话，便把白天在村里遇到的事儿说了一遍。韭菜极为愤怒，既恼乡亲们不识大体，又恼村长、书记背后煽动村民起哄闹事。

"没关系，不管他们了，我有办法治他们。"

水桶问她有什么办法，韭菜说："简单得很，财务款项都在我手里，我把资金给他们断了，看他们还怎么干。"

水桶也明白，他光发那一个通告没有屁用，他转身一走，通告肯定马上就被人撕了，电工推上闸，生产马上恢复，一切都照旧。韭菜这个主意彻底，没了资金流动，就像汽车没油了，只有停车。

水桶安心在鹭门休息，早上起来和韭菜爬山锻炼身体，回到家里泡茶看电视，或者上网瞎逛。中午吃过饭，美美睡个午觉，下午到街上转悠，碰到什么热闹就过去凑一凑，倒也过得清闲自在。唯一不太可意且还不能向外人道的就是韭菜不配合他了，晚上想过夫妻生活，韭菜一概拒绝，理由充足：医生说了，戴上环三个月内不能行房。水桶觉得不太可能，想到医院找个医生问问，却又不好意思，到网上查了好几天，网上有的说戴环一周内不能行房，有的说十天，也有的说半个月，没有一个说三个月的。水桶把网上查询结果告诉韭菜，韭菜说网上的话你也信？网上还说股市要涨，房价要跌呢，你见股市涨了，还是房价跌了？每个人的身体条件不同，医生是根据我的身体情况作的医嘱。

水桶没招，也清楚，不管医生是不是这么说了，只要韭菜不愿意，那就没有办法，他庄水桶还没下作到强奸自己老婆的程度。韭菜也不是那种不讲道理的女人，知道水桶有需求渴望，就用手帮他舒服，水桶就觉得很难受，好像韭菜是幼儿园的孩子，自己是孩子的玩意儿，心里有了屈辱感，每当韭菜试图用手来满足他的时候，他就愤愤地推开，转过身去，用屁股用力蹾几下床垫子，然后装睡，不答理韭菜。

日子过得有时候有趣味,有时候很无趣,有趣味的时候就叫生活,没趣味的时候就叫熬日头,生活也罢,熬日头也罢,一个月过去了,西山村就像记忆中的往事,在水桶脑子里渐渐远去。有时候给阿妈打个电话,也从来不提工厂的事情,阿妈也怪,居然也从来不和水桶提及工厂的事情。然而,在水桶内心深处,却隐隐有一种期盼,希望西山村那边能够想起他,担心西山村真的把他给忘了。

韭菜知道他的心思,不停地提醒他,主动权在他们手里,客户在他们手里,客户的购货款打在他们的账户里,怕啥,理都用不着理西山村那些烂人,就等着那些烂人上门来求他们。韭菜把西山村的乡亲们叫"烂人",水桶很不接受,反骂她:"你们北山村才是烂人。"

韭菜反讥他:"好好好,我们北山村是烂人,你们西山村不是烂人,可是我们北山村的烂人没有把你这个西山村的烂人打得头破血流。"

水桶便鼓了气不跟韭菜说话,心里暗暗承认,西山村的人确实有点儿烂,用得着时朝前,用不着翻脸就不认人。这天水桶跟韭菜到超市消费,买了一堆乱七八糟用得着用不着的东西,用车拉回家里,正在楼下卸货,门岗保安打过来电话,说有人要会见水桶,问水桶见不见。水桶问是谁,保安说是西山村的。水桶马上回绝:"不见,西山村的一律不见。"刚刚说完,电话里传来阿妈的骂声:"干你老,是我,你老娘你也敢不见?"

水桶没想到阿妈突然驾到,连忙跑到小区门口迎接。一辆日产骏捷停在小区门口,水桶认得,这是村委会那辆公车,平常都是村长和支书用,今天载着阿妈过来,肯定是村长、支书指使阿妈过来当说客要钱。

"这是我老妈，过去在小区常来常往的，你们怎么不认得了？"水桶责怪保安，保安解释他是新来的，过去没见过这位老人家，今后再来就记住了。

水桶瞄见车里还有别人，用眼角余光扫了一眼，果然是村长和支书，便假装没看见，把阿妈从车里接出来，然后吩咐司机："好了，人到了，你回去吧。"

村长和支书连忙跳下车，把水桶裹住，村长笑嘻嘻地套近乎："水桶，董事长，我们亲自把你阿妈送过来，干……"蓦然想到水桶阿妈就在跟前，紧急刹车，把"你老"两个字生生咽了回去，"连口茶都不给泡，太没情谊了吧。"

支书也说："水桶，这么多天没见你，我和村长专门过来看看你，一路连口热水都没喝，你不能朝我们甩冷屁股啊。"

水桶阿妈在水桶脑门上杵了一指头："水桶嗳，有理不打上门客，村长、支书过去对我们孤儿寡母可没少照应，今天你要是给村长、支书摆冷脸子，可别怪我今后不登你的门。"然后对村长、支书说，"走，我给你们泡茶去，别理他。"

水桶只好对村长和支书挤出一丝笑意："哪里，没有事情啊，走走走，泡茶去。"

村长和支书打着哈哈，跟着水桶朝小区里头走，司机开着车在后面慢慢跟着，就像给他们送行。韭菜还在楼下等着水桶搬东西，看到他们一行人，连忙迎过来，韭菜当过咖啡馆服务员，也做过茶楼里的茶花女，应付人比水桶活络得多，见了婆婆和村长、支书，就满脸堆笑："妈，你怎么来了？也不打个电话，我跟水桶好过去接你，你看你还麻烦村长和支书来送你。"然后才跟村长、支书招呼，"村长、支书，你们两个可是请都请不来的稀客，快上楼泡茶。"

村长跟支书看到地上堆的大包小裹，二话不说，屈尊帮着他们提，韭菜也不跟他们客气，任由他们当小工，和水桶两个拥着阿妈挤进了电梯，在电梯里，趁村长和支书上下打量电梯里贴的广告时，韭菜朝水桶挤挤眼睛，又笑了笑，水桶明白他的意思：看看，憋急了，上门求饶来了。

72

进门坐定，韭菜手脚利索地给村长和支书泡茶，村长和支书这个时候才显出了局促、尴尬，没话找话："这房子真不错啊，到底是城里的高档住宅，看看多亮堂，多豪华。"村长四下打量着客厅说。

"装修得也好，多洋气，不像村里的房子，再怎么装修也土。"支书说。

喝了两杯茶，村长和支书又夸奖水桶的茶叶好，两个人你一句我一句地往外挤话，反倒把水桶闹得难受，他真想说你们俩有什么话就明说，可是那样说又好像要赶人家，不管怎么说，人家是上门的客，又是陪着老娘一起来的，只能客客气气，不能像在村里那样耍脾气。水桶只好陪着村长、支书没话找话，几个心里都清楚，最终的话题就是西山村的工厂，可是谁都小心翼翼地不提这个话题，就像患上了脏病的人需要治疗，却又本能地避开这个话题。

韭菜给水桶阿妈安顿好住处，过来在一旁听着看着他们绕弯子，实在难受，便插话问："厂里还好吧？"

她一下把话接到了工厂上，立刻像打开了阀门，话起了头就像滔滔流水不停地从村长和支书的嘴里流出，而且流出来的全都是苦水："不好啦，已经停产了。""要账的人住在村里，进货也没有钱，眼看着干不下去了。""工人也着急了，快两个月没见工钱，说是要到市里讨薪呢。""村里人也不干了，在工厂上班拿不到工钱，都嚷嚷说要把厂子里的东西抢了变现呢。"

支书和村长说这些话的时候愁眉苦脸，水桶殷勤沏茶，不作回应。

"水桶，公司你是老板，你说咋办呢？你不能就这样扔下不管吧。"村长见水桶不表态，没热情，只好软下身段直接求诉。

水桶也装作愁眉苦脸："我自己一手弄起来的事情，我比你们还心疼，可是没办法，我不能再管了，再管乡亲们就得把我杀了。"

支书讪讪地笑着："水桶，乡亲们也是不明白道理，一时火起，你在村里长大的，哪一家的饭你没吃过，哪一家的茶你没饮过？不要记乡亲们的仇啊。"

水桶说："我可不敢记乡亲们的仇，我也不相信乡亲们会那么无情无义，乡亲们肯定也是受人蛊惑的，我不生乡亲们的气。"

村长老脸微红，水桶的话就像刮痧用的篦子，然而，刮的不是后背，是他和支书的老脸："水桶啊，你千万不要误会，当时我和支书也没想到事情会弄到那个地步，就是想让乡亲们出面劝劝你，还不是为了我们西山村，为了西山村的乡亲。你受委屈了，我和支书今天当面给你赔个礼,道个歉,成不成? 你就放开手,不要一把把厂子给掐死了,那也是你的心血么。"

支书连忙点头,胖脸涨红有如一盆水煮肉片:"是啊,是啊,水桶,为了新农村建设,为了西山村的稳定和谐,你也一定要接受我和村长的道歉,放工厂一马,不然我们给乡亲们没法交代啊。"

水桶很执拗:"事情不是那么简单,我愿意法律也不愿意,我想好了,按照我们当初的合股协议,还有企业章程,分了算了,那种厂子不能再干了,再干伤天害理啊。"

村长和支书面面相觑,尴尬、气恼却又不得不忍着,表情活像在大街上憋了一泡尿却到处找不到厕所。

这个时候水桶妈闯了出来,老太太洗了一把脸,又换上了拖鞋,冲到水桶跟前揪下拖鞋劈头盖脸地就朝水桶抽:"你个不长进的东西,乡亲们对你多好,你在外面混,家里全靠乡亲们帮着,每年茶田里的活路我忙不过来,还不都是支书、村长安排人帮着。现在你有钱了,当老板了,了不起了,你是要把乡亲们给害死啊? 你今后还回不回西山村了……"

村长和支书见水桶妈出头了,便假模假式地拦着劝着,却只动口不动手,任由水桶妈的拖鞋底子拍蟑螂一样不停地朝水桶脑袋上招呼。

水桶自小到大有一个好处,虽然也有跟老娘顶撞的时候,可是老娘真的发火生气,水桶能做到骂不吱声,打不躲闪,只要老娘骂得痛快,打得解气,水桶是绝对不会拒绝挨打受骂的。然而,韭菜看到婆婆打水桶却心疼得了不得,连忙扑过来劝阻。水桶阿妈打水桶从来没有人劝阻过,也不知道该见好就收,正打得顺手,猛然有人过来动真格的拉架,竟然就把矛头转向了韭菜:"你这个媳妇咋当的?就眼睁睁看着男人祸害乡亲?你躲开,不然我连你一块儿打。"

韭菜犹豫间,已经被村长和支书隔开,表面上村长、支书是劝架,实际上是挡开韭菜,让水桶老娘继续发威,下意识地希望水桶老娘能制伏水桶,让水桶放开闸门,为工厂提供流动资金。

水桶阿妈回身继续惩罚水桶,水桶此时早已没了董事长的派头,两只胳膊护了脑壳,任由老妈施暴。韭菜实在看不下去了,大声威胁:"不准打人,你再打我打110报警了。"

她这一喊,村长、支书笑了起来:"人家老妈打儿子,110来了也管不了。"

水桶也在拖鞋的拍打之下抽空喊:"别报警,报警没用。"

韭菜干着急,跺着脚喊:"妈,别打了,别打了,再打就打傻了,那可是你儿子。"

水桶阿妈此刻已经打累了,正想歇歇手,把拖鞋扔回地上,脚丫子摸索着往拖鞋里面钻,嘴上说:"没关系的,从小就这么打,打不傻。"

350

韭菜气愤,却又不好真的跟婆婆撕破脸,况且人家说得有理,你再心疼,人家打的是人家的儿子,你也没处说道理。韭菜把火撒到了村长、支书头上:"你们不就是想让那个破厂子继续干伤天害理的事情么?账本和印鉴都在我手里,就是水桶答应了,我也不干,没有印鉴看你们怎么拿到钱。再把我逼急了,我就去工商局、公安局投诉你们。"

韭菜如此激愤,倒也让村长、支书和水桶阿妈惊愕,他们把矛盾焦点集中在水桶身上,谁也没想到还有韭菜这么一道障碍。

水桶阿妈追问韭菜:"你刚才说,那个破厂子干伤天害理的事情了,怎么伤天害理了?"

韭菜瞪了村长和支书一眼,对水桶老娘说:"妈,你不知道,那个厂子是生产地沟再生油,还有一滴香的,那些东西人吃了会得病,还可能死人呢。现在报纸上、广播上都在曝光这种事情,我们要是继续做,被人家抓住是要坐牢的。就是不坐牢,人在做,天在看,万一因为我们做了坏事,我肚子里的孩子生出来是残疾怎么办?"

韭菜此话一出,在场诸人全部大惊,目光就如发现了敌情的探照灯,齐刷刷集中到了韭菜身上。水桶阿妈对这种事情反应最为敏感,第一个追问:"你说你肚子里有孩子了?"

水桶被韭菜搞迷糊了,因为前不久韭菜还告诉她说自己戴环了,现在怎么又说怀上孩子了,戴环是真是假,怀孩子是真是假,他一概弄不清楚,想问一声,又怕话说成两岔,扩大激化矛盾,只好闷不吭气声,眼睛却瞪瞪地盯着韭菜,大嘴也张开构成了一个圆圆的圈圈。

水桶阿妈又落实了一问:"韭菜啊,你怀上了?"

韭菜羞赧颔首:"嗯,娘你说,我们再做那种害人的事情,老天降祸到我们孩子身上怎么办?"

水桶阿妈呆了,愣怔怔地问水桶:"韭菜说的是真的?"

水桶反问她:"啥是真的?"水桶的意思是怀孩子是真的还是工厂产品害人的事情是真的,他怀疑韭菜这个时候端出自己肚子里或有或无的孩子,是骗人的,是为了给关厂找理由。

"我问你那个厂子是不是在害人?"水桶阿妈把自己的问题具体化、明确化了一下。

水桶点点头："你想一下，用泔水剩菜还有地沟里捞出来的下水炼出来的油，再给人吃，能不害人吗？还有老叶研究的那个什么一滴香，使用化学原料生产的，人吃了肯定也有问题。别说老天爷降罪，就是让政府知道了，也会抓我们进去吃牢饭。"

水桶阿妈僵住了，呆呆地站着，然后软软地坐了下去。村长和支书看到事情演变成了这个样子，两个人面面相觑，尴尬忐忑，也不知道该说什么好。

水桶给他们重新换茶，然后商量："村长，支书，不行咱们就分了算了，这种事情你们也看到了，不光是我不能再干，韭菜也不让干了，你们要是不怕，你们继续干，我退股。"

支书不知道该怎么样应对水桶的提议，当了多年的村领导，村长应对复杂局面的能力显然要比支书强得多："水桶嗳，公司的去向最终怎么办，我们说了都不算，从公司法和公司章程来说，我们不过都是股东而已，股东里还有叶青春，村里的股份也不是我和支书的，是乡亲们的，我们俩也不能就这么替乡亲们做主。你看这样成不成，我们先不谈退股不退股的事情，先解决眼下的问题，你把流动资金卡住了，工厂无法生产运转，损失很大，这笔损失算在谁头上谁也不会答应，你说是不是？"

这话明显地有恐吓、要挟的味道，水桶很气恼："干你老，我是董事长，公司怎么运作，我有决策权。再说了，我占了公司百分之五十以上的股份，按照公司法、公司章程，也都是我说了算。"

村长不傻，村长是个明白人，水桶这种蛮理说服不了他："根据企业章程，董事长在董事会上也仅仅是一票，到底怎么办，应该由董事会成员集体讨论。不然这样吧，我们把其他董事会成员都叫过来，一起讨论一下，如果董事会同意你退股，那就退，可是退也罢,不退也罢,这两个月工厂欠下的款都要付清楚。"

水桶阿妈说话了:"村长,支书,水桶,这里是家,不是会议室。韭菜现在有身孕,要静养,你们开什么会,另找个地方,哪有在人家家里开会的。"

水桶阿妈的话说得柔柔的, 理却很硬, 就像裹着塑胶的警棍,摸上去柔软,挨一下却很不好受。

水桶连忙往外请村长、支书:"那咱们就另找个地方开会,把其他董事会成员叫过来。"

村长、支书只好起身,随着水桶出门,在电梯里就开始打电话,通知董事会成员到鹭门来开会:"具体到什么地方?"村长问水桶。

水桶想了想说:"到巴星克咖啡馆,海边上,风景好,这个时间那里也静。"

73

董事会成员是按股份分配的,水桶占大股,代表他的董事会成员除了他自己,还有叶青春、洪永生、肉菜。西山村的董事会成员除了村长、支书以外,还有一个村委会委员。七个董事,水桶这方面占了四个,西山村三个,如果表决,水桶的利益从数量上拥有保证。这是过去的情况,现在情况变了,水桶的利益建筑在公司正常运作的基础上,如果水桶的利益和公司全体员工的利益,自然也包括过去代表他的三个董事的利益,发生了冲突,那么,叶青春他们还会不会在董事会投票的时候用票数来支持水桶，水桶自己心里也没数。

水桶打定主意，如果自己的主张得不到董事会的支持，他唯一的选择，就是退股。此时退股，经济上他肯定要遭受很大的损失。村长和支书话里话外已经表达得很明白：退股可以，但要赔偿损失。损失认了，啥都好说，不认，退股都困难。现在唯一的优势就是他控制住了资金，可以用资金放行作为条件，估计退股还能少损失一些。一路上，水桶心里暗暗盘算着，村长和支书也不说话，水桶明白，他们心里也在暗暗盘算。

巴星克咖啡馆这个时间是空当，客人稀少，服务员们懒懒散散的或坐或站，享受着忙碌前的悠闲。阳光从茶色窗外挥洒进来，让咖啡馆里面的人和摆设都像陈旧的照片，反而给这个冒充巴星克的咖啡馆增添了时间赋予的历史韵味。水桶他们的到来，让服务员们有些无奈，因为正常的休闲被客人打碎了，忙碌时光提前到来，而忙碌并不能让他们获得额外收入。

洪永生本来就待在鹭门市里跑业务，接到通知很快就到了，看到水桶和村长、支书的脸色难看，知道有大事发生，也不敢乱说，悄悄地坐下。服务员过来请示他要什么，他说要一杯白开水，水桶骂了一声："干你老，跑到咖啡馆里喝白开水。"对服务员下令，"给他一杯咖啡。"

洪永生悄声问水桶："怎么到这儿开会？有事？"

水桶说："大事，我不想干了。"

洪永生呆了，他无法想象，这个叫做西山化工有限公司的企业，没有水桶还会存在么？

"今天开董事会的目的就是讨论我退股的问题，一会儿你要按我的意思举手。"水桶吩咐洪永生。

洪永生没吭声,点点头。

等待叶青春、肉菜和另外一个代表西山村的董事期间,已经到了的人们没话好说,该说的都已经说过了,说的、听的都已经累了。几个人守着咖啡沉默不语,气氛诡异又紧张,服务员都不敢靠近,远远地朝这边不安地张望着,就像几只发现了危险的鹅,每当水桶他们唤人过来服务的时候,呆立的服务员就会颤抖一下,就像受惊的兔子,然后才胆战心惊地跑过来:"先生,请问需要什么?"声音都颤抖起来,活像大风掠过后飘落地面的枝叶。

洪永生坐在水桶身边,悄悄扯了水桶的衣襟一下:"董事长,我们单独说几句话。"

水桶起身:"你们几个慢慢喝,我到厕所尿一泡。"

洪永生也随即起身:"我也去尿一下。"

两个人来到卫生间,站在尿池前面,洪永生不解裤子,站在水桶旁边,水桶解开裤子正要尿尿,见洪永生这种架势,忍不住骂:"干你老,看啥呢?你自己没有?要看看自己的。"

洪永生连忙扭头,水桶照样骂他:"干你老,尿啊,不尿跑这干吗来了?"

洪永生说:"我没尿,叫你出来说话。"

水桶尿了,伴着嘀嘀嗒嗒的尿水声说:"啥话?"

洪永生说:"你真的要撤股不干了?"

水桶叉着腿系扣子:"谁有心跟你说闲话。"

洪永生追问:"那我们怎么办?"

水桶还真没有认真想这个问题,思考一切问题从自身利益出发,既是水桶这类人的习惯,也是水桶这类人的本能。但这毕竟仅仅是思考的出发点，如果真的有人提出来请他也考虑一下别人的利益，水桶绝对不会为了自己伤害别人，起码，不会干他明明知道是损人却还要利己的那种事情。这也是水桶农民意识的特质：自私，却又善良，狡黠，却又淳朴，办事没有分寸，却又懂得不犯法、不惹天怒。

"你说的你们，就是你跟肉菜两个人么，你们想干吗？"

"我们也没想干吗，谁知道你突然就不干了。"

"我不干了，你们还可以继续干么。"

洪永生有些茫然："你能不能给我说一下，你到底为啥突然就不干了？那天你怎么突然就跑过来把电停了，还说要关厂，到底发生了什么事情？"

水桶瞪着他，但是却没有从他脸上看到答案，他只好问："事情你跟我一样清楚，现在我问你，你支持我还是支持他们？"

洪永生点点头，又摇摇头，水桶不知道他是啥意思："明确，支持谁？"

洪永生没回答，解开裤扣尿尿，水桶明白了，自己已经失去了这个董事的一票，不，应该是两票，还包括洪永生他老婆肉菜那一票。形势很明显，这次董事会，他只拥有自己一票，对叶青春他不抱任何希望，他知道这个厂对叶青春的意义。有了这个厂，叶青春就是一个直立行走的人，没了这个厂，叶青春就是一条爬着到处觅食的狗。

洪永生明确表态，多少有些"话说到前头"的意思，话不投机半句多，水桶也不再跟他说什么，扭头就走，后面传来了淅淅沥沥的滴水声，很像女人在抽泣，那是洪永生尿出来了。

水桶回到自己的位置上，西山村的村委会委员兼西山公司董事，还有肉菜都已经到了，唯独叶青春还没有来。肉菜跟水桶站起来打了招呼，保留了最后时刻的尊重。而那位西山村的董事，见了水桶不但没有答理，还瞪他了一眼，仿佛面对的不是董事长，而是不应该在白天露脸的老鼠。这家伙过去每次见到水桶，都会大老远追过来，点头哈腰什么好听说什么，像极了电影电视剧里面皇军的翻译，今天居然也翻了脸，连人都不认识了。水桶恼火了，刚好服务员过来请示新到的客人喝什么，水桶替他们答复："白开水。"

"老叶呢？"水桶问肉菜，按道理叶青春应该搭肉菜的车一起过来。

"不知道，说是到市里办事去了，办完事就过来。"

洪永生撒完尿回来，肉菜提示他："把裤子系好。"

洪永生低头看看，才发现自己忘了系裤扣，连忙系好，坐到了肉菜身边。

肉菜又嘟囔了他一句："干什么呢，魂不守舍，心不在焉的。"

洪永生瞪了她一眼，没答话。放在过去，董事会气氛良好，公司运作顺利的时候，肉菜如果和洪永生这样，马上会成为大家耍笑、打趣的焦点，起码对于肉菜提醒洪永生系裤扣的情节，会有人说几句下流话取乐。而今天，却没有任何人对他们夫妻间的小龃龉感兴趣，气氛僵僵的让人感觉似乎空气都凝结成了冰块。

资金流断了，工厂停产，还有一屁股账堵在后面，而造成这一切的就是董事长庄水桶。大家都明白，今天这个董事会，最大的可能就是以炮火连天开始，以两败俱伤告终，就如一场战争，剩下的只能是一片废墟，废墟就是西山化工有限公司。

已经快到晚饭时间了，叶青春仍然没有来，水桶唤来服务员：“给每人来一份套餐，最便宜的。”

谁也不吭声，最后的晚餐，其实吃什么都已经无所谓了。

埋头吃饭的过程，水桶只说了一句话：“吃过饭，老叶还不到，就开会，不等了。”他已经算定，老叶肯定不会站到自己这边，有他没他都无济于事，反正最终还是一拍两散，散得乐观就是自己少损失一点儿，散得不乐观，就是自己多损失一点儿，如果双方僵持不下，最后只能上法庭。想到法庭，水桶心情糟透了，法庭留给他的印象就是一个死亡陷阱，何光荣夫妻的那场官司，已经让他领教够了，使得他对法庭终生恐惧。

似乎大家本能地都想让最后的时刻晚来一会儿，就像明知大祸无法避免，却总是盼着大祸能够晚一点降临。水桶心里有事，肚子满满，一点儿也不想吃，却做出狼吞虎咽的样子，最先把套餐搭配的米饭菜肴一股脑地塞进了肚子。

其他人陆续吃完，水桶呼唤服务员过来把盘子收走，桌子收拾干净，然后把自己坐的椅子搬到了桌子上，爬上桌子坐了上去。

“你这是干啥？”村长、支书惊愕，异口同声发问。

水桶盘起一条腿，对他们说：“我是董事长，不能跟你们平起平坐，自然要坐高一点儿。”他想的却是，自己今天绝对孤立，如果话不投机，动起手来，自己占领了制高点，即便是跑，也能跑得快一点。

服务员们看到他坐到了桌子上，惊讶却又好笑，躲在一旁看热闹，谁也不敢过来问个为什么。咖啡店老板过来，看到这个情景，远远站着观望了一阵，吩咐一个服务员：“过去问问还需要什么不。”

服务员战战兢兢过来仰着脑袋请示水桶还需要什么不，水桶挥挥手："什么也不要。"服务员如遇大赦，忙不迭地跑了。

董事们哭笑不得，纷纷劝他下来，水桶就是不下来："怎么，我这个董事长还没有撤职呢，是不是应该比你们高？你们没看政府开会，领导都坐在台子上？现在我宣布开会……"

董事们无奈，只好由他闹："今天的会议要讨论的就是西山化工有限公司的罪行。"水桶声音放得很大，远远躲在一旁的服务员和其他客人都听得清清楚楚，"我们西山化工有限公司的主业是生产地沟再生油的，副业是生产一滴香的，这些东西都是有毒的，人吃了会生病、死人，报纸上、广播上、电视上都在播放这方面的事情，今天我们要决定一下，我们是继续犯罪，还是从今以后改过自新，重新做人。"

他的这段开场白大大出乎董事们的意料，村长反应快，反驳他："即便是犯罪，你是董事长，你也是首犯。"因为坐得低，跟水桶对话很难受，要仰起脑袋，村长就站了起来。

水桶并不在意："我没说我不是首犯，所以为了不当这个首犯，今天才要开这个会。"

支书生气了："水桶，干你老，看来你是打定主意要断村里的财路了，你要断村里的财路，我就断你的生路，我跟乡亲们回去挖你的祖坟。"

不管是不是真的敢挖他的祖坟，这话说出来的确也太伤人，水桶站起来在桌子上跳着脚骂："干你老，你个王八蛋要是敢挖老子的祖坟，你个卵窖也有祖坟，我不但挖你的祖坟，还要把你先人的骨头喂狗去。"

两个人骂将起来，其他人七嘴八舌劝架，水桶居高临下，骂起人来也占了便宜,声音大传得远。支书在底下很吃亏,仰着脑袋除了要接水桶的骂,还要接水桶的唾沫星子,气急之下,冲过来就拽水桶,企图把水桶从高高在上的战术优势位置上拉回地面,平等对骂。

水桶看到支书要动手,就先动了手,高高举起了椅子恐吓:"干你老,你敢摸老子一下,老子就把你的脑壳砸出辣椒水来。"

眼看又是一桩血案即将发生,村长、洪永生、肉菜连忙上前劝解,村长和西山村的董事把支书拽开,朝外面推,洪永生和肉菜在桌下面跳着脚够水桶,想把水桶高举的椅子夺下来。支书被推到了门外,水桶也就把椅子放回了桌上,刚要坐,椅子被肉菜抢了过来,水桶站在桌上没地方坐,就朝肉菜要椅子:"干你老,肉菜,把椅子给老子,没椅子老子坐啥?"

肉菜说你下来,坐下来说话,水桶说就不下来,我是董事长,就要比你们坐得高看得远。肉菜说你不像董事长,像耍猴的,你自己就是猴子。水桶说猴子是人的祖宗,我要是猴,你们都是我的孙子重孙孽孙……眼看着如果再继续斗嘴,水桶就会和肉菜干起来,洪永生连忙把肉菜的嘴捂住了。

其实,此刻水桶就像骑到大象背上的孩子,想下来也下不来,椅子又被肉菜抢走了,站在桌上没地方坐,老站着也太不像样子,好像过去被人押到台上批斗的地富反坏右。水桶年幼的时候,赶上了"文化大革命"的尾巴,村里斗地富反坏右的时候,她娘抱着他去围观过,脑子里还留有深刻的印象,此时和自己联系起来,就感到很是吃亏,嚷嚷着要椅子,他觉得,只要坐下,就不像挨批斗的地富反坏右了。

"干你老,肉菜,把椅子递给我。"

"干你老，庄水桶，就是不给你，你看你哪像个董事长。"肉菜真的动气了，也就真的不把他当董事长了。

洪永生帮着肉菜劝水桶："董事长，有什么事下来好好坐着说么，你站那么高干什么？下来吧。"

水桶嚷嚷："谁是董事长？没有董事长了，散伙了，全都散伙了。"

正在闹哄哄地嚷，叶青春夹着大皮包从外面冲了进来，后面还跟着刚刚被推出门外的支书，和刚刚把支书推到门外的村长。

74

叶青春满脸涨红，尽管咖啡厅里面灯光昏暗，仍然能看得出他那张老脸就像老年秧歌队正在扭的队员："别吵了，我来了，我来了。"

水桶站得高，看得远，看到叶青春马上骂他："干你老，叶青春，你来了又能怎么样？到这里来收泔水来了？那个买卖老子不干了，早就给你说过了。"

叶青春冲过来，顾不上答理水桶，抓起桌上也不知谁剩下的半杯白开水灌进喉咙，这才说话："水桶，董事长，有话下来说，论年龄我跟你爸爸也差不了多少，你听我一句好不好？算给我个面子。"

水桶等的就是这张面子，马上回应："好吧，看在老叶的面子上，我下来。"说着，从桌子上跳下来，洪永生连忙把椅子垫到他屁股底下，水桶对叶青春说："有话就说，有屁就放，没话没屁，回家上炕。"

村长、支书这时候也回到了桌前，默不作声地坐到了桌旁，水桶故意出难题："我以董事长的身份宣布，支书的董事身份撤销了，我要求西山村重新补选一个董事，等到新董事确定了以后，我们再开董事会。"

支书一听这话急了，跳起来又要跟水桶吵架，村长连忙拦住了他："支书，你别发言，让我说。"然后对水桶说，"水桶嗳，我知道你说的是气话，现在改选董事也来不及啊，咱先不说这话，还是说公司的事情吧。"

水桶乜斜支书一眼："一点儿规矩都没有，在党内，还只能在西山村的党内，你是支书，在董事会里，你就是个普通董事，我才是董事长，董事长是干啥的？就是管董事的，再跟我闹就换掉你。"

支书气得脸红脖子粗，有村长按着，也真怕水桶要二百五真的把自己给换了，别过脸去假装没听见。按照企业章程，董事长还真有要求换董事的权利，如果董事会不按照董事长的要求更换董事，董事长有权拒绝召集董事会。董事平常也就是个摆设，可是每年一万块的董事车马费还是有足够诱惑力的，就冲这一万块钱的车马费，支书也舍不得董事这个位子。

水桶说："老叶啊，我的意见和想法最先给你说的，你当时用闲话绕我，今天开会的目的就是要散伙，我不干了，撤股，你们谁爱干谁干。"

大家就眸子瞠瞠地盯着老叶看，在大家心目中都认定老叶才是工厂的真正权威人士。无论是技术开发，还是生产管理，靠的都是老叶,老叶的意见,对工厂的前景从某种意义上说比水桶更重要。如果老叶也支持水桶,这个厂就彻底没戏了。好在,大家都相信老叶对这个厂无论是从感情还是利益上讲,都不会同意水桶的意见,所以都看着他,等着看他能有什么有力的理由来否定水桶。

老叶却说出一句令所有人大为惊诧、大为失望的话来:"我支持水桶,这个厂子的确不能再这样办下去了。"

水桶自己都愣了,他万万没有想到的是,老叶竟然会支持自己把厂子给停了:"你说啥?"水桶有点儿不相信自己的耳朵,也更不相信老叶说的是真话,故追问了一句。

363

"我支持你,这个厂子不能再这么办下去了,这一回听懂了没有?"

水桶点头,其他几个人,包括洪永生和肉菜,异口同声问了一句:"为什么?"

叶青春没有直接回答,却转了话题:"不过我要郑重声明的一点是,我发明的一滴香绝对不是害人的化工原料,我是用稻米的壳子提炼出来的高效率香料,就跟鸡精、味精那些东西一个道理。"

水桶呵呵冷笑:"老叶啊,你别骗人害人了,谁不知道一滴香是有害的,人吃了会得癌,报纸、广播、电视上都这么说呢。"

叶青春激动起来,站起身,手忙脚乱地从大皮包里翻找着什么,找到了,是用塑料夹子夹得整整齐齐的一摞纸张,然后用力把文件夹子拍到了桌上:"干你老,庄水桶,我不能允许你污蔑我的人品和智商,你知道我为什么来晚了?我就是到市里拿这个东西去了。"

叶青春极少粗口骂人，有时候也会说一两声"干你老"，也大都是开玩笑、表亲近的意思，像今天这样面红耳赤破口骂娘，却也是稀罕事儿。

水桶也被他骂愣了，叶青春又把拍到桌上的文件夹拿起来扔给水桶："你自己看，这是什么？"

水桶翻开塑料夹，里面夹着的纸张都有红印，一看就是那种政府机关的公文，文头上写着"关于高浓缩广泛性食品调料添加剂的鉴定结论书"，上面写着高浓缩广泛性食品调料添加剂经过卫生检疫和有害毒性检验，确认为天然粮食加工提炼制品，未发现对人体有害的物质云云。

第二份文件的内容和第一份文件基本相同，水桶再看看落款和红印，第一份文件盖印的是鹭门市卫生检疫局，第二份文件盖印的是鹭门市技术监督局。水桶有些茫然："这是什么意思？"

叶青春有点儿得意："什么意思？我的一滴香经过了卫生和食品安全检验。"

水桶仍然不太相信，在他的印象中，叶青春是一只老奸巨猾的老狐狸，他完全有可能为了维护自己的利益，假造出这些东西来："这上面说的是……"文件上说的产品名称水桶一下子还说不出来，照着文件念，"高浓缩广泛性食品调料添加剂，又不是你的一滴香。"

叶青春哭笑不得："水桶啊水桶，你好赖也有一张初中毕业证，这么点儿常识都没有？什么一滴香，那是老百姓乱叫，高浓缩广泛性食品调料添加剂是正式的名字。"

水桶明白了，叶青春实际上还是不愿意把厂子给停了，他这是要证明自己研究的产品合法、无毒、无害："可是我们还在生产再生地沟油,那东西你也敢说是无毒无害的？"

叶青春小心翼翼地把文件装进皮包,不屑地冲水桶咧了咧嘴:"你也有脸说,地沟油是谁卖出去的？我光负责生产,都是你给弄出去的,害人也是你在害,旁人谁给花莲别墅食品街卖过一两地沟油？"

水桶语塞,叶青春又说了一句:"诺贝尔研究出来炸药,看你怎么用,可以炸山修路,也可以打仗杀人,你能怪炸药吗？只能怪用炸药的人。"

水桶强词夺理:"不管是谁卖出去的,钱你们都没少分,现在全都怪到我一个人头上,那好,你们把钱都退了,我也不卖了。"

他们俩在这里你来我往地争论不休,其他人谁也不好插嘴,在一旁傻愣愣地干看着。这个时候村长抽空插了一句话:"那我们今后不做地沟油了,光做老叶发明的那个什么高浓缩……"

叶青春教他:"高浓缩广泛性食品调料添加剂,咳,算了,你们说太费劲,今后就叫稻香精,别再叫一滴香了。"

"对,今后我们光生产稻香精,不生产地沟油还不行吗？"

水桶也开始转脑筋,如果真的像叶青春说的,他发明的稻香精无毒无害,倒是可以继续生产,赚钱对谁来说都不是坏事,眼睁睁看着钱不赚,对谁都是挺残酷的事儿。他正要响应一下村长的建议,叶青春又说了:"地沟油就跟炸药的道理一样,不是地沟油本身坏,而是看人把它用在什么地方。你给人吃,就是缺德干坏事,你卖给化工厂做油基,就是干好事。今后不给那些餐馆酒楼供货了,全都卖给化工厂,如果还是不放心,就请政府监督部门监督我们的销售渠道,这样就是化废为宝了。"

洪永生说了一句:"卖给化工厂利润可就薄得多了。"

他这句话引来的是一片骂声："干你老，还想着利润呢。"

肉菜看到他成了斗争焦点，气得狠狠踹了他一脚，洪永生缩在椅子上不敢再吱声了。

这次董事会最终还是开成了，会议作出了三项决议：其一，西山化工有限公司齐心协力继续办下去，招收几名学化学的大学生，做老叶的助手，加强稻谷、茶叶芳香调味剂的研发生产。其二，今后工厂生产的地沟再生油一律不再卖给有可能给人食用的商家，只卖给生产化工原料的化工厂家，并且主动向市里有关部门报备，接受有关部门对于地沟再生油销售去路的监督。其三，水桶立刻恢复资金的正常流动，三天内要把流动资金支付到账。

第三条最现实，也最重要，是村长、支书找水桶要达到的主要目的。目的达到了，村长、支书兴奋不已，给每人要了一杯咖啡，两个人抢着埋单。水桶却暗暗发愁，因为真正掌握财权的是韭菜，能不能说服韭菜出钱，他心里没底。

75

回到家里已经是深夜，因为晚上喝了咖啡，水桶睡不着，就想跟韭菜把荒废许久的夫妻功课演习一番。韭菜强烈反抗："你是驴啊？就是驴也讲究个季节，现在绝对不能做这事。"

水桶妈没回村，住在家里，虽然住得宽敞，说话声音大了也难免隔墙有耳，韭菜的声音压得很低，态度却非常坚决。

水桶火烧火燎急不可耐，韭菜一句话吓住了他："你想把你儿子给搞死啊？"

水桶愣了："什么儿子？"

韭菜说："我今天不是已经告诉你们了，我怀上了。"

水桶不信："乱讲，你前些日子不是戴环了吗？"

韭菜说："我那是骗你的，那天我从医院检查回来，还没决定要不要，就给你那么说，现在我决定要了，就给你说实话。你要是不怕把你儿子搞死，你就来。"

水桶无论如何不敢来了："真的？"

韭菜从枕头底下掏出一张医院的化验单："是不是真的你自己看。"

水桶不懂得那些乱七八糟的医学术语："这是啥意思？妊娠反应阳性是不是说你怀的就是男娃娃？"

韭菜戳了他脑门子一指头："不学无术，妊娠反应阳性就是怀孕了，阴性就是没怀孕。"

水桶如潮的热血消退了，老老实实缩回自己的被子里："那就算了。"

韭菜本来已经困了，水桶回来的时候韭菜昏昏欲睡，水桶回来这么一折腾，睡意全消，马上开始审问董事会的情况。水桶原原本本汇报了一番，最后问到了那个关键问题："款打不打？"

韭菜的回答让他松了一口气："当然得打，你们定的那几条还算有点儿人味。再说了，我们封账也就是卡一卡他们，人家要是认真起来，把我们告上法庭，也是麻烦，毕竟那些钱不是我们自家的。"

水桶放心了，对西山村和企业都有了交代，自己也坚守了信用,缩进被窝抚摸韭菜的肚子,韭菜扒拉开手:"干啥,还想坏?"

水桶讪笑:"没有,没有,我是摸摸我儿子。"

韭菜说:"我喜欢女儿,不喜欢儿子。女儿打扮起来好看,儿子秃小子还淘气,女儿跟爸妈亲,儿子长大就不认爹娘了。"

水桶睡意上来,喃喃地说:"儿子女儿都行,儿子就叫油桶,油比水贵,儿子应该比老子还有钱。女儿就叫芹菜,芹菜比韭菜贵,女儿应该比老妈有钱……"说着说着就睡着了。

水桶万万没想到的是第二天早晨起来,韭菜又变卦了。吃早饭的时候水桶就发现韭菜有点儿怪怪的,眼神发直,嘴里的吃食嚼过来嚼过去把嘴当成了搅拌机。一看那副样子,水桶就知道她在走神想事儿。水桶阿妈把韭菜当成了饭桶,茶叶蛋、包子、稀饭一个劲儿地给韭菜添,一边添一边唠叨:"你现在是一个嘴喂两个人,一定要多吃,吃好,大人有劲,娃娃有劲,都有劲了生的时候才能顺当。"

韭菜有一搭没一搭地应付,把放在面前的食物一扫而空,水桶阿妈高兴得眼睛眯成了脚趾缝,水桶却发现韭菜进食完全是机械性的,就如同患了贪食症。

水桶提示她:"吃过饭就办款去吧。"

韭菜就像忽然梦醒:"你说什么? 办什么款?"

"今天不是要给厂里转款吗?"

韭菜放下了汤匙和筷子:"今天不能转。"

"为什么?"

韭菜说:"我刚才就一直在想,你们昨天会议商定的那些事情是今后不再做那些害人的事情,可是,你们过去做过的呢?"

水桶说:"过去是过去,要向前看么,今后不做就行了。"

韭菜说:"人在做,天在看,做过的坏事人会忘,天不忘,说不定啥时候就会降灾到我们和我们孩子身上。"

水桶阿妈在一旁给韭菜敲鼓帮腔:"水桶嗳,韭菜说得对,你们过去做的那些事太缺德了,我到庙里烧香都怕怕的,怕佛祖怪罪。"水桶阿妈信佛,每个月十五都要去庙里烧香,用香烛祈祷佛祖保佑他们家大小平安、一生幸福。

韭菜顺着婆婆的话提升到理论层面:"妈说得对,这种事情干过了,佛祖肯定要怪罪,你以为现在不做了,做过的就没事了?你知不知道中国香港台湾还有外国的那些大富翁为什么都要到处捐款、做慈善呢?就是因为他们过去做的坏事太多了,现在要行善积德,怕的就是老天爷降罪惩罚他们和他们家人。"

水桶嗤之以鼻:"乱讲,人家有钱是什么罪过?"

韭菜振振有词:"马无夜草不肥,人无横财不富,横财怎么来?钱怎么偏偏往你口袋里跑,不往那些穷人口袋里跑?都是靠做见不得人的事情弄来的,你还记不记得上初中学过的政治经济学上讲过,原始积累都是沾满血腥的。"

水桶从来就不是一个好学生,上学时的功课本身就没学好,从学校出来以后,别的差生是把学过的东西还给了老师,他是连老师都没还,转眼就扔到了马路边上的垃圾箱里。韭菜此时跟他提及初中时候的政治经济学课,水桶根本记不得那门课是干什么的,记不得,就没法辨别韭菜的话有没有道理,只好请教韭菜:"那你说怎么办?"

韭菜说:"你问妈怎么办,妈说怎么办就怎么办。"

水桶阿妈说:"给庙里捐吧。"

水桶马上反对:"不给,捐给庙里根本到不了菩萨手里,都肥了那些和尚,你没见那些和尚出来,一个个肥头大耳,脑满肠肥,戴名表、开名车,手机比我的还要高级,我才不做供养和尚的傻瓜。有钱,宁可给孤儿院,给红十字会,给养老院,也不给庙里养和尚。"

水桶阿妈马上说:"那就给孤儿院、养老院捐钱,也是一样的行善事,菩萨会记下的。"

韭菜连连点头:"好,那就按妈说的办。"

三个人难得达成了一致,韭菜便回屋去换衣裳打扮自己准备出门,水桶阿妈趁韭菜不在跟前抓紧时机叮嘱水桶:"水桶嗳,现在不能碰韭菜了,韭菜有身孕,小心伤了胎气。"

水桶想起了昨晚跟韭菜在床上发生的小冲突,怀疑老娘听到了,脸红脖子粗地质问:"妈,你是不是偷听我们说话了?"

阿妈拍了他一巴掌:"乱讲,娘怎么能那么没成色,想听也听不到,你们的门跟村里的不同,一关就跟保险柜一样,啥都听不见。我是给你提个醒,怕你不懂世情,由着性子来,伤了我们庄家的后人。你给我个保证,从现在起不碰韭菜。"

牛人
NIU REN

水桶尴尬极了,这种事情的确不好对外人保证,即使是自己的老娘,也不好讨论这种事情。水桶觉得阿妈管得有点儿太宽,尴尬中有了几分气恼,正要顶撞阿妈几句,韭菜装扮好出来:"好了,走吧,转款去。"

水桶连忙跟着走,总算从阿妈制造的难堪中摆脱出来。到了银行,韭菜先把这两个月欠的应付款转账支付。应给工人付的工钱开了支票随身带着,然后水桶驾车,两个人朝西山村奔去。

路上韭菜叮嘱水桶:"到了村里,先不急着把钱给他们,我还有话要讲。"

水桶答应了："你讲,你现在越来越像领导了。"

韭菜咯咯笑："像领导不等于是领导,我对自己清楚得很,该做什么不该做什么我有分寸。我可不像有的演员,演过毛主席就真以为自己是毛主席,演过邓小平就真以为自己是邓小平了。"

车子进了西山村,村里静悄悄的,阿妈在城里待着,水桶没有像以往那样把车子停在自家门口当摆设,直接把车驶到了村委会。到了村委会,水桶却没有停车,又把车拐向了工厂所在的土围子大仓库,他想看看工厂现在怎么个情况。

工厂的确停工了,没有了往日的喧哗热闹,也没有了往日经常停在厂门外送货拉货的汽车,水桶看到这个情景,心里也竟然有些失落、伤感,难怪村长、支书还有村里的乡亲们那么心焦,这个厂子自己没有少费心思,跟叶青春、洪永生、肉菜他们一起磕磕绊绊干到今天,真的不容易。当时自己一股气嚷嚷要停产,却没有想到,这等于是自己亲手掐死自己的孩子,现在看到工厂奄奄一息,真像看到自己的孩子生了大病躺在病床上。

韭菜是个敏感的人,发现水桶的情绪低沉,马上警醒他:"水桶,别多想,从今往后,厂子走上正轨,不再干那种害人的事情,前途会好的,比过去还好。"

水桶点头,没敢停车下车,他怕讨薪的工人把自己围住,也怕自己看到厂里的冷清难过,便掉转车头,又把车驶向了村委会。到了村委会外面,水桶和韭菜愣住了,村长、支书带了一帮乡亲候在那里。

水桶问韭菜:"怎么办?"

韭菜反问他:"什么怎么办?"

水桶说："今天可是送上门来了，看样子没有个交代难以脱身了。"

韭菜说："大不了把钱留给他们，然后一拍两散，谁能把谁怎么着？我们是按照董事会的决定来送钱的，他们应该不会把我们怎么样。"

水桶停了车，还是有些胆怯，不知道究竟是该下去，还是索性掉头逃跑："韭菜，你先别下车，我下去看，要是情形不对，我们就走。"

韭菜点点头："你别灭火，走的时候方便。"

水桶下车，让他没想到的是，迎接他的并不是围攻和争吵，而是热烈的掌声。村长、支书迎上前来，水桶还没明白过来，两只手已经被村长、支书一人一只捞过去握在手里不放："热烈欢迎董事长。"转眼瞅见车里还有韭菜，就又加了一句，"热烈欢迎董事长夫人。"

水桶反倒让他们给闹得不好意思："村长，支书，你们这是干啥？又不是外人。"

支书松开水桶的手，跑过去给韭菜拉开车门，还学着市里领导司机的模样，用手掌挡着车门上边，怕磕着韭菜的脑袋："欢迎韭菜，好多日子没见了。"

韭菜下车，支书上前搀扶，韭菜怕他趁机吃豆腐，甩开他的胖手："别动手啊，我又不是七老八十动弹不了了。"

在村长和支书的引导下，在乡亲们的簇拥下，水桶和韭菜被迎进了村委会贵宾室。坐定之后，照例开始泡茶，上茶点，今日里上的茶点格外丰富，就像把村头小卖店给搬过来了。

"今天董事长莅临视察，乡亲们都高兴得不得了，都觉得我们的工厂有希望了。"支书搓着双手,就像面对市长、书记般露出几分局促、紧张。村长紧张兮兮的贼眼也不时瞟向韭菜,沏茶的时候手抖得不行,茶汁溅到了杯外。他知道,钱由韭菜掌控,过去每次该转账过来的时候,都是韭菜亲力亲为,旁人不准插手。

他们这个样子让水桶挺不舒服,心里有点儿不是滋味,按辈分,村长是他的长辈,今天见了他这副战战兢兢的样子,不过就是担心睡过一夜,水桶变卦,说到底还是担心钱能不能落实。水桶饮了一杯茶,村长连忙又给斟满,水桶说:"村长,支书,你们放心,给工人的工钱我带过来了,厂里该付的账款也已经都付了。"

水桶这么一说,村长、支书还有围观的乡亲都松了一口气,一群人紧绷的神经同时放松,释放出来的气息竟然能够让人感觉到就像房子的门窗突然打开了。

"那就给工人们发吧,还有管理人员的工资也应该发了。"支书有些急不可耐。

韭菜悠悠啜吸着芳香的村茶,放下茶杯:"等老叶他们来了再说,昨天你们开的董事会水桶回去给我说了,我很赞成,很拥护,可是还有一些事情应该向各位领导汇报一下,请各位领导决定。"

她这么一说,村长和支书又开始惴惴不安,明白今天这钱不会轻易拿到,估计韭菜又有新花样、新难题。村长仗着自己年长、辈分高,试着劝韭菜:"韭菜啊,工厂欠工人两个月工资了,工人很有意见,有的要到市里去闹,有的要去找董事长,村里考虑到稳定大局,一直在做工人的工作。话说回来,工人也不容易,村里到厂子上班的人,哪一个不是扔下地里的活全身心地为工厂出力？外面来的工人就更不容易了，抛家舍业到咱这山沟沟里来，不就是为了挣几个工钱吗……"

韭菜嫣然一笑打断了村长："村长，你误会了，刚才水桶都已经说了今天要给工人发工资，包括管理人员的工资，还有今年董事们的车马费，都要发，不管怎么说，今年咱们厂子的效益好，就算效益不好，也不能亏了工人。水桶说出来的话，肯定会兑现，你放心好了。"

支书插话："就是，就是，董事长说话一向是算数的，那就先发吧，老叶和肉菜他们可能还要等一会儿才能到。"

韭菜不慌不忙品茶："支书，村里的茶真好。"支书连忙说："走的时候给你带些，带些。"韭菜又说："忙也不在乎这一会儿，你们谁打电话催一催，话还是当着每个董事的面说清楚了好。"

村长和支书就忙不迭地给叶青春和肉菜、洪永生打电话，叶青春搭着肉菜的车来上班，说是已经到了村口。洪永生今天要去联系进货，没来，还在鹭门城里呢。

水桶也不知道韭菜要干啥，又不敢乱讲，怕两人话说到两岔去，只好待在一旁饮茶吃茶点，旁人看上去倒好像他胸有成竹、讳莫如深，特派韭菜出面说事儿似的。

片刻，叶青春和肉菜气喘吁吁地进来，先跟水桶打招呼，然后跟诸人打招呼，诸人心里有事，忐忑不安，打招呼的时候脸上都僵僵地硬挤出一丝笑模样，活像屋里屋外正在举办假面舞会。

等叶青春和肉菜坐下，韭菜又对外面喊："乡亲们都进来，现在不是开董事会，我就是有几句话想说，大家都听听我说的对不对。"

韭菜这一招呼，候在外面的乡亲呼啦啦进来，挤满了一屋子人。韭菜先把带过来的汇票交给肉菜："肉菜，这是这两个月欠的工资，包括管理人员和董事会成员的车马费，这是我做的表，你先去核对一下看有没有错的，错了也没关系，下个月多退少补。"

村里有个信用社，每个月的工资都是由韭菜带过来汇票和工资表，然后由肉菜具体发放。肉菜接过汇票和工资表，却不忙着去办："刚才电话里说董事长有话要说，听完了再办也不迟。"

大家的眼睛就都朝水桶看，水桶也不知道韭菜要说什么，就说："我不多说了，该说的由韭菜说吧。"

韭菜就说："本来这话不该我说，可是我不说又没别人愿意说，那我今天就说说。"

乡亲们便起哄："说，韭菜说，有什么话说到明处。"

韭菜站起来，又喝了一盅茶润润喉咙，这才说："前段日子，水桶要关厂，跟乡亲们商量，乡亲们不答应，还动手打了我们水桶。"听到韭菜提这个话题，乡亲们都非常尴尬，有的连忙声明自己没有动手，有的沉默着脸却红得像自己被人抽了耳光，韭菜接着说，"水桶没有疯，辛辛苦苦办起来的这么好的厂，为什么要关呢？因为这个厂生产的东西是害人的，不光天理难容，就是政府知道了，也会查封。再生地沟油想必大家都听说过，给你们吃，你们谁愿意吃？"

乡亲们羞赧苦笑，支吾作答："谁也不吃，不吃……"

韭菜接着说："水桶要关厂，就是不想做那种坏事情了，那种坏事情老天爷知道了是要记在账上降灾的。水桶这么做都是为了乡亲们好，为了西山村好。"

村长、书记还有在场的乡亲们纷纷点头承认："水桶是好人，大家都知道的。"

韭菜说:"昨天你们董事会决定了,今后不再做害人的事情,地沟油不再卖给黑心商家给人吃,还有叶教授研究的稻香精政府也承认是无毒无害的。"叶青春的准确职务是西山化工有限公司的总工程师,大多数员工称其为"叶总",而像水桶、洪永生、肉菜还有村长、支书这些人平常称其为"老叶",只有韭菜不知道怎么回事,一直称其为"叶教授"、"叶老师",老叶听着最为受用,对韭菜也最有好感,"可是你们忘了一件事情,做过的坏事情并不会因为你今后不做就等于你没有做过,老佛爷、老天爷都给记着呢,迟早还是要怪罪、惩罚我们的。"

山村里的农民,不管因为什么目的,做过什么,善良、敬畏天地的本性难移,听到韭菜这么危言耸听的渲染,大家都有些惴惴不安,因果报应是深入人心的观念,好人好报,恶人恶报,不是不报,时间没到,这些话都是村民们淳朴之心的组成要素。韭菜接着说:"昨天晚上我跟水桶、我婆婆一起商量,从现在开始要做善事,积阴德,公家的话叫做慈善。可是,过去的坏事是大家一起做的,也不是我们水桶一个人做的,责任不在我们水桶一个人身上,不能大家赚钱,坏事都由我们水桶承担对不对?"

村长、支书还有乡亲们连连点头,老叶进门一直没有说话,闷闷地喝茶、抽烟,这个时候突然站了起来:"韭菜,你说得非常有道理,乡亲们,你们知道中国香港台湾还有外国那些大资本家为什么热衷于做慈善吗?就是过去做了很多坏事、恶事,想用做慈善来赎罪。马克思说过,资本家的原始积累,每一厘钱上面沾满了鲜血和罪行……"

水桶听到叶青春这么说,突然想笑,他真的有点儿怀疑,韭菜和叶青春这些话是事先商量好了的,忍住笑,水桶也一本正经地说:"就是,我们刚开始赚钱时,也做了很多坏事、恶事。"

叶青春接着说:"韭菜,你说得有道理,你说该怎么办就怎么办,我相信你,支持你。"

叶青春带了头,中国人的从众心理控制了乡亲们,就连村长、支书也说:"是啊,谁说得有道理就听谁的。"

韭菜说:"这样,做慈善,也不是谁一个人的事情,所有人都应该,可是还有很多人没有那个条件。我想这件事情还不如集体做,每年我们拿出一定的利润,交给红十字会,由他们转交给孤儿院、养老院、希望工程……"

"好……好……好……"

韭菜话没说完,就引来了乡亲们一哄声的叫好。韭菜高兴了,激动了,白嫩的脸蛋涨得通红,就像马上就要下蛋的老母鸡:"具体数额,还请董事会决定,这个我不敢说。"

于是大家都看水桶,水桶也不知道该怎么办,拿多少,试探着说:"这样成不成,每年从总利润里抽出百分之五做慈善。"

有些人觉得少,有些人觉得多,不管是不是董事会成员,在场的人纷纷扰扰,争论不休,村长跳出来表态:"都别争了,董事长说话了,就按董事长说的办,什么叫董事长?就是管董事的,什么叫董事?就是要懂人事,百分之五,我没意见。"

支书没什么原则,遇到这种事情一般都是随大流,村长这么说了,自己也不能落后,紧跟着表态:"百分之五,我也得听董事长的。"

于是,事情就这么定了下来。当天晚上,村里摆了流水席,谁也说不清楚为什么要摆席,反正觉得高兴,酒席上,乡亲们轮着给董事长水桶敬酒,水桶受足了尊重和热情,也喝足了鹭门高粱酒,跟支书划拳,划着划着人就找不着了,支书也醉眼蒙眬,端着酒杯到处找水桶,水桶却醉倒在桌子底下睡得香甜,等到韭菜找到他的时候,水桶身上,正担着好几只黝黑的臭脚丫子,乡亲们酒喝高兴了,就甩掉拖鞋打赤脚,谁也没注意到水桶睡在桌下,就拿董事长庄水桶做了垫脚。

二〇一一年三月十日厦门

图书在版编目（CIP）数据

牛人／高和著. — 重庆：重庆出版社，2012.6
ISBN 978-7-229-04992-8

Ⅰ.①牛… Ⅱ.①高… Ⅲ.①长篇小说－中国－当代
Ⅳ.①I247.5

中国版本图书馆 CIP 数据核字（2012）第 029887 号

牛　人
NIUREN

高　和　著

出 版 人：罗小卫
策划编辑：王传丽
责任编辑：陶志宏　汪晨霜
责任校对：杨　婧
封面设计：道一设计

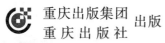

重庆出版集团 出版
重 庆 出 版 社

重庆长江二路 205 号　邮政编码：400016　http://www.cqph.com
北京宏泰恒信文化传播有限公司制版
北京九天志诚印刷有限公司印刷
重庆出版集团图书发行有限公司发行
E-MAIL：fxchu@cqph.com　邮购电话：023-68809452
全国新华书店经销

开本：880mm×1230mm　1/32　印张：12　字数：260千字
2012 年 6 月第 1 版　2012 年 6 月第 1 次印刷
ISBN 978-7-229-04992-8
定价：32.00 元

如有印装质量问题,请向本集团图书发行有限公司调换：023-68706683